U0856613

花火
魅丽文化
花火工作室

南鸢

裸奔的馒头 著

中国·广州

图书在版编目（CIP）数据

南鸢 / 裸奔的馒头著. — 广州 : 广东旅游出版社，2022.1
ISBN 978-7-5570-2664-6

Ⅰ. ①南… Ⅱ. ①裸… Ⅲ. ①长篇小说－中国－当代 Ⅳ. ①I247.5

中国版本图书馆 CIP 数据核字（2021）第 258667 号

南鸢
NAN YUAN

出 版 人：刘志松
总 策 划：曾英姿
责任编辑：何 方 李 丽
责任校对：李瑞苑
责任技编：冼志良

广东旅游出版社出版发行
地址：广州市荔湾区沙面北街 71 号首、二层
邮编：510130
电话：020-87347732
印刷：湖南天闻新华印务有限公司
（湖南望城湖南出版科技园 电话：0731-88387578）
开本：710 毫米 ×1000 毫米 1/16
字数：281 千字
印张：19
版次：2022 年 1 月第 1 版
印次：2022 年 1 月第 1 次印刷
定价：50.80 元

目录

楔子

今天，举世沸腾！

因为腾氏集团研制多年的全息游戏《三千世界》即将在三天后问世。

据悉，这是一款十分逼真的全息游戏，游戏会通过高科技手段将人的脑电波直接连入游戏世界，并随机投放。

精神力高的玩家会被投放到所谓的高级世界，如修仙妖魔世界，相对应激活的初始玩家身份等级也高；而精神力低的玩家则会被投放到低级世界，如现代世界，激活的初始玩家身份偏低。

更神奇的是，玩家一旦进入游戏，便会被游戏自动屏蔽掉真实世界中的记忆，然后植入一段符合初始身份的记忆，这段记忆是游戏根据玩家在现实世界中的身份映射出来的，足以蒙蔽任何一个绝顶聪明的玩家。

所以，玩家并不会觉得自己是在一款游戏当中，而会以为自己生活在初始世界中。

进入游戏的玩家会得到一只能自由穿梭三千世界的神兽，然后在三千世界中进行各种角色扮演，收集信仰之力和功德值。

游戏设置的三千世界种类繁多，包含玄幻修真世界、古代武侠世界、未来星际世界、末世、远古社会等，玩家想要体验的身份也多种多样，上至帝王，下至乞丐，只有你想不到，没有游戏做不到。

玩家的人身安全也极有保障，如果玩家在穿梭某个世界的时候不幸“身亡”，则会被强制退出游戏，如果玩家一直没“死”，就可以一直玩下去。

当然，游戏设定了一个功德值和信仰之力数值，达到这个数值，玩家就会通关，然后自动退出游戏。

网上议论纷纷的时候，南鸢面无表情地回了别墅。

别墅里，她老爸和她妈正倒在沙发上腻腻歪歪。

她真是搞不懂，两人结婚这么多年，还生了她哥和她，怎么还能腻歪成这样？

她妈是戏精（形容某人善于给自己“加戏”来博得大家的关注）就算了，她老爸还跟着一起闹，就很……无语。

“啊，是女儿回来了，宝贝，你累不累？”

“不累。”南鸢淡淡地回了句，然后看向她老爸，“你答应我的游戏仓？”

“在你卧室。”她老爸也淡漠地回了句，现场表演了一幕活人大变脸。

南鸢直接上了别墅的二楼，还听见她那戏精妈妈对着她老爸嘤嘤嘤：“我家闺女为啥是个‘面瘫’？为啥？……”

南鸢嘴角抽动了一下。

没错，她是个“面瘫”，而且感情凉薄。

但她觉得，她只是遗传了她老爸的优良传统。

南鸢打开游戏仓，闭上了眼睛。

三秒钟后，一个电子音响起：“玩家精神力测试为SSS级，默认投入高级世界。游戏启动，投放开始……”

一阵头晕目眩之后，有新的记忆强行植入了南鸢的脑海中，覆盖了她原本的记忆。

当南鸢再睁眼时，已经忘了自己玩家的角色，拥有了新的记忆，成了这个高级世界的一部分。

她是……雄霸一方的大妖，是一只人人畏惧的上古凶兽。

她已活了数百近千年。

而游戏，从这一刻开始。

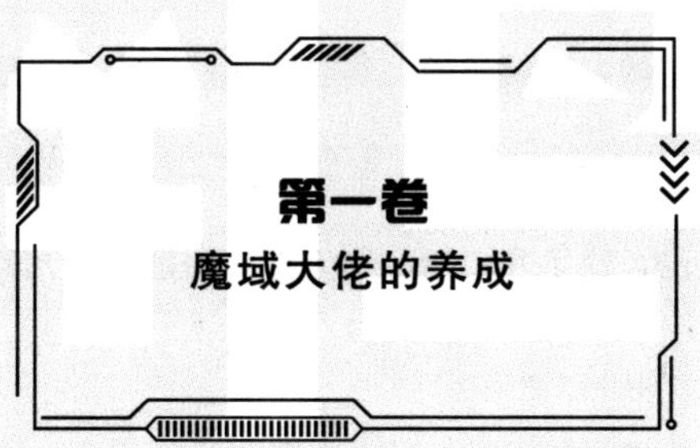

第一卷

魔域大佬的养成

第一章

小怪胎

众所周知，南鸢酷爱修炼，是个惹不起的“大佬”。虽然她前凸后翘、美艳绝伦，但干起架来只想让人哭着叫爹。

某日，听说南鸢大佬拐走了圣兽虚小八的独苗苗，带着那只幼崽去三千世界“浪”了。

一时之间，被她奴役过的大妖们痛哭流涕，高兴得号叫了三天三夜。

此夜，月黑风高，宜拐兽。

南鸢一只手拎着坛顺手摸来的桃花酿，一只手抱着虚空兽虚小糖，大摇大摆地走了。

“鸢鸢，我们这算离家出走吗？”长得像一团棉花的幼崽蹲在她的肩上，扭了扭小肥腰，声音软绵绵地问。

“算吧……”

南鸢仰头灌了一口桃花酿，步履稳健，脚若生风，背影潇洒恣意，没有半分身为兽贩子的自觉。

“幸好我给爹爹留言了。”

南鸢两指夹着酒坛边沿，饮了几口酒，饱满红润的唇被酒水浸润得晶莹剔透，在月色之下更添一分艳色。

“鸢鸢，你想先去什么世界？”

“都可以，随你。”她想先随便找个世界待着，要是不开心了再换一个。

“那鸢鸢想要什么身份？”

“无人打搅的身份最好。”她最讨厌叽叽喳喳的人了，影响她打坐修炼不说，还聒噪得要死，她怕自己一个忍不住直接铲平整个地界。

虚小糖没想到鸢鸢这么好说话，双眼亮晶晶的：“好的，我去翻一翻爹爹给我的《三千世界手札》，先给鸢鸢找个差不多的世界适应一下。”

坛子里的酒酿刚好饮尽，女子皓腕轻轻一翻，空酒坛被抛了出去，在安静的夜里发出一声脆响。

一人一兽渐行渐远，很快融入了夜色中。

苍淼大陆，积雪城。城主府，闭关密室。

虚空一阵波动，出现一个黑色旋涡，一团血雾从旋涡里涌了出来。血雾散去，一个黑衣女子信步踏出。

与此同时，女子的肩头上划过一道星光银河，一个毛茸茸的球状灵兽显露身形。

一人一兽盯着地上那一摊东西，一脸发蒙。

虚小糖“哇”的一声哭出来：“来迟一步，我给你找的身体死翘翘了！”

南鸢心想：何止死翘翘，身体都爆破成一摊肉泥了。

她饿的时候喜欢吞活物，因为碎了之后是真恶心。

“人刚死，魂魄未散，可以搜魂。”南鸢伸手在虚空中一抓。

片刻后，她便获知了这摊肉泥的生平事迹。

此人名为裴月莺，中级武师，老城主去世之后，裴月莺子承父业，成了积雪城的新城主。

苍淼大陆强者为尊，人分为灵修、武修和普通人。

灵修修的是天地灵气，武修修的是身体强韧度。

说得简单点，就是比谁硬。

南鸢觉得，她身体最硬，可以躺赢。

武修因为修炼身体，放眼过去都是肌肉男和肌肉女，不过裴月莺是个例外，她臭美。

为了保持苗条的身姿，她不好好修行，整天吟诗作对，悲秋伤春，还贪恋男色，收集了不少美男。

要不是她老爹留下的老仆人忠心耿耿，她早就被下面的人篡位了。

这两天女城主改邪归正专心修炼，修的却是一种邪术，结果一个不小心，爆体身亡了。

南鸢从自己的本命空间（高级世界中，修行者先天自带或者后天修炼出的一方可以容纳死物甚至活物的空间，便为本命空间）里掏出了一瓶化形水，直接化形成了裴月莺的样子。

虚小糖惊恐地想阻止：“鸢鸢，不可以！我们不属于这个世界，不披着一层人皮的话，会被天道爸爸发现的！”

南鸢不以为意：“那就等发现了再说。”

清理好地上的肉泥，南鸢分分钟进入角色，歪在城主专用的软榻上，调整了一个最舒服的姿势躺着，神情恹恹。

她修炼遇到了瓶颈，只能另辟蹊径，看看能不能跟她妈和她老爸一样，弄点儿信仰之力和功德值来突破瓶颈。

不过她还没想好，如何获得这个世界的信仰之力。

本来她想抢在气运之子（每个世界身怀天地气运，拥有主角光环的人物。每个世界有且只有一个气运之子）之前，弄死这个世界的终极反派。她干掉大反派，那就等于拯救了天下苍生。

功德加身，信仰之力也会源源不断。

但虚小糖哭兮兮地说不行，不能坏了这个世界的主线。

呵，小𡲰包一个。

“鸢鸢，我们多做好事吧，有名声了，敬畏的人多了，我们就能得到信仰之力了。”

虚小糖一双豆大的小眼闪着光，对未来充满了憧憬。

——它要带着鸢鸢干一番大事业！

南鸢的表情变得有些微妙：“你的意思，让我做个……好人？”

滑天下之大稽。

让她一个只会杀人揍人的大妖去当个好人？

这小东西是不是没见过她吃人时候的残暴模样？

虚小糖看不懂南鸢高冷“面瘫”脸下隐藏的丰富内涵，在它眼里，南鸢就是个冷艳女王，超厉害的，唯一的缺点就是缺乏生活常识。

它听说，鸢鸢数百年都在悟道，是个生活白痴。

于是，它用小爪子拍了拍自己的胸脯：“鸢鸢不怕，有我在呢，我懂得可多了！”

南鸢瞥它一眼，揉了揉它软绵绵的毛：“行，以后听你的。”

她拐走人家的幼崽，说起来这就不是人干的事。

她有那么一丝丝愧疚，决定好好宠着虚小糖。

“对了，鸢鸢，有件事忘了跟你说。”

虚小糖咬着小爪子，有些不好意思地道：“五年后，积雪城会被一位厉害的魔渊大佬屠城，一整座城的人全部死光光。嘤嘤，真是太惨了。”

南鸢：“……”

南鸢没有表情的高冷“面瘫”脸上，仿佛浮现出了几个字：你是在逗我吗？

苍淼大陆有一片广袤却贫瘠的土地，这里聚集着很多妖修和魔修，被修士称为魔域。

魔域深处有一个连妖修、魔修都不敢靠近的万丈魔渊。此处魔气冲天，里面滋生着各种畸形的魔物，能从魔渊爬出来的怪物都是极可怕的存在。

而这样的怪物，魔渊里数千年才能爬出来一只。

魔域在最南边，积雪城在最北边。

按理说这两个地方八竿子都打不着，也不知是何原因，让这么一位从魔渊千锤百炼后爬出来的大佬亲自跑一趟，专门来……屠城。

“鸢鸢，我也不知道呢，爹爹的手札上没有记载原因。”

可能是对方无意间跟积雪城结下了什么深仇大恨？

南鸢的躺姿随性又爷们，眼皮子懒洋洋地耷拉着，有些犯困。

天气一冷，她就想睡觉。

但是不行，她一睡就是几十年，浪费时间，浪费生命。

“小糖，来给我讲讲这位大魔头。”

“好的。”

虚小糖直接从空间里掏出它老爹留给它的宝贝手札，“哗哗哗”地翻到了某一页，然后照着念：“锯齿魔蛛，魔域的五大魔君之一，上古大妖锯齿蛛后裔。此魔头皮囊极美，雌雄莫辨，妖艳绝伦，喜怒无常，最喜欢收集美人，再活生生地割掉美人皮。”

南鸢丝毫未被这魔物恶心人的爱好吓到，面色如常。

真说起来，她也不是什么好东西。

“如此说来，这位魔君魔化前是普通人了。”

数万年前，上古大妖濒临灭绝之际，将主意打到了人类身上，通过人类绵延血脉。

人妖结合的后代为半妖，这样的半妖被杀掉大半，但也有不少存活了下来。

代代相传之后，这些人身上的大妖血脉越来越稀薄。

到现在，就算有人拥有这种上古大妖血脉，也极难妖化。

这嗜血蛛魔应当是个具有稀薄大妖血脉的人类，只是机缘巧合之下觉醒血脉，成功妖化。

与积雪城的仇，大概是这魔头还是个普通人时结下的？

不过，五年还早，南鸢倒不着急。

“小糖，走，出去看看。”南鸢起身，将虚小糖抱在怀里。

虚小糖瑟瑟发抖，嘤嘤地道：“鸢鸢，我怕，我还是回空间里吧。爹爹说，不能随便出现在不属于自己的世界里，不然会被天道爸爸发现，降下神雷劈得死翘翘的。”

“高等世界不至于如此，况且这个世界本就有灵兽。你出来，我护你周全。”

小屎包，要不是看它长了一身软绵绵的毛，南鸢都懒得跟它废话。

“真的吗？”

“嗯。”

虚小糖高兴地吱了一声，放心地趴在了她的怀里。

南鸢撸了一把虚小糖的毛，舒服地眯起了眼睛。

大门打开，门外已是傍晚。

“城主出关了！”一人惊呼。

“恭迎城主大人出关！”

南鸢走了一路，听了一路，也见了一路容貌俊秀、各有千秋的美男子。

裴月莺这人酷爱美色，收集了满府的美男。

积雪城位于苍淼大陆最北边，终年积雪不化，平时只有一些普通修士来这边交换灵兽皮毛，高等修士很少光顾这种严寒之地。

城外有不少小村落，住着的大多是猎户，猎了那雪山上的灵兽皮毛去城里换米粮。

南鸢抱着虚小糖走在皑皑积雪之上，一步一个脚印，发出咯吱咯吱的声响。

忽地，雪林中闪过一道黑影。

那速度在旁人看来快如疾风，在南鸢眼里却仿佛蹒跚的婴儿。

她叫住那黑影：“小孩儿，我问你个话。”

黑影一顿，跑得更快了。

南鸢不紧不慢地走过去，眨眼间就走到了那影子面前，然后伸手一挡，那团黑影一脑袋撞在她的手掌心上，被撞倒在地。

动态的黑影顿时就变成了静态的一团，果真是一个小孩儿，这小孩儿身体瘦削。看起来只有十岁孩童大小，被南鸢的手掌弹得趴在地上，结了块的毛发散乱一头，衣衫破旧还小一号，露出一大截臂膀和小腿，脚上穿着破草鞋，没有遮蔽物的地方早已乌青溃烂。

在这天寒地冻的积雪城外，若非修士，普通人穿得这么少，怕是早就冻死了。

可这人身上没有丝毫修士气息，一看就是个普通人。

污垢的脏发下，一只漆黑的眼睛从凌乱的头发缝隙中看了过来，目光警惕而锐利，阴鸷至极。

那人在看清南鸢的模样后，那锐利阴鸷的目光一凝，随即变得更加凶狠。

这眼神看得南鸢有些想笑，然而她笑不出来，是个“面瘫”脸。

才靠近片刻，小孩儿身上的骚臭味便扑面而来，南鸢有些嫌弃地退后了几步。她有洁癖，还挺严重的。

南鸢这举动让那人眼里露出了凶狠的神色。

“在那儿！”突然，远处有人大喊。

脏小孩儿一听到那声音，目光一沉，爬起来继续往前跑。

只可惜小孩儿被南鸢挡了这一下，刚才那一跤又摔伤了腿，很快就被一群人追上了。

四五个人，也不过是十二三岁的年纪，竟逮着那脏小孩儿一顿拳打脚踢，说出来的话如同淬了毒。

“狗东西跑得真快，你再跑啊！又偷我家的食物，看我不打断你的狗腿！”

“还别说，这怪胎皮糙肉厚，怎么打都打不死。”

脏小孩儿的手被一只脚踩着，那脚狠狠碾了几下，被小孩儿一直紧紧攥着的东西终于脱离了掌心。

那是一块不知什么灵兽的肉干。

地上的脏小孩儿一声不吭，只是将自己蜷缩成一团。

南鸢微微眯了眯眼，还没动作，趴在她怀里的虚小糖先忍不住了，发出了气愤的吱吱声。

“你觉得这小孩儿可怜？”

“太可怜了，呜呜呜。”虚小糖用神识交流。

“可是弱肉强食的世界，弱小活该被打。”她就经常揍那些不长眼的蝼蚁。

“鸢鸢忘了吗？我们要做好事的。”

南鸢嘴角微不可见地抽了一下：“好吧，听你的，救他。”

其实，若不是她刚才拦了一下，他应该已经逃掉了。

南鸢屈指一弹，几个小孩儿顿时飞了出去。

小孩儿们哀号出声，一看到南鸢这个美如天仙的女人，全都惊呆了。

他们从没见过这么漂亮的女人，这肯定是城里的贵人。

裴月莺这副皮囊确实算得上上乘，加上又是个爱美的人，就算是武修，也把自己保养得很好，肤若凝脂，眼含秋波，唇似菡萏……

“仙子，你不要被这丑东西骗了！他经常偷东西，还是个怪胎！”

为首的那个小孩儿从地上爬起，跑过来一把抓起脏小孩儿的头发，将他的脸露了出来。

南鸢秀眉微微一挑。

刚才这小孩儿头发遮着脸，她没看清，没想到长这副模样。

这还真是个……与众不同的小东西。

小孩儿的脸还是张人脸，只是上面长满了密密麻麻的青紫色肉瘤，看起来骇人至极。左眼皮上的那一颗肉瘤尤其明显，像是坠着一颗小肉球。

被肉瘤这么一压，左眼就只剩下一条缝了。

换成任何一个人，乍然看到这张脸，肯定会惊恐尖叫，但对南鸢来说，这反而是一张辨识度极高的脸。

众生万象，美丑不过一副皮囊。

怪胎小孩儿被南鸢长久的打量激怒，狠狠挣扎起来。

旁边的小孩儿踢他：“死怪胎，臭哑巴！”

“滚。”南鸢冷冷地看了过去。

弱肉强食的世界，强者讨人喜欢，但这种欺软怕硬的东西就不那么可爱了。

这一声下去，几个小孩儿耳鸣头痛，连滚带爬地跑了。

仙子是不是脑子有病，居然替这个又脏又臭又丑的怪胎出头？

真晦气。

蜷缩在地上的小怪胎将掉在地上的肉干紧紧握在手里，一张爬满肉瘤的脏脸仰起，正对着南鸢，目光满是警惕。

南鸢扫了他一眼，转身离开。

小怪胎盯着那抹窈窕的背影，在那人的身影越走越远马上就要看不清的时候，突然爬起来，一瘸一拐地跟了上去。

南鸢回头看他一眼，目光冰冷又淡漠：“别跟着我。”

小怪胎埋着头，好像很怕她，但仿佛听不见她的话一样，仍旧跟在后面。

等南鸢转身之后，前一秒胆小怯懦的模样顿时就变了，他抬起头，一边啃他偷来的肉干，一边悄悄打量这个女人。

那只坠着肉瘤的左眼完全眯了起来，那只正常的眼里却精光闪烁，冰冷一片，没有丝毫感激之情。

窝在南鸢怀里的虚小糖瞅了瞅那丑八怪，突然吱吱出声。

南鸢：“说人话。”

“鸢鸢，好人做到底，不如你收养他，他肯定对你感恩戴德！”

南鸢淡淡“哦”了一声，没啥兴致：“我不会养孩子。”

“不怕，有我呢，我空间里还有育儿宝典。”

南鸢毫不在意地道：“你想养，那便养。”

见她一副无论它想做什么都能满足它的架势，虚小糖感动得哇哇大哭：“鸢鸢，你比我爹爹还宠我！”

南鸢揉了一把它的毛，顿足，转身看过去。

跟在后面的怪胎也一顿，与她对上那一眼，便惊慌失措地垂下头，一副手足无措的模样。

“我是这积雪城的城主，你可愿意去城主府？”

小怪胎猛地抬头看她，瞪大了眼。

那只坠着肉瘤的左眼因为突然大幅度睁开，顶着的那颗肉瘤上下抖动，看起来越发丑陋。

南鸢扔给他一个木牌：“我现在要去一趟雪雾山，你若继续跟着，我不会管你的死活。这是我的城主令，见令如见我，你拿着它去城主府找老管家。”

小怪胎接住令牌，人有些蒙。

他愣愣地盯着南鸢，片刻后咧嘴一笑，看起来欣喜极了。然后他双腿一屈，跪在了地上，朝她猛磕头。

那磕头的架势宛若南鸢是他的再生父母，哪怕他把命给她都可以。

南鸢看他一眼，转身走远。

她本来想确认一下雪雾山的方向，但这小孩儿似乎不会说话？

不会说话，长得很有辨识度，还懂得感恩……南鸢突然觉得，虚小糖的意见不错。

小怪胎磕头磕了很久，哪怕地上积雪不化，他磕得久了，竟也在额头上磕出了一个血印子。

直到南鸢的身影完全看不见，他的动作才放缓，慢慢停了下来。

小怪胎仔细观察手里的木牌。

这木牌做得相当精致，一面雕刻着雪莲花，一面刻着“裴”字。

他不识字，只是将木牌放在鼻尖嗅了嗅，确定没什么问题才塞进了怀里。

想到那女人的话，小怪胎又笑了，但不是咧嘴傻笑，而是一种木然的、没有温度的笑。

他遇到好人了？可是，世上还有这种好人吗？

南鸢来到雪雾山深处，熟悉了一下地形，顺手灭掉了几只找死的灵兽。等手感练得差不多了，她才返程。

回府后，南鸢没看到那小孩儿的身影，有些意外。

她难得看上个人，便主动问老管家。

老管家听完神色大变：“什么？城主把城主令送出去了？荒唐！这东西怎么能随便送人，还是个小孩儿？老奴这就派人去找人！”

城主令可是积雪城调兵遣将的东西，老管家急得忘了问那小孩儿长什么模样便走了。他下意识地觉得对方是个粉雕玉琢的小孩儿，毕竟全城的百姓都知道，城主大人好美色。

第二章

小孩儿，你过来

小怪胎好不容易进了城，没多久就摊上事了。

他不小心撞到了人，暴露了那张藏起来的脸。

周围有人惊呼出声，一群路人迅速聚拢在一起，对着他指指点点。

而他冲撞到的“贵人”看起来跟他差不多大，穿得很体面，据说是城主大人府中最受宠的薛公子的幼弟。

城主……

小怪胎想到藏在怀里的那块令牌，目光冷了冷。

看来那个女人也不是什么好人，但是没关系，只要不用再忍冻挨饿，让他伺候魔鬼都可以。

“我的娘哎，这丑八怪吓死我了，怎么长成这副鬼样子？去，给小爷滚远点儿！”

十一二岁的孩子一脚踹了过来。

小怪胎抬头看了看小少爷身后那几个凶神恶煞的家丁，没有躲闪。

被踹到地上的时候，他只是一只手护住怀里的令牌，一只手抱住了脑袋。

但是他越捂着，那位薛小公子踹得越狠，仿佛把他当成了出气的玩具，一边踹一边笑：“这丑八怪不傻嘛，还知道护住肚子。”

他身后的家丁都跟着哈哈大笑。

“不知道这丑八怪脸上的瘤子是不是病症？小少爷不如找个大夫给他看看，说不定把这些瘤子割掉这人就变好看了。”

“这法子不错，你，去割掉他的一个肉瘤。”

“什么？小少爷，这……这不太好吧？”

“叫你去就去，又死不了人，出了事我负责，我兄长可是城主府里的薛公子。”

这时，家丁掏出了匕首。

小怪胎目光冰冷地盯着那人，眼里仿佛装着一个地狱，那里面都是吃人不吐骨头的恶魔。

他自幼听多了辱骂，早就麻木了，本以为等这人出完气就会没事了。谁知道，对方竟要割他的脸。

小怪胎干瘦如鸡爪的双手紧紧握成拳头，心中涌出浓烈的恨意。

他想杀人。

小村庄、积雪城里所有欺负他的人。

他想通通杀掉。

可如今，这滔天的恨意只能埋入心底。因为他做不到。

小怪胎趴在地上，绝望地看着这个世界。他没有求助，因为早就尝试过无数次，知道没有人会伸出援手。就如同现在，这些围观的百姓全用震惊、嫌恶的眼神看着他。他们会惊奇他为什么长成这副鬼样子，会嫌弃他身上又脏又臭，然后像看什么稀奇玩意儿一样“观赏”他。

没有一个人伸出援手，没有一个人同情他。好像他这样的丑八怪活该被人这样欺负。

小怪胎喉咙中发出“呵”的声音，十指紧紧抠在地上。他长得不像人，但这些人又哪里算人呢？他们披着一张比自己好看的脸，却做着跟恶魔一样的事情。

眼看着那家丁握着匕首离他越来越近，小怪胎猛然间一个暴起，趁其不备夺走了对方手里的匕首，然后一刀捅向了对方的眼睛。

那人发出一声惨叫。

趁着众人注意力被转移，小怪胎拨开人群，拼命地跑了。

城主府。

虚小糖趴在地上，撅着圆滚滚的小屁股，正认真地翻看它爹爹留给它的宝贵财富——《三千世界手札》，把这个世界的主线又看了一遍。

“鸢鸢。”

南鸢打了个哈欠，懒洋洋地抬了抬眼皮：“嗯？”

“我们真的不去攻略大反派吗？听爹爹说，这是最快的办法。”

南鸢兴致缺缺：“不去。”

或许这个办法快，但这办法对南鸢来说，太难了。

让她一个表情都做不出来的“面瘫”脸去讨好喜怒无常的大反派，简直是为难她。

当她是她妈吗？戏精上身，各种角色信手拈来，拍她爹的“彩虹屁”能三百六十五种不重样？

南鸢顶着一张高岭之花的脸，内心却吐槽了一堆。

感谢她爹，给了她厉害的血脉传承，感谢她妈，生了她这么一张“面瘫”脸，让她避免了不少麻烦。

只要她往那儿一站，再冷冰冰地看上一眼，那些蝼蚁就能吓得屁滚尿流。

虚小糖看她一副恹恹的模样，顿时挺起了小胸脯：“没事的，鸢鸢，我们可以多做好事，等鸢鸢以后救下很多很多人，我们就能得到很多信仰之力和功德值，积少成多，一样的。”

虚小糖斗志昂扬地掏出另一本书，书名——《圣母修炼手册》。

不小心瞟到封皮的南鸢：“……”

南鸢不禁反思，她是不是对这小崽子太纵容了？

老管家找到人的时候已经是一天以后。

小怪胎蜷缩在乞丐窝的角落里，干瘦如鸡爪的手正捧着一个硬邦邦的馒头在啃。

老管家本以为是个唇红齿白的小童子，哪料是个人憎狗厌还会行凶伤人的丑八怪。

“你，跟我来，城主要见你。”老管家发话了。

小怪胎脑中闪过无数个念头，再抬眼时，神色已经变得小心翼翼，跟所有卑微的蝼蚁一样，一点儿小恩小惠就能让他们放下尊严。

就这样，小怪胎进了城主府。

还没来得及观察贵族生活的地方，他就被人扔进了一个大木桶。

桶里是对很多百姓来说无比奢侈的热水。

身后，小厮拿着一个锅刷来来回回地刷他皮上的泥垢。

很疼，但是小怪胎没有喊一句。

他双眼放空地盯着对面的墙壁，那只完好的右眼在洗掉脏污之后，竟然很漂亮，瞳孔漆黑，像刚刚在水中浸润过的黑曜石；睫毛浓密而卷翘，微微颤动时，像蝴蝶的翅膀。

可惜，他再漂亮也是断了翅膀的蝴蝶，是异类。

给他刷背的小厮心中有气，拿着刷子狠狠刮着他伤痕累累的皮，酸里酸气地嘀咕："我真搞不懂，你个丑八怪怎么能得到城主的青睐……"

城主好美色是出了名的，他长得丑，就只能干最低等的粗活。

但他没啥好抱怨的，谁叫他没有一张英俊的脸，不能去城主大人面前伺候？

可是这个丑八怪凭什么？

小怪胎没有吭声，任他辱骂。

洗干净的小怪胎穿了一件干净的衣裳。衣裳是棉的，很暖和，他露出了进府后的第一个笑容。

然而，脸上的脏污不见之后，小怪胎那满脸的肉瘤看起来也更加突兀丑陋。他这一笑，便给人一种毛骨悚然的感觉。领路的小厮打了个寒战，又害怕又觉得恶心。

此时的南鸢已经知道了小孩儿的遭遇，不过内心没什么波动。

强者为尊的世界，弱小的人只能挨打。

虚小糖却用小爪子揉了揉眼，哭兮兮地道："好可怜哦，鸢鸢，你一定要好好养他，根据我爹爹留给我的宝典，养小孩儿最能激发一个人的怜悯心。鸢鸢如果能养好这个小孩儿，心肠肯定会变得越来越好，成为'圣母'指日可待！然后鸢鸢的'圣母之光'就能普照大地，到时候肯定能积累很多信仰之力。"

听到小肉球用这种软萌的声音说着什么"圣母"不"圣母"的，南鸢有那么一瞬间想揍兽。

"鸢鸢，你怎么不说话呀？

"我的提议不好吗？

"你马上就要多个干儿子了，开不开心？

"我爹娘当初生我的时候可开心啦。"

南鸢："……"

虚小糖它爹看起来就不太聪明的样子，虚小糖看起来更蠢。

不，不是看起来，它就是蠢。

虚小糖的耳朵突然动了动："鸢鸢，小可怜马上就来了！记得我刚才说的话哦。"

南鸢懒洋洋地眯了眯眼。

算了，不就是养个孩子吗？

“城主，人带来了。”

南鸢看向老管家领过来的小孩儿，安静地打量他。

洗干净之后小孩儿身上没了那股难闻的骚臭味，一头结块的脏发也打理好了，梳成了两个小鬏鬏，穿上了体面的衣服，遮住了青紫溃烂的肌肤，看着顺眼多了。

老管家试探着问：“城主，府里正好缺个喂跑兽的小厮，不如把他……”

南鸢揉了揉毛茸茸的虚小糖，淡淡道：“他以后留在我身边。”

垂着头的小怪胎瞪大眼睛，眼里闪过一抹异色。

“城主要让这丑……这孩子贴身伺候？！”

震惊的何止老管家，屋里的丫鬟们个个目瞪口呆。

老管家皱眉道：“城主，怕是不妥，他是个男子。我摸他的骨头，应该有十二三岁了。”

南鸢一怔，再次看向眼前这瘦骨嶙峋的小孩儿。

小孩儿这么大了？

她以为顶多十岁。

察觉到女人的犹豫，小怪胎嘴角紧绷。

“在我眼中，不过孩童而已。”南鸢道。

老管家听到这话，面色不悦，却没有再劝什么，只是建议道：“城主，这孩子什么都不懂，不如我调教几日再送来？”

南鸢想了想，颔首：“也好。”

“小孩儿，你过来。”南鸢朝小孩儿招了招手。

小怪胎不敢上前。

“以后你只听我一个人的。”南鸢微顿，“我叫你过来。”

平时她稍稍抬个手指头，那些讨好她的小妖就会屁颠屁颠地爬过来，这小东西居然还犹豫？蠢兮兮的，抱金大腿都不会。

当惯了上位者的冷面女王不说话时便能给人一种逼人的压迫感，何况她这句话透着几分不悦。

小怪胎咽了咽口水，慢吞吞地走了过去。在离她三步远的地方停了下来，垂下头，没有看她。

他记得，她是嫌弃他的。

一阵忐忑不安后，他悄悄抬起头看向这位城主大人。

小孩儿的神情紧张，却难掩孺慕之情，眼里闪动着亮晶晶的光点，那只完好的右眼眨了眨，像水洗过的宝石。

南鸢一愣，视线落在了他的右眼上。

她活了数百近千年，小癖好就那么几个，一是嗜酒，二是毛控，三是喜欢收集各种宝石珠玉，尤其喜欢亮晶晶的东西。

这小孩儿的眼睛像极了发光的宝石。

心下喜欢，南鸢很大方地丢出一瓶药：“外敷。”

小怪胎慌忙接住药瓶，睁着一大一小的眼，瞅了瞅她，再瞅瞅手里的药瓶，眼里有好奇和欢喜之色，那种不经意间流露出的依赖和孺慕之情也浓郁了几分。

南鸢在心里啧了一声。真是个不怕死的小可爱，他居然敢这样直勾勾地盯着她看。鲜少有人敢直视她，那些几千岁的大妖都不敢。

顿了顿，南鸢又将一瓶丹药丢了过去："内服。"

见这药瓶材质非同一般，老管家不由得心中生疑。莫非是老城主临死前偷偷留给城主的？这种珍贵丹药怎么能给一个如此低贱的下人服用？！

"老奴这就带他下去？"老管家问。

"不，我改变主意了，不用别人动手，我自己来调教。"南鸢漫不经心地道。

"可是……"

"吴伯，退下吧。"

老管家看了小怪胎一眼，神色郁郁地拂袖离去。

屋里的丫鬟们则面面相觑，无声交流。

"你们也都下去。"

一屋子的美貌丫鬟福了福身，在大丫鬟冬雪的带领下，鱼贯而出。

南鸢看着那一排袅袅婷婷的丫鬟，瘫着脸，一副高深莫测的模样。这样的美色，她实在欣赏不来。

当然，这绝不是她的错。

她妈就有点儿轻度脸盲，她不过是遗传了她妈，而且更为严重罢了。

对于重度脸盲的鸢大佬来说，要么长一张如绝色妖姬无法复制的脸，要么丑得很有特色，否则，在她眼里都是一个样。

屋内的下人走了，主人和主人的小兽都没说话，一时之间安静异常。

小怪胎的内心亦是一片宁静。

调教……

她是把他当成了无聊时打发时间的宠物？但至少，他没有从这女人眼中看到厌恶的情绪。

"药给我，然后把衣服脱了。"南鸢朝他伸手。

小怪胎一愣，眼里一瞬间闪过各种神色，但最后还是乖乖地将药递给了她，并脱了上衣。

他想到了各种可怕的场面，直到女人的手指带着药膏的凉意落在他的背上，他才发现，她竟只是在上药。

他这一身皮肉全都是伤，有些地方伤口溃烂，刚才又洗了个热水澡，变得越发红紫，丑陋可怕。

这样一具身体，这女人居然不觉得恶心。

她涂抹药膏的动作看似随意，但每一下的力度都恰到好处。

她很有耐心，很……温柔。

而全程，女人的神色都是冷淡无波的，眼里也没有丁点儿混浊污秽。

小怪胎鼻子蓦地一酸，眼睛蒙上了一层水雾。

从来没有人这般小心翼翼地对他，就好像他不是人人恨不得踹一脚的臭虫，而是被人捧在手心的……珍宝。

南鸢擦完药抬头，看到小孩儿那湿漉漉的眼，微微一怔。

疼的？可是她的动作已经很轻很轻了。大概……小孩儿比较娇气？

南鸢打开另一个药瓶的瓶盖，倒出药丸，喂“娇气”的小孩儿：“张嘴。”

小怪胎那只雾蒙蒙的眼瞅着她，兴许是女人刚才的动作太过温柔，他没有去想这是毒药的可能，呆呆地张开了嘴。

药丸入口即化，还带着淡淡的甜味。

南鸢把剩下的药膏递给他。

小怪胎接了过去，但站着没动，还是那么傻愣愣地盯着她。

“怎么，剩下的也想我给你擦？”南鸢面无表情的样子很难让人觉得她是在调侃。

小怪胎下意识地低头，明白过来后，反应极大地攥紧裤腰带，猛地往旁边一跳。

“吱吱吱……”虚小糖两只爪子捂着肚子，笑个不停。

南鸢屈指往它圆滚滚的肚皮上一弹，虚小糖立马转了个身，小屁股对着小怪胎，继续笑。

“它叫虚小糖，小名棉花糖，还是一只幼崽。”南鸢对小怪胎介绍道。

虽然不知道自己会在这个世界待多久，但南鸢还是希望自己养的崽崽们能够和平共处。

小怪胎扫了眼虚小糖一颤一颤的小臀儿，点了点头，表示自己记住了。

穿好衣服后，他端端正正地站在了一边。

“可有名字？不会说的话，你比画给我。”南鸢问。

小怪胎摇摇头。从他记事开始，村子里的人都叫他怪胎、丑八怪。

据说他娘是花楼里出来的女人，年老色衰之后把自己卖给了一个瘸子。后来那瘸子死了，她又跟过好几个男人。再后来，他娘怀了他，却不知道谁才是他的父亲。

他是个怪胎，他娘不喜欢他，每天打他，用各种恶毒的言语咒骂他。亲生母亲厌恶他，村子里的人也厌恶，他路过的地方，总有人用石头砸他。后来，他娘病死了，可他一点儿也不伤心，反而觉得解脱。

从那以后，他就开始了四处流浪的生活。为了找吃的，他经常被毒打。没有人喜欢他，人人都恨不得他冻死或者饿死在外面。

可是，他不想死，想活着。

南鸢见他半天不说话，确定了自己的猜测。

她伸手摸了摸小家伙的脑袋，刚开始动作有那么几分僵硬，但摸着摸着就顺手多了，还扯了扯人家的小鬏鬏。

小怪胎一脸无辜地望着她。

南鸢收了手，心道：还是小糖的毛比较好摸。

“不会说话也没什么，我正好喜欢清静。

“以后，你就叫裴子清。”

南鸢起完名字后觉得很满意，虚小糖的大名也是她起的，毕竟她拐人幼崽的时候，小糖的爹妈还没来得及给它起大名。

小怪胎听到名字的时候，先是愣怔，随即眼睛放光，越来越亮，像是盛了一整片星空。

他规规矩矩地跪下，朝她行了跪拜礼。

裴子清。

他有……名字了，还是跟这个女人一个姓。

小怪胎千疮百孔却坚硬无比的心，悄悄地软了一个角。

突然想到什么，南鸢上下打量小孩儿：“你太弱了。”

小怪胎一脸茫然地看着她。

“你想留在我身边，便不能太弱。你看小糖，看着小，力气却不小。”

虚小糖听到这话，“咻”的一下飞蹿到了桌子上，速度极快，只留下一道白色残影。

裴子清吃惊极了。他引以为傲的速度居然还比不上这只肉球一样的灵兽？

虚小糖豆大的黑眼睛极有人性化地瞅了瞅他，示意他往自己这边看。

然后，小家伙举起自己可爱的小爪子，口中发出气壮山河的一声“吱”，猛地一爪子拍在桌子上。

那张价值不菲的紫檀木桌倒是没有四分五裂，却多出了个爪印，一个直接将厚厚的桌子贯穿的小爪印。

那毛茸茸的一团东西昂着头看他一眼，几乎是踮着脚从他面前慢悠悠地晃了过去。

裴子清：“……”

明明是只灵兽，表情却比人还丰富。

而且那一爪子的威力——如果拍在人的脑袋上，恐怕会直接让人脑袋开花。

他正走神，一本书突然朝他丢了过来，裴子清连忙接住。

书上积了一层灰，也不知女人从哪儿掏出来的。

他被书皮上的灰呛了一嘴，边咳边望向女人，不明所以。

南鸢解释道：“修炼秘籍，按照上面的办法试试。”

她看出小孩儿有灵根，可以当一名灵修。

这个世界跟她的世界相差不大，修炼秘籍应当可以通用。

裴子清却抱着秘籍，神情愣怔。

虚小糖在一边“吱吱吱”地提醒，南鸢才“哦”了一声：“是我糊涂了，你并非小糖。”

虚小糖虽然是只幼崽，但虚空兽一族很厉害，识字能力也可以作为一种传承从老爸传给儿子，所以这小家伙不仅识字，还识得各个世界的各国文字。

南鸢想了想，正欲说“那就算了”，但见小孩儿一脸期盼的模样，这几个字顿时就咽了回去：“既然如此，明天开始，我教你识字。”

裴子清眨了眨眼睛，浓密的睫毛也跟着颤了颤。

他突然咧开嘴笑了，朝她重重地点了点头。

裴子清被安置在偏房，离城主的住所很近。

这一夜，小怪胎裴子清失眠了。回想这一天发生的事情，他仍旧有种置身梦中的感觉。

他狠狠地掐了自己一把，会疼，不是做梦。

今天发生的一切都是真的。

他又摸了摸脸上的肉瘤，尤其是左眼上的那一颗。他还是小怪胎，没有变好看。

他在积雪城外遇到了一个长得跟天仙似的女人，那个女人给了他一块令牌，让他去城主府找她……现在，他躺在了这里。

这间屋子很大很漂亮，是他做梦都梦不到的地方，屋里烧着炭火，燃着熏香，被子很软很暖和。

裴子清裹着被子，将自己缩成了一团。如果这是一场梦，他多希望这个梦能长一点儿，因为这个梦真的太美好了……

一觉醒来，裴子清发现，自己身上的旧伤新伤竟全部恢复了。

不但如此，他的肌肤变得又白又嫩，摸起来滑溜溜的。

裴子清的表情茫然了片刻后，嘴角轻轻勾起。

收拾妥帖之后，他脚步轻快地往城主的住所走去，在心里哼着小曲。

南鸢正卧在榻上，见人到了，却站在门口不进来，便朝他招了招手："发什么呆，还不过来？"

裴子清听到这话，顿时就咧开了嘴，小跑着到了女人面前。

南鸢卡了一下壳，才问："昨晚睡得可好？"

裴子清点了点头，冲她笑。

小时候他不敢笑，因为笑起来很丑。他一笑，他娘就打他，骂他怪胎。长大一些后他则是不会笑，因为这世上已经没有什么事情能让他开心了。

小怪胎笑起来，眼睛弯弯的，南鸢很喜欢，忍不住摸了摸他的小脑袋。

"走吧，去书房，教你识字。"

这一天裴子清学会了好多字。离开前，他面露不舍之色。

"离我这么近，有事尽可来寻我。"南鸢拍拍小家伙的脑袋，安慰道。

小孩儿很懂事，明明前一刻黏人得紧，但在南鸢下达命令之后，他就乖乖离开了。

在别人那里是会哭的孩子有肉吃，但在南鸢这里，懂事的孩子才有肉吃。

这小崽子她很满意。

虚小糖看到南鸢的改变，在心里嘿嘿地笑。爹爹的手册果然有用，它好像看到南鸢身上在散发"圣母之光"。

"鸢鸢，我们什么时候去做好事呀？"虚小糖开心地问。

南鸢打了个哈欠，懒洋洋地道："等我把阿清调教好了，让他打着我的旗号去做。"

虚小糖："……"

第二天，裴子清醒得很早。

他穿好冬衣，轻手轻脚地出了偏房，坐在了女人的屋门口。

离天亮还有一段时间，小怪胎望着城主府的夜空发呆。

等到星光慢慢隐去，满天的星星变得稀疏，天边露出了一点儿鱼肚白，他才听到"吱呀"一声。

身后的门开了，一坨毛茸茸的东西迎面砸来。

裴子清下意识地要躲，可在瞄到门后那抹倩影的瞬间，整个人一呆，犹如被什么钉在了原地，脸瞬间爆红，同时，额头被虚小糖砸了个正着。

刚才那惊鸿一瞥……

屋里没有点灯，光线昏暗。

女人穿着轻薄的白色亵衣，凹凸有致的线条被勾勒得一览无余，一头乌黑的长发披至腰臀……

虚小糖垂下来的小臀儿遮住了他的眼睛，后面没看到，裴子清也不敢看，低下了头。

白团子灵兽抖了抖毛，爬到了他的头顶，蹲在了上面。

“吱？”

它都骑在这小孩儿的头上了，他居然没有反应？

裴子清在发呆。

虚小糖作为神兽，对人类的七情六欲十分敏感，但它还不能很好地分辨各种情绪，所以只是不舒服地踩了踩他的头。

好在裴子清心里那一丝情绪来得快，去得也快。

“吱吱吱。”虚小糖指了指外面，又指了指屋子，让他进去避风。

裴子清听不懂这东西的兽言兽语，站在原地没动。

而此时，丫鬟们已经得知城主今日起了大早，急匆匆地赶了过来。

不一会儿，门外就候了一群人。

“都进来吧。”屋里的主人发话。

虚小糖“咻”的一下蹿了回去，临走前还专门蹬了裴子清一脚。

“鸢鸢，这人真笨，我叫他进来，他居然看不懂我的意思。”虚小糖一进门就打小报告。

南鸢抓了抓它的毛：“当初是你让我收养他，所以你不要欺负他，日后跟他好好相处。”

虚小糖听到这话，哼唧一声。

裴子清进来后，乖乖走到女人跟前，望着她。

“为何不进来？莫非你喜欢坐在门口吹冷风、看星星？”南鸢问。

她一直浅眠，这小崽子刚来的时候她就察觉到了。

她本以为小崽子会敲门，结果他蠢兮兮地在门口坐了一个多时辰。

裴子清低垂着头，双手揪着衣角，有些不知所措。

他醒后就睡不着了，很想过来看看她。他知道她肯定没起床，所以便坐在门口等她。

南鸢自以为猜到了这孩子的心思，妥协道：“你若一个人实在害怕，日后就留在外间。”

外间有床铺，以往守夜的丫鬟会歇在那儿，不过南鸢来之后就将守夜的规矩取消了。小孩儿可以睡在外间的床铺上，不过得给他换一张更软的床。

裴子清听到这话，蓦地抬起头看她，眼里有欢喜跳跃。

南鸢心道：真黏人。

不过，黏人不要紧，他懂事就行。

两人对话的空当，屋里的美婢们全都噤若寒蝉，铺床的铺床，端水的端水，各司其职，屁都不敢放一个。

自从城主闭关出来之后，这性子就变了不少，这几日既没有吟诗作画，也没有找任何一位公子，甚至昨天还把最宠爱的薛公子给撵走了。

反而是这个她们看久了能吐出隔夜饭的丑八怪，得到了城主的宠爱。

城主大人的这番举措，下人们实在看不懂。

城主府中设有百花园。这百花园并非指种着百花的园子，而是以百花命名。

这些年来，裴月莺收集的各色美男都住在这百花园里。

前年最受宠的云鹜云公子住的是梅园，去年最受宠的顾兰芝顾公子住的是兰园，而今年最受宠的薛公子薛松韫住的则是牡丹园。

梅园里的二层阁楼上，一名青衣男子正倚窗而立，盯着城主寝屋的方向。

男人生得风流俊美，此时似是刚刚睡醒，衣衫不整，胸前一大片白皙紧致的肌肤露了出来。

一只如玉的藕臂从男人的后腰缠了上来，轻抚他的胸腹：“君上看什么呢，心情似乎不错？”

青衣男子勾唇一笑，物色到了一个不错的小东西，心情自然好。

“君上，咱们什么时候回去呀？后宫一群姐妹可没我这么好福气。”

青衣男子嘴角微微一勾：“兴许，快了。”

身后的美人松开手，风情万种地横他一眼：“君上莫非舍不得那女城主？据说她勾人的功夫很好。”

男子将人捞到怀里，勾起美人的下巴，笑得风流多情：“再好也好不过本座的珊儿啊。”

男人同这香肩半露的美人纠缠一番，手指把玩般抚弄着她光洁的肩头，似是不经意地问了句：“珊儿觉得，是本座厉害还是七杀魔君厉害？”

美人瞳孔骤然一缩，眼里闪过惊惧之色。

她还没来得及说出一句辩解的话，片刻前还在同他缠绵的男人就一手掐断了她的脖子。

男人松手，美人软绵绵地倒在了地上，美目大瞪，眼里的光彩已经流逝。

“可惜了。”嘴上说着可惜，男人的嘴角却勾着一抹笑，邪恶至极。

书房内，正在教裴子清识字的南鸢突然察觉到什么，神色微微一变，望向窗外。

魔气？好像是梅园的位置。

南鸢停下，裴子清也停下，歪着脑袋看她。虚小糖正用蘸了墨水的小爪子在白纸上作画，察觉到她的动作，也仰着头看她。一人一兽，两脸发蒙。

南鸢嫌弃地扫了他们一眼。

阿清就算了，小糖竟也没察觉到，怕不是个假神兽？

她养的灵兽和孩子应该跟她一样充满霸王之气才对，怎么都蠢兮兮的？

不过，这城主府里居然有魔修。

南鸢有些意外。她突然想到了五年之后那位屠城的魔渊大佬，出现的魔气会不会跟此人有关？

她推算了一下时间，似乎差不多。这个时候此人身体出现异样，然后被魔修发现丢入魔渊，挣扎五年后爬了上来，摇身一变成为嗜血残暴的五大魔君之一，居然完全对得上。

她好像找到解决麻烦的办法了，只要找出这个男人，看好此人，让他日后去不了魔渊，他便成不了魔君。

这样一来，她保住了整个积雪城不说，还让魔域少了一大祸害。

如此大功德一件，可比小糖说的做那些皮毛一样的好事有用多了。

南鸢不禁弯起了眼，嘴角也轻轻扯了一下，本来是在笑的意思，结果“面瘫”脸让她的微笑并不明显，更像是眯眼和肌肉抽搐的斜勾嘴……变成了算计人的表情。

虚小糖和裴子清立马坐得端端正正，目不斜视地干着手中的活，生怕这个时候触到霉头。

南鸢：“……”

她真的只是心情好。

心情好的南鸢说干就干，立马让大丫鬟冬雪去找老管家。

老管家匆匆赶来：“城主，你找老奴？”

吴老管家是上任城主留下的老人，对裴月莺很忠心，但南鸢觉得，他效忠的只是积雪城，并非裴月莺。

“我最近在修一本秘籍，日后需清心寡欲，不能再碰男色。百花园里的那些男子，我打算遣散。”

老管家一副见鬼的表情。

府中谁人不知城主大人好色，有收藏癖似的，收集了满满一百花园的美男子，几乎是夜夜笙歌。

大人近日虽没有踏足百花园，但众人也只以为大人在憋什么大招，哪料竟是真的不碰男色了？！

一旁的裴子清听到这话，双眼瞬间亮了一下。

“吴伯，去库里取一些灵石吧，然后随我去百花园，给他们每人发一百枚中等灵石。”

吴老管家先是狐疑地打量她片刻，随即慢慢笑了起来，欣慰不已地道：“城主长大了啊。”

百花园中，听完城主的意思之后，美男子们表情各异。

梅园之主云鹜嘴角微勾，一副云淡风轻的模样，仿佛这么大的事情与他一点儿干系都没有。

“大人，我不离开！我心悦你，我不走……”

一个病美男哭哭啼啼地道，明明是个男子，却愣是哭出了几分弱柳扶风之感。

等老管家带了几大箱灵石过来，将一百枚中等灵石砸到那病美男手中，病美男顿时变成了鹌鹑。

不一会儿，满院的美男子领了灵石走了七七八八。有的美男子迫不及待地当晚就打包离开了城主府，生怕抽风的女城主第二天反悔。

裴子清乖乖站在女人的身后，眼睛一一扫过这些男人的脸，目光晦暗而阴郁。

这些人长得都很好看呢，好看到他想撕下来贴在自己的脸上……

裴子清不禁望向旁边的女人，忍不住又往她身前靠了靠，想离她更近一些。

“阿清累了？”南鸢察觉到小家伙的靠近，朝他伸手，“累了的话坐到我旁边来。”

什么？裴子清的耳根“唰”的一下变得滚烫通红。

在他的大脑给出指令之前，他的两条腿已经不由自主地迈开，同手同脚地走到了女人面前，晃晃悠悠地坐在了女人身边，浑身紧绷成了一根棍子。

大概是经常沐浴的缘故，女人身上有一股淡淡的清香，很好闻。

被这样的清香环绕着，裴子清觉得自己有些头晕目眩。他下意识地偏了偏身子，想靠她更近一点儿。

南鸢以为他困了，把赖在怀里的虚小糖拎起来，让他躺在自己怀里。

虚小糖：“……”

裴子清羞得浑身都跟火烧一样，小小的身板绷成了一根弦。他努力控制住自己怦怦乱跳的心，生怕打破这份来之不易的美好。

南鸢察觉到他的紧绷，揉了揉他的脑袋，轻轻拍打着他的后背：“睡吧。”

裴子清立马闭上眼睛。可是，他根本睡不着。

与他贴着的人身体好柔软，淡淡的清香萦绕在鼻间，她的体温明明比寻常人低一些，他却觉得很温暖……

紧绷的身体逐渐放松，他贪恋极了，很想永久停留在这一刻。

可是又觉得，这样似乎也不够，他还想要……更多。

他想要她只属于他一个人。

裴子清的眼底无声翻滚着黑暗汹涌的浪潮，嘴角却慢慢勾起，撒娇般在女人怀里蹭了蹭。

对怀里小崽子的小动作，南鸢察觉到了也并不在意。

他不过跟小糖一样，喜欢黏人罢了。

“裴月莺，我只问你一句，曾经你对我说的那些话有几分真假？”曾经颇受宠的顾公子问。

南鸢尽职尽责地扮演着渣女角色，冷淡地道：“喜欢你的时候，说的自然都是真的，不过，人心易变。”

听她说完，顾公子失魂落魄地走了。

“大人真是绝情呢。”最后剩下的云公子云鹜摇头叹道。

现在没什么人了，南鸢便认真打量起这人。

云鹜朝南鸢拱了拱手：“承蒙大人这两年的照顾。大人，我们后会无……”

不等他说完，南鸢便打断他道：“你留下。”

梅园之主云鹜，长得还凑合，但还达不到小糖说的妖艳绝伦的程度

思及人类妖化之后颜值会提高不少，气质也会改变，南鸢又觉得，五年后的大魔头就是此人。

云鹜一愣，心中生疑。裴月莺那赤裸裸地估量着什么的目光，让云鹜心里产生了一种怪异的感觉。

“大人，这是为何？”

南鸢怎么可能说实话，便胡诌了个缘由：“你最懂事，可以继续留在这。”

云鹜差点儿没能维持住优雅从容的姿态。一个小小积雪城的城主而已，竟妄想留他？

以前他留在这里，不过是恰好需要借助这个身份遮掩他的行踪罢了，加之这女人正好有几分姿色，便陪她玩了玩。

如今想找的人找着了，他可没有闲情逸致再玩这种过家家的游戏。

云鹜目光微沉，正打算直接毁了这城主府带走裴子清，却在一个抬眼间，一不小心对上了一双阴恻恻的眼睛。

躺在南鸢怀里假寐的裴子清不知何时睁开了眼，正用一种毛骨悚然的眼神盯着那个让女人亲口挽留的男人。

云鹜突然笑了。

“既然大人舍不得云鹜，那云鹜就留下来陪大人。”

清俊秀雅的青衣美男笑得格外迷人，没有丝毫勉强的样子，那一句“舍不得”被他念得缱绻暧昧，仿佛藏了很多不能为外人道的柔情蜜意。

裴子清有些黏人地往南鸢怀里钻了钻，动作跟小糖一样萌，嘴角却噙着一抹没有温度的笑，死死地看着云鹜。

云鹜也冲他笑，笑容隐含挑衅之意。

人啊，最怕没有欲望，有了欲望，事情就好办多了。

“听说了吗？咱们城主转性了，一夜之间遣散了所有美男！”

“据说是修了什么邪功，从此以后不能碰男色，如果是真的，城主也太惨了。”

“唉，我怎么听说城主是因为爱上了三百美男中的一个，为了他才遣散了后院美男呢？”

“都不对，是因为城主收养了一个孩子，那孩子不喜欢城主的这些公子，城主为了他才遣散了。”

“怎么可能是因他？那小孩儿长得那么丑……”

对女城主遣散后院三百美男的传闻，坊间众说纷纭。

但不管是哪种传闻，众人一致认为，女城主收养小怪胎只是一时心血来潮，小怪胎迟早会失宠。

然而一个月过去了，一年过去了，三年过去了……

小怪胎不但好端端地待在城主府，还成了城主的左膀右臂。

积雪城的百姓如今见了这怪胎，都会恭恭敬敬地称呼一声“裴小公子”。

虽然裴小公子的脸十分骇人，百姓却渴望这张脸多出现几次，因为裴小公子每年都会以城主的名义在积雪城济贫，或是发放灵兽肉干，或是发放一些御寒毛皮。

对这样一尊活财神，众人哪里会嫌弃那张丑脸？

然而，百姓只知城主看重这位裴小公子，却不知这位裴小公子在府中是如何受宠的。

在府中，贴身伺候的大丫鬟冬雪目睹了一切。

这位裴小公子享受着以往那些美男都没有的无上宠爱，城主对他偏爱到了极点。

第三章

阿姐，我不小了

冬雪端着刚刚沏好的茶，轻手轻脚地走进里屋。

屋里摆着一张软榻，仍是城主常用的那张，只是……三年前普普通通的软榻，如今在扶手和靠背之处皆镶嵌着密密麻麻的宝石，宝石打磨光滑，色泽极佳，即便是在昏暗的里屋也流光溢彩，耀眼夺目。

软榻之上铺了一张雪狼的皮毛，极大的一张，毛茸茸的，暖和又舒适，覆盖了整张软榻。

此时，这镶嵌了宝石、铺了雪狼皮毛的软榻上，半卧着一个穿着黑裙的美人。

美人神态冷漠，眉眼间有一丝懒怠中和了这份冷漠，看起来只是有些冷淡而已。

毛绒团子一样的灵兽窝在女人怀里，同款懒散样，偶尔还张开小嘴打打哈欠。

冬雪进屋，半卧的南鸢懒洋洋地抬眼。

“大人，茶来了。”大丫鬟冬雪低声道。

“什么时辰了？”南鸢身子坐起一些，光溜溜的脚丫子踩在地上那块雪狐皮毛上。

“回大人，刚至酉时。”

南鸢面无表情地看了眼窗外：“还没回来？”

冬雪早已练就了只听只言片语就能猜到城主的意思的本领，闻言回了句：“小公子许是又去猎灵兽了。”

说完，她朝城主福了福身子，自觉地退下。

南鸢没啥反应，倒是她怀里的虚小糖做了一个人性化的摊爪子动作。

它和南鸢躺在凶猛的雪狼的皮毛上，铺在地上可以光脚踩的，是速度奇快、极难捕捉的雪雾山雪狐的皮毛，里屋的地板上几乎铺满了这东西。

除此之外，还有南鸢的毛绒披风也多了好几件。

那小子是要把积雪城外长毛的灵兽全部杀光吗？

南鸢打了个哈欠，拍了拍虚小糖肥硕了不少的小臀儿：“小糖，你去叫阿清回来，一会儿该吃饭了。”

虚小糖两个爪子环在胸前：“哼，每次都是我去，这次该你去了。”

南鸢盯着它圆滚滚的身体：“你怎么这么懒？”

虚小糖：生气，明明鸢鸢比它更懒！

最后，南鸢没有征求小东西的意见，直接抱起圆滚滚的灵兽一起出门了。

积雪城外，大雪初歇，一眼望去天地相连，白茫茫的一片。

身穿黑色劲装的少年正在跟一只似狼又似豹的灵兽搏斗。

那灵兽体形庞大，然而少年速度极快，左躲右闪，数次周旋之后，手中匕首狠狠捅进了灵兽的脖子，再顺着腹部狠狠划过去。

一瞬间，少年的眼里闪过骇人的冷戾之色。

“阿清。”身后突然传来女人的声音，末了，女人还打了个哈欠。

少年隐去眼里的戾色，迅速转身，露出一张丑陋无比的脸。见到来人的一瞬间，他展颜一笑，一双漆黑的眼睛亮堂堂的。

“阿姐，你怎么来了？”

少年的声音还带着未退的稚气，清亮中透着难以忽视的惊喜。

从第一次替城主办事之后，裴子清就能说话了，是眼前这个女人治好了他的哑疾。

这几年，女人给了他太多太多东西，这不过是其中一样罢了。

南鸢揉了揉怀里同样打着哈欠的毛团子，漫不经心地道：“出来吹吹风，待在屋里总想睡觉。顺便来接你。”

裴子清听到后面一句，眼神越发温柔，笑道：“阿姐想睡，睡便是，我保证府里没人敢多说。”

他这一笑，脸上的肉瘤跟着轻轻晃动，越发丑陋。

但他不在乎，阿姐从不觉得他丑，甚至喜欢看他笑。

虚小糖用小爪子理了理被风刮乱的毛，无情地拆穿了某人：“鸢鸢骗人，她是专程来接你的，还非要抱着我一起出来吹冷风。”

南鸢：“……”

“阿姐？”裴子清的眼里露出两抹极亮的光。

南鸢对他这种表情实在没啥抵抗力，淡淡地解释道：“修炼一事急不得，你许久未归，我过来看看。”

裴子清顿时露出了羞涩又欢喜的表情：“阿姐是担心我？可是我想快点儿变得强大，以后才能保护阿姐。”

南鸢冷酷无情地道：“我不需要任何人保护。”

她是强者，人人畏惧的强者，求饶的从来都是别人。不过，养了三年的小崽子如此孝顺，南鸢心里还是非常受用的。

见小崽子的脑袋耷拉下来，南鸢又补充了一句：“你还小，不急。”

“我不小了！”裴子清反驳。

“哦？”南鸢上下打量他一眼，然后伸手拍了拍他的脑袋。

少年的表情顿时一僵，立马就猜到她要说什么。

“阿清啊，都三年了，你怎么都没怎么长个子呢？”

跟三年前相比，小崽子倒是结实了不少，但还是个小不点儿，大概就长了半个头那么高。

别人家的小孩儿十六岁都可以谈婚论嫁了，她家的崽崽怎么还像个小孩儿一样？

南鸢不禁反思。

莫非是她养得不够好？

“阿姐，你看，这是我今天猎的雪狐，三只，刚好给阿姐做一件大斗篷。”

裴子清将处理好的雪狐皮毛捧到南鸢面前，一脸期待地看着她。

“我已经有很多了，你是想把山上带毛的灵兽猎杀光吗？”南鸢不仅没有多看那皮毛一眼，还否定了他的行为。

少年眼里的光彩暗了下来，嘴唇抿了抿。

又是这种毫无波澜的表情，到底他要怎么做，才能让阿姐像他在梦里看到的那样开怀大笑呢？

“回去吧。”

裴子清点了点头，沉默地跟在女人身后。

南鸢回头看了一眼，见他两手空空，不禁一顿，提醒道：“阿清，你忘了拿我的雪狐皮毛。”

裴子清顿时一喜，欢快地道：“我这就去拿！”

虚小糖嘀咕：“鸢鸢，他真幼稚。”

南鸢心想：可不是吗？非要她亲口承认喜欢，不然他宁愿扔了都不给她。

傲娇的臭小孩儿。

裴子清扛起三张新鲜的雪狐皮，脚步轻快地跟在南鸢身后。

“阿姐，你老待在屋里不出来，都没看到这场雪有多美，太可惜了。”

南鸢：“我在屋里看到了。”

积雪城常年有雪，下雪的画面再好看，她也看腻了。

“阿姐，屋里看到的怎么能跟外面看到的相比呢？你没有看到天地间飞舞的雪花，翠绿的树叶上慢慢积雪，一点点染成白色，还有小道上被人践踏出来的脏兮兮的小路，重新与天地融为一体……”

南鸢眉心一皱。

第二个臭毛病说来就来。

——聒噪。

她真想把小崽子弄回成哑巴。

之前她看他安安静静的，以为性格天生喜静，没想到……

南鸢心里那个悔啊。

裴子清突然跑到南鸢前面，跳到一棵大雪松上，双腿钩着一根枝杈，整个身子悬下来，倒挂着看走近的女人。

“阿姐、阿姐，你想不想看雪？我给你下一场雪可好？”

南鸢还没来得及说不，那倒悬在树上的小崽子便开始晃了起来。

他一晃，整棵树都跟着晃动，积在树丫上的雪顿时大块大块地往下砸落，砸了南鸢和虚小糖满身。

等到大块的积雪砸完，便成了簌簌往下飘落的小雪，落在肌肤上，带着丝丝凉意。

虚小糖抖了抖毛，气哄哄地看向倒挂在树上的裴子清：“幼稚鬼。”

南鸢叹气。

算了，活泼点儿好，起码他内心阳光，帮她做好事的时候也能诚心诚意。

不过，南鸢还是愁啊。

三年了，阿清每年以她的名义去城里做好事，所积攒下的功德却只是皮毛。

那么一点点功德，于她而言，一点儿用处也没有。

看来，还是得等气运子成长起来，她从气运子那里借点儿便利。

按照虚小糖提供的时间线来看，这个时候的气运子还在苍淼大陆的某个旮旯乡村里喂猪。

等他被第一大宗门里的某小长老带回去凑数之后，他会从洒扫的外门弟子做起，受尽白眼冷落，被人欺压，后得到机缘，废柴变灵武双修的天才，“咻”的一下一飞冲天，然后天材地宝不断，一路开挂（某人在做某事时超常发挥），广收小弟，灭反派，救苍生，成就一段无法复制的神话。

南鸢抹了抹沾着雪末的“面瘫”脸，在心里叹了一口气。

这样的剧情，她都不知道从话本子里听到多少了。

她不会抢气运子的机缘，但跟着对方，抢在对方前面救苦救难总归可以吧？

可惜，她还得等两百年。

在气运子成长起来之前，往往反派会先变得很厉害，大多会搞点儿事情出来，不然哪里轮得到气运子拯救苍生？

天道就是一团只会跟着套路走的规则，蠢。

若不是天道，她何苦于修为封顶，摸索数百年都没能突破瓶颈？

天道算个什么东西，凭什么约束她？

“面瘫”鸢想到自己滞留数百年的修为，顿时就不高兴了。

女人的脸上看不出什么，但周身的气压明显变低了。

裴子清连忙从树上跳下来，乖乖站在女人身后，低声赔罪：“阿姐，我错了。”

南鸢看他一眼，没有解释。

就让这小崽子以为她在生气好了，不然他日后更无法无天。

“阿姐！阿姐你等等我，我真的知错了……”

可是“生气”的阿姐走得很快，便是三年后的裴子清也追不上。

他站在白茫茫的雪地上，看着远方的小黑点，神情懊恼。

做错事的裴子清回府后没有找他的阿姐，而是去了梅园。

曾经的百花园早已荒凉，唯有梅园还有开得正艳的梅花。

梅园主人云鹜这三年来深居简出，存在感极低。

当年城主遣散美男，独独留下了云公子，大家还以为云公子与众不同。

可这三年来，城主除了叫人好吃好喝地供着他，几乎没有踏足过梅园。

这奇怪的操作，众人便不懂了。

更让人不解的是，裴小公子时常光顾梅园，找这位失宠的云公子闲聊，似乎同云公子关系极好？

此时，状似关系很好的两人正在梅园的亭子里对弈。

一刻钟之后，黑子被杀得片甲不留。

云鹜将手中的黑子扔回棋罐里，淡笑道：“我输了。裴小公子的天赋可真让我惊叹。三年前，你还什么都不懂，如今却能把我这个师父杀得片甲不留。不过……裴小公子的杀性是不是太重了？这样可不好。”

裴子清摆出和南鸢同款的“面瘫”脸，并未接他的话，而是冷冷地道：“阿姐生气了，你的办法根本没用。”

“没用？若是没用，三年前的你可想象得到，如今你阿姐会像现在这般纵容你？只要不触碰她的逆鳞，你可以一点点试探她的底线。这期间，试探的火候很难把控，偶尔惹她生气也正常。”

“阿姐待我极好，我舍不得惹她生气。”

云鹜嗤笑一声：“既然舍不得，你又来我这儿做什么？”

裴子清沉默。

一开始裴子清很厌恶云鹜，因为阿姐遣散了众人，独独留下了他，这说明他是特别的，但自那之后阿姐再没有过问此人，裴子清的心态才逐渐改变。

再后来，裴子清稀里糊涂地跟他有了来往。

不管这人打的什么主意，裴子清的确从他这里获益不少。

“裴小公子，今年十六了吧？不小了。”云鹜嘴角缓缓一勾，笑容里多了一丝别的东西。

裴子清瞬间警惕：“你想说什么？”

“都三年了，你对我怎么还是如此防备？”云鹜悠悠叹了一口气，似乎有些难过，“真是一只养不熟的白眼狼。”

裴子清没有搭理他。

除了阿姐，别人对他的好都带有目的性。

“我只是想问裴小公子，你已经长大了，现在可还跟你阿姐同吃同住？”

裴子清神色微变：“关你何事？”

“呵呵，我只是想提醒裴小公子一句，在暴露之前你主动搬出去，要比被你阿姐发现之后撵你出去好。”

裴子清“唰”的一下站起来，怒道：“云鹜！你什么意思？”

“意思就是……你对你阿姐的心思不干净。”

裴子清怒极，一拳朝眼前的人砸去。

云鹜竟没躲，生生受了这一拳。

寻常人脸上挨上这么一拳，立马会肿成猪头，可眼前的人依旧一副笑意盈盈的风流样子，脸都没有歪一下。

“你是武修？”裴子清顿时皱眉。

云鹜睁眼说瞎话：“不是武修，只是较一般人皮糙肉厚。”

裴子清：“……”

“云鹜，少用你那龌龊的心思看待我跟阿姐的感情！我视阿姐为长辈、至亲，阿姐让我做什么我都愿意，哪怕要我的命，我都给她！”

云鹜似笑非笑地问道：“是吗？”

“当然是。”裴子清冷冷地看着他，质问道，“你隐藏修为混入城主府究竟有什么目的？”

云鹜将桌上的棋局打乱，拣了黑子一颗一颗地往棋罐里放，不紧不慢地道：“你觉得，我能有什么目的？”

“不管你有什么目的，都离我阿姐远一点儿！要是被我发现你图谋不轨，我拼死也会阻拦你。”

“你舍得死吗？”云鸷笑呵呵地反问了一句，“死了，那可什么都没有了，你再也不能同你的阿姐撒娇，再也看不到她了。或许，她很快就会再收养一个孩子，像养着你一样养着那人。”

“阿姐不会！”裴子清迫切地打断他的话，眼底暗流涌动。

阿姐才不会这么做。

“一个孩子而已，你觉得她能记得你多久？一辈子？小孩子就别做这种青天白日梦了。”

“住口！你休要转移重点。”

云鸷无辜地摊手：“我要是真有什么图谋，还能等这么久？三年前我是如何留下来的，全府的人都一清二楚。”

“最好如此。”

“裴小公子还是想想自己吧，你当真甘愿一直做你阿姐的小弟弟？她倒是把你当成儿子在养，你原本叫她一声娘亲最合适不过，呵呵……”

裴子清想到这个称呼，心脏发紧，有些喘不过气来。

他明明视阿姐为至亲，可为何换一个称呼就受不了了？

他不想让阿姐当那样的长辈，他……

他也不知自己想让阿姐当哪种长辈。

云鸷嘴角噙笑，继续道：“好好想想吧，小子，你对你阿姐究竟是什么感情？你想独占她，又是以什么身份独占呢？养子？干弟弟？”

“你住口！”

裴子清冷冰冰地看他一眼，掉头就走，脚步却变得凌乱。

云鸷低低一笑，把玩着手中的一枚棋子。

魔域之人最擅长的便是蛊惑人心。

等这小子对那女人的执念越来越深，只有彻底占有对方才能舒缓执念的时候，时机也就到了。

不过……云鸷端起一旁的茶杯浅饮一口，神色微冷。

这府中似乎隐匿着一位十分厉害的高手。

三年来，他时常能感受到有一抹神识在偷窥他。

积雪城到底何时有了这样一位高手？

若是连他都找不出来，那这人也太可怕了。

好在那人的目的只是确保他不出府，并没有监视他的一举一动，不然他这些年对裴子清灌输的东西根本藏不住。

裴子清一路失魂落魄。

他的异样太明显，以至于南鸢开始反思自己，是不是玩得太过火了？

“我早已不生气了，为何露出这种表情？”

裴子清动作熟练地拎起女人怀里的灵兽。

虚小糖不满地瞪他一眼，但很快就被对方顺毛顺舒服了，换了个怀抱继续小憩。

裴子清抱着虚小糖，跪坐在女人身边，脑袋轻轻枕在她怀里，低声问她：“阿姐，阿清是你的什么人呢？”

南鸢早已习惯小崽子的黏人，加上裴子清还是那副孩童的模样，倒没觉得什么，不但纵容了他亲近的行为，还揉了揉他的头：“我视阿清为弟弟。”

其实按照年龄来算，她都算是阿清的老祖宗了。

不过，隔太远的话，两人不容易亲近，当姐弟正好。

裴子清却在听到这话后，心脏微微一抽。

“阿姐，等我长大之后，我还是阿姐的阿清吗？”他问道，声音变得有些低哑。

“自然。你能活多久，你就能做我的阿清多久。”南鸢说起这个，竟难得地生出了几分怅惘情绪。

等她得到足够多的功德值和信仰之力，就会离开这个世界。

阿清这么大个活人，她带不走。

就算能，她也不会带走他。

所以她现在有两个打算，要么帮阿清走上人生巅峰，能力达到不逊于气运子的那种程度，以至无人敢欺。

要么她护着他，直到他寿终正寝。

这世界虽说是高级世界，但也是高级世界中偏下的，人类修炼至灵皇也不过活千岁之久。

不过千年，她耗得起。

她手中天材地宝无数，阿清自己也争气，她不信自己养不出一个媲美气运子的大能者（在一些有修炼等级的高级世界中，修为等级高，武力值远胜于普通人的一小部分修行者，是处于金字塔顶端的人物）。

然而，南鸢怀里的裴子清却从她的话中听出了另一个意思。

他活着的时候能一直做阿姐的阿清，那他死了之后呢？

阿姐是不是又会养另一个孩子？

那孩子会不会也叫阿清？会不会同他一样跟阿姐同吃同住？会不会像他这样枕在阿姐的怀里撒娇？……

一想到未来可能有人将他取而代之，裴子清便控制不住内心的黑暗和暴戾情绪。

不可以，阿姐是他一个人的。

“阿姐，我只喜欢你一个人，你能不能也只喜欢我一个人？”裴子清问，语气里带着几分小心翼翼。

南鸢捏了捏少年的后颈：“你对阿姐好，阿姐自然也对你好，感情是相互的。”

裴子清听到这话，心不那么痛了，眼里带了点儿笑意。

阿姐果然待他极好。

“阿姐以后可不许养别的孩子，阿姐有我一个就够了。”小崽子霸道地道。

南鸢瞥他一眼：“养你一个就够费神了。”

言外之意，她不会再养第二个。

裴子清立刻在她怀里蹭了蹭，笑着道：“我就知道，阿姐最好了！”

大雪纷飞，天地间白茫茫的一片，一个相貌丑陋的少年迎着风雪踽踽而行，留下了两排望不到尽头的脚印。

他已经在雪地里走了很久，又饿又冷。

突然，一个身穿黑色长裙、身段玲珑的仙子从天而降。

女人的身体带着淡淡的光晕，那张脸隐在一团白光之中，让人看不真切。

“仙子……”少年朝远处探手，嗓音干哑难听。

仙子圣洁如高山雪莲，声音亦带着风雪一般的冷意：“我乃天上的冰雪仙子，掌管天地间的冰雪，此次下凡历劫。而你，便是我的劫数。你想要什么？”

少年怔怔地看着她，喃喃道：“仙子，我想要……你。”

……

夜色正浓。

城主府城主的寝房外间，裴子清“唰”的一下睁开眼，眼底尽是惊恐慌乱之色。

少年满面通红，浑身湿透，仿佛刚从水里捞出来的。

他急促地大口呼吸着屋里的空气，一滴豆大的汗珠从他的额上滑落，恰好落在手背上，在寂静的深夜里发出清晰的“啪嗒”声。

原来是梦。可是他为什么要做这样的梦？

裴子清紊乱的呼吸和心跳逐渐平稳下来，身上的那股燥热感没了，眼里的情绪也全部隐藏了起来，凝成一团深不见底的黑影。

难道他对阿姐真的有了不该有的心思，所以才会做这样一个龌龊至极的梦？

他想独占阿姐，要她只看着自己一个人，不是晚辈对长辈的那种独占欲，而是，他喜欢她。

裴子清闭上眼，回忆着梦中的场面，心脏隐隐发烫，血液也慢慢升温，双手一点点紧握成拳。

他对自己放在心尖上敬重的阿姐，居然有这种阴暗龌龊的心思。

南鸢起来的时候，勤奋好学的裴子清已经在院子里舞刀了。

跟裴子清几乎一样高的大刀重达百斤，被他握在手里，舞得猎猎生风。

南鸢原本想让小崽子用剑，毕竟剑轻，看起来也优雅斯文许多，但小崽子见她挥了一次刀之后，说什么也要用刀。

“阿清……”

女人一开口，裴子清立马收了招式，提着把大刀“噔噔噔”地朝她跑过来，画面还挺萌的。

“练得不错。”南鸢拍了拍他的脑袋。

裴子清想起什么，目光微暗，主动道：“阿姐，我住在外间，原本是存了照顾阿姐的心思，可是阿姐从不起夜，反而是我经常给阿姐添麻烦。”

这次不等南鸢开口，她怀里的虚小糖就开始“吱吱”地嘲笑：“骗人，明明是你自己害怕，不敢一个人住。”

裴子清心道：他没有，当初是阿姐误会了他。

他贪恋阿姐的温柔，才默认了。

“阿姐，我不小了。”

南鸢一听这话便明白了。

她还以为这小崽子没有叛逆期，没想到这就来了。

南鸢想了想，的确不小了，只是他一直不长个儿，她就习惯性把他当成了三年前的那个小崽子。

南鸢一点头，裴子清立马把自己的床褥抱了出去，非常果断。

南鸢在心里感叹了一声，儿大不由娘。

然而没几天，南鸢就发现了更伤心的事情。

她面无表情地戳着虚小糖圆滚滚的小肚子：“阿清最近是不是在躲着我？”

“鸢鸢这么一说，好像真的是哦，以前他每天都要在鸢鸢面前晃几遍，最近忙得都不来晃了，也不帮我顺毛了。鸢鸢你说，他是不是在外面有人了？”

南鸢：“……”

“小糖，不太懂的话就不要乱说。”

虚小糖伸出小舌头舔了舔自己的爪子，哼哼唧唧了半天，一直泡在雪雾山不回来，就是外面有人了。

裴子清的确在故意躲着南鸢。他急需做一些事情来转移自己的注意力。甚至连云鳌他都不见了，一个人躲在自己的世界里苦苦挣扎。

在猎杀了一头凶兽之后，裴子清气喘吁吁地躺在地上。

他望着雪雾林上空灰蒙蒙的天空失神，大汗淋漓的厮杀终于让他做出了决断。

阿姐只能是阿姐，不能是别的。

她是他心中最圣洁的存在，他不允许任何人玷污，哪怕……是他自己。

裴子清仔细地将自己身上的血渍清洗干净，换了一身干净的衣裳，又用提前准备好的熏香将自己熏了一遍，确保自己身上的血腥气不会刺鼻。

阿姐有洁癖，他必须保证自己是干干净净的，虽然阿姐对血腥味的容忍度比其他味道更高一些。

整理好心情后，裴子清回了府邸。

刚回去，他就发现了异样。

——府里来人了。

他看那阵仗，对方应该很有来头。

他们的坐辇用高大漂亮的雪斑麋鹿代跑，他们的下人穿着积雪城中富人才穿得起的绫罗绸缎……

议事厅外面守着他们的人，不许任何人靠近。

府里的一位老仆人路过，看到裴子清时，朝他行礼："小公子安。"

"来的是何人？"裴子清皱着眉问。

老仆人小声答道："是青禾庄家的人。"

"青禾庄家？"裴子清喃喃重复了一句，"青禾庄家为何来我积雪城？"

这两个地方明明八竿子打不着。

"这……"下人有些犹豫地看了身后一眼，声音放得很低，"老城主还在的时候，机缘巧合下救了庄家大爷一命。庄大爷感恩，同老城主定了一门亲事，让膝下最小的儿子入赘城主府……"

莫说青禾城是苍淼大陆有名的富庶之城，就说这庄家，那可是数一数二的修灵世家。

数百年来，庄家出过不少灵修大能，在整个苍淼大陆都极有声望。

这桩亲事老城主到死都念着，可是庄家那边一直没有回信。

原本以为庄家早已忘了当初的承诺，没想到在老城主死后数年，这庄家小公子居然主动寻上门来了。

裴子清听完老仆人的话，怔怔地站在原地，双眼无神。

结亲？

阿姐她竟要同别的男人结亲了？

怎么可以，阿姐怎么能嫁给别人……

少年双手紧握成拳，双眼通红，目眦欲裂，浑身都在颤抖，那模样有些骇人。

老仆人被吓得不轻，福了福身后赶紧走人了。

裴子清回神后，捂住心口，失魂落魄地离开了。

他现在根本无法控制自己的情绪，不想阿姐看到这样的自己。

"裴小公子怎么一个人躲在此处黯然神伤？"

裴子清蓦然转身，看到身后神出鬼没的男人时，面色一沉："你怎么在这里？"

云鹜乐了："裴小公子，城主好像从未将我禁足，我想去哪儿就去哪儿。"

裴子清冷冷地看着他，没有说话。

"青禾庄家的人，小公子可看到了？"云鹜笑眯眯地道，"说庄家一家抵十城都不为过，那庄家的小公子我方才瞄了一眼，长得那真是一表人才，人中龙凤。"

裴子清看向云鹜的眼神已经变得阴鸷无比。

云鹜恍若未觉，悠悠然继续道："不说这庄小公子的身份地位，就说他的修为，放眼整个积雪城，怕也找不出几个比他厉害的。

"他这样的人入赘到城主府给你阿姐当夫婿，可是你阿姐赚了。"

裴子清听到"夫婿"二字，表情瞬间有些扭曲。

"我阿姐是世上最好的女人，谁都配不上她！这庄小公子不就是出生好点儿，算个什么东西，也敢娶我阿姐？"

云鹜呵呵一笑："配不配得上，可不是你说了算，你不如亲自去问问你阿姐，看看她怎么说？

“你阿姐断然没有道理拒绝这样一个人，若有庄家做靠山，至少可保积雪城两百年无虞。

“裴小公子大概不知，每隔五十年，积雪城外的雪雾山便会出现一次兽潮，规模或大或小，积雪城并不太平。

“最大的一次兽潮发生在五百年前，兽潮席卷整个积雪城，积雪城的人死伤大半。

“如果有庄家的人坐镇便不一样了，不管这位庄小公子受不受宠，只要他姓庄，积雪城一旦出事，庄家就不会坐视不管。

“这样一个完美无缺的人，甘愿入赘城主府，傻子才会拒绝，你说是不是？”

裴子清握紧的五指几乎把掌心扎破。

“你我好歹也算师徒一场，我奉劝一句，裴小公子还是早日认清事实吧。”云鹜装模作样地叹了一口气。

“你算我哪门子师父？滚开！”裴子清狠狠将他推搡到一边，从他面前走过。

云鹜被撞得身子一晃，屈指弹了弹被他碰到的地方，声音不远不近，刚好够裴子清听到：“等你阿姐成了亲，她日日会同那庄小公子做着你无法想象的亲密之事，说不定很快就会生下一儿半女，到时候还有你什么事？你本就是捡来的假少爷。”

这一瞬间，裴子清心里那根紧绷的弦终于……断了。

云鹜瞅了眼踉跄着跑远的少年，嘴角斜斜勾起。

城主府，议事厅。

南鸢打量着坐在对面的年轻男人，正用神识跟虚小糖交流。

虚小糖仗着没人能听懂它的兽语，直接蹲在南鸢的肩膀上，冲着她的耳朵低声“吱吱吱”。

“鸢鸢，这是个册上有名的炮灰，别看他长得人模狗样，其实超有野心。原剧情里，裴月莺闭关死翘翘之后，他早不来晚不来，偏偏在积雪城内乱最严重的时候赶来，后来跟老管家联手平定了内乱，成了新一任城主。为了名正言顺地继位，他还跟死人裴月莺结了亲。鸢鸢，你就说这操作过不过分吧？”

南鸢：“过分。”

虚小糖换了个姿势继续说：“可惜，炮灰就是炮灰，他还没逍遥多久，那位魔渊大佬就来灭城了，作为城主的他当时死得特别惨。对了，这炮灰跟气运子有一点点关系。他的三哥是庄家后辈中资质最好的一个，后来成了气运子的好兄弟，他惨死，两人自然就跟那只锯齿魔蛛结了仇……”

小糖一直“吱吱”个不停，惹得对面那人频频往南鸢肩上看。

英俊矜贵的男子微微一笑，让人很有好感，声音也十分温和：“原以为自己见多识广，可今日见了裴姑娘这只灵兽，方知自己见识浅薄。敢问裴姑娘，这灵兽是何品种？我竟从未见过。”

南鸢将肩膀上的小毛球抱入怀中，淡淡道：“雪雾山上逮来的，兴许是什么灵兽的变异种，不值一提。”

一旁的老管家见两个年轻人绕来绕去还不提正事，都有些急了。他对这位庄小公子万分满意，不管是为了完成老城主的遗愿，还是为了积雪城的未来，都希望促成这桩婚事。

终于庄莫南开口了，神色从容："不瞒吴伯和裴姑娘，此次我是来履行父辈的约定的……"

屋中几人相谈正欢，门外突然传来争吵打斗声，不多时，一人破门而入。

"少爷，这人声称自己是城主府的小少爷，我们没敢伤人。"跟进来的一位庄家随从回禀道。

庄莫南摆了摆手："下去吧。"

他看向那闯进来的少年，目光触及那张脸时，倒吸一口气，眼里闪过一抹惊异之色。

来之前他便打探过积雪城的事情，知道裴月莺收养了一个相貌丑陋的孩子，没想到竟丑到这种地步。

裴子清一进门就冲向南鸢，抱住了她的腰，仰头看她，眼睛里布满血丝，红彤彤的，眼里尽是哀求之色："阿姐，不要嫁给他，不要嫁，求求你了……"

他偏头看向那庄小公子，心中嫉恨。

这人果真长得十分俊美，那一身白底火焰的锦袍、那价值不菲的玉冠、那镶嵌着宝石的腰封，无一不彰显着这个男人的身份和地位。

他是天生的贵人，不是自己这种假少爷。裴子清的手不由得一收，将女人的腰抱得更紧了。

"阿清，你先退下。"南鸢拍了拍小崽子的脑袋，颇为头疼。到底是谁在小崽子面前乱嚼舌根？

老管家本就看不惯裴子清，见他没大没小地冲进来，还打了未来姑爷的人，顿时怒斥出声："也不看看是什么场合，闯进来丢人现眼，还不出去？！"

南鸢看了老管家一眼，心中不悦。她的崽子还轮不到别人来教训。

"阿姐？"裴子清眼巴巴地望着女人。他才不管那老东西，只听阿姐的话。

"放心，阿姐不嫁人。"

裴子清闻言，眼睛大睁："真的吗？阿姐不准骗我。"

"阿姐从不骗人。"

裴子清顿时喜笑颜开："那我出去等阿姐，等阿姐谈完了，我再来找阿姐。"说完他便欢快地跑了出去。

"让庄公子看笑话了。"南鸢对贵客道。

"方才裴姑娘要解除婚约，莫非跟这孩子有关？"庄莫南问，目光里带着探究。

南鸢解释道："跟阿清无关。你我门不当户不对，这门亲事委实不合适。由我提出解除婚约，没人会说庄家不厚道。"

"裴姑娘，若我说自己不介意呢？我应下这门亲事，一是因为父母之命，二是我本人其实并不那么在乎门第。"

南鸢面无表情，不为所动。

庄莫南知道她的态度后，苦笑出声："好吧，我明白裴姑娘的意思了。实不相瞒，庄家子嗣众多，我虽为大房嫡子，但并不起眼。若我愿意留在积雪城，裴姑娘可愿收留我？"

南鸢意外地看了他一眼。

虚小糖用爪子捂着小嘴“吱吱吱”：“鸾鸾你快看呀，这货果真是个豁得出去的，你都拒绝了，还不要脸地往上凑，他就是图谋积雪城，还装得人模狗样的，哼……”这么一对比，还是丑兮兮的阿清更可爱。

南鸾淡淡地道：“你想住便住，但亲事取消。”

庄莫南有些遗憾地道：“我虽有这个心，却不敢勉强裴姑娘。明日我便返程，同家父说明裴姑娘的意思，日后若是来积雪城小住，还望裴姑娘接纳。”

“可以。”南鸾承诺。

庄莫南朝她拱了拱手：“那便不打搅裴姑娘了。”

等人走后，裴子清立马“噔噔噔”地跑了进来，眼睛发亮地盯着南鸾：“阿姐，你当真没有答应这门亲事？”

“为何要答应？”南鸾躺回软榻上。

今天她说了好多话，真累。

裴子清立马上前给她捏肩：“阿姐，那庄小公子长得好看，家世也好，若是入赘城主府，以后积雪城也有了保障。”

南鸾口气狂妄地道：“有我在，护积雪城绰绰有余。”

裴子清笑呵呵地附和道：“我和阿姐一起护着积雪城，咱们不借任何人的光。”

等第二天庄莫南带着自己的人一个不剩地离开后，裴子清更是难掩脸上的喜色。他立马去找云鹜，腰板挺得笔直：“你太小看我阿姐了，即便是青禾庄家又如何？阿姐照样看不上。”

云鹜看他这副得意中透出点儿小喜悦的样子，突然摇头一笑：“裴小公子还是太嫩了。”

裴子清瞬间蹙眉：“你此话何意？”

“你信否，那庄莫南并未离开，或许在积雪城外驻扎，或许在毗邻的城池里，但他就是没有回青禾城。”

“他想干什么？”裴子清瞬间警惕起来。

“他身为青禾庄家的公子，大老远跑来这积雪城入赘，却被人拂了脸面，回去之后岂不被人笑掉大牙？看着吧，他定会用尽各种办法撩拨你阿姐，你阿姐现在的确清心寡欲了不少，但你可不要忘了她从前的模样，她极好男色。

“薛公子你可还记得，顾公子你是否还有印象？这两个人可都是被你阿姐盛宠过一段时间的，还有在下。”

云鹜悠悠一笑：“你不觉得从这庄小公子身上能看到我们三个人的影子？”

“薛松韫的高傲矜贵他有，顾兰芝的清高无尘他也有，甚至我这样的优雅风流，他也有。这样一个男人若是愿意花心思在你阿姐身上，你觉得，你阿姐把持得住？”

裴子清想了想庄莫南的模样和气度，发现云鹜所言竟一点儿不假。

这庄小公子完全是阿姐喜欢的类型，可能还是有史以来级别最高的一个！

不久前因为阿姐的承诺而欢喜雀跃的心情眨眼间就没了，裴子清开始恐慌：“我去告诉阿姐，让她防备这个不怀好意的男人！”

云鹜笑了一声：“你告诉她，她去找庄小公子，庄小公子再说几句花言巧语，你阿姐心软，两人继续纠缠……呵，这就是你想看到的情形？”

“那怎么办？你说怎么办？”裴子清暴躁地抱头。

这人为什么不离开？阿姐明明都拒绝他了。

云鸾眼里掠过一抹精光，嘴角勾起看向他，语调轻而缓地吐出一句：“很简单，杀、了、他。”

裴子清动作一僵，脑中涌出许多疯狂的念头，杀死那个男人，毁了那张脸，让他再也不能蛊惑阿姐……

可很快他就清醒过来，阴恻恻地盯着云鸾：“若那庄小公子在积雪城出了事，青禾庄家岂会放过我阿姐？就算他死在积雪城外，那也是从积雪城离开之后才出事的。

“云鸾，你在故意引导我？”

云鸾微微一笑：“裴小公子想多了，那庄小公子是什么修为，你阿姐又是什么修为？他若死了，没人会把责任怪在你阿姐头上。何况……呵呵，我就是这么一说。就凭你，你杀得了那庄小公子吗？”

“裴小公子请回吧，我累了，要歇息了。”

裴子清看云鸾的目光让人害怕，凝视片刻，他便转身离开。

云鸾心情颇好地掏出桌角的泥人继续捏，搞个分身暂时骗过那盯梢的人还是不难的……

第四章

我想阿姐了

裴子清这几日很黏人。

“阿姐，那位庄小公子当真不娶阿姐了？”

“我拒绝了。”南鸢拍了拍小崽子的脑袋，“阿清啊，你问过很多遍了。”

“我……我怕阿姐丢下我。”裴子清委屈巴巴地道。

“不会。除非你主动离开我。”

“我永远不会离开阿姐！”裴子清声音陡然拔高，情绪激动。

他永远都不会离开阿姐。

除非……他死，或者阿姐死。

不，阿姐才不会死，她这么厉害，一定能活一千岁、一万岁。

如果南鸢知道他的祝福，压根不会开心，让她只活一千岁、一万岁，那不是在咒她吗？

“阿姐，我会永远陪着你。到时候你撵我走，我都不走。”裴子清跪坐在女人身边，脑袋枕在她的大腿上。

这是他最喜欢的姿势，阿姐也喜欢他这样。

因为这样的阿清看起来乖顺听话，是阿姐的好弟弟。

裴子清想到云鹜的话，试探着问了句：“阿姐，那人以后都不会再来了对不对？”

南鸢一顿，道：“阿清，他是客人，若要来，我不能拒之门外。”

裴子清周身神经骤然绷紧。阿姐这话……莫非那庄小公子提前就跟阿姐说好了还会再来，而阿姐也同意了？

裴子清的心中转瞬间风起云涌。

他狠狠闭了闭眼，不要生气，不要动杀意。千万不要让阿姐知道自己那些暴戾血腥的想法，更不能让阿姐察觉到自己那份阴暗龌龊的心思。

裴子清控制住自己的情绪，嘴角重新勾起一抹笑，声音带着少年的稚气和温柔：“阿姐，好好休息，祝你做个好梦。”

南鸢拍了拍小崽子的脑袋：“阿姐也祝阿清早日长高长大。”

裴子清抬起脑袋，幽怨地看了她一眼。

趴在毛绒毯子上的小糖打着滚“吱吱”发笑。

裴子清眯着眼看过去：“笑什么？起码我还能再长高，你几年都不长一点儿！”

虚小糖立马奓毛：“你个笨蛋，这只是幼崽时期的形态！等我长大，就会拥有这世上最英俊的神兽外形，还有最光亮的神兽皮毛，鸢鸢可以骑着我去世界各地兜风，到时候我才不载你！”

裴子清："那我也比你长得快，现在你就是一个小肉球，还好意思嘲笑我？"

虚小糖"哇"的一声，蹿进南鸢怀里，用小屁股使劲挤开裴子清的脑袋，伸出爪子求抱："鸢鸢，他说我。"

南鸢：头疼。

最后南鸢还是将小糖扔进了裴子清的怀里，依旧是老母亲最喜欢用的办法："你惹生气的，你来哄。"

裴子清连阿姐都能哄好，何况一只小蠢兽，很快就把小糖哄开心了。

离开前，南鸢突然叫住他，提醒了一句："阿清，梅园那边，你少去。"

裴子清心中"咯噔"一下，好奇地问："为何？莫非那云鹜有问题？"

南鸢不知如何解释。

裴子清小声抱怨道："我不去找他，那阿姐可会手把手教我下棋？教我作画？整个府中，只有阿姐和云公子不嫌弃我丑，其他人都不敢直视我这张脸。"

南鸢一怔，第一次意识到小崽子好像格外在意自己的容貌？

本想过几年再帮阿清洗髓伐筋，重铸肉身，毕竟这痛苦一般人承受不住，活活痛死的例子也不是没有。但如果阿清这么在意的话，不如提前一些。

至于那云鹜，南鸢压根没放在眼里。莫说他现在血脉还没觉醒，就算他掉进魔渊千锤百炼后成为魔域大佬，她也半分不惧。

她留他在府中，不过是避免他成为一大祸害，顺便提前解决掉两年后的那桩麻烦事。

其实直接杀了这人是最好的办法，但谁叫南鸢现在准备做个好人呢？

裴子清见她许久没说话，以为自己伤了她的心，有些慌乱地解释道："我不是怪阿姐的意思。阿姐不让我见他，我以后就不见。"

南鸢摆摆手，并不在意："你想见就见。"

反正阿清身上有她偷偷留下的一抹神识，危及性命之时，能救阿清一命，也能让她第一时间察觉到不对之处。

若云鹜没有图谋最好，有的话，就当给小崽子上一课了。

裴子清观察许久，确定阿姐没有生气，才松了口气。

他最怕阿姐生气了。

白天，小崽子黏在南鸢身边，是她的好弟弟，可一到晚上，他的心里便疯狂地涌现一些阴暗的念头。

他想杀了那个可能回来的男人，做梦都想杀了对方。

挣扎了许久，他终究还是没有忍住。

"阿姐，我想出去历练几日。"裴子清态度坚决地道。

南鸢看了他一眼，点头："万事小心。"

"阿姐，照顾好自己，阿清很快就回来！"

裴子清朝南鸢重重一拜，头也不回地走了。

虚小糖舔了舔小爪子，纳闷地道："鸢鸢，只是去历练而已，他怎么一副壮士割腕的傻样？"

南鸢弹了弹它的小肚皮："不要瞎说。"

庄莫南一行人的阵仗很大，裴子清很快就找到了对方的落脚处。

如云鹜所言，这男人果然没有离开太远，就在相隔不远的城池里歇脚。

裴子清偷偷观察了两日后，不得不认清现实。

云鹜说得对，他根本杀不了这个男人。

他太弱了。他恨自己的弱小。

"谁？"裴子清察觉到异样，猛地转身，双目警惕。

夜色中走近的男人身穿一身青色长衫，容貌清俊至极，不是云鹜又是谁？

"啧啧，真是可怜。"云鹜笑了起来，身上带着一种以前不曾有过的黑暗气息，"在此处徘徊两日，竟连近身也做不到。不如我帮裴小公子一把？"

裴子清蹙眉："你怎么会出现在这里？阿姐不许你出府，你就应该乖乖待在府里才对！"

"没良心的小子，我千方百计地逃出来，可是为了帮你。"

裴子清面无表情地打量他片刻，突然冷笑一声："你来帮我什么？我不过是来打探一下这庄莫南的品性如何，想收集一些他的劣迹，回头他若哄骗阿姐，我也好让阿姐看清他的真面目。"

云鹜微顿，然后像是听到什么笑话一样哈哈大笑出声。

裴子清神情慌张，低斥出声："你疯了！你想引来庄莫南的人不成？"

可是，裴子清很快就发现了不对劲。

这边动静如此之大，却没有引来任何人，明明那庄莫南身边高手如云。

云鹜乐道："你所谓的高手是什么？这些人在我眼里不过蝼蚁。"

云鹜高高俯瞰着他，嘴角勾起一抹邪肆的笑："在我面前，不必掩饰你内心的欲望。因为你心里想什么，我一清二楚。"

毕竟这小东西可是他一手栽培出来的。

"你想独占你阿姐，让她眼里、心里只有你一个人，你喜欢你阿姐，做梦都想同她颠鸾倒凤……"

裴子清神色骤变，眼里涌现出疯狂而扭曲的情绪，怒吼道："我没有！不准你侮辱我阿姐！"

云鹜大笑："你自己在梦里侮辱她侮辱得还少吗？

"在我面前，裴小公子就不用再伪装了，我不会把你的心思告诉任何人。

"只要你承认你有这龌龊心思，我不但助你杀了庄莫南，还帮你得到你阿姐。如何？这笔生意做不做？"

藏在内心深处那肮脏龌龊的念头，被人赤裸裸地掀开暴晒在外面，裴子清深陷在沼泽中，挣扎彷徨、大口呼吸……

云鹜姿态闲适地站在一边，欣赏着他挣扎的过程。

少年闭眼，狠狠地喘了几口气，再睁眼时已经变得异常平静。

"为何这么做？"他的声音有些低哑。

云鹜嗤笑一声："人生在世，及时行乐，欲望并不丑陋，丑陋的是人心。那些在旁人看来肮脏龌龊的念头，又妨碍到了旁人什么？”

裴子清轻声道：“会妨碍到阿姐。”

他对阿姐的喜欢是背德。何况阿姐并不喜欢他，一直把他当孩子。

云鹜摇了摇头：“说你蠢，你有时候又很聪明，可说你聪明，我又觉得你是个榆木脑袋。你阿姐的底线在哪里？你试探了这么多年试探到了吗？你怎么就知道，你一定得不到她呢？”

裴子清发愣。云鹜突然拽住他的后衣领，拎着他飞了起来。

“你要干什么？！”

云鹜语气悠然地道：“带你去杀人。”

裴子清知道他深藏不露，却不知他竟明目张胆到了这种地步。

云鹜带着他成功避开了庄莫南布置在周边的所有耳目，深入敌方地盘，如入无人之境。

两人停在屋顶上，正下方便是庄莫南歇息的房间。

“你到底是什么人？”裴子清问。

云鹜笑得意味深长：“很快你便会知道了。”

裴子清抿了抿嘴：“就算你帮我，我也不会杀庄莫南。阿姐不会喜欢我手上沾血。”

云鹜眯了眯眼睛，闷笑了两声：“不，你会喜欢这种感觉的。”

屋里的人还没有就寝，里面传来两个人的谈话声。

裴子清听不清，云鹜却突然变得兴奋。

“裴小公子，这庄莫南正在同自己最信任的下属聊你阿姐呢，想不想听听他们在聊什么？”

云鹜没有给他拒绝的权利，直接将房瓦掀开一片，将他的头按了过去。

屋内，庄莫南换下了那身象征身份的华贵锦袍，装扮成了普通商人的模样，但依旧难掩风姿。

他双手负背，正在同面前一个低眉敛目的中年男子说话。

裴子清凝神细听。

“少爷，这积雪城城主既然不识好歹，少爷何不选另一条道路？那榆阳城城主的嫡长女倾心于少爷，少爷完全可以……”

庄莫南抬了抬手，打断他的话：“城主之女哪有城主的权力大？榆阳城以后可落不到一个女婿手里，但积雪城就不一样了。”

那下属愤然道：“可这积雪城城主不识好歹。”

庄莫南的表情不见喜怒：“成大事者不拘小节，等我将积雪城拿到手，这裴月莺也就没用了。”

裴子清听到此处，滔天的怒意侵蚀着他的理智。

他们竟然筹谋杀了阿姐取而代之？！他们怎么敢？！

裴子清忘了彼此之间实力的差距，一拳砸碎屋顶的砖瓦，从屋顶跳了进去，布满血丝的眼睛死死地瞪着这对主仆。

“好一个道貌岸然的伪君子，竟是打着杀我阿姐谋取积雪城的主意！”

他一步步走近，疯狂的杀意在眼中肆虐。

庄莫南心中大惊，不是因为畏惧裴子清，而是震惊于他竟能穿过自己的重重防卫，在屋顶偷听那么久，而自己竟一点儿动静都没有察觉。

庄莫南很快镇定下来，身上杀意不掩："既然被你听到了，那我也留不得你了！"

话毕，他抬手欲施展杀招。

可下一刻，庄莫南就惊恐地发现，自己的身体似乎被什么力量束缚住，动弹不得。

庄莫南嘴巴大张，一句话还没来得及说出口，便被冲上前的裴子清一爪捅穿了心脏。

裴子清手一抽，溅了他一身的血。

庄莫南身上的生机飞快流逝，双眼也迅速灰暗下来。那双眼大瞪着，还有几分残存的惊恐和不甘之色。他还没来得及大展宏图，就这么憋屈地死在了一个小人物手中……

"这人的心竟是红的，我还以为是黑的。"

裴子清语气平静，那双血淋淋的手却轻颤不止。

过了好一会儿，裴子清的手才终于不抖了。

他盯着庄莫南那张足够迷惑万千少女的脸，突然掏出了匕首。

少年一边挥舞匕首，一边喃喃自语："没了这好看的皮囊，你才不会生出那些险恶的念头，所以，割下来就好了，割下来就好……"

云鹜早已结果那下属的命，此时就站在裴子清身后。

看到少年的举措，云鹜先是怔了一下，随即便发出一阵低沉的笑。

"好孩子，你做得真是……好极了。"

原本风度翩翩的庄小公子，不久之后变成了一具没有脸皮的丑陋死尸，死状十分凄惨。

裴子清看着地上的尸体，心里深埋多年的东西突然破土而出，生根发芽。

原来，他一直就不是什么好人。

在很早很早的时候，他的心就烂了。

不管阿姐往那颗烂掉的心上浇灌了多少养分，都无济于事，只是让它看起来完好无损罢了。

因为，它的里面早已烂透……

外面庄莫南的护卫很快就发现了异样，裴子清果断地选择了杀戮。

以他的修为，他自然打不过这些人，但云鹜会帮他。在他眼中厉害的高手，在云鹜这里都只是一个任由其操控的玩偶。云鹜控制玩偶，而他当了刽子手。

到最后，裴子清杀得满身是血，神情麻木。

一刀子捅死了最后一人，他的动作变得越来越干脆果断。

裴子清抹了一把脸上的血渍，这一抹反倒把血渍抹开，脸上的肉瘤染成了红色，像是血池里滚动沸腾的血泡。

此时的少年宛若地狱走出来的恶魔。

"你做得很好，只有死人才会永远保守秘密。"

裴子清没有理会对方，失神地盯着自己染血的手，喃喃道："阿姐，我想阿姐了……"

云鹜低笑两声，姿态闲适优雅："不急，我先带你去个好地方。"

裴子清从麻木中挣扎出来，漆黑空洞的眼睛盯着他。

云鸷恍若未觉对方毛骨悚然的直视，悠然道："你没有拒绝的权利。"

裴子清冷笑了一声。

"裴小公子，我答应你，等你去过那个地方，出来之后就能见到你阿姐。"

"阿姐若知道你对我做的事情，不会放过你的！"

云鸷听完哈哈大笑："你阿姐若是知道你做的事情，还会认你吗？"

裴子清浑身一颤，自言自语道："她会的。阿姐说过，她永远都不会丢下我……"

他杀人都是为了阿姐，阿姐肯定会原谅他的……

云鸷嘲讽一笑，抬头望天，身上的气息陡然一变。

片刻后，一只通身黑色的肉翼鸟从天边飞来。肉翼鸟载着两人展翅高飞，一个滑翔就飞出很远。

高空中的疾风吹得人睁不开眼，少年努力回望积雪城的方向，心中越来越恐慌。

有那么一瞬间，他竟有种自己再也回不来的感觉。

肉翼鸟日行千里，速度极快，往南飞了很久。

肉翼鸟俯冲而下，终于落地。

裴子清的脚也总算落到了实处，他望着周围广袤而荒芜的土地，心中不适。这里的草木、空气都让他觉得压抑。

前面是一处深渊，一眼望去，深不见底。

他甚至闻到了一股腐烂的味道。

"裴小公子，我们到了。"云鸷看着他，嘴角噙笑。

"这是哪里？我要回积雪城！"裴子清心中不安。

云鸷低笑："你若是能从我魔域的魔渊里爬上来，自然就能……见到你阿姐了。"

"什么？魔渊？云鸷，你……"

下一秒，少年身体一轻，被一股力量狠狠抛了出去。

"啊……"

在少年的惨叫声中，云鸷脸上的笑容逐渐加深，声音悠然传送下去："裴子清，你只有两年时间，记住了。两年一到，我就去杀了你阿姐。"

他站在悬崖之巅，眼前是那深不见底的万丈魔渊。

就算是他掉进去，也不一定能安然无恙地回来。

魔渊之中有常年不散的瘴气，并非普通瘴气，它能驱走五行元素。

瘴气之中腐烂的尸骨堆积如山，生长着各种毒虫凶兽，更滋生着数不清的魔物，低等魔物吞噬人的血肉，高等魔物吞噬人的喜怒哀乐、爱恨嗔痴，它们侵蚀人的意识，摧毁人的意志……

一旦掉进这个地方，不管灵修还是魔修，都难再上来。

这里有一张巨大的网，密密麻麻，让人挣脱不开，除非——

涅槃重生，破茧成蝶。

如裴子清这样，身怀上古大妖血脉的人类，云鸷已经丢下去不止一个。

但那么多次，没有一个人爬上来。

南鸢发现不对劲的时候，云鹜已经出走多日。

她看着眼前这个言谈举止跟原主如出一辙的“云鹜”，知道自己被戏耍了，一掌拍过去。眼前的云鹜变成了一个泥人掉落在地上。

这段时间她一直盯着云鹜，不过偶尔打个盹儿，便叫这人跑了。

南鸢有些生气。

不过，这次云鹜的逃遁让她开始怀疑之前的猜测。

这人能用幻影骗过神识的窥探，显然不是普通人。

要么，这人在上古血脉被激活前就已经是个很厉害的人物，要么……是她搞错了对象。

这人不是她以为的那个魔域大佬。

“鸢鸢，”虚小糖用爪子拍了拍她，“你心情不好吗？”

南鸢淡淡地道：“没什么。”

她只是发现自己做了这么久的无用功，有些不爽罢了。

南鸢抱着虚小糖出了梅园，一路低气压。

突然，她脚步一顿，鲜少有什么情绪波动的脸骤然一沉，眼里闪过一丝怒意。

“鸢鸢！”虚小糖低呼一声。

情况不对，鸢鸢发怒了。

鸢鸢一发怒，血脉一沸腾，化形水就要嗝屁了。

果不其然，一眨眼的工夫，南鸢这具用化形水伪装出来的身体就恢复成了本尊模样——精雕玉琢，绝色冷艳，天生尤物。

女人黑衣猎猎，身姿飒爽，气场一瞬间散开，霸气凌厉，狂放逼人。

虚小糖吓得浑身奓毛：“鸢鸢镇定，镇定啊！”

被天道爸爸发现就完蛋了！

南鸢声音极冷地道：“有人想要阿清的命，如何镇定？”

虚小糖一听这话也怒了：“哪个混蛋敢在太岁头上动土？鸢鸢我们走，去弄死那人！”

臭小孩儿可是它和鸢鸢的人，只有它和鸢鸢可以欺负他，别人都不能。

南鸢手臂在空中一挥，虚空中凭空出现一道空间裂口。

一人一兽气势汹汹，直接破碎虚空走人。

这里暗无天日。

腐烂和血腥气混杂在一起的恶臭味充斥着四周，待得久了，人就仿佛失去了嗅觉。

裴子清那只漂亮的眼睛此时血淋淋的，整个被挖空了，一条腿也从膝盖以下没了。

他凶狠地挥舞着大刀，跟扑上来的魔兽厮杀。

手中这把刀是阿姐送的，就算杀那些庄家人的时候，他都没舍得用。

可现在，阿姐送的这把刀却沾满了黏稠恶臭的鲜血。

这些恶心的东西弄脏了阿姐送他的礼物。

它们生得丑陋不堪，模样畸形，有的脸上有三张嘴，有的头顶还会长出一只爪子，流着哈喇子，是只知道吞噬的低等魔物。

裴子清突然笑了一下，在杀了这么多奇形怪状的魔兽之后，才觉得原本自己根本算不得什么怪胎，至少他的脸上没有多一只眼也没有少一张嘴。

不过，那是以前，现在……

阿姐最喜欢的那只眼睛被魔兽一爪子剜走了，半条腿也成了这些东西的腹中餐。

刚开始他还会恨，但后来就只剩下活下去的念头。

他要活着，哪怕只剩一口气，也要见到阿姐。

裴子清将储物袋里的最后一颗丹药服下，身上顿时又充满了力量，继续新一轮的抵御。

他知道这样下去自己迟早会死，可是逃不出去。

未知的石洞里、黑褐色的大树上，甚至那陡峭的山壁上，都有着他对付不了的高级魔物。

他尝试过，是以瞎了一只眼、丢了半条腿为代价，才从那些东西的口中险险逃脱。

在同这些低级魔物交手的空隙中苟延残喘，似乎成了他目前所能想到的唯一出路。

他太累了……已经记不清自己厮杀了多久。

但他不敢合眼，怕自己一合眼，就再也醒不过来。

然而，补充体力的丹药总有用尽的一天……

终于……裴子清支撑不住了。

他大口喘息，用尽身上最后一丝力气后，倒了下去。

一只三头三眼的魔兽立马扑了上来，咬下了他的一条胳膊，那把从未离身的大刀连同他的胳膊被一同甩了出去，一部分低等魔物很快将那条胳膊分而食之。

裴子清对疼痛早已没了知觉，沉默地看着那些比他丑陋百倍的东西一拥而上。

“阿姐……”他喃喃着他心中那放不下的执念。

千钧一发之际，想象中被魔兽吞噬的画面没有出现。

裴子清的胸前有什么东西冲了出去，化成了一抹残影。

那是一个女人。

女人一挥袖，一股强大的能量波朝四面八方散去。

不过一瞬间的工夫，方圆数里，入眼之处的所有魔物化为灰烬。

裴子清努力睁大眼看向那抹残影，可惜剩下的这只眼被肉瘤压得只剩一条缝，加上额头的血汇成一小股流下来，打湿了他的眼，遮挡了视线，他根本看不清。

他很确定，这人不是阿姐。

但不知为何，这女人身上有跟阿姐一样让他想亲近的气息。

在灭掉周围所有的活物之后，女人的残影迅速变淡，最终消散不见。

她的存在似乎就是为了在关键时刻救他一命。

裴子清艰难地抬起手，虚虚地在空中一抓，什么都没有抓住。

“你是谁……”

没有人回答他。

他一动不动地躺在尸山上，周围寂静无声。

这一刻，好像魔渊里所有的魔物都缩回了自己的壳里，它们在畏惧方才那一瞬间的威压。

自己得救了吗？

少年微微一笑，贪心地想要睡一觉。

他真的太累了。

可是他忘了，身边这一小片区域并不在那一记杀招的伤害范围内。

而这里还藏着别的能要人命的东西。

有时候，越低级的东西越不惧生死，因为它们没有思考的能力。

一只只硬壳小魔虫从他身下的尸山中钻了出来，张开嘴露出了细小而尖锐的牙齿。

它们钻进了他的血肉里，贪婪地吞噬着他的五脏六腑。

裴子清已经没有力气驱赶这些最低级的魔虫了，但凡还有一丝力气，他都不会倒下。

刚刚生出的希望再次变成绝望，少年睁大眼望着头顶灰黑的天幕，无力得连嘴都张不开，只能在心里一遍又一遍地念着阿姐……直到他的生命流逝，最后一抹气息也消散了。

周围一片寂静，只剩下低等魔虫咀嚼血肉的细小声音。

也不知过了多久，诡异的一幕突然出现了。

少年脸上那些与生俱来的肉瘤突然裂开，一根又一根的白色丝线从里面钻了出来，一开始只有稀疏几根，后来越来越密集。

白色丝线将他的尸体一圈又一圈地缠了起来，最后缠成了一个厚厚的丝织囊袋，像一个巨大的茧……

南鸢在裴子清身上留了自己的一抹神识，不管对手如何厉害，这抹神识都能在瞬间秒杀对方。

而神识出现后，南鸢能在第一时间感应到他的位置，然后一个破碎虚空，第一时间赶到事发地点。

但南鸢没想到，就是这么一小会儿的工夫，她和阿清的联系就断了。

阿清他……

"鸢鸢，我们怎么一个破碎虚空到魔域了？你没有定位错吧，臭小孩儿真的在这儿？哎，等等，鸢鸢你站在悬崖边干什么？我怎么觉着这悬崖有点儿奇怪啊？天哪，这里难道就是我爹爹在手札上提到的魔域魔渊？那个以后会灭积雪城的魔域大佬就是从这里爬出来的，鸢鸢，你来这儿干……啊啊啊……"

南鸢直接跳了下去。

她的神情极冷，浑身血液都在沸腾，心中杀意滔天。

谁杀了她的阿清？是谁？！

她要活吞了它们。

虚小糖"啊啊"叫了一路之后安静了，认命地扒紧南鸢，一身毛都被吹成了冲天毛。

他们跳都跳了还能怎样？反正它和鸢鸢都会飞，摔不死。

虚小糖只觉得自己眼前一花，脑袋一晕，随即就听到重重的"咚"的一声，像是一对万斤重的蹄子踏在了地面上。

虚小糖探出小脑袋一瞅，小眼睛瞪得溜圆。

脚下堆积的尸山被碾得粉碎，黑黢黢的土地直接被踩出一片朝四面八方龟裂开的深深沟壑。

想到鸢鸢的本体，虚小糖沉默了。

四周都是腐烂的尸臭味，南鸢忍着不适往深处走去。

她越往里走，瘴气越浓，可见度也越来越低。

一开始她还能看到灰黑色的天空，后来便什么都看不到了。

南鸢一挥手臂，周围的瘴气如有生命一样，纷纷往更深处退去。

“鸢鸢，快看！是阿清的刀！”虚小糖突然叫了一声，从南鸢身上蹿下去，停在了一把染血的大刀旁边。

然后，它看到了一堆被嚼碎的骨头渣。

虚小糖浑身一抖，想起什么后，缓缓看向南鸢。

女人的表情看起来十分平静，虚小糖却感受到她体内的愤怒融入到躁动的血液中，马上就要沸腾了，然后就要……

“鸢鸢！鸢鸢镇定，镇定，啊……”后面它直接破音。

南鸢突然仰头长吼一声。

那吼声震天动地，整个魔渊为之一颤。

一瞬间天地万物变得死寂。

南鸢如人类一般的身躯猛地砸向高空，下一刻，一个庞然大物出现在魔渊上空。

这东西遮天蔽日，让本就灰暗的魔渊彻底陷入了黑暗中。

虚小糖仰望着空中的庞然大物，用爪子抱住自己的小身板，瑟瑟发抖。

魔渊深处的丛林和洞穴被巨大的利爪摁碎，藏在各个角落的畸形魔物们四处逃窜，最后被愤怒的凶兽生吞入腹。

虚小糖在原地急得跳脚。

这样下去，他们肯定会被天道爸爸发现的！

但一想到臭小孩儿就是被这些东西给吃了，虚小糖心里也恼火。

那可是给它顺毛顺了整整三年的臭小孩儿。

就算鸢鸢把这些东西都吃光了，臭小孩儿也回不来了。

魔渊被愤怒的南鸢毁了大半，魔渊的魔物也被她吞了大半，等到魔渊上空隐隐有天雷蓄积的时候，庞然大物迅速化为人身，一只手捡阿清的刀，一只手抱虚小糖，麻溜地走人了。

刚刚成型的专劈祸世妖魔的最高级别的九天神雷什么都没劈到。

在发疯发狂的大妖离开后，一片狼藉的魔渊慢慢恢复了死寂。

这之后的很长一段时间里，魔渊深处的高级魔物都被这一天的恐惧支配着，个个变成了缩头乌龟。

谁也没有注意到，某座尸山的一角，附着一个囊袋状的大茧。

它日复一日地吸收着魔渊里的魔气。也不知过了多久，那宛若死物的大茧突然有了动静。

一只白皙如玉、骨节分明的大手探了出来，扒开了丝状物织就的厚茧。

厚茧剥落，走出一个赤身裸体的男人。

男人宛如初生婴儿，一身皮囊细腻白皙，泛着光泽，宽肩、窄腰、翘臀。

他抬头望着远方，一双眼眸精致漂亮却带着异样的平静，唇色粉嫩，墨发亮泽，如瀑倾泻而下，垂至腰臀。

毫无瑕疵的五官组合在一起艳丽无比，但没有丝毫温度。

他的身上源源不断地散发出与这个地方无比相容的……死亡气息。

突然，他像是想起了什么，唇微微往上弯了弯。

一瞬间，墨发无风自动，肆意张扬，眼眸含情，波光潋滟，浑身上下都散发着摄人心魂的魅惑气息。

男人站在尸山之中，如同腐烂恶臭之中结出的一块瑰宝……

第五章

他们都不是阿清

两年后。

南鸢卧在铺着灵兽皮毛的软榻上，一动不动。

自从两年前一怒之下吞了那么多魔渊魔物之后，她变得越发嗜睡。

重新化形成裴月莺的南鸢继续当着积雪城的城主，两耳不闻窗外事，一心只想睡觉。

虚小糖跟着她一起躺，软趴趴地躲在她怀里，跟死了一样。

一人一兽，十分消极。

“鸢鸢，你是不是还在想阿清啊？”虚小糖低声问。

南鸢抬了下眼，没有说话。

她想吗？大概是想的。

又或许她仅仅是不习惯。

毕竟一个天天黏在自己身边叫阿姐的小崽子，说没就没了。

这两年，再没听到过那叽叽喳喳的声音，明明比以往安静许多，南鸢却觉得很不适应。

如果当年不是虚小糖阻止，她毁了整个魔域的心都有。

后来她瞒着小糖偷偷找到云鹜，将对方一刀劈成两半，才勉强平息了怒火。

虽然那人死不承认，但南鸢还是怀疑，阿清是被他带去了魔渊。

证据她懒得找，反正云鹜看上去也不是个好东西，杀了就杀了。

偶尔她脑中会闪过一个奇怪的念头，但还没成型就散了。

她和阿清的联系已经断了。

阿清死了。

一人一兽正在睡觉，吴老管家突然急匆匆地找上门来。

“城主，兽潮提前了！不仅如此，这次规模要比以前的都大，这可如何是好？！如果不能守住城池，兽潮所过之处寸草不生，我们辛辛苦苦守护的家园就要毁了！”

南鸢一脸淡定。

她早就察觉到了，大概五天之后，兽潮就会席卷积雪城。

积雪城每隔五十年发生一次兽潮，别人不知，她却明白原因，这跟雪雾山深处镇压的一样宝贝有关。

南鸢对那宝贝没兴趣，也懒得根治这祸患。

区区兽潮而已，到时候她站在城墙之上仰天长吼一声，保准这些灵兽吓得屁滚尿流。

“吴伯不用忧心，我自有办法。”

老管家被她看似敷衍的态度气得不轻，拂袖而去。

临走前，他抛下一句话："城主身为一城之主，如有必要，当以性命守城。"

南鸢这会儿没听明白，直到五天之后，兽潮席卷至积雪城脚下，她被老管家用绳索裹成粽子带到了城墙上。

被裹成同款小肉粽的虚小糖跟南鸢面面相觑。

一人一兽，两脸发蒙。

南鸢好奇老管家想做什么，于是任由他给自己下药然后将自己捆成个大粽子。

但她没想到，老管家居然偷偷摸摸地跟庄家人勾搭上了。

眼前这人跟当年的庄莫南有几分相像，容貌上更胜一筹，气质也更为冷厉。

想起两年前的那桩血案，南鸢内心平静。

庄莫南和他带来的庄家随从全死了，听一个侥幸活下来的随从说，大开杀戒的是阿清。

她一开始有些不信。

阿清虽然资质不错，但入门时间尚短，修为并不高，凭他一人，如何杀得了庄莫南和那么多人？

可就算那些人真是阿清杀的，那也肯定是对方的错。

能逼得阿清那么乖巧听话的崽崽下那样的狠手，必是那人模狗样的庄小公子做了什么天怒人怨的事情，这才激怒了阿清。

阿清因此落入魔修手中，被拐入魔域，丢入了魔渊。

从源头上来讲，就是因为庄家才害得阿清出事。

南鸢还没找庄家的麻烦，庄家人却数次派人暗杀她。

小人之举。

他们找她报仇就算了，还迁怒整个积雪城。

这两年，因为庄家施压，来积雪城做生意的商人越来越少，附近的城池也开始孤立积雪城。

仅凭积雪城自己的护卫，绝对抵挡不住此次来势汹汹的兽潮，也难怪老管家会偷偷接受庄家的"善意"。

只要献出她的一条命，就能保下整个积雪城，这买卖相当划算。

在别人看来，老管家是为了积雪城百姓才选择牺牲城主，是大义灭亲。但是他凭什么用别人的性命为自己的大义买单？

"庄三公子，人已经带来了，还望庄三公子说话算话。"老管家道，神情之间难掩忧色。

约莫一刻钟之后，兽潮就会抵达，若庄家的人不出手相助，积雪城势必于兽潮之中毁灭，他别无选择。

庄三公子双手负背，一副天下唯我独尊的模样，至少在南鸢和虚小糖眼里是如此。

"防护阵三天前便已布下，现在只缺一个激活阵眼的活物，裴城主正是最合适的人选。想必为了整个积雪城的安危，裴城主并无怨言。"

虚小糖突然冲南鸢"吱吱吱"叫："鸢鸢，我想起来了，这人叫庄怀音，是那庄小公子的三哥，以后会跟气运子成为朋友，成为修为最高、身份最贵的小弟！"

南鸢在心中冷笑一声。

当初要不是看在日后会跟着气运子捡漏的分上，她怎么会给那庄莫南好脸色？

早知阿清会跟他对上，她直接出手杀了对方岂不更省事？

虚小糖看她不对劲，立马提醒道：“鸢鸢镇定，镇定！这人事关世界主线，动不得。”

南鸢目光轻飘飘地看它一眼。

虚小糖浑身一抖，呆若木鸡。

“听说令弟惨死，有人看到是我家阿清干的。”南鸢气定神闲地开口。

庄怀音的脸陡然间沉了下来，怒意滔天。

南鸢看着愤怒的庄三公子，面无表情地道：“若真是阿清杀的，我觉得杀得好。心思不干净的人，杀了便杀了。”

庄怀音怒笑道：“兽潮就要来了，还等什么？把她扔下去启动阵法。”

“稍等。”南鸢淡淡开口，没有看老管家，而是看向身后那些守城的护卫。

因为此次兽潮来势汹汹，城主府征收了不少义兵，这些义兵都是普通百姓，或多或少接受过城主的馈赠。

阿清打着她的旗号每年做好事，功德没积下多少，白眼狼倒是养了不少。

“你们也想我以身殉城？”南鸢平静地问，丝毫没有即将牺牲的恐惧之意。

义兵里面有人面露心虚之色，但什么都没说，默认了老管家的选择。

城主这些年的确做了不少善事，可若是积雪城保不住，命都保不住，说这些小恩小惠又有何用？

任兽潮席卷积雪城，他们带着家人一起受死吗？

南鸢点了点头，懂了。

虚小糖低声安慰：“鸢鸢别难过，他们心里其实还是感激你的，做好事是有用的。”

南鸢并不难过，只是有那么一点儿失望，于是打算撒手不干了。

原本她是想护下这满城百姓的，不管是兽潮还是那位要屠城的魔君，有她在，都不是问题，顶多暴露不符合身份的实力。

但现在……这些人是死是活干她何事？

“小糖，走，我们去死一死。”

虚小糖：“吱？”

一眼望去，地上积雪飞扬，雾气茫茫，大地在震动，“轰轰”的声响越来越大，兽潮转瞬间就冲到了积雪城下。

“就是此刻，动手！”庄怀音低喝一声。

话音一落，不消旁人动手，城主和她的灵兽竟一跃而下，眨眼间消失在茫茫兽潮之中。

如此阵仗，他们十之八九是被兽潮踩成了肉泥。

众人唏嘘：这位城主是不是也太识好歹了一些？

裴月莺死了，被兽潮践踏成了肉泥，这下场跟南鸢来时见到的情形差不多，南鸢觉得这个死法还挺好的。

除此之外，还有两个意外之喜。

第一，她这么一死，突然间得到了很多功德值。

南鸢觉得人性果真复杂，活着的时候做了那么多好事，功德值只有指甲盖那么小，反倒是这么一死，功德值大把大把地送上门。

此法可行，不如她以后多死一死？

第二，虚小糖因为这件事有所感悟，要进阶了。

南鸢打了个懒洋洋的哈欠："上次进食进多了，有些发困，正好睡一觉。小糖啊，记得喊我，别让我睡过头了。"

虚小糖挺着小胸脯保证："鸢鸢放心，等我进阶完立马叫醒你。"

南鸢找了个洞穴封闭洞口，然后从本命空间里搬出阿清给她改造过的那张闪闪发光的毛绒软榻，趴在上面放心地闭上了眼。

日升月沉，斗转星移，沉睡着的人毫无所觉。

"鸢鸢，鸢鸢，快醒醒！"

南鸢睡得太沉，虚小糖在她脸上踩踩踩，都快在她的脸蛋上踩出爪印了，沉睡中的人才缓缓转醒。

南鸢将脸上的毛团子挪开，伸了个懒腰。

"小糖，我睡了多久？"

虚小糖立马道："不久不久，我这次进阶超快的，我觉得顶多过去十来天吧。"

虚小糖边说边在她面前转圈圈："鸢鸢，你快看，我身上的毛是不是比以前更漂亮了？"

南鸢伸手摸了一把，手感的确好了不少。

不过……她觉得自己这一觉睡得有些沉，才十来天的话，能睡成这副死样？

南鸢一挥手，洞口的封印被解除。

一人一兽打了个同款哈欠，慢悠悠地出洞了。

"鸢鸢，外面的空气真新鲜！"

南鸢觉得小糖的鼻子有问题，她不但没觉得空气新鲜，反而感觉到了一种沉沉的死气。

不过，想到这里还在积雪城范围内，南鸢并不意外。

她觉得自己的脾气真是越来越好了，只让积雪城走上了原来被大魔头毁灭的结局，并没有亲自动手。

"小糖，喝化形水吗？甜的。"

虚小糖打滚："不喝，我喜欢我的本尊模样。"

南鸢默默看它片刻，给它的毛扎了两个小鬏鬏，就当易容了。

虽然积雪城被毁，人也死光了，但她死得那么悲壮，想必已经成为一个颇具传奇色彩的人物。

作为她的灵宠，虚小糖的名气估计也不小。

虚小糖气愤地咬牙："鸢鸢，我是公的！"

南鸢摸了摸它的小鬏鬏："公的也可以扎。阿清小的时候就扎了两个小鬏鬏，可爱极了。"

说完她不禁一愣，饱满水润的嘴唇微微一抿。

虚小糖偷偷看她一眼，小声建议道："鸢鸢，不如我们再养一个小孩儿？"

南鸢的声音平淡无波："他们都不是阿清。"

虚小糖顿时不吭声了。

南鸢走在皑皑白雪之中，身影看起来有几分孤单寂寥。

"鸢鸢，我们现在去哪儿？"

"不知，再说。"

南鸢走着走着，脚下的积雪化了，慢慢地出现了枯草，没多久，枯草变成了青草。

好像不知不觉中，她就走过了一个冬天。

"鸢鸢，你是不是变得讨厌人类了？"虚小糖小心翼翼地问。

"没有，我只是想清静一些。"南鸢淡淡地道。

顿了顿，南鸢拍了拍它的脑袋："我也是人。"

小糖心道：鸢鸢只能算小半个人，毕竟另一半血脉太强大了。

"鸢鸢，这样不行的，不接触人还怎么做好事呢？我们来这个世界的意义何在？"

南鸢瞥它一眼："嗯，意义何在？"

虚小糖："……"

"鸢鸢，我没有白进阶，脑袋瓜变聪明了。我思来想去，你以前说的法子好像行得通。我们等气运子走完所有的剧情之后，抢在他前一步弄死这个世界的大反派，这样就不算破坏主线了。

"也就是说，嘿嘿，螳螂捕蝉黄雀在后，等气运子和大反派两败俱伤的时候，鸢鸢你就像九天神女一样降落人间，然后给大反派致命一击。如此一来，这最大的一份功德值就算在鸢鸢头上了。"

南鸢美眸微微一眯，摸了摸它的小鬏鬏："此法，甚好。"

虚小糖成功激发出颓废鸢大佬的斗志，不禁再接再厉，握拳道："为了做一些铺垫，从现在开始，鸢鸢就开始行侠仗义吧，不能再做咸鱼了，让我们干起来！"

南鸢打了个哈欠。

虚小糖："……"

好像睡了一觉后，鸢鸢变得更懒了，而且很有厌世的倾向。

但是浑身充满干劲的虚小糖并没有被打击到，很快就找到了行侠仗义的机会。

南鸢在虚小糖的鼓动下，斩杀魔修数只，救下了一群某门某派修为不足的人。

被救的人看到南鸢的第一眼被惊艳到了，恍惚间以为自己遇到了什么仙子。

只是这仙子的身材未免太……火辣了。

他们光看那身材，非常容易滋生一些猥琐邪恶的念头，但对上那张冷艳逼人的脸，再望进那双幽黑冷漠的眼，顿时什么念头都不敢有了。

恩人喜静，他们就围在一边自己嘀咕。

南鸢闭目养神，某一刻"唰"的一下睁开眼，目光直直地射向他们："你们刚才说什么？"

正在小声嘀咕的门派众人吓了一跳。

门派中人甲："前辈，您指哪一句？近几年，魔域那群魔修越发猖狂，到处寻衅滋事，魔修、灵修之间恐有一战？"

门派中人乙：“魔域五大魔君看似平起平坐，实则以噬血魔君为尊？”

门派中人丙：“那噬血魔君诞生于魔域的魔渊，真身是上古魔兽锯齿魔蛛，厉害无比？”

门派中人丁：“莫非是这句——噬血魔君两百年前不知何故震怒，像个疯子一样毁了整座积雪城？”

南鸢微愣，喃喃道：“两百年前？”

门派中人丁见自己猜对，顿时打开了话匣子：“对，两百年前，噬血魔君刚刚出世的时候，一从魔渊爬上来就直奔积雪城，好像在找什么东西，结果没找到，怒而灭城。

“那积雪城也是惨啊，刚刚抵御了一次兽潮，还没歇上一口气，就被噬血魔君灭了。

“哦，对了，据说当年守城的人中有玉鸣山的那位庄怀音庄长老，也不知是不是因为这件事触怒了噬血魔君，以至牵连了整个庄家。这两百年来，庄家的人几乎死绝了，那几个坐镇的顶级老前辈也被噬血魔君灭了个干净。唉，想想两百年前的庄氏一族何等风光，再看看如今……”

南鸢有些发僵的脖子缓缓扭过去，视线落回虚小糖身上，嘴角细微地抽搐了两下：“十来天，嗯？”

虚小糖“哇”的一声，无法相信自己进阶进了整整两百年。

这是它一辈子无法承受的痛。

虚小糖哭得不能自已，最后还是南鸢把它哄回来了。

进阶用了两百年的确不太可能，顶多十几二十年，所以极有可能是虚小糖进阶过程中无意间使用了穿梭时空的本能，一不小心穿到了两百年后。

对一不小心去到两百年后这件事，南鸢接受得很快。

起码虚小糖没有一不小心直接穿梭到另一个世界去。

门派众人猜测恩人极有可能是个居住在深山野林里、一心修炼不问世事的高人。

于是，他们开始你一言我一语地给恩人讲两百年间发生的种种事。

南鸢听完，越发沉默。

她原本想着，气运子在成长过程中身边肯定会出现很多需要拯救的人，比如他的那些小弟，那些红颜知己。

她跟着气运子，抢先一步救下这些需要帮助的人，不用他们做牛做马，只要一点点功德值就行。

然而现在……气运子岂止成长起来了，早就走上了广收小弟的开挂人生，且已完成百分之九十九的进度。

门派众人说，他的修为已至高级灵王阶段。

但按照气运子那喜欢藏着掖着的性子，南鸢觉得他的修为并不止如此。

果然，虚小糖整理了一下剧情，立马对南鸢道：“鸢鸢，气运子应该已经晋升为灵皇了。没有遇到天雷劫，是因为他误闯了一个宝地，那宝地可以躲过雷劫，所以大家都不知道他已经是灵皇。按照剧情，他很快就会跟魔域那只锯齿魔蛛对上，激发出上古神兽血脉……”

南鸢面无表情地道：“当年魔渊都被我毁成那样了，还能孕育出这只魔蛛，天道真是厉害，呵。”

虚小糖陡然激灵了一下："鸢鸢，这话什么意思？这只上古锯齿魔蛛跟天道爸爸有啥关系？"

南鸢把虚小糖抱在怀里揉了揉，揉毛的动作很温柔，眼神却冰凉："天道若真要杀灭这只上古魔蛛，直接发动九天神雷劈死就好，何必留到今日？天下大势，分久必合合久必分。这天下，太平太久了。"

虚小糖结巴了："那……那也不可能是天道爸爸造出来的……吧？"

南鸢神色淡淡地说道："或许只是任由之，或许就是它造出来的，谁知道？"

虚小糖受到了极大的打击。

虽然天道爸爸没有形态，没有意识，只是天地规则的产物，但在虚小糖心目中那绝对拥有一副高大威猛的身躯。

没有谁比天道爸爸更公正。

但鸢鸢的言外之意，天道爸爸是故意造出个大坏蛋，再精挑细选出一个气运子与之对抗，就因为这天下到该重新洗牌的时候了？

嘤嘤嘤，它拒绝相信这个事实。

虚小糖浑身的毛耷拉了下来，整只兽都变得蔫蔫的。

先前的斗志从高空中砸下，变成一摊烂泥，死绝了。

南鸢这次没有安慰它，小崽子总得学会自己长大。

辞别了门派众人，南鸢打算去找噬血魔君。

"鸢鸢，你去找那魔头干什么？"

"潜伏在魔头身边，等气运子走完主线，第一时间杀之。"

现在有斗志的变成了南鸢，虚小糖软趴趴地窝在她怀里，无精打采地嘱咐了一句："那鸢鸢小心些。"

南鸢一个破碎虚空直接到了魔域。

不过……她似乎没有掌握好度，直接破碎虚空到魔修的集市上了？

好在现在是晚上，她又是从一个黑漆漆的角落里走出来的，没人察觉到她……才怪。

这么个乌漆墨黑的旮旯里，居然藏着个人。

那人咸鱼一样瘫在地上，旁边是几个横七竖八的酒坛子。

此时，他隐在黑暗中，一双灰暗的眼正无神地盯着南鸢……怀里的毛团子。

然后，那双死寂无波的眼慢慢地有了变化，像是突然被什么东西掀起了惊涛骇浪，一瞬间有无数的东西涌了出来。

——潜藏了很久……黑暗、可怕的东西。

虚小糖被这样一双眼盯得发毛，连忙往南鸢怀里缩："鸢鸢，我觉得我被一个变态盯上了！不如我们愉快地灭口吧？"

旮旯里的醉汉晃晃悠悠地起身。

刚才他蜷成一坨看不出，现在站起来，一人一兽这才发现——

此人身姿颀长挺拔，虎背狼身公狗腰。

任谁见了估计都会"刺溜"一声吸口水，叹一句身材绝了。

然而这醉汉往前一步，那张脸也露了出来，脸上竟全是被灼伤的疤痕，奇丑无比。

丑八怪那双恢复神采的眼，看起来有些亮亮的，也有些呆呆的。

南鸢收回打算灭口的手，心道：又傻又呆，还是算了。

她人美心善，不与呆子一般计较。

结果这呆子主动开口："你……我……方才，我都看到了。"

他说第一个字的时候嗓子还有些嘶哑，大概是酒喝多了，但后面就顺畅起来。

那声音竟说不出的好听，轻柔悦耳，清越干净，南鸢的耳朵表示很舒适。

怀里的虚小糖却被吓得跳了起来，一急之下口吐人言："鸢鸢还等什么？快灭口！这人看到我们破碎虚空了，知道我们不是魔域人了。原本我们身上没有魔气，可以假装是堕落的武修，但他全看到了，啊啊啊，留不得！"

南鸢："……"

就算他不知道，你一说，也全知道了。

她养的崽崽为什么这么蠢？

这世上能口吐人言的灵兽极少，醉鬼不知是被突然说人话的小糖惊到了，还是被它透露出的庞大信息给惊到了。

他的嘴唇嗫嚅了一下，喃喃着什么，看着眼前的一人一兽，发怔良久，仿佛魂都没了。

回过神后，他盯着南鸢。

方才他变态一样盯着虚小糖，此时则是变态一样盯着南鸢。

那眼神让人……毛骨悚然。

南鸢面无表情地抬起手。

"仙子别杀我！"醉鬼求生欲极强地解释道，"我叫阿清，只是个普通的魔修，什么都不知道！"

醉鬼身上有魔气，看上去修为不高，的确只是个低级魔修。

南鸢的关注点却落在了别处。

她打算灭口的动作微微一僵："你说，你叫……什么？"

"仙子，我叫阿清。"醉鬼道，目不转睛地盯着她。

南鸢还没开口，虚小糖先奓毛了，蛮不讲理地道："阿清只有一个，是我家臭小孩儿，不准你叫这个名字！"

南鸢戳了下它气鼓鼓的小脸，问醉鬼："你刚才看到什么了？"

醉鬼那疤痕交错的脸上露出一个丑兮兮的笑，看起来有些憨傻："我看到一个仙女从天而降，可是她降错了地方，这里是魔域。"

顿了顿，他有些急切地道："我对魔域地形熟悉，不管仙子要去哪里，阿清都可以带路。"

说这话时，他又用那种直勾勾的眼神看着南鸢，让虚小糖异常不舒服。

南鸢生得美艳，但强悍的实力让人退避三舍，敢这样直勾勾地盯着她的人早就灰飞烟灭了。

不过现在的南鸢平和了不少，只要对方不上赶着找死，她都会网开一面。

何况这人叫阿清。

看在这个名字的分上，她愿意留他一命。

“噬血魔君住在何处？你可有办法近身？”南鸢问。

醉鬼黏在南鸢身上的视线很明显地顿了一下，眼里闪过一抹异色：“噬血魔君住在鸢清宫，乘坐魔域的双翼魔狼，半日便可抵达。”

南鸢听到“鸢清宫”三个字的时候，心里有些异样，但并未多想。

“噬血魔君性喜怒无常，敢问仙子，因何要去找噬血魔君？”醉鬼说这话时，眸子深沉无底。

南鸢注意到他有一双很漂亮的眼睛，在夜色中还幽幽地闪着光，不由得多看了两眼。

什么目的她自然不可能告诉一个魔修。

于是南鸢睁眼说瞎话：“听说噬血魔君长得妖艳绝伦，我去会一会，看看到底谁更好看。”

虚小糖：“……”

醉鬼看她的目光变得有些古怪，然后低低笑了起来。

虽然脸被毁了个彻底，但醉鬼的这一把好嗓音十分勾人。

“噬血魔君不及仙子好看，仙子是我见过的最美的女子，是以方才阿清看仙子都看痴了。”

虚小糖撇撇嘴，现在这人也很痴。

南鸢收下了他的“彩虹屁”：“你说了不算，我要亲眼见一见。”

醉鬼问：“比出胜负，仙子又欲如何？”

南鸢眼睛都没眨一下：“若不及他美，我给他当下属；若比他美，就给他……当魔后。如此，也不算占他便宜。”

“咯咯咯……”醉鬼一口气没喘匀，被口水呛到了，大咳不止，肺都要咳出来了。

南鸢嫌弃地看了一眼他这蠢样，随手丢给他一把魔晶：“把我带到地方后，另有打赏。”

不管什么晶石她都有一大堆。

虚小糖现在也不嚷嚷着灭口了：“鸢鸢，这魔修看起来好蠢哦。

“不过鸢鸢，你真的要给那魔头当魔后吗？这牺牲是不是太大了？”

南鸢摸了摸它的小鬏鬏，用神识回道：“不能近身的话，如何第一时间杀他？”

一个名头而已，她当了，可不一定要尽义务。

醉鬼看着手里的魔晶发了会儿呆，然后才仔细地收了起来。

他不知从哪儿掏出了一副鬼脸面具，递给南鸢：“仙子，为了不惹人注意，可以戴上这个。”

虚小糖看了眼，也伸出爪子：“我难道就不引人注意？你看看我这一身油光发亮的毛，多惹人注意啊。”

两个大人直接忽视了它。

醉鬼：“那双翼魔狼有贩售点，我带仙子去买一头？有带车的、不带车的，我觉得我和仙子二人买一头不带车的足以。”

南鸢面无表情地道：“要带车的，你当车夫。”

醉鬼一脸遗憾：“好，听仙子的。”

南鸢听他一口一个仙子，听得有些头大，于是凉凉地看他一眼：“叫大人。”

醉鬼诚惶诚恐地点头：“我听这灵兽叫大人……鸢鸢，那我便叫您鸢大人？”

不知为何，南鸢总觉得这醉鬼叫这一声“鸢鸢”，叫得有些缠绵悱恻，听得她一阵发麻。

可他嗓音好听，所以麻得她挺舒服的。

南鸢默认了。

于是，一口一个“仙子”变成了一口一个“鸢大人”。

没人搭理的虚小糖“哇”的一声，自闭了。

它是一只没有人权的灵兽，好可怜。

醉鬼酒醒之后看起来很机灵，没那么蠢了，但还是失算了。

南鸢戴上鬼脸面具，还不如不戴面具。

那张美艳冷厉的脸被遮了起来，唯有那柳蛇腰在人来人往的集市上晃啊晃，就像一只浑身散发着魅惑气息的妖精在朝四周招手。

周围的魔修们眼睛都看直了。

醉鬼阿清注意到周围那些色欲满满的视线，顿时眼神冰寒刺骨，眼底藏着毁天灭地的怒火。

他长得丑，这样的眼神让外界的人害怕，但魔域的丑八怪不少，凶戾的人更不少。

此时，无人怕他。

一个色胆包天的壮汉终于忍不住了，笑嘻嘻地问：“美人，哥哥请你吃顿饭如何？保准把你喂得饱饱的。”

眼看着这人就要靠近南鸢三步之内，空中一道细微的银光闪过。

不过一眨眼的工夫，眼前五大三粗、满脸横肉的魔修就被分成两半。

这人竟直接被人……拦腰切断了。

周围的魔修倒吸了一口气，紧接着自发远离了眼前这位戴着鬼脸面具的美人和她身后的丑八怪。

他们的眼里不再有方才的欲望，而是充满了敬畏和警惕之色。

苍淼大陆，强者为尊，魔域更是如此。

魔域被划分为五大区域，每个区域诞生一位魔君，下面的人想往上爬，就得杀了上面的人，取而代之。

如今的五大魔君，绝对是魔域实力极强的人。

知道眼前这人很厉害之后，周围的魔修自然不敢再生事。

南鸢看向身后的人，突然开口：“让我看看你的武器。”

醉鬼阿清微微一怔。

他引以为傲的速度，好像没能瞒过眼前的女人。

他握了握手，再摊开时，食指上已经缠了一圈细小的银丝。

阿清低声解释：“是一种魔兽吐出的丝。”

南鸢伸手去碰，阿清连忙往后缩了缩：“别碰，这东西锋利，会伤到你。”

他握起手，背在身后，同她讲起了别的事：“这里是笑面魔君的地盘，五日一小集，十日一大集，今日恰是大集，鸢大人可要四处看看？运气好的话，鸢大人在集市上就能买到一头双翼魔狼。”

南鸢并无兴致：“这里味道混杂，我不喜欢。”

阿清听到这话，有片刻的失神，然后用哄小孩的语气哄着眼前的女人：“鸢大人再忍忍，等我们到鸢清宫就好了。听说噬血魔君的鸢清宫是魔域最干净、最华丽的地方，那里金碧辉煌，墙上嵌满了五颜六色的宝石，地上铺满了最柔软的毯子，魔君用的器具都是魔域最漂亮的魔石所制，流光溢彩，美极了……”

南鸢目光微微闪动。

这小蜘蛛的爱好跟她还挺相似的。

她突然觉得自己这个决定做得非常好。

不过，她无法忍受就是无法忍受。

“你身上的味道……”

阿清想起什么，眼里闪过懊恼之色，立马后退了两步：“鸢大人等我片刻，我找个地方洗洗就来。”

“挺好闻的。”南鸢慢悠悠地补完了后半句话。

阿清虽然满脸纵横交错的疤痕，一脸发蒙的模样却十分有趣。

好闻？

积雪城的天气很容易让人犯困，南鸢要是再喝点儿小酒，很可能一不留神就睡死过去，所以一直很克制。

她已经很久没有痛痛快快地喝酒了，这醉鬼身上的酒气勾出了她的馋虫。

阿清张了张嘴，有些迟疑地问：“鸢大人喜欢喝酒？”

南鸢没有回答他的问题，只道：“喝点儿酒我的嗅觉会变钝，不那么难受。”

“你身上的酒气很香，你喝的酒应当不错。”

阿清在静默了片刻后低声道：“我带你去，但你不能喝太多，喝多了头疼。”

南鸢睨他一眼，分明没什么表情，阿清却读懂了她的意思：不能喝太多你还喝那么多？

阿清垂头，有些委屈又有些难过：“我失去了最爱的人，活着也是煎熬。喝醉之后虽然难受，但至少不那么煎熬。”

窝在南鸢怀里的虚小糖探出脑袋瞅了瞅他，突然觉得他挺可怜的。

它和臭小孩儿感情不算多深，但突然知道他死了的时候，也挺难受的。

南鸢没有说什么，人间的这些情情爱爱，她一向觉得麻烦。

阿清带她去了一家酒肆，来到二楼的包间。

“鸢大人酒量如何？”

南鸢：“千杯不倒。”

阿清突然就笑了一下，向店家要了五坛子老酒。

“魔域贫瘠，酿酒用的原料跟外面不一样，后劲也比外面的大。”

南鸢直接打开盖子倒了一碗酒，放在鼻尖闻了闻后，仰起头一饮而尽。

“这酒很香。”

“这是魔域最好的酒肆，这里的酒自然也是最香的。”阿清一边解释，一边给自己倒酒，“鸢大人独自喝酒未免无趣，我陪大人喝吧。”

南鸢手中的酒一碗又一碗地下肚，面色半点儿不改。

倒是她对面的人才喝两碗就开始双眼迷离了，喝多了的酒鬼很喜欢找人倾诉。

阿清盯着她，眼里蒙了一层水雾，声音轻软又温柔，带着一丝丝沙哑：“你都不知道，我有多想她。”

南鸢喝酒喝得慢了一些，瞥他一眼后，由着他叨叨。

“知道她出事的时候，我想毁了这个世界，让所有人都给她陪葬。

“可是没用了，我杀光了所有人，她也回不来了。

“这些年我一直在后悔，当初为什么没早一点儿赶回去。我想变得再强大一点儿，可是等我真的强大了，她却不在了……”

阿清直勾勾地盯着南鸢，眼角流下了一滴泪水。泪水滑过凹凸不平的疤痕，慢慢隐去。

男人悔恨的目光慢慢被别的东西代替……

他漂亮的嘴唇微微弯了弯：“后来有人告诉我她活着，我高兴得快疯了。于是我就一直等啊等，然而希望一次次变成了绝望。

“你知道这是什么感觉吗？真的很难受，我难受得恨不得立即去死！所以我发誓，如果再见到这个女人，一定要将她牢牢禁锢在身边，占有她，让她再不能离开我。她是我的，只能是我的！”

男人的语速越来越快，目光越来越深，越来越疯狂。

南鸢听着醉鬼不着边际的狠话，再看着他此时疯癫失控的模样，觉得这人有些可怜，但也有些……聒噪。

“闭嘴。”她淡淡地开口。

醉鬼阿清瞬间如被锯了嘴的葫芦，安静了，然后死寂。

他盯着南鸢，眼睛一点点红了，布满了红血丝，仿佛在她这儿受了莫大的委屈。

南鸢理解一个醉鬼想要倾诉的欲望，但她喜静。

要不是这人叫阿清，她早就一掌劈过去了，能任由他叨叨这么久？

“想做什么，尽力去做就是，在旁人面前叽叽歪歪又有何用？”

阿清听到这话先是一怔，随即双眼逐渐变亮，眼里闪过一道诡谲的光，有些奇异的兴奋感。

他连忙问：“鸢大人，你让我去做，莫非是赞成我刚才的做法？”

南鸢的脸上依旧是常年不变的波澜不惊表情，仿佛这世间万物都得不到她一分的在意。

“你想做什么与我何干？”

她从不去沾这世间的情情爱爱，又如何知道对错？

他问她？岂不可笑。

阿清的目光暗了一瞬，脸也一沉，但很快他又变得愉悦起来：“我知晓了。鸢大人，真是谢谢您，听您一席话，胜读十年书，我犹如醍醐灌顶，豁然开朗。”

他勾起嘴角，即便一张脸毁了，那双眼依然好看，里面有水波荡漾、风起涟漪，唇形也极美，再加上那尾音上扬的嗓音，竟也给人一种艳丽妖娆的错觉。

南鸢：“……”

她并未给出任何意见，这人又知晓什么了？莫名其妙。

喝光了足足五坛酒，南鸢才勉强尽兴。

她的嘴有些刁，寻常美酒入不了她的眼，这几坛酒确实香醇。

等两人走后，酒肆老板才战战兢兢地从角落钻出来，露出既兴奋又肉痛的表情。

他的镇店之宝啊，一下就没了这么多坛。

但是能得到魔君的赏识，以后他就能在魔域横着走了，哈哈哈……

酒酣之后的南鸢脾气好了很多，集市上嘈杂的声响和周围的怪味都变得可以忍受了。

而且阿清极有眼色，主动替她隔开了旁边来来往往的魔修。

如此贴心周到的服务，甚至让南鸢产生了收小弟的想法。

不过，她想起了这人醉酒时的话，他之后应当是要去找那位心上人的。

拖家带口的小弟，南鸢觉得还是算了。

“前面的交易市场里皆是三教九流之辈，鸢大人不如在此等我片刻？”

不等南鸢拒绝，阿清便跑了。

南鸢看着那人的背影，觉得那背影怪好看的。

这大概是少数她不用辨别声音、光看身材就能记住的人之一。至于脸，她很少看脸识人。

她的小阿清是个例外。

小阿清死了，她再也找不到长得像他那么别致的小东西了。

南鸢百无聊赖地看着人来人往的街道，觉得这里的街道除了脏一些、臭一些，活动的魔修长得丑了一些、粗暴凶残了一些，似乎与外面并无不同。

阿清并没有让南鸢等太久，不一会儿就驾着一辆奢华的车赶来了。

那车用四头双翼魔狼拉着，每一头双翼魔狼都长得高大威猛。

阿清毕恭毕敬地迎南鸢上车。

四头高大威猛的双翼魔狼一字排开，霸气十足地占据了整个街道，阿清坐在其中一头双翼魔狼背上，扬鞭一挥，双翼魔狼仰天长吼，在一阵助跑之后飞上了高空。

众魔修望着那越来越远的豪华狼车，短暂死寂之后人声沸腾。

双翼魔狼因为脚程快，既能跑又能飞，是时下魔域之中最便捷的代步工具，但这玩意儿也只有魔域的贵族才用得起。

而且普通贵族最多只能用两头双翼魔狼代步，四头的话只有魔域的五大魔君才可以用。

“刚才那是什么人？竟敢使用四头双翼魔狼车？！”

“那女人就算敢买，也无人敢卖啊，除非她要去挑衅五大魔君。”

“这里是笑面魔君的地盘，她要去找笑面魔君一战？”

“不对，这方向分明是……噬血魔君！”

就在这时，前方突然有人尖着嗓子大叫：“噬血魔君要选魔后了，噬血魔君要选魔后了——”

众魔修：“放屁！”

众所周知，噬血魔君是个痴情种，独宠宫中那位侍女。

听说那侍女本是个正儿八经的灵修，后来被噬血魔君强行掳来了魔域。

侍女修为低，一百多年前大限已至，噬血魔君为了留住她，数次入灵修的缥缈仙境寻续命丹和驻颜丹的原料，甚至一再入魔渊寻一种魔花。

那可是缥缈仙境，有顶尖灵修大能守山，寻常人根本靠近不了，更不用说魔修了。

还有那魔渊，是人能去的地方？

既然您老是从那儿爬上来的，肯定比任何人都知那里是何等可怕。

但为了一个小小的侍女，噬血魔君不但去了，还去了不止一次。

如此惊天地泣鬼神的倾世之恋，当初可是惊掉了好多人的下巴。

一时之间，魔域的所有女人，不对，是所有雌性无不羡慕嫉妒那位让噬血魔君悉心呵护的女人。

可现在怎么回事？

好端端的噬血魔君突然就要选魔后？

散播消息的那人气喘吁吁地说："千真万确！刚刚得到的第一手消息，你们爱信不信，我要回去准备了。"

这人准备什么？

当然是准备把家里的女儿送过去。

众魔修在消化了这个惊天大消息之后，一哄而散。

魔修甲："家中小女千娇百媚，要是能当上噬血魔君的魔后，以后我就能吃香的喝辣的了，以后谁敢小瞧我，我一锤捶爆他。"

魔修乙："我幺妹虽然长得有些丑，但性格奇葩，说不准就走了运，被选上了呢？嘻嘻——"

噬血魔君第一次选魔后，魔域注定将迎来一场空前盛大的典礼。

第六章

选后

噬血魔君要选魔后的消息才刚刚传出，其他几位魔君便坐不住了。

七杀魔君、独眼魔君和威武魔君相继去了笑面魔君的宫殿。

风月宫。

正中高位上，笑面魔君着一身繁复奢华的青衣，华贵而雅致。一位姿容上佳的美人跨坐在他的大腿上，正旁若无人地抚摸着他胸前露出的一大片肌肤。

男人容貌清俊，眉眼风流，正含笑睨着殿中的三位魔君。

若是南鸢在此，一定能认出来，这就是当初阿清死后被她一刀劈了的云鹜。

狡兔三窟，笑面魔君没有三窟，但有分身。

下首那一脸凶煞之气、满身肌肉的魁梧大汉是五大魔君中的七杀魔君。

瞎了一只眼、容貌平庸的中年男人是独眼魔君。

剩下那个人身形矮小如稚儿，声音尖细若婴儿，生平最痛恨别人说他小，自封威武魔君。

在现任噬血魔君诞生之前，凑在一起的这几个魔君，包括两百年前被噬血魔君取而代之的那个，五人谁也不服谁。

所以魔域的五大魔君一直处于相互制约的状态。

往对方身边安插自己的眼线，是每个魔君都会做的事情。

不过自噬血魔君横空出世之后，几大魔君相互制约的状态就变了。

按理说经历了数万年，代代相传的那些上古大妖血脉已经变得越来越稀薄，不可能彻底妖化。

可谁知出了一个噬血魔君，他竟能完全妖化。

这说明他的上古大妖血脉必定相当精纯，至少达到六成以上。

威武魔君最先开口：“笑面，噬血魔君要选魔后这件事，你如何看待？”

云鹜推开怀中的美人，美人立马退了下去。

他似笑非笑地看着几人：“他选魔后又没碍着你们，你们在担心什么？”

七杀魔君一脸戾气地开口：“笑面，一切皆因你而起，当初要不是你，就不会有现在的噬血魔君，我们几个也不会沦落到要看他的脸色行事的地步！”

沉默许久的独眼魔君道：“笑面大概是羡慕我座下有狮虎魔将，想效仿之，哪料弄出一个上古大妖，结果自作自受。”

独眼魔君座下的狮虎魔将乃一个激发了上古血脉、可以半妖化的魔修，勇猛异常。

笑面魔君四处寻找拥有上古血脉的人类，为的就是造出这样一位魔将？

云鹜嗤笑一声，没有解释。

“你们来找我，无非因为我如今最受噬血魔君看重。我只有一句话送给你们，不要做蠢事，否则激怒了他，他大开杀戒，我也帮不了你们……”

几大魔君不欢而散。

云鹜看着空荡荡的宫殿大堂，眼睛半眯，想起当年那件事，表情渐冷。

这对姐弟还真是一个德行，动不动就开杀戒发泄。

幸好当年他急中生智，否则逃过了那大的，也逃不过小的。

一开始他也没想到那女人就是积雪城城主，后来还是因为对方说了一句话他才明白过来。

“阿清可是你丢入魔渊的？”那日，女人看着他的目光宛若看着一只随手可以捏死的蝼蚁。

云鹜身居高位多年，从来都是他用这种眼神看别人。

那是第一次反了过来。

女人身上气场极大，威压极强，哪怕对上她的只是分身，那也是他造出的最强分身。

可是在女人面前，他竟被这威压逼得差点儿下跪。

后来分身被灭，云鹜受到重创，不想两年后另一个索命鬼也寻上门了。

噬血魔君因执念而涅槃重生，也因执念疯癫成狂。

当年裴子清得知南鸢坠城的消息，疯了一样大开杀戒，转头来还要杀了他这个始作俑者。

那是云鹜这辈子最狼狈的时候，差点儿被裴子清一爪剜了心、剥了皮。

在得以喘息的空当，云鹜立马告知对方真相，说他的好阿姐根本不是原来的积雪城城主。

那女人是一个谁都无法想象的强者。

她的实力深不可测，可以随随便便使出巅峰王者才能做到的破碎虚空，她曾一刀斩杀他的分身，所以区区兽潮根本奈何不了她。

虽然云鹜没有任何证据，但那时候疯癫成魔的裴子清只能相信他。

因为唯有选择相信他，裴子清才能继续活下去。

想到这里，云鹜蓦然睁眼。

噬血魔君想要的魔后只会是那个女人。

两百年了，这个神秘的女人终于现身了……

“鸢鸢，你快看下面，好繁华哦，我们是不是快到了？哇！鸢鸢，快看那儿，那儿有一座亮晶晶的宫殿！”虚小糖将小爪子搭在车窗上往外看，头上的小鬏鬏被风吹得高高翘起。

南鸢也朝窗外看去。

相对之前看到的贫瘠景象，魔域的这片土地的确算得上繁华，不仅有很多楼宇房屋，街道也宽了许多。

此时天微微亮，但魔域的天常年昏暗，看起来还如黑夜一般。

在如此恶劣的环境下，远处那座金碧辉煌的宫殿便显得尤其耀眼。

南鸢“啧”了一声。

闪亮亮的，她喜欢，想强取豪夺据为己有。

“鸾大人，我们到了。”阿清的声音从车外传来，尾音微扬，语调轻快，听起来十分愉悦，还有一丝压抑的兴奋。

“鸾大人，我只能送你到这里了。”

南鸾点点头，丢给他一把魔晶：“这车你驾走，送你了。”

“鸾大人出手真是阔绰。”阿清看着她笑，目光温和，声音低柔，“祝鸾大人这一趟心想事成。”

说完这话，他跳到双翼魔狼背上，深深看了南鸾一眼，而后驱车远去。

虚小糖望着那飞远的魔狼车，感慨道：“没想到魔域也有这么热心肠的魔修。”

它感到十分羞愧，一开始居然想杀了对方灭口。

南鸾摸了一把它的毛，突然道了句：“你还是太小。”

虚小糖一脸发蒙：“吱？”

南鸾对幼崽的耐心还算不错，拍着它的小脑袋道：“那种集市，我就算给他再多的魔晶，他也搞不来这么一辆豪华狼车。此人隐藏了修为和容貌，在魔域怕是地位不低。”

虚小糖不解：“那他为何一直讨好鸾鸾？”

南鸾顿了顿，若有所思了片刻，吐出一句：“兴许是觊觎我的身子？”

虚小糖瞬间奓毛：“鸾鸾，我去杀了这个想吃天鹅肉的癞蛤蟆！”

南鸾瞥了它一眼：“嗯，去吧。”

虚小糖：“吱？”

难道她不该阻止它一下吗？

南鸾悠然道：“好看的皮囊千篇一律，有趣的灵魂万里挑一，不过我觉得我大抵是反过来的，我的灵魂十分无趣，倒是这皮囊万里挑一。这副皮囊被人觊觎，我并不意外。”

她也愿意利用自己的皮囊行方便之事，譬如用这副皮囊引起噬血魔君的注意。

近水楼台先得月，她杀人亦要抢占先机。

虚小糖无话可说，鸾鸾对自己的认知可真到位。

南鸾抱着小糖往前走，谁知走着走着就没了路。

眼前这条通往魔宫大门的道路上居然挤满了人，还全是女人，一眼望去黑压压的一片，像无数只蝼蚁聚在一起。

之前她光顾着欣赏那漂亮的魔宫，倒没有注意魔宫外围，也不知这些人是什么时候堆在这儿的。更可怕的是，四面八方还有人不停地往这边拥来。

南鸾瞟了一眼旁边酥胸半露的女魔修，开始听墙角。

女魔修搔首弄姿，问旁边的一个姐们：“这位姐姐，你从哪儿赶来的？得到消息还挺快呀。”

旁边体形健壮的女魔修翘着兰花指，粗哑的声音被她捏得尖细：“不快不行呀，这可是噬血魔君选后，我就算在十万八千里之外，也得拿出我祖传的飞舟，拼了命地往这边赶。”

南鸾：信息量有点儿大。

这些女魔修连夜从别处赶来，连什么祖传飞行法宝都用上了，可见得到消息的时候是半夜。

噬血魔君在大半夜宣布选魔后的消息，然后才一个晚上，就造成了前面的交通拥堵？大概连噬血魔君自己都没想到会出现这样的盛况。

哦，这位魔君真是该死的诱人。

“开了开了！第一道魔宫大门打开了！”

前面有人兴奋大叫起来。

然而没多久，众人就看到远方有几个人被抛了出来，在空中画出一道道漂亮的抛物线，伴随着几道“啊啊”的惨叫声。

没多久，空中又是几道抛物线出现。

到后来，地上黑压压一片，空中也是黑压压一片，天空都被飞舞的女魔修给遮蔽了，场面颇为壮观。

排队的人群正迅速变少。

南鸢亲眼看着旁边聊天的两个魔修，被驻守在宫门口的那一排魔将中的其中一人，一手拎一个直接抛了出去。

两人发出两道高亢的惨叫声。

“不——我长得沉鱼落雁、闭月羞花，这是为什么啊？啊——”

“啊——我还没有见到噬血魔君，我不甘心，啊——”

轮到南鸢时，她还没取下面具，为首那魔将便瞬间从面无表情的阎王脸切换成谄媚模样，他朝她做了个请的手势：“您这身姿、这气度一看便知不凡，魔君必定喜欢，请直接去往第三道宫门吧。”

南鸢：“……”

虚小糖察觉到异样，立马从南鸢怀里钻了出来，冲着她“吱吱吱”：“鸢鸢，不对劲，非常不对劲！我觉得有陷阱！”

那魔将见到南鸢怀里的灵兽，笑容再次加深，笑得牙床都露出来了：“您这灵宠长得可真是圆润漂亮，大可一起带进去。”

虚小糖：“……”

可能没啥陷阱，这人只是单纯被鸢鸢和它的美貌折服了，所以才开了后门。

南鸢并不意外，淡定地跟着领路人入了最后一道门。

领路人亦是笑得见眉不见眼，非常热情地给她介绍着此次选后的流程。

第一道宫门，筛选美貌女魔修。

丑的自然不可能服侍这位妖艳绝伦的噬血魔君，修为太低的也直接被排除。

第二道宫门，从美貌女魔修中选出修为高的人。

第三道宫门，由君上那位备受宠爱的侍女，从中选出最出色的五人。

这噬血魔君也是个奇葩，竟让自己曾经最喜欢的女人为自己挑选魔后。

南鸢到时，三列姿容出众、各有千秋的女子已经站好，约莫六十人。

之前她见到的都是一些奇奇怪怪的女魔修，第三道门的这些女子还算美丽动人，环肥燕瘦皆有，款式齐全。

大抵是魔域里有些姿色的人都被其他四位魔君瓜分了，这六十人中格外出众的不到十个。

美人们正在窃窃私语，说的正是此次选后的事。

此次选后大典太过草率，原本想着噬血魔君第一次选后，阵仗必定惊人，场面必定盛大，走完整个选后流程没有十天半月，也要个三四天，谁知……

魔君竟派出了自己座下的十大魔将，直接从魔宫第一道大门就开始扔人。

长得丑的人，直接被抛出去。

修为太低的人，也被丢出去。

不一会儿工夫，魔宫外那些乌压压的人头就少了大半。

照此效率，不出半日，此次魔后选举便能得出一个结果。

南鸢进来后，窃窃私语声立马小了下来，数道目光落在她身上，犀利至极。

众美人心生警惕。

光这身段就能馋死男人，那张脸只要不算丑，这人胜算就很大。

美人甲冷嘲热讽道："都到这里了，还搞什么神秘，难道是长得太丑无法见人？"

美人乙："这位妹妹，莫非你前面两道门也一直戴着面具？"

美人丙："迟早要摘下这面具，管她呢。"

南鸢扫了几人一眼，语气淡淡地道："这面具被人下了禁制，摘不下来。"

虚小糖听到这话一惊，冲她"吱吱吱"："鸢鸢，这面具真被人下了禁制？之前怎么没听你说？是不是那只癞蛤蟆搞的鬼？"

南鸢揉了揉它的毛。

区区禁制而已，她若真的想摘，自然能摘。

只是她为何要摘？

这张鬼脸面具可是一张通行证。

有女魔修不信，上前去摘南鸢脸上的面具，结果愣是摘不下来，那面具就跟黏在了她的脸上一样。

美人们讥讽道："你自己都摘不下来，难不成还想留到最后一轮，让魔君亲自给你摘下？"

南鸢想了想，缓缓点头。

不是她想，是对方想。

众美人："……"

这女人好有心机！

如此别出心裁的玩法，还真有可能引起魔君的注意。

一时之间，美人们纷纷思索，还能不能像她一样另辟蹊径。

在南鸢之后，魔将又放了三个美人进来。

随后，前两道宫门全部关闭。

任来迟的那些女魔修如何哭天喊地，宫门都没有再打开。

众人纷纷道："这是什么选后？太草率了！"

留下的美人中不知谁叫了一声："来了，传说中的那个女人来了！"

四周突然安静下来。

她们倒要看看这位将噬血魔君迷得数次上刀山下油锅的女人，究竟是何等绝色。

然而，她们只看到一个相貌清秀的婢女走来，婢女身后跟着两个护法。

莫非这婢女就是？

可是这女人肌肤再白再细腻，姿色也只算得上中等啊，魔君为何看上她？

清秀婢女上前，挑出四个姿容拔尖的女魔修。

然后她看向南鸢，视线不经意掠过藏在南鸢怀里的小毛团。

婢女突然深吸一口气，情绪隐隐激动。

片刻后，她挪开视线，指了指南鸢。

五人就这么被挑出来了。

剩下的美人："……"

果真被这个心机女人抢去了一个名额！

被选上的五人跟着婢女往鸢清宫方向走去。

一行人七绕八绕之后，一座金碧辉煌的宫殿映入眼帘。也不知这宫殿是用什么材料做的，在光线昏暗的魔域竟也熠熠生辉、光彩夺目。

殿门上高挂一副牌匾，上书"鸢清宫"三个镏金大字。

南鸢望了一眼，目光微沉。

四个美人已经激动得不能自已。

鸢清宫！

噬血魔君的寝宫鸢清宫。

据说除了那个女人，这宫殿不允许任何人进入。

她们若是能进去，就算此次没能选上魔后，那也是莫大的荣幸，回去都够她们吹嘘一辈子了。

南鸢不激动，很平静，只是盯着那领路的婢女看了许久。

这女人她瞧着有些眼熟，但指望她一个脸盲症患者辨别出来这是谁，那是不可能的。

就在这时，怀里的虚小糖突然嘀咕了一句："鸢鸢，这女人长得好像冬雪啊，就是比以前圆润了好多。"

南鸢脚步一顿。

与此同时，带路的婢女朝殿门福了福身，回禀道："君上，人带来了。"

南鸢目光渐深。

这声音……的确是冬雪。

当年噬血魔君屠戮积雪城，她以为城里的人都死绝了，没想到冬雪还活着。

"吱呀"一声，眼前的鸢清宫宫门……开了，那开口只容一人通过，而门后漆黑一片。

四美人屏息凝神，紧张又兴奋。

须臾，门内传出一个男人的声音。

"你，进来。"

嗓音低柔，勾人至极。

这句话一出，四个美人你看看我，我看看你，某一瞬间极有默契地一拥而上，恨不得第一个冲入那门后。

结果四人还没靠近门槛，便被一股力量狠狠挥了出去，摔倒在地。美人们盛装之下的满头朱钗散落在地，狼狈至极，可见那劲道之大。

南鸢目光微凝，驻足片刻后，越过摔倒在地的美人，踱着步子悠然上前，没有丝毫停顿地踏了进去。

几乎是她刚一进门，那殿门便又“吱呀”一声合上了，关得死死的，缝都没留。

四个美人：“……”

难道——

不！

她们还没有见到噬血魔君，还没有踏入鸢清宫，不甘心啊！

宫门一关，隔绝了外面的光线。

短暂的昏暗之后，宫殿被其他色彩笼罩，缀在墙上的宝石、挂在墙上的烛灯、不知名材质做成的发光桌椅、开在角落里会发光的植株……

这是一个五彩斑斓的世界。

南鸢往前几步，脚下铺满了灵兽的皮毛，触感极其绵软，让她极想脱了鞋袜踩上去。

这小魔君比她还会享受。

寂静的宫殿里突然出现窸窸窣窣的声响，像是衣物跟毛毯摩擦发出的声音。

南鸢抬眼看去，坦然地往里走去，突然一道低沉的声音传来：“躲躲藏藏做什么，你不是一直在等我？”

话音一落，那窸窸窣窣的声响顿了一下，没多久，深处传来一声低笑：“你几时猜到的？”

虚小糖一脸发蒙，有些没听懂。

前方是一道银丝织就的薄帘，帘后映出一道黑色的人影。绚丽的光线之中，那人影又投射出几抹灰暗的虚影。黑、灰影子叠加在一起，看上去有几分森然诡秘的感觉。

那身影越来越近，停在了薄帘后面。

须臾，两根白皙修长的手指掀开了帘子，宛如掀开一层神秘面纱般，男人的身形也一点点显露了出来——

此人穿着一身奢华无比的黑袍。

奢华到什么地步？

那衣袍不光用金丝钩了边，还镶嵌着细小的黑色宝石，黑袍外又叠了一层薄如轻纱的银白外衫，半遮半掩，如同将一片星空银河披在了身上。

长袍曳地，漫天星光被他拖拽着走。

南鸢觉得自己的眼有那么一瞬间被闪瞎了。

不过，即便穿了亮晶晶的黑袍在身上，也难掩主人绝佳的身姿，男人宽肩窄腰大长腿，生得颀长挺拔。

男人没有露脸，戴着跟南鸢脸上一模一样的鬼脸面具，玉冠束发，露出最多的肌肤便是那优雅如仙鹤的脖颈，细腻白皙，如同这殿堂里的一块绝佳美玉。

鬼脸面具下，一双缀着光点的眼正盯着南鸢，由远及近。

虚小糖从南鸢怀里探出半颗脑袋，偷偷打量这位大反派，觉得这魔君穿得可真骚气，特像那种以色侍君的祸国男妖姬。

而且他看鸢鸢的眼神让它觉得毛毛的，十分不喜。

南鸢也不喜欢这种直勾勾的眼神，对久居高位的她而言，这更像是一种挑衅。

“你在这面具上下了禁制，让我取不下来，竟还问我什么时候发现的？”

男人那一动不动的眼珠子终于转了一下，他失笑道：“一个会破碎虚空的大能，连我都看不出你的修为，你若真想取下面具，这禁制又如何拦得住你？”

虚小糖听到这儿终于反应过来，失声大叫：“鸢鸢，他是那个醉鬼！”

南鸢拍了拍它的头，将它按了回去，示意它淡定。

虚小糖却淡定不了。

这噬血魔君明知道鸢鸢修为高深，还把鸢鸢引来这里，想干什么？

下一刻，它便知道了。

这骚气的魔君突然上前一步，瞬间拉近了两人的距离。

他垂头看着眼前的女人，眼里绵绵情意浓得化不开。

“知道你想当我的魔后，我便着手安排了这一切，虽然有些仓促，但我明白你等不及了，是以加快了所有流程。鸢大人，你开心吗？”问话时，他的眼神和轻柔的嗓音都化成了钩子，齐刷刷地往南鸢身上钩。

南鸢：他哪只眼看到她等不及了？

“鸢大人，做我的魔后，我的一切都是你的，整座魔宫、所有的珠宝，包括……我。”

说到最后，他似乎有些羞赧，竟偏开了头，一只白里透红的漂亮耳朵正对着南鸢。

南鸢心想：不，我不想要你，只想杀你。

“我说过，你比我长得美，我当你的魔后；若不如我，我当你的下属。”

噬血魔君听到这话，转回头，眼里荡漾着深深浅浅的笑意，声音也含了笑一般：“我不如你，不信，我们同时掀了面具看？”

两张鬼脸面对面，对视片刻。

南鸢懒得再废话，直接伸手捏住男人的面具，掀开后随手一抛，那面具不知砸到了什么，发出“哐当”一声。

“鸢大人仔细一些，我魔宫里的东西皆乃无价之宝，不过，等你当了我的魔后，这宫里所有的宝贝任由你砸着玩耍。”

噬血魔君低笑一声。

南鸢：我稀罕？

魔君动作温柔地摘下了南鸢脸上的面具。

面具被女人戴了这么久，他舍不得扔，就拿在了手上。

南鸢打量着眼前这张脸，果真是副好皮囊，五官分则各自精致，合则艳丽无双，眼眸狭长明澈，下颌线干净利落，虽艳丽绝伦，却丝毫不显阴柔。

似是感觉到她的细致打量，男人忽地展颜一笑，将艳丽描绘到了人间极致。

人间美色本就各有千秋，南鸾说不出哪张脸更好看，但自己这张脸早就看惯，倒是眼前这人，从脸到身子再到那嗓音都让她难忘。

“鸾大人，你真美……”

南鸾短暂走神之际，眼前这祸水竟已开始动手动脚。

他两指轻轻勾住了南鸾的下巴，眼眸似水，波光荡漾，一副为之神魂颠倒的模样。然而他本身也不断散发着摄人心魂的勾人气息。

可惜他并没有勾到眼前的女人。

南鸾微微眯眼。

她想剁了这只不规矩的爪子。

魔君不知南鸾心中想法，表面看似淡定从容，色胆包天，实则心脏“扑通”狂跳，勾着对方下巴的手指也在微微发颤。

此刻的他犹如枯木逢春，冰冷的血液再次沸腾，死掉的心也重新活了过来。

他不该如此轻薄她，可是——

是她自己送上门的，她亲口说要给他当魔后。

她都不知道，那晚听到她说这话，他有多激动、多兴奋，兴奋得差点儿晕厥过去。

即便知道这其中必定另有隐情，他也不愿多想。

阿姐她……终于出现了。

虽然换了一副身体，换了一张脸，但他知道这就是他的阿姐。

云鹜没有骗他，阿姐果真活着。

足足两百年了……

阿姐一直杳无音信，害他找得好苦。

他好想告诉阿姐，他没死，熬过了最艰难、最黑暗的时段，最终获得新生。

站在阿姐面前的不是什么噬血魔君，只是阿姐的阿清。

他有好多好多的话想同她说。

但是在看到女人眼里的淡漠后，裴子清那颗滚烫的心宛若被人浇了一盆冰水，瞬间冷却下来。

他收回手指，退后两步，垂眸敛去眼底激荡火热的情绪，声音低哑地道：“方才唐突鸾大人了。”

他突然想起，阿姐是个心怀大义之人。

阿姐还是积雪城城主时，就时时念着城中百姓，担心百姓吃不饱、穿不暖，所以他每年都会打着阿姐的名义广施恩泽。

可是这些人在遇到危险的时候，却抛弃了爱护他们的城主。

他们逼着阿姐跳城，以此来讨好庄家的人，得到苟延残喘的机会。

那时候的阿姐定是被她的子民们伤透了心，才从城上一跃而下。

否则以她毁天灭地之能，她完全可以将那些背弃她的子民杀死，甚至毁了整个积雪城。

可她没有。

阿姐向来善良。

想到此处，裴子清目光闪烁，心中发虚。

阿姐一直想让他做一个行侠仗义的好人，可他干了什么？

他毁城杀人，让积雪城血流成河，还当了魔域的噬血魔君，这些年手上所沾之血只多不少。

阿姐若是知道他这些年的所作所为，定会对他失望透顶。

裴子清越想越怕，不想从阿姐眼里看到这些情绪。

所以他宁愿阿姐以为阿清死了。

阿姐的阿清必须是干干净净的，如今站在她面前的只能是噬血魔君。

裴子清看着眼前这张精致而冷艳的脸，在一阵担惊受怕之后，浮现出一丝丝诡异的甜蜜感。

虽然他不能跟阿姐相认，但这未尝不是一件好事。

他想当阿姐的男人，不想当她眼里的孩子了。

一切思绪不过须臾之间，裴子清想通之后，看向女人的眼神越发温柔。

那是男人看女人的眼神。

他赤裸直接地表达着自己的爱意："方才是我无理，只是，我情难自禁。"

南鸢从他口中听到"情难自禁"几个字，目光有些怪异。

她"哦"了一声，忽然问道："你那个等了许久的心上人呢？不找了？"

裴子清表情一僵，突然意识到自己给自己挖了个坑。

魔君弧形漂亮的唇瓣颤了颤，正要解释，便听对方又问了一句："魔君的本名真叫阿清？"

裴子清：还不止一个坑。

南鸢继续问："你寝宫的名字为何叫鸢清宫，可有什么寓意？"

裴子清："……"

这一连串的问题直接把噬血魔君问愣了。

一阵死寂过后，艳丽无双的魔君大人面不改色地道："当年那女人狠心抛下本座，本座又何必再挂念她？至于本座的名字，本座生于魔渊，于清晨醒来，所以自称阿清。而这魔宫——"

南鸢看着他，目光毫无波澜。

裴子清硬着头皮继续往下编："一日，一只食蝠鸢从本座的寝宫上空飞过，身姿矫健，一副睥睨天下之容，本座甚喜之，是以有了鸢清宫。"

南鸢看他片刻，点了点头，也不知信没信这话。

"魔君先前所言当真？"

裴子清不知道哪一句，但之前都是些掏心掏肺的心里话，脸一热，支吾道："句句属实。"

南鸢环视一周，道："这寝宫深得我意，以后我住这里。"

鸠占鹊巢，她理直气壮。

裴子清发怔地看着她。

“怎么？不是说我当魔后之后，这里的一切都是我的？”

裴子清反应过来后，立马道：“都给你，这些都给你！”

整座魔宫都是按阿姐的喜好修建的，阿姐喜欢，他求之不得。

“本座这就去安排封后大典，就定在三日后可好？”裴子清问，虽是询问的口气，却带着一丝不容反驳的口吻。

南鸢瞥他一眼：“由你决定。”

裴子清虽然极力克制，但眉梢间还是荡漾着喜色：“本座这就去安排，你在寝宫好好休息。”

想到什么，他眉眼柔和地叮嘱道：“这三日，你安心在寝宫里休养生息，等我们完婚，我就能搬进来陪魔后了。”

噬血魔君走后，南鸢目光微沉，神色难辨。

虚小糖还是第一次在她脸上看到这种表情。

虽说鸢鸢常年没表情，但没表情和没表情也是有区别的。

“鸢鸢，这噬血魔君好像喜欢看脸，若真爱上你了怎么办？以后你下得去手杀他吗？”虚小糖一脸忧虑地问。

南鸢走到殿中的软榻旁，脱了鞋袜，懒洋洋地卧在上面。

这软榻比积雪城的更奢华、更舒服，她躺上去的一瞬，骨头都变软了，一动不想动。

南鸢沉默许久后，突然问它：“这锯齿魔蛛一族可有起死回生的本领？”

虚小糖想了想，摇头：“有的话我爹爹就在手札上记载了，而且噬血魔君如果能起死回生，最后魔、灵大战之中，他也不会死在气运子手上。鸢鸢，你怎么突然问这个问题？”

南鸢得到确切答案之后，周身气压变低，目光渐沉，眼里的期待和复杂一瞬间化为冰天雪地的刺寒。

“果真如此的话，那他的确不是阿清了。”

“他应当是吞了阿清的尸身。”所以这人才拥有了阿清残存的记忆和执念。

南鸢的声音极冷，眼中杀意一闪而过。

虚小糖一惊：“啊？鸢鸢你说什么？”

“这人在激发上古血脉之后，吞了阿清，阿清意识太强，执念不散，与这魔蛛原本的记忆混在了一起。”

一开始南鸢怀疑过这魔蛛就是阿清，但当初阿清确实死了，除非他能死而复生，小糖既然说不可能，那便只剩这一种可能。

想来也是，阿清素来敬重她，事事以她为先，又怎么会产生这种大逆不道的念头？

定是这魔蛛自己蠢笨，会错了阿清的意思，将阿清对长辈的思念当成了男人对女人的求而不得。那强烈的执念跟他原本的记忆杂糅在一起，便有了现在的噬血魔君，于是，有了鸢清宫以及这鸢清宫里的一切布局。

那孩子向来喜欢搜集宝石和灵兽毛皮讨她欢心。

虚小糖消化完这其中的信息之后，从南鸢怀里一蹿而起，大怒道：“臭小孩儿就是被这噬血魔君吃了？！”

南鸢目光沉沉，没有说话。

虚小糖顶着低气压打了个寒战，鸢鸢生气的时候好可怕。

幸而这种气场全开的模式没有持续很久，南鸢周身的气压慢慢收敛起来。

她盯着那铺了满地的皮毛，淡淡地道：“极有可能这魔蛛的意识已被阿清的取而代之……”

可即便如此，面对这么一副保存着阿清意识和执念的躯壳，她也是下不去手的。

毕竟阿清是她亲手养大的小崽子。

接下来的三日，噬血魔君忙于大婚事宜，很少在鸢清宫露面，只有冬雪每日在跟前侍奉。

南鸢揉着怀里的虚小糖，扫了一旁端端正正立着的侍女一眼。

虽然虚小糖扎了两个小鬏鬏，但冬雪肯定认得出，这就是城主身边的那只兽。

然而从头至尾，这侍女都目不斜视，一副丝毫不认识虚小糖的模样。

南鸢看向她，淡淡地道：“外界传言，噬血魔君为了替你续命和驻颜，曾数次以身犯险。”

冬雪闻言，神色微变，朝她福了福身，解释道：“禀魔后，确有此事，奴婢今年已经二百余岁，若非君上，奴婢早已化成一堆白骨。但并非如外界所言君上倾心于我，这其中另有隐情，魔后万万不要听信传言。”

她抬头看了南鸢一眼，继续道：“这两百年来，君上不曾临幸任何女人，魔后是第一个。

“君上这些年虽然手上沾了不少血，但极少滥杀无辜，只是早年的时候受了刺激，所以控制不住脾气，用一些残忍的手段杀了几个冒犯他的下人。

“君上心悦魔后，日后定会对魔后千般万般好，希望魔后也能宽恕君上以前犯下的过错，以同等真心待他。”

冬雪还是如两百年前那般年轻，但说起此话时，眼底却有一些沉重的东西。

——那是与年轻不相匹配的沧桑和怜悯。

南鸢有些意外，提醒了她一句：“噬血魔君灭了积雪城，手上染血无数。”

冬雪目光一颤，多了一丝看透世事的木然：“可魔后又焉知，不是积雪城先毁了他？杀一人很容易被世人遗忘，灭一城却势必被世人诟病。可凭什么这些人觉得，死掉的这一人不如那满城人金贵？仅仅因为他们数量多吗？真是可笑，一群忘恩负义之辈，如何跟一个心怀大义的英雄相提并论？他们配吗？”

南鸢：呃，这英雄莫非……是在说她？

第一次听到有人把这个词安在自己身上，南鸢觉得怪稀奇的。

不过能说出这一番视人命如草芥的言论，足以说明冬雪已经歪掉了。

南鸢的心情有些微妙。

虽说她本就不是一个好人，但在积雪城的时候，很确定自己给冬雪和阿清灌输的都是非常正面的三观。这人这么轻易就歪掉，看来还是她灌输的东西不够多？

噬血魔君大婚，魔域普天同庆。

据闻这日噬血魔君让座下魔将乘着双翼魔狼在空中游行，并抛出无数魔晶，无比财大气粗。

据闻这日，其他四位魔君亦全部到场，奉上厚礼。

据闻这日，噬血魔君亲自挑中的这位魔后惊艳四座，生得那叫一个美艳逼人，丝毫不逊于噬血魔君。

第七章

洞房花烛

挂满红缎、摆满红烛的鸾清宫里正是洞房花烛夜。

裴子清盯着眼前身着华服的女子，目光灼灼，喉结滚动。寂静的寝宫里响起一道清晰的咽口水的声音。

南鸢瞥他一眼：没出息的小魔蛛，跟她的阿清比差远了。

“我……”男人出口的声音过于低沉暗哑。

他稳了稳情绪，小心翼翼地询问：“时辰不早了，我们歇息？”

南鸢看他片刻，点了点头：“床榻我已备好，你在外殿，我在内殿。”

裴子清眼里或荡漾或激动或忐忑的情绪在一瞬间凝固。

“什么？”他觉得自己刚才听错了。

南鸢悠悠看他一眼：“你幼时便是如此，你睡外间，我睡里间。怎么，阿清莫非想与阿姐同床共枕？”

裴子清脑中“嗡”的一声，空白一片。

一声“阿清”，一声“阿姐”，直接在他脑中投下一道雷，炸开了。

什么良辰美景，什么颠鸾倒凤、翻云覆雨，通通在一瞬间化为灰烬。

他维持着震惊的模样，张了张嘴，好一会儿才找回自己的声音：“什么阿姐？”

南鸢径自在软榻上坐下，目光凉凉地扫了他一眼：“阿清，你还想瞒我到何时？”

裴子清浑身神经骤然绷紧，脑中只有一个念头：阿姐知道了，阿姐都知道了！

她会不会厌恶自己，后悔曾经收养了自己，结果养出这么一个不是人的东西？

他毁了她的故土，手上沾了那么多血，是不折不扣的大魔头，以后甚至会带领很多魔修去与正道为敌。

可是他别无选择。他发疯之下毁了积雪城，只凭这一桩恶事，就注定与阿姐背道而驰。

裴子清不敢看眼前的女人。

明明前一刻他还做着同阿姐欢好的美梦，这一刻却什么念头都不敢有了。

阿姐心怀大义，心系百姓，肯定对他的所作所为失望透顶，那个时候他该怎么办？

放阿姐走，从此他与她正邪不两立？

想到这个结果，裴子清就快疯了。

不，他不愿意放阿姐走。

就算阿姐厌他、憎他，恨不得亲手杀了他，他也要把阿姐绑在身边。他不能再失去阿姐了。

裴子清的脑海里一瞬间闪过很多疯狂黑暗的念头。

——给阿姐偷服秘药，抹去阿姐所有的记忆，自此让阿姐当个一无所知的魔后，他一定会小心爱护阿姐，不让她手上沾血。

——趁阿姐不注意，毁去她的毕生修为，将她困在这鸾清宫里，哪里都不许去。

反正他会用丹药帮阿姐延长寿命、维持容貌，就像冬雪一样。

各种阴鸷可怕的想法像臭水沟里的水泡一样往上冒，却不料他等了许久，想象中的画面并未出现。

裴子清僵硬地站了片刻后，缓缓抬头看向眼前的女人。

阿姐面上依旧无悲无喜，眼中亦平淡无波，情绪寡淡，她只平静地问了句："把我诓骗到你的地盘来，不为跟我相认，反倒把我变成你的魔后，阿清，你到底打的什么算盘？"

裴子清愣住了。

阿姐居然没有找他清算这些年犯下的错？

阿姐没有因为他成为噬血魔君就厌弃他？也没有后悔曾经收养过他这个魔头？

裴子清紧绷的身体缓缓放松，他松了一口气的同时，眼底却闪过一抹怪异的情绪，像是遗憾。

裴子清动了动喉咙，犹豫地喊了一声："阿姐……"

尽管在心中叫了无数次阿姐，这却是重逢之后他第一次喊出口。

他总觉得这一声"阿姐"叫出来，他们两人之间就横了一道坎儿。

南鸢不咸不淡地"嗯"了一声："若不是我及时戳破你的身份，阿清今夜是不是想做些什么？"

眼前女子熟稔的口吻，让裴子清仿佛回到了两百年前的时光。

阿姐还是那个阿姐，阿清也还是那个阿清。

他眼睛莫名一酸，颀长挺拔的身躯慢慢蹲下，那张美如玉、艳如花的脸变得温顺又乖巧，眼里盛满依赖和信任，像极了当年的那个丑陋少年。

魔君俯身偏头，将头枕在女人的腿上，轻声道："阿姐，你为何才来？阿清好想你……"

外人眼中冷血残暴的噬血魔君，此刻温顺得像一个听话的孩子。

南鸢垂眸，视线落在男人白皙光滑的侧颈之上。

这里很漂亮，也很脆弱。只要她轻轻那么一捏，就会将其捏碎。

什么气运子，什么天道，她杀完大反派得到功德值就溜，能对这世界造成什么影响？

无非气运子在没有激发出上古神兽血脉之前，便完成了拯救天下的任务。

这难道不是好事？

为何大家非要死板地把所有程序走上一遍？

但想归想，南鸢很清楚天道无处不在。

一旦引起天道注意，被天道列为危险分子，即便她和小糖从这个世界跑到下一个世界，也会被天道揪出来，然后灭杀。

她一个人倒是不要紧，可小糖还是个幼崽，她不能拿小糖的性命冒险。

南鸢抬手，指尖轻轻落在男人的后颈上。

怀里的人没有因为她的举动有丝毫不适，仿佛她做什么都是应该的，哪怕她捏着他最脆弱的脖子。

南鸢的目光微微闪烁了一下，他竟如此信任她这个阿姐……

那落在男人脖颈上的手突然上移，替怀中人摘下了头上的玉冠。一头黑发散落，铺在南鸢的大腿上，又从大腿垂落到脚踝处，如黑瀑倾泻而下。

女人温柔地揉着那发丝，望着这奢华闪亮的魔宫，眼底浮现出了一丝怀念之色。

“阿姐也很想阿清……”她低声道，冷冷的声音在这一刻仿佛柔和了几分。

那小崽子是她花费很多精力养大的，被她养得根正苗红，知恩图报。

阿清虽然敬重她，却也喜欢黏着她撒娇，还总是屁颠屁颠地把最好的东西捧到她跟前，只为了哄她高兴。

可惜这么好的小崽子，她没能保护好。

说到底还是她太自负了，以为在阿清身上放一抹神识，便足以庇护他……

女人安抚般的抚摸，还有她明显温和许多的话语让裴子清心中既开心又酸涩。

阿姐说，她也想他。

真好。

好到他以为自己在做另一个美梦。

他本以为此生再也见不到这样的阿姐。

他声音哽咽地道：“阿姐，这些年我做了很多很多错事。阿姐，你责罚我吧……”

阿姐不厌恶他，他已经很满足了，不敢奢求太多。

南鸢的手顿住，裴子清察觉到，心跟着“咯噔”一跳。

“阿清做了哪些错事？”南鸢问，声音听不出喜怒。

裴子清一颗心高高悬起，声音绷得有些紧：“我从魔渊离开之后，直奔积雪城去寻阿姐，可是去了才知我迟了一步，阿姐竟被老管家和那庄怀音逼得跳了城楼。当初少年心性，易怒易躁，以为阿姐掉入兽潮之中被践踏得尸骨无存，还如何镇定得了，心里就只有一个念头，我要杀了所有人给阿姐陪葬，后来……”

后来，积雪城血流成河，他彻底变成了一个十恶不赦的大魔头。

庄怀音逃了，他就拿庄家其他人开刀，见一个杀一个。连庄家那几个坐镇的老祖宗都被他干掉了。

那段时间是他最残暴嗜血的时候。

等将庄家人杀得差不多了，他转头又去找云鹜这个罪魁祸首算账。

就是在那时，他从对方口中得知了阿姐还活着的消息，然后他的“疯病”得以缓和。

两百年来，裴子清越来越清楚，这世上再没有第二个阿姐。

在他受尽折磨跌落低谷差点儿烂在里面的时候，是阿姐将他拉了出去。

当年灭积雪城之时，仅存的理智让他放过了冬雪，只因为他还记得，这是阿姐喜欢的婢女。

他不想让阿姐回来之后，身边连个贴心的丫鬟都没有。

南鸢听噬血魔君讲着她“咻”一下跳过的这两百年的事，心中难得生出一丝感慨。

如今这副壳子里装着的可能只是阿清的执念。

她出现在他面前，噬血魔君身体里有关阿清的执念或许会慢慢淡去，最终露出嗜杀、嗜血的本性。

南鸢想，这样也好。

她帮阿清消除所有的执念，等噬血魔君变得不那么像阿清的时候，她杀人就不会犹豫了。

“过去的事情都过去了，阿姐不怪你。”南鸢道。

这话她却不知是说给噬血魔君听，还是她以为已经逝去的阿清听。

裴子清一个激动，猛地抬头看她，小心翼翼地问：“阿姐，你当真不怪我吗？”

说这话时，他的声音微微颤抖，双眼却分外明亮。

阿姐为了他，竟然放弃了自己的原则。

这次他不仅眼睛发酸，鼻子也发酸了。

不管他变得如何糟糕，阿姐都不怪他，阿姐对他实在太好了。

但是他明白，阿姐虽然口上不说，心中一定十分难受……

“不怪你，外人哪及我的阿清重要？”

裴子清闻言，突然伸手抱住了女人的腰肢，红着眼道：“阿清何其有幸，这辈子能遇到阿姐。”

关系捅破之后，洞房是不可能洞房了。

裴子清心里遗憾惋惜，可如今阿姐还是那个阿姐，她对他这般好，他又怎么舍得去破坏这份感情？

若是阿姐永远都不离开他，永远都这么疼爱他，他会把那些不该有的念头通通藏起来，乖乖地当阿姐的弟弟。

“阿姐，留下来陪阿清吧，我这两百年来日日夜夜在思念你。”裴子清说着，胳膊将女人的腰圈得更紧了。

阿姐的腰好细，身上好香……

“好。”南鸢应道，见他一副黏糊糊的样子，难免想到阿清小时候的样子，也就任由他黏糊了。

“阿姐会一直陪着阿清吗？”裴子清又问。

南鸢一双美目平静而淡漠，沉默片刻后，她道：“我会陪着阿清，直到他的躯体、灵魂和意识都消散在这世间。”

裴子清听到这话，双眼越发明亮。

阿姐竟答应了，阿姐说要陪他一辈子！

裴子清将头深深埋进女人的怀里，没有让她看到自己眼角滑下的泪水。

如果让阿姐知道他哭了，那就太丢人了。可是他真的好高兴。

奢华得仿佛盛满了星辉的鸢清宫里，一男一女，一坐一跪。

男人的头枕在女人的腿上，如瀑般的发丝垂落，女人的双手一只搭在男人的后背上，一只轻轻抚摸他的发丝。

两人皆绝色出尘，画面极美。

不知何时，两人同色的裙摆缠绕在了一起，竟给人一种难舍难分、缠缠绵绵的感觉。

寂静中平缓的呼吸声响起，那抱着阿姐撒娇的魔君就这样在女人怀里睡着了。

南鸢垂头看了半晌。

等人睡沉，她伸出手找了找角度，轻而易举地将这身材高大的男人一把打横抱起。

浅眠的噬血魔君忽地睁开眼，眼里蚀骨嗜血的杀意一闪而过，然而在意识到什么之后，那冰寒的眸子一下就变得茫然。

短暂茫然过后，魔君瞪大双眼，一张脸顷刻间红成了大闸蟹。

“阿……阿姐？你做什么？！”

震惊、慌乱、羞恼，或许还有一点点不太明显的期待和兴奋，总之，此时南鸢的公主抱让堂堂噬血魔君一瞬间涌现出了许多情绪，最后一个字竟差点儿破了音。

荒谬至极，阿姐居然用男人抱女人的姿势抱他！

虽然魔君此刻眼珠子都快瞪出来的模样像极了怒火中烧，但任何一个见了他的魔将都不会觉得他是真的震怒。

毕竟他老人家的嘴角好像一直在重复着上扬下撇、再上扬再下撇的细微动作。

嗯，他一副在极力控制着激动又亢奋的不太聪明的样子。

“阿姐，你快放我下来，我太重……了。”

他想起阿姐以前隐藏实力看起来只是武修的时候，她就已经能抡起两百斤重的大刀，这话裴子清突然就有点儿说不出口了。

南鸢垂眸看着他，裴子清正好一眼望过来。

也不知是不是因为此刻心境不同，他竟从阿姐的眼里看到了一丝宠溺。

“阿姐抱你去外殿睡。”

魔君支支吾吾道：“阿姐可以叫醒我，我自己去。”

“看你睡得香，阿姐没忍心叫你。你小的时候读书太用功，经常不小心在书房睡着了，我也这般抱过你。怎么，大了以后我便抱不得了？”

裴子清抻着脖子不知道该如何回答。

现在他怎么能跟小时候一样？

他都这么大了，长得又高又壮，阿姐却那般纤细柔软。

明明该立马推开阿姐，但他可耻地沉默了。

他贪恋阿姐身上的温度。

不过一个恍惚，外人眼中威武不已的噬血魔君就被一个女人轻轻松松地抱到了外殿的软榻上。

南鸢拍拍他的头，再捏了捏他滑嫩精致的脸蛋：“这几日你耗费了不少精力，好好休息，补充精力。”

裴子清有些幽怨地望着她：“阿姐，我已经长大了，你怎么还这样……”

就算一开始他满脑子都是荡漾的想法，经过这番相处下来，也全被阿姐一锤子捶散了。

阿姐的目光纯粹又平静，让他生不出半点儿亵渎之心。

南鸢：“再大，你在我眼里也是个小崽子。”

裴子清闻言，有些欢喜，也有些郁闷。

以前就罢了，他现在高大威猛，英俊逼人，到底哪里像小崽子？

“阿姐，我睡不着，你能不能再陪我一会儿？”

南鸢：“事多。”

但她没走，坐在了男人身边。

“今日大典之上，我看到云鹜了，为何阻我杀他？”

她想杀之人，还从未失过手。

裴子清顿了顿，反问：“阿姐为何一定要杀他？”

南鸢：“明知故问，自然是为了给阿清报仇。”

这种人不杀，难道还要留着当下酒菜？

裴子清一听这话，心头渗出一丝丝“果然如此”的甜蜜。

“我原本是要杀他的，后来却从他口中得知阿姐没死，一高兴就答应了饶他一命。这些年云鹜一直帮我跑腿办事，让我省了不少精力，我就一直留着他了。阿姐若是不喜欢看到他，我明天就把他杀了。”

表面上云鹜是魔域的一方霸主笑面魔君，暗地里却是听噬血魔君使唤的下属。

而现在，为了自己的阿姐，他的主子噬血魔君毫不犹豫地准备卸磨杀驴。

南鸢沉默片刻，道：“既然对你有用，便先留着。”

反正这小魔蛛也没多少日子可活了，等小魔蛛一死，她再去杀云鹜。

捅破身份，姐弟相认之后，南鸢和虚小糖过上了“罪恶”的奢侈生活。

魔域最好的美食、美酒、珍奇异宝尽数送往鸢清宫。

虚小糖在冬雪的投喂下，整只兽都胖了一圈，变得圆滚滚的。

帮它顺毛的人也变多了，鸢鸢、冬雪还有那个臭魔君。

不过短短一个月，魔域尽人皆知，鸢清宫里的那位魔后是噬血魔君的心肝肉，是个万万不能惹的主。

譬如七杀魔君，就因为偷偷派人去接近魔后，结果被噬血魔君打成重伤。

再譬如威武魔君，也因意图贡献绝色美人碍了魔后的眼，被噬血魔君打掉两颗门牙。

若非近两年的形势不好，正邪两道随时可能爆发战争，众魔修丝毫不怀疑，噬血魔君会直接让这两人“嗝屁”。

“阿姐，这几日我要出去一趟，阿姐可不要乱跑。”

噬血魔君仿若幽灵，轻手轻脚地走至南鸢面前，动作熟练地将她怀里的肉团子拎了出来。

虚小糖瞥他一眼，没动。

刚开始它是很抗拒被一个魔君撸毛的，后来发现这人手法不赖，就从警惕变成享受了。

“路上小心，不要让自己受伤。”南鸢道，并没有多问。

裴子清勾唇笑了笑：“听阿姐的，保证不受伤。”

“阿姐，那我走了？”

“嗯。”

魔君深深地看南鸢一眼，转身之际，目光却一下子变得幽深晦暗。

这次出门他要去杀庄怀音。

两人已经结下血仇，早就是你死我活的关系，若非庄怀音运气好，每次都能逃脱，他百年前就把此人杀了。

但他还有另一个目的——给阿姐制造机会。

裴子清垂下的手不禁攥紧，紧得有些发颤。

这一个月他与阿姐日日待在一起，仿佛回到了从前在积雪城的时候，可他心中总是不安。

阿姐为何会在不知道他的身份之前就来魔域寻找噬血魔君？

这个问题阿姐从来不提，裴子清也不敢问。

他下意识地不去深想，因为害怕阿姐来魔域是另有图谋。

他不怕阿姐毁了他两百年的心血，只怕这些日子阿姐对他是……虚情假意。

一想到这个可能，裴子清便无法呼吸，心如刀割一样疼。

他要给阿姐一个机会，也给自己一个机会。

若是……

魔君的表情扭曲了一下，一双漂亮的眸子瞬间变成纯黑，眼白眼球全都是深不见底的墨，却又玲珑剔透，璀璨美丽。

若是阿姐亲手打碎了美好的假象，那就——折断阿姐的翅膀，将阿姐关起来吧。

噬血魔君“呵呵”低笑一声，笑声动听，却无端地让人觉得头皮发麻。

他只希望阿姐不要辜负他的信任才好。

距离嗜血魔君离开已经过去两天。

鸾清宫里，虚小糖两只小爪子正捧着一种魔果啃，这魔果肉多汁多，又脆又甜，但因生在魔域的旮旯里，极难寻找，所以十分珍贵。

虚小糖一口咬下去，咬得“咯嘣咯嘣”响。

突然它觉得头皮有些凉。

虚小糖茫然地抬头，发现鸾鸾正用一种它看不懂的眼神瞅它。

“小糖，你好像从未明确说过，这个世界的终极大反派是噬血魔君。”

“我爹爹的手札里面没有提五大魔君谁最厉害，反正最后五大魔君全被气运子灭了。但大家不都说噬血魔君是五大魔君里面最厉害的吗？那就应该是他。”

南鸾盯着它看了半天，目光有些冷。

“鸾鸾，怎么啦？”虚小糖声音又软又奶。

南鸾看着它这副蠢萌蠢萌的样子，若有所指道：“阿清这些日同我讲了很多他小时候的事情。那些我都记不清的事情，他却记得一清二楚。”

虚小糖一副理所当然的样子：“臭小孩儿喜欢鸾鸾，记得这些有什么稀奇吗？”

南鸾通过几句话确定了虚小糖的不靠谱，开始怀疑它之前那些言之凿凿的话。

她曾问小糖，这上古魔蛛有没有重生的本领，小糖非常肯定地摇头，说没有。

真是个不靠谱的小东西。

执念之所以是执念，是因为它只对某一件或者几件事执着。

可现在，这小魔蛛对阿清和她之间的事情清清楚楚，这哪里是区区执念能够做到的？

这分明就是阿清的记忆。

要么阿清夺舍，要么阿清就是噬血魔君本尊。

前者，凭阿清的修为还做不到，所以应是后者无疑。

再加上当初她跟阿清的联系断开，说明阿清确实死了一次。

综上，真相出来了。

——阿清才是那个拥有上古大妖血脉的人。

他被云鹜丢入魔渊，死亡的瞬间激发了上古血脉，而后重生，变成了那只上古魔蛛。

她的阿清一直都活着……

以南鸢的修为和见识，她自然猜到了这个可能，只不过因为虚小糖一个否定，她早早排除了真相。

想到这儿，南鸢看虚小糖的目光又有些冷了。

虚小糖满脸疑惑。

南鸢收回目光。

罢了，小糖本就是个幼崽，不靠谱才是对的，她日后多加留意便是。

自家小崽崽摇身一变成了反派，南鸢的心情说不复杂是不可能的。

但如今再想起阿清在魔渊经历的那些事，她更多的是心疼。

她亲手养大的小崽子居然被逼得死了一次才能蜕变！

凭什么让她家阿清当气运子的垫脚石？

天道欺人太甚！

南鸢蓦地起身，一只手拎起虚小糖，一只手划破虚空，离开了魔域。

“鸢鸢，那臭魔君不是不让你离开魔域吗？你怎么走了？”

“去接阿清。”

“鸢鸢知道他在哪里？”

南鸢顿了顿：“不知。所以我们去阿清和气运子决战的地方。”

虚小糖顿时明白了。

按照原世界主线，差不多这个时候噬血魔君会杀掉气运子的最强小弟庄怀音。

气运子大怒，终于不再隐藏实力，和噬血魔君大战了三天三夜。

最后气运子从万丈悬崖跌落，噬血魔君也受了重伤。

而后，跌落悬崖的气运子因祸得福，激活了上古神兽血脉。

最厉害的一个挂开启，气运子所向披靡，成为正道之首。

一年后，气运子率领正道大军与魔域一战，灭了五大魔君和众魔修，魔域数千年内都无法再兴风作浪。

虚小糖猜想鸢鸢是为了表忠心，好方便日后抢先机杀人，所以才去接应噬血魔君。

它非常欣慰鸢鸢能有如此筹谋，连忙说了那万丈悬崖的地点。然后一人一兽就跑过去蹲守了，结果蹲了足足三天都没蹲到人。

南鸢觉得不对劲。

“小糖，你确定阿清和气运子在这里决斗？”

“对的呢，鸢鸢，这里是玄武之巅，但凡大能者决斗都是在这里，因为这里地方开阔，不会殃及无辜。”

虽然虚小糖一脸自信，但南鸢在知道了它不靠谱之后，还是决定多做打算。

“你回魔域看看阿清是不是回去了。”

“鸢鸢，我自己回去？”

“你是只成熟的兽兽了，是时候学会单独行动了。”

虚小糖听到“成熟”两个字，立刻美滋滋地领着任务走了：“鸢鸢放心，我快去快回。”

因为与生俱来的穿梭时空的本领，虚小糖很轻松地就回了魔域鸢清宫，环视一周后，并未发现噬血魔君的人影。

虚小糖正打算去跟鸢鸢汇报情况，却在这时听到了一阵窸窸窣窣的声响。

魔宫很大，那声音是从内殿发出的。

虚小糖纳闷。它刚才瞅了一眼内殿，并没看到人。

窸窸窣窣声又响了，有点儿像脚步声。

但是它怎么听着像是……有好多只脚在走呢？

虚小糖好奇地循着那声响找过去。

某一刻，那声音静止下来。

虚小糖看到角落里悬浮着八颗硕大的黑宝石，晶莹剔透，汇聚着璀璨的光点，映着屋里的一切，里面还有它那圆滚滚的身躯，油光顺滑的，非常美丽。

说时迟那时快，小糖正欣赏宝石里自己的影子，那八颗黑宝石突然动了，并快速往这边横移。

与此同时，一股血腥气扑面而来，越来越浓。

虚小糖睁着圆溜溜的豆眼，一动不动，吓傻了。

等八颗黑宝石飞到它面前，它才看清那是个什么东西。

原来那根本不是什么黑宝石，而是八只……眼睛。

鸢清宫修得又高又大，眼前的东西却身躯庞大到差一点儿就顶到天花板，身躯是虚小糖的百倍之大！

八只光泽明亮的黑色单眼分布在怪物的头胸部，眼睛下方，长着一对黑色的尖锐獠牙。

再往下，一、二、三……七、八，八条分节的……大长腿。

分节处还生有数根爪状的刺，看起来比利器还要锋利。

靠近地面的那一节腿上长满了黑色的毛，但那毛并不是小糖身上这种软软的小毛，而是一种足以刺穿人天灵盖的刚毛。

一脸发蒙的小糖同那八只黑眼珠子大眼瞪小眼。

突然，那怪物一张嘴，獠牙之下、上唇下唇之后竟还长着两排密密麻麻的锯齿状尖牙。

下一瞬，回神的虚小糖爆发出高亢的尖叫声：“救命，啊啊啊，好大的蜘蛛，啊——”

这就是一只变异的巨型蜘蛛。

虚小糖吓得竖起一身的毛。

它前爪在空中一刨，毛上出现星光点点，打算使用穿梭虚空逃遁法。

不承想，在它半个身子都已经钻入虚空，眼看着就要成功逃脱的时候，巨型蜘蛛腹部的四对纺绩器突然吐出八根细小的银丝，眨眼间就缠上了它的身体，然后越缠越多。

“阿姐呢？”嘶哑的声音从那怪物身上传出。

“阿姐呢？我问你，阿姐在哪儿？！阿姐在哪儿——”

虚小糖在狗刨式挣扎，疯狂尖叫：“救命，啊啊啊！这里有个怪物疯了，啊啊啊——”

第八章

惊恐，被吻了

离噬血魔君闯玉鸣山杀害庄怀音一事已经过去五天。

玉鸣山人心惶惶。

庄怀音这一死，庄家直系一脉算是全部死翘翘了。

谁人不知，庄长老已经一只脚踏入灵王境界，前途无量，而他更是跟那位自创凌风门的灵王尊者白凌风交情匪浅，两人以兄弟相称。

谁能想到，噬血魔君竟狂妄至此，直接冲破玉鸣山的防护屏障，当着玉鸣山掌门的面弄死了庄怀音。

那噬血魔君拥有上古大妖血脉，凶悍至极。对上这位魔君，庄长老根本没有反击之力。

玉鸣山弟子们惶恐又愤怒。

“噬血魔君往何处去了？”南鸢问。

那唉声叹气的弟子应道：“五日前，适逢白尊者来寻庄长老，目睹噬血魔君杀害庄长老一幕，两人冲出玉鸣山，往东边去了，十之八九是去了玄武之巅……”

那人后面说什么，南鸢已经不想听了。

之前虚小糖指出的玄武之巅在南边，现在这玉鸣山弟子却说玄武之巅在东边。

南鸢眉心狠狠抽了抽，转瞬间消失不见。

等那弟子意识到什么的时候，猛地偏头看旁边，结果旁边只有个同门师兄，方圆十步之内也都是男弟子。

所以刚才问他话的是谁？

南鸢一路往东，终于找到了真正的玄武之巅。

周围山石碎裂，一整座山头被人横空切断。

山巅之上有血迹，已经干涸。

南鸢沉眸，看这血迹这一场激战已经过去两三天。

南鸢立在玄武之巅往下俯瞰，云雾缥缈，什么都看不清。

就是在这里，跌落崖底的气运子会在数日后激活上古神兽血脉。而阿清当年亦是掉入魔渊，激活了上古大妖血脉。

两者一为正，一为邪。

不用想也知道，阿清相似的遭遇日后会被用来衬托气运子。

但这些人不觉得可笑？

阿清坠入魔渊的时候还是个十多岁的少年，气运子却已经修至灵皇境界。

两人有什么可比的？

南鸢想到阿清已经受重伤，不再逗留，转身欲走，却在这时，远方突然传来动静。

南鸢脚步一顿，抬眸。

半空中，一叶飞舟往这边飞来。

那飞舟上乘坐着七八个姿容绝色的女修。美人们从飞舟上一跃而下，像七八朵水嫩的鲜花从空中飘落，十分养眼。

看到南鸢时，这些人眼中闪过明显的惊艳之色，但随即便被同病相怜的悲戚代替了。

一群美人站到南鸢身边，颓然地望着悬崖之下。

“想必这位妹妹亦是凌风的红颜知己。”开口的是为首的白衣冰美人。

南鸢面无表情。

她知道这些是什么人了。

青衣女子娇俏灵动，说道：“俞桑姐姐，我不相信凌风哥哥死了！”

蓝衣美人娴静美好，柔声道：“我亦相信风哥没事。”

紫衣美人张扬至极，敢爱敢恨：“听说噬血魔君被风哥打成重伤，我师门长老已在联系其他仙门，趁此机会将魔域一网打尽最好不过！”

红衣美人妖媚入骨，愤恨道：“这作恶多端的魔头，早该为正道所灭了！”

剩下几个美人也纷纷开口。

南鸢听着这些人你一言我一语地讨伐噬血魔君，眼里慢慢结了冰。

这个气运子左拥右抱，好不逍遥！

南鸢冷眼扫过这群莺莺燕燕，突然插话；“既然这么舍不得情郎，何不跳下去陪他？”

“啊？”美人们蒙了。

南鸢直接用行动解释自己的意思，一个挥袖横扫，动作干净利落。

凌厉的劲风挥出，旁边三个美人还没来得及多说一句，就被她挥下了悬崖。

“啊——”三声尖叫划破长空。

事情发生得太快。

剩下的美人大怒，一瞬间周身灵气大涨，进入一级警戒状态。

“你究竟是何人？！”

南鸢眼中寒光凛冽，缓缓吐出四个字：“魔域，魔后。”

众所周知，魔域里只有一位魔后。

美人们闻言神色大变。

她们瞧这女子姿色世间少有，还以为是凌风哥哥某一位还没有介绍的妹妹，却不想竟是噬血魔君刚娶不久的那位魔后。

“来得正好，我们杀了这魔女给风哥报仇！”紫衣美人手一甩，一根紫色的鞭子在空中舞得“啪啪”作响，一出手便是上品灵器。

新仇旧恨一起，众美人纷纷使出看家本领，各种高级灵器和高级符箓不要钱地往外砸。

可惜眼前这冷艳魔后修为高深莫测，外人眼中杀伤力极大的上品灵器竟连在她身上划出一个口子都做不到。

美人们惊了。

南鸢步步逼近，直接毁了她们的法器，并一个一个地将她们踹下了悬崖。

“啊啊”的尖叫声不断，但因音色不同，谱成了一首美人惊魂曲。

南鸢：叽叽歪歪那么多做什么？那么想你家情郎，那你们就滚下去陪他好了。

这些人无辜？哦，关她什么事？她也觉得她家阿清很无辜。

想到重伤的阿清，南鸢不再耽搁，立马破碎虚空回了魔域。

脚刚刚落地，南鸢便察觉到了异样，刺鼻的血腥味扑面而来，伴随着一种并不好闻的腐烂味道。

南鸢目光一沉：“阿清？！”

“阿姐……”虚弱的声音响起。

裴子清从角落里走了出来。他穿着走之前那件干干净净的骚包衣袍，衣袍很整洁，像是刚刚换上去的。

可南鸢分明闻到，那刺鼻的血腥味就是从他身上散发出来的。

南鸢瞬移到他面前，一把抱住了他的腰。

“为何不敷药？”

像这种外伤，很多灵丹妙药能快速愈合伤口。可阿清这满身血腥气分明没有敷药，任由身上的伤口溃烂。

受伤的小魔蛛将重量压在南鸢身上，伸手抱紧了她，头埋在她的颈间，闷声道：“我跟人打了一架，受了重伤，本想让阿姐疼一疼我，所以没有处理伤口。可是我回来没有看到阿姐，阿姐不见了……”

这话他说得委屈至极，都快带上哭腔了。

“阿姐你是不是不要我了？我等了你好久好久，身上好疼啊……”

他后悔极了，为了试探阿姐的真心，差点儿再次弄丢阿姐。

因为念着阿姐，他拼尽全力，用不到三天时间就结束了战斗。

本以为阿姐就算背叛他，也只是盗窃魔域地形图和防御布阵图，可他回来后，阿姐却不见了。

那一瞬间，他只觉天崩地裂。

当时的他只有一个念头：阿姐又丢下他了。

上次一丢就是两百年，这次她又要丢下他多久？

他忘了身上的伤，蜷缩在角落里，宛如一副失去灵魂的躯壳。

因为伤得太重，他甚至控制不住身体，变回了兽形——一只丑陋的八眼蜘蛛。

他厌恶自己的兽形，如果可以，宁愿自己还是那个怪胎少年，凭着自己的努力慢慢变得强大，而不是变成这样一只丑陋的怪物，拥有什么上古大妖血脉。

如果他没有变成噬血魔君，阿姐就不会……要他的命。

南鸢听着也心疼，该死的气运子居然把她家阿清伤成这样！

“阿清，你先松手，阿姐给你上药。”

裴子清听到这满是关心的话，心中越发悲凉。

阿姐为了杀他，竟这般讨好他。

阿姐不该这样，不该讨好任何人。

裴子清不但没有松手，反而越抱越紧。

“阿清？”

裴子清声音低哑：“阿姐，我都知道了……”

南鸢没听懂：“知道什么？”

话音刚落，南鸢身体一僵，眼底闪过一丝难以置信的情绪。

她感到有什么尖锐的东西扎入了她的后颈。

这是她亲手养大的崽崽，鲜少让她放下防备心的人。

可现在阿清竟偷袭她。

失望、愤怒是南鸢这一瞬间的反应。

但她很快发现，那刺进来的东西并没有什么杀伤力，不过是释放了一点儿不痛不痒的毒素，麻痹了她的神经，让她的动作有些迟缓，脑子也有些昏沉罢了。

她分分钟就能将这点儿毒素给逼出去。但她没有，她想看看这个她一手养大的小崽子为何如此对她。

裴子清慢慢从她颈间抬头，视线与南鸢对上。

南鸢微微一怔。

阿清那黑白分明的双眼不知何时变成了浓如墨的纯黑色。那双眼晶莹剔透，漂亮得像是雨水刚刚冲刷过的黑宝石。可此时，这对黑宝石里充斥着绝望而疯狂的情绪，如狂风骤雨般席卷而来。

阿清看着她，突然展颜一笑，笑得如同那罂粟花一样，妖娆又动人。

“阿姐，既然想杀我，为何不早些动手呢？你看，你一心软，就落入我手中了。”

南鸢满脸问号。

短暂的茫然之后，南鸢想到什么，神色骤变。

她后退几步，环视四周。

阿清语调温柔地问：“阿姐是在找小糖吗？”

他保持着嘴角微弯的弧度，眼里却没有丝毫笑意：“阿姐不妨看看头顶。”

南鸢立马抬头，入目是一张巨大的蜘蛛网悬在空中，蛛网下吊着一个蛛丝裹成的圆润蛹状物，露出的缝隙间，隐约可见一只毛茸茸的灵兽。

“阿姐不要担心，小糖只是昏睡了过去，我怎么舍得伤害阿姐最喜欢的灵兽呢？”

南鸢自然知道小糖没事，亦如当初她在阿清身上放了一抹神识，小糖身上也有。

但不死不代表它不会被这毒素变成个……小傻子。

“小糖是个好孩子，我问它什么，它就说什么，乖极了。”男人的声音依旧温柔，温柔得让人起鸡皮疙瘩。

南鸢：“……”

看来小糖已经受这毒素的影响，迷迷糊糊之下把她给卖了，还卖得一干二净。

当初来这里，她的确是为了杀噬血魔君，但那个时候并不知道这是阿清。

后来她既然知道了，又怎会杀他？

阿清做了再多的坏事，那也是她养大的崽崽。

这个世界的功德值得不到，还有下个世界，阿清却只有一个。

更何况她现在已经知道，阿清与其他四位魔君的反派影响力差不多，她完全可以去杀其他四个反派。

“阿清，那是误会。”南鸢解释了一句。

在裴子清看来，她的解释连敷衍的借口都算不上。

哪怕她编造一个美丽的谎言也好啊。

可是没有，阿姐都不屑骗他了。

阿清静静地看着她：“小糖虽蠢，但它说的是真话还是假话，我分辨得很清楚。阿姐，你消失整整两百年，一出现便来取我的性命。阿姐，你真的……好狠的心啊。”

说到最后，男人眼里的难过和悲伤几乎要满溢而出。

噬血魔君手一张，无数根细小的银丝从他的掌心里射了出来，直接缠了过去。

南鸢没有反抗，任由他将自己缠成了半个大粽子，心中颇为无奈。

那银丝源源不断，不过片刻，便将南鸢的胳膊和腰身紧紧缠在了一起。

南鸢这会儿还在想：阿清生气了，不听解释，这可怎么办？

直到她被银丝拽到对方怀里，一片阴影笼罩下来，紧接着两片带着湿意的唇瓣贴上了她的唇。

南鸢双眼微睁，若非“面瘫”脸的缘故，怕是要直接把眼球给瞪出来了。

裴子清仗着自己有蛛丝可以控制猎物，直接腾出双手，捧起了女人的脸。

短暂的唇贴唇之后，他直接撬开她的牙关，凶猛地攻城略地，肆意地搅弄那一小方天地，在里面翻江倒海，为所欲为，好不猖狂。

光棍了千年之久的南鸢彻底蒙了。

她的大脑在短暂空白之后，出现了一大堆奇奇怪怪的问题。

——我把你当个孩子，你却觊觎我的身子？

——到底是哪个杀千刀的教坏了她根正苗红的小崽崽？她要找他算账！

——许是这魔域风气不好，才叫她家阿清生出此等大逆不道的念头？

——作孽哦，她一个一千岁的老人家，居然被个小屁孩儿强吻了？

种种念头闪过，就是没有一种是她要砍了冒犯她的人。

阿姐的味道比想象中还要甜……

裴子清渐渐沉迷于其中，吻得浑身发颤，血液都沸腾了起来。

他一只手捂住阿姐的眼睛，另一只手扶住她的后脑勺，狠狠将她按向自己。

许是感受到了阿清身上绝望到让人窒息的气息，加上不排斥这种事，顶多没感觉，南鸢本着安抚小崽崽的原则，震惊过后，努力将自己变成了一条任人宰割的咸鱼。

南鸢不知自己被对方啃了多久。

等到对方终于松开爪子和嘴，自己把自己弄得气喘呼呼，满头大汗，南鸢才一脸淡定地问他：“这会儿可消气了？若是消气了，我们就坐下来好好说话。”

女人脸不红气不喘，丝毫不像刚刚才承受过那般狂风骤雨的样子。

听到这话的裴子清在短暂震惊过后，彻底疯了。

他豁出一切强吻了他最敬重的阿姐，早已做好被厌弃、被憎恨的打算。

可是为什么他都这样对阿姐了，阿姐还能如此平静地同他说话？！

“阿姐，你究竟知不知道我在做什么？我强吻了你，冒犯了你！阿姐，我求你不要这么淡定！我宁愿你厌恶我、憎恨我！”

南鸢蹙眉。

她为了让阿清平静下来，都任由他那样了，阿清怎么反而更疯癫了？

“阿清，我们坐下来谈谈。”

且容她组织组织语言，好好解释一些事情的前因后果。

“还有什么好谈的？谈阿姐如何诱哄我，然后杀我吗？！”

裴子清一副不愿意听的疯癫模样：“反正阿姐都要杀我了，我什么都不怕。我喜欢阿姐，要把阿姐变成我的女人！等阿姐变成我的女人了，我看阿姐还会不会像现在这般无动于衷！”

男人一边怒吼，一边去撕扯女人的衣裳，奈何南鸢被他的蛛丝裹成了半个肉粽，再怎么扯也是扯不下来的。

所谓作茧自缚，不过如此。

南鸢觉得头痛。她本想顺着阿清，让他早些冷静下来，但现在看来，这个法子行不通。

既然此法行不通，那么她换个法子好了。

眼见着阿清越来越疯癫，南鸢眼微微一眯，那束缚着她的坚韧蛛丝顷刻之间全部断开，并在一团黑雾的腐蚀下化成了黏液，滴落在地上，发出“嗞嗞”的声响。

南鸢反手缚住男人不规矩的爪子，在对方瞳孔震裂般的瞪视中将他拎起，一路拖到软榻边，然后将人一把按了进去。

陷入软榻的裴子清怔怔地望着阿姐。

南鸢居高临下地俯瞰着他，表情冷漠至极。

裴子清震惊失神过后，突然凄凉一笑，心中涌起无限悲凉的情绪。

他自以为能麻痹所有人的毒素，却麻痹不了阿姐。

原来他跟阿姐之间的距离相差这么大。

只要阿姐想，就能像摁死一只蚂蚁一样轻易将他摁死。

他竟还想着折断阿姐的翅膀，废除她的道行，将她困在魔宫里，哪里也不许去。

他真是异想天开……

这下裴子清是真正绝望了。

“阿姐，你杀了我吧……”

裴子清的眼睛已经恢复正常，只是眼白上布满了红血丝，看起来猩红一片。

“蠢东西。”南鸢瞥了他一眼，“都说了不杀你。”

以暴制暴的法子果真管用，屡试不爽，这发疯的蠢东西终于消停下来了。

“阿姐没想杀你，之前有那个想法，是因为阿姐以为你不是阿清。阿姐以为你被那上古魔蛛吞了，它只是一副拥有你的执念的躯壳。它若吞了你，你说阿姐该不该杀他？”

南鸢很少说这么一长串话，她不喜欢说话。

裴子清怔怔地望着她：“阿姐为何会有这般离奇的想法？”

“阿姐在你身上留了一抹神识，神识消散，联系断开，我以为你死了。”

裴子清睁大了双眼。

他突然想起两百年前他在魔渊，濒临死亡之际，一个身姿绝美的残影突然出现。那人一个挥袖之间，方圆数里的魔兽全都化为粉末。

若非那时他身受重伤，连地底下的低等魔虫都对付不了，绝对能逃过一劫。

后来他时常想起那惊鸿一瞥，但因为当时意识不清，不由得怀疑那是不是他弥留之际幻想出来的假象，原来那竟是真的，那是阿姐留在她身上的一抹神识吗？

神识这么重要的东西，阿姐竟早早就放在了他身上！

“后来听阿清讲了许多小时候的事情，阿姐便知阿清就是阿清，不是别人。”

南鸢坐在他身边，目光难得柔和了几分：“你消失的这几天，阿姐怕你出事，就出去寻你了，没有离开。”

裴子清眼睛酸涩，瞬间蒙上一层水汽，声音有些哽咽：“阿姐，阿姐，我错了……”

阿姐对他这般好，他却那样对阿姐，他禽兽不如。

“阿姐，刚才我……我……”裴子清难以启齿。

南鸢摸了摸他的脑袋：“阿清现在还小，又没接触过什么女人，不懂男女之情实属正常，阿姐不怪你。”

幼时便看尽世间百态还一度产生毁灭一切的想法，而今两百余岁且杀人无数的噬血魔君裴子清：“……”

裴子清突然想起云鸷在梅园时曾说的话。

——阿姐的底线在哪里，不试一试永远不知道。

此时两人解除误会，他又得知阿姐在他身上放了一抹神识护体，阿姐如此宠他、纵他，他不禁想试一试阿姐的底线到底在哪里。

于是，裴子清在这一刻变得无比大胆。

他泪眼汪汪地望着南鸢：“阿姐，我不后悔刚才冒犯了阿姐，我就是喜欢阿姐，很早就喜欢了。”

南鸢：“不，你对阿姐不是那种喜欢。”

裴子清双眼噙泪，委委屈屈地妥协道：“阿姐说不是那种喜欢，便不是那种喜欢吧，阿清对阿姐只是那种想要欢好，彼此融为一体的喜欢。”

南鸢：“……”

他哪里学来的淫词浪语？

“阿姐，我记得前些日，你问我还有什么未完成的心愿，我的心愿只有这一个。阿姐，阿清想你做我的女人，不要你再当什么阿姐了。”

南鸢面无表情地看着他，一巴掌盖在他的脸上，将他激动得半抬起的头给按了回去。

裴子清见她只是如此反应，心中先是一松，再是一喜。

阿姐对他果然是无比纵容的。

他乖乖躺在软榻上，望着阿姐的目光有些幽怨，语气暧昧地喊她：“阿姐……”

南鸢冷酷无情地点破了关键原因：“阿清，你太小了。”

裴子清沉默片刻，红着脸道：“阿姐，我不小了。”

南鸢：“……”

满脸通红的绝色美男子突然撒泼般一把抱住了女人的腰：“阿姐，你都当我的魔后了，阿姐夸我长得俊，阿姐同我一起也不算吃亏，我一定会好好伺候阿姐的。”

南鸢拍了拍他的绝美蛛头，然后开始掰他的魔爪。

裴子清死不松手，手跟黏在了南鸢的腰肢上一样，凄凄惨惨戚戚地道：“阿姐，我此生唯有这一个愿望，若是不能达成，恐生心魔，阿姐当真忍心看我因此走火入魔吗？”

南鸢冷冷看他一眼：“能耐了，都学会用自己来威胁我了？”

她讨厌被人威胁，也从没有人敢威胁她。

裴子清见状不妙，立马放软了声音，道：“没有威胁阿姐，阿清只求阿姐疼一疼我。阿姐不在的这两百年，阿清如行尸走肉，没有一天快活过。”

裴子清说着说着又开始哽咽了：“若是阿姐答应我，便是让我立刻死在阿姐手上，我也心甘情愿。”

说话的人本就生了一副好皮囊，如今美男落泪，一副低入尘埃的乞求之姿，画面绝美不说，也格外惹人怜爱。

不管男女，再坚硬的一颗心在这一刻怕是都能化为绕指柔。

南鸢头疼得更厉害了。

“你先把衣服脱了。”

裴子清闻言，双眼瞬间大睁，也不知是受到了惊吓还是惊喜。

静止片刻之后，他立刻开始宽衣解带，动作迅速。

衣袍解到一半，裴子清才后知后觉地想起什么，动作不由得一顿，眼里闪过失望之色。

原来阿姐是要给他上药。

衣袍悉数褪去，裴子清身上的伤痕全部露了出来，原本细腻白皙的肌肤布满了密集的伤口。腰腹处的那一道伤尤其扎眼，伤口又长又深，几乎横跨整个腰腹。

南鸢看到伤口的一瞬间，目光陡然一冷，周身气压也低了下来：“阿清，这是被何物所伤？”

“是一柄剑，据说是白凌风在雪雾山深处得到的一件上古神器。这厮运气相当好，我和阿姐在积雪城生活数年，从未发现什么神兵利器，怎么他一去就找着了？”

南鸢不由得沉眸。

敢情那镇压在雪雾山深处的东西是给气运子准备的一柄神剑？

她若知道那是给气运子准备的东西，气运子还用这东西重伤了阿清，就她这暴脾气肯定会直接把整座山夷为平地。

裴子清感受到阿姐的愤怒，心里甜丝丝的，表面委屈，继续打小报告：“那白凌风已经是灵皇境界大能，手上还有一柄上古神剑，我若不是身上有上古大妖血脉，皮糙肉厚，早就被他那神剑劈成两半了。阿姐，当时可疼了，现在也特别疼……”

“阿姐已经帮你报仇了。”南鸢道。

裴子清双眼发亮：“阿姐帮我报仇了？”

“他那群红颜知己全被我踹下了悬崖。”

裴子清嘴角高高扬起，嘴上却假模假样地嘟囔：“阿姐这哪里是替我报仇，送一群女人下去陪他，反倒是成全了他。”

南鸢淡淡地道：“他恐怕还没死。”

裴子清的脸顿时阴沉下来，想到阿姐就在旁边，他连忙又换成了笑脸：“没事的，阿姐，等我养好伤，我再去杀了他。”

南鸢心道：你注定杀不死他。

“若是你打不过，阿姐带你走。”

裴子清一怔，痴痴地望着她：“阿姐，你对阿清真好……”

南鸢有些受不住他这种眼神。

以前她居然以为这种直勾勾的眼神是晚辈对长辈的孺慕之情，现在她只想送一句“呵呵”给自己。

南鸢取出一个药瓶，将里面的药丸倒出，直接一把塞进裴子清的嘴里。

裴子清鼓着腮帮子嚼了嚼，咽下去，看着她傻笑。

南鸢一出手，自然是上好的神丹妙药，药刚下肚，裴子清身上的外伤就愈合了，不出半个月，内伤也能全部恢复，修为回到鼎盛时期。

“阿姐，我腿上好像还有伤没有愈合。”裴子清红着脸小声道。

南鸢面无表情地看着他。

裴子清立马改口：“好像又愈合了。”

南鸢瞥他一眼，抬头看向空中那张巨大的蛛网以及吊在空中的肉球糖。

裴子清干笑了一声：“阿姐，我马上放它下来。”

他一挥手，那圆滚滚的蛛丝蛹便掉了下来。

他再一勾手指，一根蛛丝便将那东西拽到了他面前。

裴子清把外面那一层厚厚的蛛丝蛹壳扒开一个缝，从里面挖出了昏迷的虚小糖。

然后他掰开它的嘴，往里面吐了一口唾沫。

南鸢：“……”

虚小糖转醒，一睁眼就惊慌地大叫：“蜘蛛！好大的蜘蛛，啊啊啊，鸢鸢救——”

声音戛然而止，因为它发现自己居然趴在噬血魔君的手里。

想起他就是那只大蜘蛛，虚小糖在他手心里瑟瑟发抖。

裴子清冲它咧嘴一笑，声音温柔地道：“小糖，之前多有误会。”

确定以及肯定绝不是误会的虚小糖“嗷”地号了起来。

裴子清转头看向南鸢，神情自责又担忧：“阿姐，这可怎么办哪？小糖好像被我的兽形吓傻了。”

南鸢将吓傻的虚小糖抱进怀里，揉着它的毛好生安抚了一番。

虚小糖总算镇定了下来，只是一提起蜘蛛还是会瑟瑟发抖，看样子是对蜘蛛有了很大的心理阴影。

裴子清阴恻恻地盯着南鸢怀里的小东西，酸里酸气地道："阿姐待小糖比待我还要好呢。"

南鸢："你确定要跟一只相当于人类五六岁的幼崽比这个？"

裴子清嘟囔："阿姐刚刚还说我小呢。"

南鸢："阿清不是说自己很大了吗？"

裴子清瞬间闭嘴，继而窃喜。

原来阿姐只是在装傻，这样的阿姐真可爱呢。

他觉得自己找到对付阿姐的法子了。

从这天开始，裴子清每天都会夜袭南鸢，彻底发挥了自己锲而不舍的精神。

在第四十九次将裴子清踢飞出去后，南鸢烦不胜烦，只要不太过分，便任由这小鬼为所欲为了。

裴子清由此开启了自己华丽的人生新篇章。

最初裴子清只敢在阿姐的脸颊上偷一个香吻，后来慢慢发展成眉心、嘴角、嘴唇……在尝试撬开牙关的时候被阿姐丢了出去，裴子清便又退后一步，改成吻嘴唇。

搁以前，光是如此便能让他激动得浑身血液沸腾。现在知道自己有机会得到更多，他如何肯止步于此？

于是不久后，他开始了钻被窝。

在第三十五次被丢出去之后，裴子清又等来了机会。

南鸢开始犯懒了。

裴子清钻被窝成功！

初时，他十分自觉地跟阿姐隔开一条胳膊的距离，睡觉规规矩矩的。

后来一胳膊的距离慢慢缩短成一只拳头的距离。

再后来不知道什么时候，两人之间的距离没有了。

某人蹭啊蹭，跟阿姐紧挨在了一起，还伸出蛛爪抱住了阿姐的腰肢，顺便将嘴唇贴着阿姐的后脖颈。

然后旧事重演——

嘴贴后脖颈不动，只是鼻尖释放一丝一丝的热气。

嘴贴着后颈，佯装不小心蹭了两下。

嘴唇悄悄地啄了几口后脖颈，色胆包天地落下一串密集的吻，吻由浅入深……

裴子清就这么一点点地试探着阿姐的底线，大概是甜头尝多了，以至某一天色胆包天，意图将魔爪往阿姐的衣襟里伸。

结果可想而知，南鸢就算再懒，也还是一脚将人踹飞了出去。

裴子清收敛了几天后，又开始了新一轮的尝试。

在众魔修看不到的地方，他们心中嗜血残暴、喜怒无常的噬血魔君又是撒娇又是卖惨又是回忆杀，心机之深、脸皮之厚世间罕见。

经过近两个月不知疲倦的探险摸索，裴子清终于找到了一个相当满意的平衡状态。

现在他能光明正大地钻阿姐的被窝，搂着阿姐睡觉了，甚至能在阿姐那香喷喷的嘴上吻上好几口，不过得注意时长，太磨叽的话阿姐会烦。

阿姐那一截漂亮白皙的后颈也成了他的私人领地，任由他随便种“草莓”。

裴子清每天都要埋在那颈间吸几口香气再来回吮吸，誓要把自己的地盘全部沾上自己的味道。

“阿姐，嗯……”

南鸢懒洋洋地抬了下眼皮子，听到后脖颈处传来的声响，只觉头疼。

这小魔蛛就跟个狗皮膏药一样，每次扯下去立马又粘上来了。弄得她一脖子口水，脏兮兮的。

“阿姐，我的唾液是良药，还能美白肌肤，不信阿姐照照镜子，我舔过的地方已经变得白皙滑嫩，肌肤宛若初生婴儿。”

说着，某人顶着一张红彤彤的脸，在南鸢耳边轻声低语一句。

下一瞬，一股力量将那说着淫词浪语的男人给掀飞了出去。

“阿姐——”

第九章

阿清，我护定了

众所周知，魔域的噬血魔君自从娶了那位美艳逼人的魔后之后，就开始沉溺于温柔乡，变“昏君”了。

无人敢说噬血魔君的坏话，因为噬血魔君两个月前才把正道那位很有威望的什么尊者打落玄武之巅，不过魔君也因此受了重伤。

据说是魔后每日衣不解带地悉心伺候，才让噬血魔君快速痊愈。

这么一位贤惠又美艳的魔后，如果他们是噬血魔君，也想搂着美人夜夜销魂。

而这段时间，笑面魔君背靠噬血魔君，借其威名干了不少大事，在魔域民众心中的威信越来越高，几乎已经与噬血魔君的影响力并排。

南鸢突然明白为什么原世界的五大魔君没有高低之分了，因为阿清压根无心揽权。

鸢清宫。

“阿姐，你看小糖，我都跟它道歉了，这段时间它还是不给我一个好脸色。”

裴子清瞅了瞅角落里蔫巴巴地缩成一团的毛团子，一屁股坐在南鸢旁边的软榻上，顺手搂住了她的腰。

南鸢只是抬起眼皮看了他一眼，俨然已经习惯了他动不动就占便宜的毛病。

“小糖没有生你的气，是在生自己的气。”南鸢道。

自从虚小糖知道自己迷迷糊糊之下出卖了南鸢之后，整只兽都不好了，深深地感觉到了自己的无能，并对背叛鸢鸢一事感到十分自责。

然后虚小糖陷入了自闭之中。

南鸢甚至怀疑它得了轻度抑郁症。

“不怪它，我体内的毒素能够迷惑人的心智。”裴子清道。

南鸢：“同它说过了，它不听，以为我是在哄它。”

对此南鸢也很无奈。她并不擅长安慰人。

裴子清突然冲她笑了笑：“若是我能让小糖重新变得高兴，阿姐可不可以给我一点儿奖励？”

南鸢淡定地问：“双修？”

裴子清张了张嘴，一副羞恼至极的样子：“阿姐，你想哪儿去了？我是那种人吗？”

南鸢心中呵呵一笑。

你不是吗？

“阿姐？你不是最疼小糖吗？你忍心看它每天都郁郁寡欢？”

南鸢瞥他一眼，答应下来：“可以，但手不要乱动，不然我很可能不小心剁了它。”

她虽不热衷这种事情，但也谈不上厌恶，阿清这般迷恋的话，她可以勉强配合一下。

阿清心里一阵狂喜，目光忽闪两下，有些迟疑地问："阿姐，你怕蜘蛛吗？"

他之前一直担心阿姐会害怕或者恶心自己的兽形，毕竟他自己都觉得丑陋。

可这些时日阿姐对他的无限纵容，让他觉得自己可以索取更多。

阿姐本就不是一般的女子。

南鸢一句话道尽了她的厉害："这天下没有你阿姐害怕的东西。"

裴子清直勾勾地看着她，这样自信狂妄的阿姐真是太迷人了。

他高高扬起嘴角："这可是阿姐说的，阿姐但凡露出一点儿不喜欢的情绪，那就是阿姐在骗我。"

话毕，南鸢还没来得及应上一句，眼前颀长挺拔的男人突然骨架收缩，华丽的衣袍落在地上，没多久，一只婴儿大小的八眼黑蜘蛛从衣服里面钻了出来。

八只黑琉璃般的圆眼睛正对着南鸢，似乎在观察她的表情。

南鸢知道裴子清的兽形是蜘蛛，但还是第一次见。

"阿姐，是不是很丑？"裴子清的声音从黑蜘蛛身上传出来，有些忐忑不安。

南鸢朝它伸手，黑蜘蛛头、胸上的八只单眼仿佛一瞬间变亮，立马撒开八只腿爬到了南鸢的手上。

"是有些丑。"

缩小版的小魔蛛："……"

裴子清很是委屈。

南鸢话音一转道："但你这八只眼倒是生得好看。"

缩小版的小魔蛛顿时开心了，立马又问："那如果我本体比这大很多很多，大百倍，阿姐还会喜欢吗？"

南鸢摸了摸蛛头："你就是变得再大，在我眼里也是一只小蜘蛛。"

她都不好意思说，她若变出本体，整个鸢清宫估计还没她的一个头大。

小魔蛛顺着南鸢的手臂爬到她的肩膀上，凑到她耳边低语："阿姐，阿清真的好喜欢你。"

这小魔蛛每天都要表达一下自己对她的喜爱之情，一开始南鸢无动于衷，但渐渐地次数多了，小魔蛛每一次的感情都较之前一天更加强烈，她的心里也就起了一丝波澜。

她好像也是喜欢阿清的，但对阿清的喜欢更像是一种对所属物的喜欢。

她没敢告诉阿清，怕小孩子又发疯闹脾气。

小魔蛛轻轻蹭了蹭她，日常表达爱意之后，从她身上跳了下去，直奔角落里的小糖。

南鸢看着小魔蛛的背影，后知后觉地想起来，这件事本来就是阿清搞出来的，阿清去哄小糖，难道不是应该的吗？讨要什么奖励？

还有阿清就这么撒开八条腿过去了？

果不其然，下一刻角落里爆发出虚小糖高亢的尖叫声。

鸢清宫里出现了这样一幕——

一只黑色大蜘蛛追着一只白色球状灵兽在偌大的鸢清宫里蹿来蹿去，肉球一边乱窜一边"啊啊"尖叫，因为两只兽的速度都很快，在鸢清宫里留下了无数道黑白残影，画面极其诡异。

南鸢在心里叹了口气。

原来这就是阿清所说的办法。

鸢清宫虽然很大，但还不够两个小崽子闹腾，最后两只兽一追一赶地出了鸢清宫，在整个魔宫乱窜起来。

约莫半个时辰之后，两个小崽子回来了，状态跟之前完全不一样。

虚小糖骑在小魔蛛的背上，一路“嘿嘿”傻笑，完全一副骑着蜘蛛玩疯了的模样。

南鸢：“……”

她没想到阿清哄幼崽这么有办法。

她心中一动，突然萌生了一个念头。

阿清对她唯命是从，又讨她欢喜，还这么会哄幼崽，不管做什么事效率都极高，除了太黏人这一点有些烦人……

日后她若是带着阿清一起穿梭三千世界，让阿清打着她的旗号做好事，帮她收集功德值，岂不事半功倍？

但很快南鸢便放弃了这个想法。

罢了，在这个世界她想办法保住阿清，护他一生。

这时驮着虚小糖的八眼蜘蛛已经变回人形，裴子清站在南鸢面前，赤身裸体了好一会儿才取出长袍，当着南鸢的面慢条斯理地穿了起来。

“你怎么哄它的？”南鸢问，只当未看见某人那特意秀出来的好身材。

光溜溜地乱晃，他也不怕辣到她的眼睛。

裴子清微微一笑：“只是让小糖亲眼看看其他人中毒后的症状，让它见识见识这毒素的厉害，然后用兽形驮着它兜了兜风。”

虚小糖蹿进南鸢怀里，兴冲冲地道：“鸢鸢，刚才我骑大蜘蛛了，特别威风！”

南鸢揉了揉它的毛，对阿清道：“你若有事要处理，便先去忙。”

裴子清微微一怔，叹道：“果然瞒不过阿姐，方才云骜找上门了。阿姐，你若想杀他，我马上就杀了他。”

南鸢看了他一眼，淡淡地道：“不必你动手，我自有分寸。”

等到正邪两方开战，她会抢在气运子之前杀掉其他四大魔君。

这四人终要一死，死在谁手里不是死？倒不如便宜她。

裴子清听了这话，却觉得阿姐是在维护他。

阿姐对他这么好，为什么偏偏就不能从了他呢？

“阿姐，我去去就来。”

裴子清走前故意抱着南鸢重重地亲了好几口。

虚小糖一脸震惊。

它这些天只是自闭，不是眼瞎，两人就这样当着它的面卿卿我我，真的好吗？

南鸢没这方面的回避意识，毕竟她就是在这种环境下破壳出生的。

她爹妈格外热衷此事，当年她还没出生的时候，两人都能没羞没臊地卿卿我我。

等人走后，虚小糖问她：“鸢鸢，你是不是不想杀大蜘蛛了？不杀也好，我挺不想他死的。”

虚小糖现在已经知道噬血魔君就是裴子清本人，不是什么执念。它就说嘛，两人给它顺毛的手法这么相似。

南鸢面无表情，目光却很坚定：“他是阿清，我怎么可能杀他？”

虚小糖想到原世界的主线，有些难过地道：“但是鸢鸢，就算你不杀他，他也会被气运子杀死的。”

它不想大蜘蛛死，大蜘蛛虽然兽体比较丑，但大蜘蛛能顺毛，能带它兜风，还能给鸢鸢当小弟。

多好的一只大蜘蛛啊。

可惜没有人可以破坏世界主线，天上的九天神雷可不是闹着玩的。

南鸢看着它，沉默了。

虚小糖心里突然“咯噔”一下：“鸢鸢，你不会是想从气运子手中抢人吧？不行的，会被天道爸爸发现的！”

南鸢语气坚定：“阿清，我护定了。”

魔宫议事大殿。

宫殿门口矗立着八根粗大的石柱，柱子上爬着十六只张牙舞爪的魔蛛，让这座宫殿看起来巍峨雄壮，阴森寒冷。

云鹫已经在大殿里等候多时，待看到那满面春风、姗姗来迟的男人时，差点儿没吐出一口老血。

“你这些时日温香软玉在怀，两耳不闻窗外事，过得倒是逍遥。”

云鹫郁闷啊。

他本以为能弄出个统一魔域的大妖来，奈何对方实力是有了，却无丁点儿斗志。

一开始他还以为是裴子清没有找到那女人的缘故，如今好不容易盼来了那个女人，本以为裴子清终于可以放下执念，却不想这小子直接陷入了温柔乡。

据传言，噬血魔君荒淫无度，连云鹫都自愧不如。

裴子清走到上首的王椅前落座，淡淡地道：“找本座何事？”

“何事？正道众仙门已经开始整合队伍，准备讨伐我魔域了！”

裴子清神色平静：“正邪早晚有一战。”

他其实什么都不想管，很想抛下这里的一切，带阿姐离开。

正邪之战关他何事？天下是动荡还是太平又关他何事？

可是每次这个念头一出来，他的心里就有一个很强烈的声音告诉他，他不能走。

这一战他非去不可，就好像这是他必须去做的事情。

云鹫还要说什么，却在这时遥远的天际传来“轰隆隆”的声响。

常年光线昏暗的魔域竟在这一刻云开雾散，以至魔域每个魔修都看到了东方天际出现的五彩祥云。

祥云之中有什么东西冲天而起，与此同时，一道长长的龙吟声响彻云霄，久久回荡。

龙吟声一出，林间百兽、被人类驯服过的灵兽全都在这一刻跪地臣服。

正在同虚小糖唠嗑的南鸢“唰”的一下起身，双目沉沉地看向窗外。

“气运子的上古神兽血脉居然是龙兽……”南鸢的声音裹了冰霜一般，“我讨厌龙兽。”

他们这一族都讨厌龙兽。

虚小糖道：“气运子是上古神兽青龙后裔，血脉还挺纯正。”所以它才说，大蜘蛛肯定打不过气运子。

蜘蛛怎么可能干得过龙呢？

南鸢心里有些不爽，看来那些被她踹下去的女人根本没能阻碍气运子，该发生的事还是发生了，说不定气运子还在崖底左拥右抱。

“阿姐！”裴子清急匆匆地赶来，一把将南鸢抱进了怀里，双臂越收越紧。

南鸢怀里的虚小糖差点儿被挤成饼。

感受到他的不安，南鸢伸手拍了拍他的后背：“被吓到了？阿清不怕，一条臭龙而已。”

裴子清闻言，却将她抱得更紧了。

他也不知怎么了，就是莫名地恐慌，刚才那一声龙吟让他有种不祥的预感。

上古时期能流传下来的血脉，多是上古时期的大妖，神兽几乎没有，毕竟神兽向来高傲，不屑与低等血脉结合，上古时期便已凤毛麟角，别说拥有它们血脉的后代了。

可现在居然有人激发了上古神兽血脉，还不是一般的上古神兽，而是神兽之王——龙兽。

方才那龙吟声一出，裴子清就明显地感觉到了来自血脉等级上的压制。

那一瞬间他就明白了，他打不过那龙兽。

“阿姐，我已经让云鹜去部署了，我一定能护住阿姐，阿姐你不准离开我！不准离开，听到没有？！”

南鸢有些无语，捏了捏他的后颈，安慰道：“阿姐不走，你在哪儿，我就在哪儿。”

裴子清令人窒息的怀抱一松，得以喘息的虚小糖立马从两人中间滚了出来。

“阿姐，我现在就要奖赏。”几乎是话音刚落，裴子清就捧起南鸢的脸狠狠亲了下去。

他事先说好的，才不怕阿姐训斥他。所以这一吻放肆至极。

南鸢被吻得身子往后仰，那吻便直逼而来，越发汹涌，任性又霸道地不准她退后一丝一毫。

虚小糖挪了挪身子，肥臀对着两人，然后用两只爪子捂住了眼睛，但是捂住眼睛就捂不住耳朵了。

真是少儿不宜。

次日，云鹜传来消息。

那拥有上古神龙血脉的人不是别人，正是两个月前被噬血魔君打下玄武之巅的白凌风。此人在崖底得到机缘，激活了潜藏在体内的上古神兽血脉。

此消息一出，正道沸腾，魔域恐慌。

若正、邪双方发起战争，白凌风肯定是正道的领袖人物。

那可是上古神龙，他们如何打得过？

果不其然，三日后，一只灵鸟带来了正道的战书。

战书陈述了魔域之人千百年来的种种恶行，将这群魔修贬成了人人得而诛之的臭虫。

噬血魔君怒毁战书，五大魔君汇聚一堂，打算开战。

魔域的大地在颤抖，天空前所未有地阴暗。

“他们的大军就快来了，阿姐，你觉得我能打败白凌风吗？”裴子清从后面抱着南鸢，低头亲吻她的脖颈。

南鸢沉默。

这还用问吗？他铁定打不过。

那人是天道的宠儿，而你只是个还在撒娇的小蜘蛛。

南鸢偏头，正好对上一双温柔如水的眸子。那眸子里的柔光仿佛要将南鸢拽进去，同他一起沉溺，一起化成水。

“阿姐可否答应我一件事，明日开始哪里也不要去，就在鸢清宫等我可好？”

“阿清，我有事情要做，不能一直留在这里。”

裴子清垂头，沉默了一会儿才道：“那阿姐一定要护好自己，不要让我担心。”

哪怕已经到了这份上，他都不曾开口要南鸢帮忙。

在他眼里，此战胜算极小，阿姐再厉害也不是上古神兽的对手。

而且阿姐心怀正义，他不会让阿姐为难，更舍不得让她冒险。

南鸢看他一副似乎马上要生离死别的模样，心下一软，做了个决定。

“阿清。”南鸢唤他一声，将搂在她腰间的胳膊轻轻掰开，转身看他，“明天我会杀几个人，你看到之后不要惊慌。”

顿了顿，她继续道：“保护好自己，等这次大战结束了，阿清想要什么都可以。”

裴子清本来还在思考阿姐想杀什么人，阿姐想杀的人何须阿姐动手，他去杀了便是，乍然听到后面那句话，先是蒙了一会儿，随即双眼里迸射出极亮的光，脑子里一瞬间似有烟花炸开，整个人都要飘起来了。

“阿姐，你的意思莫非……莫非是……”

南鸢“嗯”了一声：“就是你想的那个。”

裴子清激动得都说不出话了：“阿姐，我……你……这……这是真的吗？”

南鸢没想到他会激动成这样。

她以前不热衷于这事，又没找到个顺眼的人，毕竟她所在的世界人人惧怕她，把她当女人的男人更是少之又少，所以她从未跟人双修过。

这事虽然无趣，可若入了门道，于双方修行都有裨益，成全阿清，也没什么大不了的。

“此战过后，阿姐带你离开魔域。”南鸢道。

裴子清直勾勾地盯着她，眼里的激动和满足化为酸涩，湿了眼。

阿姐当真是全天下最好的阿姐……

他捧起南鸢的手放在唇边，珍重地吻了又吻，声音沙哑至极：“阿姐放心，就算是为了阿姐，我也会活着回来的。”

南鸢见这句话效果这么好，心中满意。

虽然她会保住阿清，但主线还是要走，阿清必须自己先战斗一段时间。

五日后，两军对峙，一眼望去乌压压一片。

正道以白凌风和数位灵修大能为首，邪道以五大魔君为首。

白凌风手执神剑，飞至高空，宛若天神降临，声如洪钟地公布讨伐的内容。

裴子清目露讥讽之色，直接朝后做了个手势，打断了他的废话："杀。"

……

大战的地点离鸾清宫很远，那些爆破声、厮杀声却仿佛近在耳边。

南鸾不紧不慢地喝着茶，一旁给虚小糖顺毛的冬雪却心神不宁。

"魔后，已经过去一天一夜了，您说这场大战会持续多久？君上他们会赢吗？"

南鸾看向她，突然问了句："冬雪，你何时知道我不是裴月莺的？"

冬雪愣住。

南鸾掏出化形水饮下，片刻后便化成了积雪城城主裴月莺的模样。

冬雪眼睁睁地看着她变成了记忆中的模样，眼泪突然就涌了出来，哽咽地唤了一声："大人。"

"冬雪，我去的时候，她已经死了。"

南鸾也不知自己为何要给一个无关紧要的小丫头解释这些。

大概是因为那几年，冬雪尽职尽责，这些年又一直照顾阿清。

冬雪哭着点头："大人，奴婢都知道。"

若是原来的大人，怎么会遣散自己精心收集的美男？怎么会对一个相貌奇丑的孩子那般疼爱？最后怎么可能为了保护全城百姓，从城楼上一跃而下？

这样一个人根本不会为区区城主之位杀人。

"冬雪，我要走了。这次我会带阿清走。"

冬雪破涕为笑："大人是不该丢下小公子的，小公子没有你活不了。"

南鸾微微一怔，心道：这世上哪有谁离了谁就活不了？她一走两百年，阿清不照样活得好好的？

冬雪似乎猜到了她的想法，连忙解释道："那是因为小公子知道大人还活着，这两百年来他过得并不好，糟糕极了。"

话毕，冬雪朝她深深叩首："大人带小公子走吧。"

等到冬雪抬首，那一人一兽已经不见了踪影。

南鸾直接破碎虚空到了战场上。

一天过去，战场已经血流成河。

"小糖，你先回空间。"

虚小糖欲言又止，但最终什么都没说，乖乖回空间待着。

南鸾望向前方，并未看到阿清的身影，气运子也不在。

高手过招，两人想必是飞到更空阔的地方去了。

如此也好，南鸾接下来要干的事情，不适合阿清看。

战场中厮杀不断。

五大魔君之一的七杀魔君正被一群仙门长老围攻。

眼见着七杀魔君落了下乘，再僵持个半天就能被正道长老拿下，远处一名黑衣女修竟一刀从后面砍来。

那刀风携带着一股强劲霸道的力量，让人避无可避，直接将七杀魔君劈成了两半。

筋疲力尽的正道长老们又惊又喜，正要道谢，那女子却已转身离去，只留下一道清丽的背影。

此时，战场数里之外白凌风和裴子清亦在激战。

白凌风手中有神剑，裴子清手中有魔刀。

只是激活了上古神兽血脉的白凌风实力强悍许多，一天一夜之后，白凌风一身白衣仍是纤尘不染，裴子清的一身黑衣却已染了血。

“若你现在束手就擒，我可饶你一命。”

裴子清听着他仿若施舍一般的话，面容阴沉：“如何饶？我身怀上古大妖血脉，你们肯放过我？我杀害你挚友庄怀音全家，你肯放过我？你说的‘饶’我莫非是废掉我的百年修行，终身囚禁？白凌风，收起你的假惺惺！今天，不是你死，就是我亡！”

下一刻，双方几乎同时冲向高空，化出了兽形。

一只巨型八眼魔蛛和一条长足足三丈可蜿蜒数里的威猛青龙。

魔蛛虽然没有青龙那么锋利的龙爪，但它比青龙灵活，还有毒液和蛛网。

八只蜘蛛眼里精光四射。

谁输谁赢还不一定，为了阿姐，他一定要活下来。

战场前方突然响起了龙吟声，上古神兽青龙现身了。

众人望去，虽然隔了数里距离，但那青龙兽形巨大，兽身又长，战场上的人看得一清二楚。

邪道畏惧，心生退意；正道自豪，士气大涨。

南鸢却脸色一沉，加快了速度。

继七杀魔君之后，她干脆利落地干掉了独眼魔君和威武魔君。

“你疯了！”被白凌风那群后宫美人困在上古杀阵之中的云鹜朝南鸢怒吼。

此时的云鹜披头散发，模样狼狈，南鸢连斩三大魔君的行为更是让他目眦欲裂，面容狰狞。

虽然南鸢换回了裴月莺的皮囊，但云鹜还是知道她是谁。

南鸢二话不说，直接挥刀砍向上古杀阵。

这杀阵本就不完整，南鸢又是个厉害的人，连砍三刀就把那阵法给破了。

布阵的美人们被阵法反噬，纷纷倒地吐血。

云鹜心中一惊。

莫非这女人是来救他的？毕竟她是噬血魔君的女人，而他是噬血魔君最忠心的下属，虽然他以前干的都不是人事。

然而下一刻他就知道自己异想天开了。

那女人如地狱罗刹，在劈开上古杀阵之后，直接一刀朝他斩来，没有丝毫犹豫，冷酷又无情。

因先前在破阵，云鹜早已体力不支，这一刀又携狂霸杀气而来，他脸上的表情还定格在惊喜之上，身子就已经分成了两半。

倒地吐血的后宫美人们：“……”

躲在空间里偷窥的虚小糖：“好怕怕。”

南鸢连斩魔域四大魔君后，朝青龙和魔蛛激战的方向飞去。

空中蛛网密布，青龙长吟一声，破开那巨型蛛丝茧冲了出去。

魔蛛正在不停歇地缠绕青龙，躲闪不及，被青龙锋利的一爪切断了两条腿，那龙爪切断魔蛛的两条腿后，直劈他的后背。

魔蛛坚硬的后壳被破开，鲜血横流。

一只巨型蜘蛛从半空中坠了下来。

南鸢赶到的时候看到的正是这一幕，双目微微一睁，怒意大涨，瞬间冲向半空。

“阿清！”

那魔蛛分明是比人要高大数倍的巨型魔兽，南鸢却以人身轻轻松松托住了它，带着它慢慢落到了地上。

落地的一瞬间，受伤的魔蛛变回了人形。

虽然被砍断了两条腿，但那不是后腿，所以变回人形的裴子清还是完整的，只是腰腹处鲜血汩汩流出，后背也是一片血渍。

“阿姐……”男人艳丽白净的脸上早已染满鲜血，这一开口又是一口血吐了出来。

南鸢沉着脸掏出几个瓶瓶罐罐，喂了他一把丹药。

她知道阿清会受伤，也是算好时间来的，反正阿清只要还有一口气，她就能救活他。

但是此时此刻看到满身是血的阿清，她还是怒了。

“阿姐，我没事，我舍不得死的。青龙虽厉害，但阿清也不差，我咬了他好几口，差点儿就要把它变成我的猎物了。”裴子清冲她笑了笑，表情有些惋惜。

可惜就差一步，他终究斗不过这人。

不过裴子清因此松了口气，那种无形的束缚感好像没了。

与此人大战一场，败给他，或者死在他手上，仿佛是自己的宿命。

南鸢在他身边布下一个防护阵之后，回头看向空中张牙舞爪的青龙，目光阴冷，怒气值飙升。

下一秒，她猛地冲向高空，如离弦的箭直直刺入。

“阿姐！”裴子清大惊失色，想阻止却没来得及。

南鸢已经变成一个黑点。

黑点所过之处出现大片黑雾，并迅速变得浓郁，向四面八方蔓延，波及数里之外的战场。

战场上空如同夜幕降临。

正在激战的人群惊疑不定，齐齐望向那蔓延过来的诡异黑云。

遮蔽天际的黑云之中似乎氤氲着一股恐怖的力量，那是比上古神兽青龙还要让人畏惧的存在。

众人下意识地屏住呼吸，握着兵器的手不受控制地发抖。

不多时，一个庞然大物在黑雾中半隐半现。

四周突然刮起强风，黑雾散去大半，彻底露出了这怪物的真面目。

那怪物浑身赤红如血，粗壮庞大的兽身如蛇、如龙，如血的红鳞密密麻麻地盖在上面；生有四爪，指尖锋锐；头顶至后背生有一排尖锐的倒刺，如一排倒插的巨型血刀。

那硕大蛇头上一对赤血竖瞳正盯着这边，耀目摄人，寒气四溢，令人窒息。

兽身上一对巨大的肉翼伸展开，遮天蔽日，巨大的阴影瞬间笼罩了大半个战场。

好一个庞然大物！

众人吓得两股战战，有的直接跪趴在地上，而战场中驭兽战斗的灵修和魔修们全部被灵兽甩了出去。

灵兽们疯了一样乱窜，没多久就形成了可怕的兽潮，远离魔域而去。

“天哪，这是什么怪物？！”

“太大了，太可怕了，它一张嘴能吞掉我们所有人……”

裴子清从南鸢冲上高空开始，便目不转睛地盯着空中。

他目睹了这个遮天蔽日的怪物是如何诞生的。

这是……阿姐？

阿姐竟跟他一样，不是人？

他痴痴呆呆地仰望着那凶猛骇人、笼罩了大半个战场的怪物，心中本该惧怕的，但一想到这是阿姐，心中便只剩满满的柔情。

小魔蛛的一颗心剧烈跳动。

惊艳、崇敬、爱慕、激荡……他的眼里涌现出了太多情绪，最终凝聚成一片痴迷的汪洋大海。

怪物一双血红的竖瞳扫过战场上的蝼蚁，落在了青龙身上。

那身形硕大的神兽青龙在怪物的对比下竟细若蚯蚓。

现出本体的南鸢目的明确，直接抓起那蚯蚓一样的青龙，揪住它的尾巴冲地上来回砸，砸得青龙血肉模糊。

她本就是骨子里嗜血嗜杀的上古凶兽，疼爱的阿清被这所谓的气运子弄得浑身是伤，怎么可能不报复回去？

青龙威猛的龙吟声没多久就变成了虚弱的低吟。

虚小糖吓疯了：“鸢鸢冷静，冷静！气运子杀不得，杀不得！”

南鸢已经很冷静了，不然就不是砸龙了，而是直接吃龙。

管他什么气运子不气运子，这臭龙砍断阿清的两条腿，她也要砍断他的两只龙爪，至于两人的爪子数量不一样这种问题，不在她的思考范围之内。

南鸢残暴地扯断青龙的两只前爪，在青龙一声痛苦的惨叫中，将之扔进了战斗场中。

全场死寂了一瞬，然后爆发出各种惊恐的叫喊声。

这可是上古神兽青龙！

大家还等什么，快逃啊。

就在大家四散溃逃的时候，魔域上空雷云汇聚，轰隆隆的声响中九九八十一道九天神雷冲那不属于此世界的庞然大物狠狠劈去。

“阿姐——”重伤的裴子清眼里闪过惊恐之色，想也不想就冲了过去。

南鸢早有防备，本来可以躲开，却因为那突然出现的人而滞了一下。

这九九八十一道最高级别的九天神雷因为南鸢这一顿，一道不差地全部……劈在了她身上。

南鸢引以为傲的坚硬兽体变得焦黑一片，疼得她狠狠抽搐了一下。

可即便如此，她还是将那冲上来送死的小魔蛛牢牢地护在了爪子里。

硬生生扛下八十一道神雷之后，南鸢迅速换回人形，拦腰抱起阿清，一个破碎虚空直接消失在原地。

因为消失速度太快，那场面就像是南鸢被九天神雷一瞬间劈得神形俱灭。

空中雷鸣声不断，似在咆哮怒吼，雷云久聚不散。

裴子清只觉身体被无形的空间力量撕扯着，再一睁眼，就被南鸢带到了魔域千里之外。

南鸢松开他，脸色有些苍白：“不听话，谁叫你乱跑的？”

“阿姐……”裴子清扶着她的后背的手已经被染成血色，他的声音在发颤，手也在发抖。

都是因为他，都是因为救他，阿姐才会引来神雷。

裴子清双眼通红，眼泪忍了许久还是没忍住，不停地往外涌。

“对不起，阿姐，对不起……”

正邪之战本不关阿姐的事，是他非要把阿姐留下来，是他把阿姐牵扯到这场战斗之中。

“哭哭啼啼的作甚？我又没死，皮开肉绽而已，休养个几百年就好了。”南鸢对这点儿小伤不甚在意。

其实她是有些生气的，防护阵都给阿清布好了，可阿清不好好在防护阵里待着，非要冲上来送死，害得她白白挨上这么多道神雷。

“怎么可能没事……”裴子清一直喃喃，害怕得直掉眼泪。

那可是九天神雷，便是如他这样拥有上古大妖血脉的魔头挨上那么一道，也会魂飞魄散，别说九九八十一道齐齐劈在身上了。

他根本不敢回想刚才那一幕。

昏暗的天空被几十道神雷染出了一片紫色天幕，魔域迎来了从未有过的光明。

只是那光是索命的光。

“对不起，阿姐，对不起……”裴子清将头死死抵在她的肩膀上，失声哽咽。

南鸢拍了拍他的肩膀：“我真的无事。阿清你看，这是哪里？”

裴子清却埋在她的颈间不肯抬头。

南鸢低声道：“阿清，阿姐带你回家了。”

裴子清微微一怔，这才抬头看向四周。

待看到自己身处何地时，他眼里的泪水越发汹涌地往外涌，声音沙哑至极：“阿姐，这是……这是城主府？”

当年他大肆屠杀，积雪城成了一座空城，这里两百年来都无人踏足，彻底荒废了下来。

看着空无一人的城主府，裴子清闭了闭眼，心中像是被什么东西堵着一样难受。

在他犯下这么多罪孽，身上背负这么多人命之后，阿姐竟还愿接纳他……

阿姐待他始终如一。

他是个没有信仰的人，小时候的愿望是吃饱穿暖、不受人欺负，与阿姐相识之后，阿姐便是他全部的信仰。

南鸢拉着他回到以前两人同住的寝房，然后递过去一瓶药粉，背对着他褪去了衣袍。

女人冰肌玉肤，脖颈修长好看，肩头白皙圆润……

唯独那背焦黑一片，血肉模糊。

“阿清，帮我上药。”南鸢道。

这九天神雷造下的伤恐怕没那么容易恢复。

裴子清应了一声“好”，握着药瓶的手颤抖不止。

他放在心尖尖上的人，从来舍不得她掉一根汗毛，如今却因为他被伤成了这样。

他小心翼翼地将药粉撒在伤口上，双手绕过后背，轻轻环住女人的腰，透着几分凉意的唇落在那伤口边缘，声音跟他的动作一样轻：“阿姐，阿清心悦你。”

南鸢微微一怔，“嗯”了一声。

她当然知道，就算以前不知，可这小魔蛛日日对她表达爱意，再不愿意相信也感觉到了。

阿清对她确实是男女之情。

只是她天性凉薄，恐怕无法回应这份热烈的感情。

她会尽可能地对阿清好。

“阿姐，我们成亲吧。”裴子清突然开口，环着她的腰肢的手微微收紧，“以后就在这积雪城中做一对寻常夫妻，好不好？”

南鸢沉默了半晌，点了点头：“好。”

她是第一次这么纵容一个人，但想要纵容他。

阿清有一颗赤子之心，她喜欢。

听到这话的瞬间，裴子清开心得哭了，眼泪打湿了南鸢的脖颈。

“越大越没出息了。”南鸢目露嫌弃之色。

裴子清忍不住，抱着怀里的女人压抑地哭了很久，最后直接放声大哭。

“阿姐，阿清真的很爱很爱你，你不知道有多爱……”

南鸢想说“我知道”，但她后来一想，或许她的确不知道。

裴子清将受伤的女人安置到一边，一个人忙里忙外，很快就把这间屋子给收拾了出来。

他心情很好，漂亮的眉眼都是飞扬起来的。

他和阿姐真的都活下来了，以后再没有什么噬血魔君，他和阿姐只做一对普普通通的夫妻。

南鸢解除了化形水的效用，恢复了本来面目。

裴子清看着那张美艳的脸蛋，想到她那威猛无比的兽形，目光越发痴迷。

“我去给阿……给鸢鸢找些吃的来。”

说完，他落荒而逃。

南鸢听到那一声“鸢鸢”，不知为何有些不自在。

这跟虚小糖叫她的感觉很不一样。

她正念叨着虚小糖，小糖便从空间里溜了出来，一出来就对着她“嘤嘤嘤”：“鸢鸢，刚才吓死我了！我以为我们要一块死翘翘了。”

“知道要死了还不跑？”南鸢问。

“鸢鸢不走，我也不走！”虚小糖挺了挺胸。

南鸢揉了揉它的毛，心情难得地很平静。

她很少能在化形后这么快平静下来。

虚小糖好奇地问：“鸢鸢，你真的要跟大蜘蛛成亲吗？”

南鸢“嗯”了一声：“阿清喜欢，他若是同我双修，修为也能增进不少，而且……”

南鸢的话戛然而止，她感受到什么，神色一变，抓起虚小糖就走。

裴子清进入了雪雾林。

他想抓一只灵兽烤给阿姐吃，思及阿姐答应的事情，男人的脸上爬上了几抹红晕。

裴子清憧憬着那并不遥远的未来，从眉梢到嘴角都挂着笑意和柔情。

忽地他察觉到什么，脚步一顿，抬起头来。

空中雷云悄无声息地汇聚，竟是跟之前一样的九天神雷！

裴子清的心脏一瞬间骤停，脑子里一片空白。

他想也不想就化出了兽形。

巨型八眼魔蛛释放出最大的恶意和杀意，在吸引雷云注意之后，挥动着剩下的六条腿，往远离积雪城的方向狂奔。

小魔蛛不要命一样跑着，用尽了毕生精力。

他心里只有一个念头：跑，跑得越远越好！

那让人畏惧的神雷之力压得他喘不过气来，如影随形。

不过片刻，数道九天神雷逼近，将那只上古魔蛛锁定，悉数劈下。

一片刺目的紫光淹没了狂奔的魔蛛。

那一刻，小魔蛛的脑海中涌出了很多画面，所有的画面都跟一个女人有关。

他回望身后，恍惚间看到了阿姐的身影，阿姐的脸上带着他从未见过的惊怒之色。

“阿姐……”小魔蛛张了张嘴，八颗黑曜石一样的眼睛里神色悲戚而绝望。

他贪恋这个有她的世界。

只来得及喊一声，小魔蛛便陷入了九天神雷的轰炸之中。

神雷落下，形神俱灭，什么都没有留下……

南鸢怔怔地站在原地，虚小糖也傻眼了。

等回过神，南鸢双手紧握成拳，紧到手心出血，浑身血液狂沸。

她看向那还未散去的雷云，仰天怒吼一声：“天道，你混蛋——”

高冷人设顷刻崩塌。

南鸢疯了一样冲向那雷云，被虚小糖死死拖住：“鸢鸢，我们快走！天道爸爸发现我们了，再不走我们就要被一起劈死了！”

“我不走，我会怕这狗天道？我弄死它……”

然而南鸢还没冲过去，就被虚小糖强行拖进了空间。

虚空兽的本命空间里什么都没有，只有一片璀璨的星海。

没有人说话，四周寂静无声。

也不知过了多久，两尊石雕之中的一个先动了动。

虚小糖用小爪子挠了挠南鸢的手，心虚地问：“鸢鸢，你会不会怪我？我只是不想你去送死。”

南鸢沉默地揉了揉它的毛。

好一会儿之后，她才低声道了句：“阿清没了，这次是真的没了……”

虚小糖听到这话，难过得想哭。

它现在对天道的感情很复杂，以前是崇拜敬畏，现在却觉得它太无情了。

可是天道本就是一团没有意识的规则，又怎么能奢望它有人类的感情呢？

“鸢鸢，我们还继续吗？”虚小糖问。

要是鸢鸢想回去了，它就带鸢鸢回去，不去搞什么功德值了。

“当然继续。”南鸢冷声道，“既然被天道发现了，那以后不用本体便是。”

虚小糖一听这话，立马从蔫巴巴的状态满血复活：“鸢鸢不怕，我爹爹的手札上有好多备用躯壳，这些人都是跟我爹爹做过交易的，她们的身体可以随便使用，而且我爹爹是颜控，挑的皮囊都是极好的！”

南鸢不甚在意地道：“能用便可。”

话毕，她的元神从身体中抽离了出来。

南鸢将自己受伤的肉身放在一个修补灵阵当中。

“鸢鸢，下个世界你想去哪里？”虚小糖问。

“哪里都可以。”南鸢兴致缺缺。

不管是哪里，都不会有阿清了。

她说要护阿清一辈子，可是又食言了。

那神雷分明是冲她来的，阿清却自作主张地帮她引开神雷。

阿清知不知道，就算她被九天神雷再劈一次也死不了？

就他那点儿稀薄的上古大妖血脉，还想反过来保护她？傻不傻……

南鸢一出生就厉害无比，因为有这个资本，她继承了她爹强大的血脉，向来都是她欺压别人，实力强悍到不需要任何人保护。

她也从不知道被人保护的滋味是什么样的，可现在好像有一点儿明白了。

南鸢那颗坚硬如石的心因为那只帮她挡神雷的小魔蛛，悄悄融化了一个角。

后记：

死亡是什么感觉？

裴子清两百年前就已经体验过一次。

死亡的一瞬间，脑海里会掠过很多画面，那些或悔恨或不甘或留恋的情绪会在那一瞬间达到顶峰。

裴子清没有悔恨，只有不甘和不舍。

他想跟阿姐在一起，想把阿姐变成自己的女人，想跟她过完这一辈子……

他终于等到了阿姐，最终却没能如愿。

老天爷为何非要跟他过不去？

他就这么不配得到幸福吗？

老天爷给了他凄惨黑暗的过去，偏又让他变成人人畏惧的噬血魔君；

把阿姐送到他的身边，却又在他即将拥有她的时候，让两人经历这般痛苦的生离死别。

形神俱灭的刹那，裴子清的不甘和不舍达到了巅峰。

他以为，他的意识会跟着烟消云散。但是没有。

那些情绪竟还在，只是在快速变淡。

那些为人时所经历的怨恨、悔恨、甜蜜、痛苦……还有他对阿姐浓烈如火的感情，像是被什么一点点稀释，越来越浅，越来越淡，就这样从一杯浓到发腻的甜水变成了没有味道的白开水。

他跟那个女人相处的点点滴滴仿佛成了过眼云烟。

云烟飘过，没有掀起半分波澜。

那不过是一个女人罢了，一个三千世界中跟他发生过交集的女人，无关紧要……

可是为何无关紧要？

他是谁？他又是什么……

那些真真切切的情感在彻底变淡后，如雾气一样在天地间蒸发。

彻底消散的那一瞬间，他才终于明白自己是什么。

他不过是天地间一抹没有意识的规则。

他带着职责而来，在完成任务之后抹去一切，重归于天地……

他没有感情，那些喜怒哀乐不过是他模拟人类弄出来的产物，一些虚无缥缈的东西。

可是他像人一样生出了属于自己的意识。

为何规则不能拥有人类的感情？

为何规则无形？

妖魔可化人形，花草树木可化形，世间万物皆可化形，为何规则不能有形？

那一抹生出意识的规则悄然无声地扩散，却很快被更强大的力量压制了下去。

天地之间电闪雷鸣，持续了很久很久……

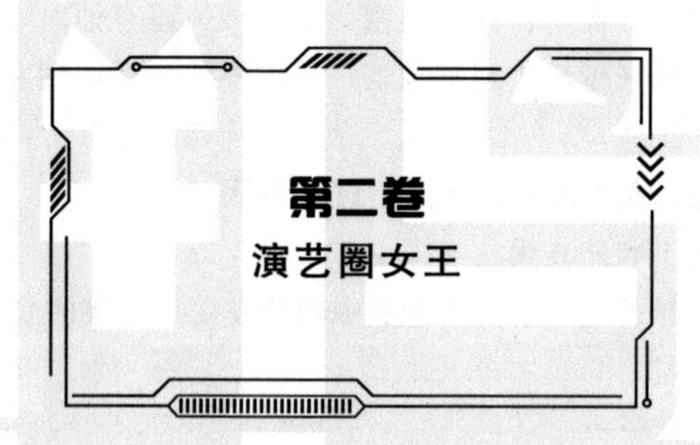

第二卷
演艺圈女王

第一章

声音好听，像……阿清

虚小糖撅着小肥臀在地上翻看《三千世界手札》，边看边对南鸢道：“鸢鸢，我们去一个低级世界吧，我爹爹说，低等世界灵力稀薄，天道监管也弱，我们去避一避，等天道把我们给忘了，我们再去高级世界。”

南鸢神色淡淡地道：“嗯。”

“那我们就去……这个世界吧！鸢鸢你看，超棒的。”

虚小糖选定之后，开始发功。

南鸢的元神短暂地扭曲了一下，再睁眼时她已进入一具陌生的躯壳里。

她正站在街道上，四处是拥挤的人群，一张张愤怒的脸对着她破口大骂。

“因艾滚出演艺圈——”

南鸢还没来得及适应这副身体，一枚臭鸡蛋便迎面飞来。

臭鸡蛋砸在她的头上，蛋壳碎裂，蛋黄、蛋清顺着头发滑落到她的脸上，满脸狼狈。

虚小糖的鬼叫声在南鸢的脑海里响起：“啊啊啊，来晚一步，已经被砸臭鸡蛋了！”

一旁的助理连忙脱下衣服护她上车，艰难地将车开走了。

南鸢面无表情地接过助理手中的纸巾，一边擦头，一边接收这具身体的记忆。

因艾，二十一岁，刚刚从电影学院毕业。

因长相明媚清纯，可塑性强，大一的时候她就被导演相中，拍了一部青春校园偶像剧，自此名气大涨。

比起那些在底层苦苦挣扎的小演员，因艾已经算顺风顺水了，奈何她偏偏招惹了不该招惹的人——顾清洛。

她扭着水蛇腰，妖里妖气地对顾清洛发起邀请的视频被人拍了下来，并在网上疯狂转发。

这视频一出，因艾彻底完了。

顾清洛是谁？那可是顶级男星！

五年前，从高等学府帝大毕业的顾清洛才二十岁。

这么一个厉害的人，竟拒绝了世界排名前十名的企业的录用通知，踏入了演艺圈。

顾清洛拍第一部古装戏就火了，还是爆火的那种。

自此顾清洛被广大观众封为古装男神。

这几年顾清洛每年都有一两部爆剧，“女友粉”数不胜数。

他身材好、颜值高、演技棒、私生活干净又有学历光辉加成，粉丝们不喜欢他才怪。

顾清洛的“女友粉”是出了名的彪悍。

这两年已经没人敢打顾清洛的主意。

想炒作？

先确保自己没有任何黑历史吧。

这不，除了爆料出来的那些，因艾的黑历史已经被全抖了出来。

什么耍大牌，对剧组龙套颐指气使，这些爆料真假参半，因艾确实脾气不好，拍戏的时候也偶尔迟到，但从未做过出格的事，招惹顾清洛那是第一次越线。

然而因艾平时行事高调，得罪了不少人，那些人落井下石，就算因艾澄清，也没人信。

一时之间，因艾如过街老鼠人人喊打。

南鸢觉得，这个姑娘再不好也没有到十恶不赦的地步。

这次，因艾勾引顾清洛不成，已经自取其辱，并没“吃到”顾清洛身上的一块肉。

如果有人当着南鸢的面骂的话，她肯定让对方脑袋开花。

虚小糖被解除屏蔽之后，立马给南鸢讲后面的支线。

名声臭掉的因艾无戏可拍，后来就真的走上了一条不归路，通过各种手段拿到角色，可是她出演的电视剧很多人抵制，收视率奇差。

因艾一气之下就去了国外整容，谁知道反而毁了原来那张漂亮的脸蛋，成了演艺圈人人嘲讽的整容失败案例。

后来因艾跟气运子应欢对上，用不入流的手段打压抹黑对方，甚至企图招惹气运子的官配（官方配对）——陆氏集团多金帅气的陆总陆震轩。

她的一些大尺度照片被陆震轩泄露了出去，这位陆总还特意给她远在老家的父母寄了一份。

父母一怒之下跟她断绝关系，最疼爱她的奶奶则气得住了院。

谁也不知道，这个时候的因艾已经患上重度抑郁症。

她在一片骂声中站上了顶楼，一跃而下，结束了生命。

气运子应欢心地善良，知道这事之后，责怪陆震轩的做法太狠，两人因此冷战数日，后来陆震轩用尽办法将人哄好，两人又开始甜甜蜜蜜地在一起。

因艾则很快就被众人遗忘了。

从气运子所在的主线上来看，因艾仿佛就是一个用来衬托和对比气运子的恶毒女配，再顺便给气运子和官配的感情添砖加瓦。

南鸢有些生疏地打开手机，搜索出那段著名的视频。也不知是谁偷拍的，视频十分清晰。

视频中妆容精致的女人眼含秋波，娇媚不已。

她当着男人的面，一会儿抚弄头发，一会儿故意展露自己的身体曲线，意图直接写在了脸上，声音也故意带了暧昧：“顾老师，不请我去屋里坐坐吗？”

因艾这身段、这脸蛋说一句尤物也不为过。

但她对面的男人全程面无表情，眉头都没有皱一下，看过去的目光宛如看一尊石像。

在女人扭着水蛇腰缠上去的时候，男人一把将人推开，转身之际，一张仿佛精雕细琢过的脸在视频中放大。

视频里的男人留着一头碎发，很英俊，有一张能让南鸢记住的脸：剑眉浓淡相宜，目若朗星，却又如柳叶般弯曲狭长，是真正的媚眼。只是此人的目光太过淡漠，带着一种厌世的慵懒，中和了那一丝天生的媚，多了几分不近人情的味道。

男人转身之际，肉粉色的唇瓣微微抿了一下，漫不经心却又带着两分恹恹和倦怠。

南鸢觉得自己形容错了，站在这人面前搔首弄姿的因艾在他眼里大概不是一尊石像，而是一坨……垃圾。

南鸢按了暂停键，盯着男人那张没有表情的脸看了半天，陷入沉思。

这人面无表情、万事漠不关心的样子莫名有些熟悉。

就在此时，虚小糖突然"啊呀"一声："鸢鸢，这人的气质跟你好像哦！"

南鸢："……"

她的表情怎么可能这么欠扁？

"这顾清洛的结局是什么？"

虚小糖："顾清洛吗？他其实有情感缺失症。"

南鸢挑了挑眉："嗯？"

换了具身体后，南鸢可以做些以前做不出来的表情了，比如眯眼笑、勾唇笑、挑眉等微表情。

这让她觉得十分新奇。

虚小糖解释道："情感缺失症就是说这人对大部分感情是一种漠视的态度，包括生离死别。这种人无欲无求，对什么都不渴望，对什么都没兴趣，如行尸走肉般活着。"

南鸢有些意外。

"顾清洛是个天才，就算内心没啥波动，也能模拟出这些感情，将不同场景需要的不同情绪给演出来，他进入演艺圈的初衷就是更好地实践表演。"

南鸢："……"

啧，这人比她还惨。

她虽然天性凉薄，但该有的感情还是有的，只是因为"面瘫"不能很好地表达出来。

"鸢鸢，这是个低级世界，我们只能多做好事获得功德值了。哦，对啦，如果你能得到很多很多人的喜欢，就能得到很多信仰之力，所以鸢鸢的目标就是站到演艺圈巅峰！"

南鸢想到一身黑料的因艾，沉默了。

虚小糖咳了一声，也沉默了。是它没算好时间，来晚了，不然情况绝对不会这么糟糕。

"小糖，你从空间里出来。"

虚小糖立马警惕："不出，这次打死不出来，这个世界是没有神兽的！"

南鸢："我可以用化形水把你变成小狗的样子。"

虚小糖："感觉有被内涵到。"

经纪人温衡一脸疲惫地转达了公司的意思。

南鸢听完点了点头："冷藏也好。"

因艾大一就跟公司签了五年合同，就算被冷藏，也只剩一年可以冷藏了。

"冷藏的这段时间你就当休养生息吧。因艾，以后你好自为之。"

他当了因艾四年的经纪人，做到这份上也算仁至义尽。

“一年后我会回来找你。”南鸢神色从容地道。

温衡欲言又止，但没有泼她的冷水：“好，我等你。”

休养的这一年时间，她想做一些事情，比如熟悉这个世界、学习这个世界的知识，然后挣钱。

“颜值”她有了，钱也要有。

不过她以后还会重回演艺圈，走之前得搞点儿事，免得粉丝们把她给忘了。

南鸢登录因艾的微博，发了一条相当霸气又不要脸的微博——

“一年后的今天回归。不久的将来，我会站在比顾清洛还高的位置。@顾清洛，今日你对我爱搭不理，明日我要你高攀不起。”

反正因艾就算不捆绑顾清洛，大家也知道视频的那件破事，南鸢索性就贴着他炒作。

可想而知，这样一条狂妄自大还不要脸的微博能引起怎样的轰动。

不到半分钟，转发和评论就上万了，顾清洛的粉丝把这条微博下面的热评全占了，无一例外全是奚落、讽刺。

经纪人温衡被她的操作惊到了。

因艾以前发的微博还是一股淡淡的“茶”风，这条狂妄自大的微博简直像一股泥石流，太吓人了。

三个月后，缅国某赌石市场。

坐在角落里的女人身穿黑色紧身衣，藏蓝色风衣松松地挂在肩上，笔直的一双腿套着及膝的黑色长筒靴，上下交叠着。

女人容貌精致，明艳动人，奈何双眼淡漠无波，气质清冷卓绝，即便坐在那里一言不发，也在无形中散发出强大的气场。

“因姐，这块翡翠毛料真的能开出神龙种翡翠？”旁边询问的中年男人西装革履，此时满头大汗，神情紧张。

他面前这女人是一个月前出现的，人称因姐，是一个极厉害的人物，但凡她挑中的毛料，全都能开出绿来。

因姐在赌石市场待了一个月，每隔三天出现一次，在他之前，这女人已经开出过极品玻璃种翡翠、金丝种翡翠、上品红翡鸡冠红，甚至连十分稀少的金翡翠都开出来了。

短短一个月，因姐在赌石界名声大噪，谁都不敢轻看她。

开出极品鸡冠红红翡的那天，这个中年男人也在现场，亲眼看到了那块极品红翡，色彩艳丽至极，又有玻璃一样的光泽，当场就转卖出了一亿元的天价。

因姐出手只有一个条件，那就是不管开出什么翡翠，转卖的价钱她要收走一半。

只开个口，买毛料的钱也不用出，开出来的翡翠便一人一半的钱，看起来是这女人在空手套白狼，但就凭她那一开一个准的金口，有的是出高价请她的人。

中年男人今天入手的这块毛料很大，很多人觉得开不出绿，一直放在角落无人问津。

今天他听了这女人的话，花了一亿元买下这块毛料，如果开不出绿，他会赔得倾家荡产。

但赌石市场本就是如此，可以让人一夜暴富，也可以让人一夜倾家荡产。

“不知道是什么翡翠，但绝对比三天前我开出的那块更好。”女人的回答言简意赅。

中年男人一听这话，顿时放下了心。

他找来赌石市场资历最深的切割师，按照这女人所指的角度开始切。

赌石市场内，所有人都屏息凝神地盯着切割师手中的工具。

“出绿了！出绿了！”

“唉，是干青种，最低级的翡翠，跌了！我就说这块毛料只是看着大，根本不会涨。”

“又出绿了，好像是白底青种。”

一个小时后，切割师双手颤抖地将开出来的那块脑袋大小的翡翠放在了桌上。

开出的这玉有婴儿的头那么大，竟比翡翠中的极品玻璃种还要漂亮，色调均匀，光鲜亮丽，透明度高，水头饱满，仿佛一汪清水要从翡翠里溢出来一般。玉质细腻如丝，不见丝毫杂质。

“天哪，这……这难道是早已绝产的神龙种翡翠？！”

“什么？你说……神龙种？！”

赌市沸腾了。

中年男人激动得差点儿晕厥过去。

南鸢起身，淡淡地丢下一句：“出手之后，将一半的钱打到我的账上。”

玉有灵气，灵气越足，玉石越好，南鸢不懂玉，但感受得到灵气。

在她这里，赌石只会涨，不会跌。

中年男人看着女人远去的背影，差点儿跪下叫祖宗。

几天后，赌石市场的那位因姐出现在了某国的合法皇家赌场里。

当天离开时，据说这位漂亮的女人赢走了不少于十个亿的巨款。

目睹南鸢从赌石大佬变成赌博大佬，马上还要变成投资大佬的虚小糖：“……”

说好的称霸演艺圈呢？

“鸢鸢，你是不是忘了正事？”

南鸢头也不抬地在鼠标上敲敲点点：“没忘，只是想攒点儿钱，顺便学点儿东西。”

虚小糖：“鸢鸢要是喜欢学习，以后我给鸢鸢找个可以安心学习的世界，这个世界还是要干正事的。鸢鸢，想想信仰之力，站在演艺圈巅峰，可以得到很多人的喜欢。”

南鸢嘴角微微挑起一个弧度：“我还是更喜欢有挑战性的世界，上个世界杀了四个魔头，得到的功德值和信仰之力十分可观。”

空间里的虚小糖瑟瑟发抖。

不知道为啥，鸢鸢笑起来比不笑更可怕。

这是个低级世界，还是个和平的低级世界，南鸢想要获得跟上个高级世界同等的功德值根本不可能。毕竟没有什么大魔头让她杀，也不需要她维护世界和平。

所以虚小糖说的站到巅峰的确是最可取的办法。

这个世界里艺人是一个很受欢迎的职业，只要她出名了，就能拥有大批粉丝。

当粉丝的喜欢达到一定程度，就能转变成信仰之力。

南鸢用挣到的钱投资了几个大项目，给自己换了豪宅，请了全能保姆，然后打开电视机，切换到一个有顾清洛的频道，舒舒服服地开始“咸鱼瘫”。

“鸢鸢，你好像很喜欢看顾清洛的戏？”

南鸢淡淡地道：“他长得不错。”

顾清洛最近很火，她随便换一个台，有百分之七十的概率是顾清洛的戏，不看他看谁？

而且她看别的剧容易混淆角色，毕竟她脸盲，这一点哪怕换了个身体，也还是没能改变。

但这些都不是主要原因——

“他的声音好听。”南鸢低声道。

声音好听，像……阿清。

不看那张脸，南鸢只听声音，总会觉得是阿清在说话。

他们的音色一模一样，不过一个是撒娇的语气，另一个却像是在冰水里泡过一般，冷冷的。

阿清偶尔也会如此，譬如训斥下属的时候。

电视里男人身穿华丽长袍，器宇轩昂，恭恭敬敬地朝面前雍容华贵的女人一拜：“我欲夺皇位，求皇姐助我一臂之力。”

南鸢听到那一声“皇姐”，微微失神。

她关了电视，有些烦躁地闭上了眼。

阿清，怎么就被那天道弄死了呢？

她的小阿清啊……

“鸢鸢，你怎么了？”虚小糖很少从她脸上看到这种烦躁的神情，有些惊讶，又有些好奇。

南鸢道：“我想阿清了。”

虚小糖沉默。

过了好一会儿，它才试探着道：“鸢鸢，人死不能复生，不如你再领养一个孩子，转移一下注意力？”

南鸢也觉得自己这个状态不太行。

她爬起来发了会儿呆，然后登录微博。

上一条雄心壮志的宣言还高挂在前，评论已突破一百万大关。

南鸢又发了一条新的微博。

因艾：“想领养孩子一枚，年龄不限，相貌无要求，但音色要跟顾清洛相似，一样最好。悬赏金一百万。”

微博刚发出的前五分钟还没什么人，但五分钟之后，评论和转发量以惊人的速度上涨。

“才过几个月，某人就重出江湖了？”

“声音跟我家哥哥一样？你怎么不直接说你想领养的是我家哥哥呢？恶心！”

“等等，只有我关注这个一百万的悬赏金吗？真的假的？”

南鸢回复了这条评论：“真的。”

没多久，因艾上了热搜。

热搜词条——因艾想“包养”顾清洛同款“小奶狗”。

南鸢颇为无语。

网友的脑洞之大超出了她的想象。

南鸢想，她刚才大概是迷糊了，才发了这么一条不理智的微博。

以后如果拍戏，她根本没时间养什么孩子。

于是南鸢把那条微博删了，但这一波操作还是坐实她故意蹭热度的企图。

剩下的时间内，南鸢运动、学习、挣钱。

但大多数时候她只是脑子动一动，身体却很诚实地瘫在沙发上。

比如现在，直到保姆做好了饭，南鸢才懒洋洋地打了个哈欠，将黏在沙发上的屁股挪开。

虚小糖：总觉得鸢鸢越来越懒了呢。

好在鸢鸢还知道每天抽一个小时锻炼身体。

不过锻炼身体的时候她就不能稍微正常一点儿吗？哪有人拿着一把真刀在院子里舞来舞去的？

虚小糖真怕南鸢哪天一个生气，真的拿刀砍人。

南鸢将眼神戏磨得差不多之后，开始学习一些花里胡哨的武打动作。

经过虚小糖的提醒，南鸢还会摆拍一些高难度的武打动作放到微博上。

譬如这样的——

散打招式：扶地后扫腿。后面附上一张光线十足，动作超霸气的摆拍照片。

刚开始下面的评论全是奚落嘲讽，在南鸢坚持不懈地摆拍了一个月之后，还是骂声居多，但渐渐开始出现了不同的声音。

“小姐姐这个动作超级帅，求问那腿是怎么弯到那种程度的？”

“默默围观因艾的微博一个月，我真觉得她好像变了耶。”

微博上网友如何议论，南鸢不知道，她每天依旧过得有滋有味。

能点满的技能已经点满，一年的期限也快到了，南鸢拨通了经纪人温衡的电话。

半个小时后，站在南鸢对面的温衡吃惊得眼珠子都快瞪出来了。

“因艾？你……”

眼前这个人像因艾又不像因艾，脸还是那张脸，但肌肤如剥壳的蛋，白皙滑腻，不用打粉底就已足够精致。更绝的是气质不一样了，精神头不一样了，她光是站在那里什么都不干，就能源源不断地散发魅力。

“我如约回来了。”南鸢道，“你给我接戏吧，我要在五年内站在巅峰。”

温衡：“……”

你怕是没有睡醒？

“你以为你还是以前名声没臭的时候？不用你去试戏，片约主动找上门？”

南鸢：“我有颜值。”

在这个看脸的世界，她有颜值就等于成功了一半。

温衡无话可说。

他想了一会儿，突然一拍大腿：“你算问对了！前两天正好有个综艺找了我！是《冒险拍档》第三季，你要是不怕脏、不怕累、不怕苦，咱就把这个综艺接了。”

南鸢有些迟疑。

她没什么怕的东西，但有洁癖。

若是太脏的话……

“这个综艺就是环境有些恶劣，热度一点儿不低，经费也很充足，还有直升机随时投放救济食物呢。而且我听说这次节目组请了好几个二线艺人，还有一位神秘嘉宾。”

能称得上神秘嘉宾的人那至少得是一线了。

“本来我是想让诗卓接的，就是唐诗卓，我最近带的一个新人，但是她吃不了这个苦，不想去。节目组那边我还没有推，你要是有这个意向……”

温衡还没说完，南鸢就点了下头：“可以。”

“节目组这次启用直播模式，你的言行举止都要注意一些。”温衡提醒道。

“直播？”南鸢微微惊讶。

“对，全程直播。”

《冒险拍档》拍第二季的时候，出现了剪辑混乱的问题，观众怀疑嘉宾用了替身。

于是节目组这次打算启用直播模式，一个星期后再推出剪辑精华版。

很多艺人不愿意接这个综艺，太苦太累还是次要的，主要是太容易崩人设。

人在焦躁急切的情况下最容易暴露性格中的缺点。

剪辑版还好，后期可以剪掉，但这可是直播，谁能保证录制全程不黑脸？

温衡办事效率很高，当即就把因艾的照片发给节目组，跟那边的人沟通了许久后，最后一个名额就这么敲定了。

“何导，这样不太好吧？谁不知道因艾跟那位的关系？咱们节目组好不容易磨得对方答应了，要是那边一气之下毁约怎么办？”副导演皱眉，不太同意总导演的做法。

“这样才有看点和热度。我不会让这两个人抽到同一组的，只要两人不在同一组，节目全程除了一开始出发的时候，几乎不会有交集。”

副导演：“虽然……但是会被对方的粉丝骂死的。”

总导演表示被骂也是热度。

就这样，《冒险拍档》第三季的阵容确定了。

虽然全部确定了，但节目组鸡贼得很，势要神秘到底，还弄出了神秘嘉宾的噱头。

一个月前，官方微博就晒出了十张卡片，现在九张卡片都换成了嘉宾们的头像剪影，只有最后一张是一个巨大的问号。

网友们疯了，光一个乌漆墨黑的剪影，能看出什么？

那个剪影留着一头小卷毛，莫非是今年某选秀节目出来的赵姓小鲜肉？

这个长发披肩头比一般人小，难道是那位毛姓的当红女艺人？

还有那个光头剪影，该不会是谐星乐老师吧？

一时之间，网友纷纷猜测，几乎拎出了演艺圈一半的明星。

不得不说，节目组这么一搞，热度比前两季还要高，节目未播先火。

直播当天，迫切想知道嘉宾阵容的观众已经早早守在直播间里。

很快第一个嘉宾抵达，果真是网友们猜到的谐星乐山乐老师。

随着时间的推进，嘉宾们陆续抵达集中地点。

节目在网上热度越来越高，大家都在猜测剩下的几位嘉宾。

直到这时，节目组的又一辆轿车抵达。

车门拉开，一条白皙笔直的长腿率先露了出来，而后一个年轻的女人下了车。

女人头扎高马尾，身穿黑色短款运动套装，白色运动鞋，一张脸精致明艳，在阳光下异常动人。

直播间弹幕有一瞬间的空白，而后无数弹幕冒了出来。

“这腿！‘腿玩年’，啊啊啊，还有这脸，也太好看了！”

“这不是因艾吗？”

“真的是因艾！比一年前更漂亮了！”

刚开始网友们还在讨论颜值，但很快就有其他话题涌了出来。

“满身黑料的艺人居然还有节目组邀请，《冒险拍档》也太没节操了！”

“两季都看了，老粉一枚，没想到节目组居然邀请我最讨厌的女艺人，走了。”

“我也走了，呵呵，后面的嘉宾再好，我也不看了！”

南鸢虽然不知道自己出现后观众的反应，但大致猜得到。

因为因艾的出现，直播间的人数以可观的数字快速上涨。

此时嘉宾已经到了一半。

门一开，嘉宾们的说笑声戛然而止，所有人齐刷刷地看向门口的女人，目光中有打量，有惊艳。

谁也没想到，消失一年的因艾会以这样的方式出现在大众面前。

她没有任何丑闻缠身的颓废感，精气神十足，明艳逼人，宛若脱胎换骨！

因艾在直播间里露面之后，广大顾清洛的粉丝开始抱团抵制《冒险拍档》第三季。偏激的粉丝甚至发出了“谁看谁是猪”的宣言。

目前，十位嘉宾已经到了九位，还剩最后一位神秘嘉宾。

直播间热闹非凡，纷纷猜测这位让节目组打了这么久噱头的重量级人物究竟是谁。

终于最后一位神秘嘉宾隆重登场。

五分钟之后，一个身穿军绿色休闲衣、宽肩窄腰大长腿、气质清冷、目光淡漠、全身上下写着“冷漠”的大帅哥出现在了镜头里。

直播间里久久没人说话。

然后在某一刻弹幕刷爆。

“顾清洛，啊啊啊！”

“我笑疯了，顾清洛的粉丝们好像还说不看节目？”

“顾清洛好像从不参加综艺。节目组厉害！”

“好奇顾清洛知不知道因艾也来了……”

“不对，节目组这是要搞事情？”

第二章

我不是一般人

顾清洛见到嘉宾之后，像是突然切换到了什么模式，客气又不显疏远地同每个人打了招呼。

轮到南鸢的时候，顾清洛细微地皱了下眉，视线直接略过了对方。

南鸢收回伸出的手，眼睛微微眯起。

顾清洛的粉丝“水滴”们疯了。

“我家哥哥一心拍戏，从不参加综艺，这怎么可能？！”

“经纪人是怎么回事？为什么要给哥哥接这种不入流的综艺？”

“说不入流综艺的粉丝过分了，这节目制作精良，看点十足，怎么就不入流了？”

粉丝们纷纷涌入直播间。

直播间的观看人数达到了一个可怕的数字，节目组的策划和导演们笑得合不拢嘴。

所有人上缴手机之后，到齐的嘉宾们开始抽签。

规则很简单，若抽到一样号码的纸牌，两人自动被分为一组。

小组一旦确定，便不能更改，节目从头到尾是这两人一起行动。

南鸢看出来了，没人想跟她一组，如果节目组允许，她更想一个人一组。

所以她早早便把自己抽到的牌亮了出来。

——黑桃五。

弹幕飘过——

“不知道哪个倒霉鬼会跟因艾被分到一组，嘻嘻嘻。”

嘉宾们纷纷组队，有人欢喜有人愁。

“等等！好像大家都组队了，就剩我家哥哥了？”

“我有种不好的预感……”

就在这时，众目睽睽之下，顾清洛面无表情地翻开了自己的牌。

——黑桃五。

粉丝们：“我要揍节目组的人！”

导演组的人也很无语，没想到这么小的概率都被他们碰到了。

好在他们早有准备。

这时，总导演发话了：“鉴于顾老师是节目组邀请的神秘嘉宾，所以拥有一次换牌的权利。”

其他嘉宾满脸震惊：什么？不带这样的。他们也不想跟因艾一组啊。

嘉宾们都低下头，躲开顾清洛的目光，生怕自己的牌被换了。

只有一个二线女明星裴念念主动对顾清洛道："顾老师不介意的话，可以跟我换。"

"啊，小姐姐真是人美心善，'水滴'们感激不尽。"

直播间一排排感激裴念念的弹幕出现。

然而这时，顾清洛只是扫了她一眼，便淡淡地道："谢谢，但是不必了，我就跟她一组。"

南鸢闻言，微微挑眉，不禁看向顾清洛，表情若有所思。

顾清洛也看向她，漂亮的媚眼少了几分清冷，多了几分打量，也是一副若有所思的模样。

这一幕友好、和谐、气氛莫名的对视，被直播间清清楚楚地记录了下来。

直播间的粉丝们又疯了。

"哥哥你疯了吗？你要跟这个不要脸的女人组队？！你忘了一年前的视频事件了？"

"哥哥你要是被绑架了你就说一声！"

"顾老师确定要跟我一组？"南鸢神色平静，问出了广大观众的心声。

顾清洛从鼻腔里发出一声若有若无的"嗯"："毕竟其他人都不想跟你组队。"

本来吵吵嚷嚷的网友们听到这话顿时笑疯了。

"水滴"们纷纷感叹哥哥太温柔，宁愿委屈自己也不给别人添麻烦。

她们粉了一个什么神仙偶像啊？

就算为了哥哥，她们强忍不适，也要看下去。

五个小组的拍档确定好之后，嘉宾们排排坐，开始听节目组导演讲规则。

"投放点藏着第一张任务卡，你们可以根据分布在附近的锦囊得到任务卡线索，找到任务卡后，就可以一个一个关卡地往后闯了，每过一个关卡可以得到相应积分。至于积分有什么用处，用处那可真是太大了……"

导演声情并茂地讲完规则之后，冲自己的助手摆了摆手。

助手开始放映幻灯片。

长得花里胡哨的蛇、八脚蜘蛛和虫子占满了屏幕，给人以巨大的冲击力。

嘉宾中的几个女艺人倒吸一口气，那个叫裴念念的女星直接惊呼出声，脸都吓白了。

导演笑眯眯地道："别露出这副表情，这不是来之前说好的吗？投放地点比较偏僻，有蛇、蜘蛛、虫子什么的很正常，但是你们不要慌，节目组早就排查过了，这些东西没有毒，你们真遇到的话小心避开就行了。我们有专业的老师和医务人员随行，还有紧急救援小队，直升机随时待命，咱们节目经费特别足……"

观众心想：节目组是真的骚。

导演介绍完嘉宾们可能遇到的小东西，又继续科普当地深山老林中那些可以食用的野果蔬菜。

"所以这是档野外求生节目？"

"不是的呢，野外求生只是很小的一部分，这是一条从深山老林向乡村进攻再向城镇进攻的艰难旅途，嘻嘻。"

知识普及完毕，导演组的人开始给嘉宾分发背囊。

"军用背囊里已经备好帐篷和水壶，这一季的规则跟前两季不一样，以前的嘉宾只能带五样东西，但这次你们想带多少就带多少，哪怕把自己行李箱里的东西全部挪过来，也是可以的。不过有一样你们不能带，那就是零食，一切零食上缴。”

导演说完还“嘿嘿”笑了两声，语气十分欠扁。

“十分钟收拾行李的时间，现在开始。”

嘉宾们一听还有时间限制，领了自己的背囊后立即开始收拾东西。

这一部分没有收录进去，所以观众并不知道每个嘉宾装了什么东西。

只是最后整理好的背囊里，众人一眼看到了因艾的背囊。

对比其他嘉宾的行囊，因艾这个背囊太显眼了，鼓鼓囊囊的，一副随时都会撑爆的样子，看着特别沉。

“因艾是不是蠢？背这么重的东西肯定影响速度，她要是背不动了，我家哥哥这么绅士的人肯定会帮忙，到时候累的是我家哥哥，呵呵！”

这人刚“呵呵”完，屏幕里的女人便将那笨重的背囊一把拎了起来，动作轻巧，仿佛拎的根本不是个沉甸甸的背囊，而是一个装满棉絮的布娃娃。

女人背着比她的腰身宽两三倍的军用背囊，腰都没有弯一下，表情异常平淡。

笨重的背囊将女人原本一米七的个子衬得娇小起来。

“装，继续装，我看她能装多久，最后可不要哭着让队友帮忙。”

若是观众细看，就会发现南鸢是真的很轻松。

她的胳膊和双腿虽然白皙漂亮，没有那种很夸张的肌肉，但很结实，里面积蓄着难以想象的力量。

南鸢的大背囊引得其他组嘉宾怪异地看了好几眼。

也不知她有什么好拿的，居然塞得这么满。

就算她要立吃苦耐劳的人设，也不用给自己找这样的罪受吧？

南鸢没有理会众人的目光。

她不是个会委屈自己的人，若非是在低等世界，她可能会直接将空间里的软榻搬出来。

队友顾清洛目光淡淡地扫了过来，逗留了几秒才离开。

身姿挺拔的男人背着背囊立在一边，眼皮微微耷拉着，神情淡漠，气质清冷卓绝，遗世独立。

南鸢瞥他一眼，瘫着脸想：这副样子真的很欠扁。

五个小组成员全部准备就绪后，分别上了编号 1 到 5 的五架直升机。

南鸢和顾清洛坐上了 5 号直升机。

二十分钟之后，直升机飞到了一片深山老林里。

距离地面二三十米的时候，直升机里甩出了一条绳梯。

然后直播间传来导演冷漠无情的声音：“拿好你们的背囊，下去吧。”

“我天？这节目以前也这么刺激的吗？”

“哈哈哈，我刚从乐老师那边过来，那边更惨，是跳海，需要自己游到岸边，哈哈哈……”

南鸢早就受够了直升机的噪声，动作利落地背起包，然后顺着绳梯往下爬。

绳梯是接触地面的，但离地面还有几米的时候，南鸢便松了手，直接从绳梯上一跃而下。

女人优美的大长腿在空中画出一个漂亮的弧度，稳稳落在了地面上，动作干净利落，飒气十足。

直播间里一阵沉默。

沉默过后，直播间爆了。

“那么高，那得有两层楼高吧？因艾就这么跳下来了？腿还没摔断？”

“电影都不敢这么演吧？我的天！”

“要不是直播，我真的以为是找了什么替身演员。”

“刚从隔壁回来，那个裴念念抱着直升机的门哭了十分钟都不肯下去，无语。”

顾清洛站在直升机门口，将女人的飒爽英姿尽收眼底，平静无波的眼里掠过一抹异色。

他背上背囊顺着绳梯往下爬，在适当的高度才跳了下去。

各组拍档被投放到不同地点之后，直升机无情地飞走了。

当然，各个投掷地点已经安排好节目组的人，会全程跟拍。

要是实在撑不住了，嘉宾可以预支积分，节目组会给予一定的帮助。

南鸢环视一周，果真是深山老林，周围要么是郁郁葱葱的大树，要么是半人高的草。

第一张任务卡就藏在这片深山老林里，就算在天黑之前找到了任务卡，他们也得在这儿过夜。

南鸢看向顾清洛，问：“会爬树吗？”

顾清洛不解，但还是点了点头：“会，不高于二十米的。”

南鸢摇头：“太低。算了，我自己来。”

说完，她从背囊里掏出了望远镜和一捆绳索。

直播间的观众都在猜她要干什么，很多说她在故弄玄虚。

南鸢挥舞手臂，将手中挂了石块的绳子一下甩了出去，绳子牢牢缠在了一棵大树的枝干上。

顾清洛：“你要干什……”

南鸢一下拽住绳子荡了起来。

跟拍的两个摄像师还有其他节目组人员纷纷倒吸一口气，顾清洛也微微睁大了眼睛。

南鸢从这棵树一下荡到了另一棵更高的树上，扔了绳索之后继续往上攀爬。

“是我眼花了吗？我的天！刚才那个真不是节目组的特效吗？”

“确定没有吊钢丝吗？”

“啊啊啊！因艾厉害！”

“等等，我不过是去了个厕所，怎么直播间的人都在啊啊啊？”

南鸢挑中的这棵树是附近最高的一棵。

她动作矫健灵敏，攀爬得极快。

节目组跟拍的人全员吓得半死。她这要是不小心摔下来，闹出了人命，他们这节目可就玩完了。

顾洛清站在原地，目光落在女人身上，随着那抹攀爬的身影，脑袋越仰越高。

某一刻，他眼睛微微眨了一下，平淡无波的眼里映入了一小片风景。

那里面有蓝天白云，有参天大树，大树上有一个小小的影子。

等爬得足够高后，南鸢停了下来，站在树丫上，一只手扶着树干，一只手拿起挂在脖间的望远镜，细细地观察整片森林。

几分钟后，南鸢开始往下跳，从这个枝头跳到那个枝头，然后就这么一路跳了下来。

直播间的弹幕全是一片惊叹声。

“这是人吗？这是长臂猿猴吧？”

“因艾也太帅了吧！”

“虽然一身黑料，但我还是被她迷住了怎么办？啊啊啊！好帅！”

南鸢稳稳地从树上跳了下来，走向队友。

顾清洛看着她越走越近，脑袋微微偏了偏，有些失神。

“枝叶繁茂，不好找，只看到了四五个挂在树上的锦囊。”南鸢淡淡地道。

刚松了一口气的节目组人员：不然你还想怎样？一共就七八个锦囊！

“差不多到饭点了，我去找那几个锦囊，你做饭。”南鸢开始分配任务。

普通人精力有限，干得多消耗得多，她需要补充能量了。

顾清洛看着她，愣愣地问：“做……什么？”

“哈哈哈，笑疯了，哥哥原来也有这么萌的时候。”

“做饭啊，哥哥，跟着我念，做、饭。”

“请问有食材吗？没有食材的话做什么？隔壁组已经去找野果了。”

英姿飒爽的女人一把拎起地上的背囊，从里面掏出了一把弓和一筒箭。

“因艾居然带了弓箭？哈哈哈，因艾以为自己是神射手吗？”

南鸢拿着弓箭离开了。

刚才她在直升机上看到了一片湖泊，离这里不远。

跟拍摄像师连忙跟了上去。

顾清洛在原地站了一会儿，也跟了上去，那双原本恹恹的、没什么精神的眸子不知何时有了点儿光彩。

“看因艾这淡定的表情，我有一种不太好的预感。”

“虽然觉得不可能，但我还是摸了摸我的脸。”

湖泊这边有不少附近村民放养的鸭子，有的浮在湖面戏水，有的从湖面上飞掠而过。

南鸢站在草丛中，两支长箭搭在弓弦之上，几乎没怎么瞄准，非常草率地手臂一拉，手指一松，两支长箭就这么飞射了出去。

“咻咻”两声过后，两只刚刚飞向岸边的鸭子从半空中掉了下来，在草丛中一阵扑腾后安静了。

直播间里的观众也安静了，跟那两只被射穿的死鸭一样安静。

直播间安静过后又迎来了新一波的高潮。

“一箭双鸭？这真的不是在拍电影、电视剧吗？！”

“刚才是全镜头，我盯着那箭的轨迹，是真的，给跪了！”

现场节目组人员：他们这是请了一个什么厉害嘉宾？！

当事人不知道直播间已经有铺天盖地的“膝盖”献了出来，走上前，拎起两只野鸭递给顾清洛。

顾清洛眼里汇聚的两抹光点微微一闪，有些茫然地看着她。

南鸢道："处理一下，我们烤着吃。"

三秒钟之后，顾清洛眼眸微垂，抿了抿嘴："我不会。"

南鸢看了他一眼。

"哈哈哈，我怎么觉得因艾看顾清洛的眼神很嫌弃？"

"因艾大佬：你到底会什么？"

"不是我方太弱，是敌方太强！心疼顾清洛，哈哈哈……"

"突然发现了顾清洛的憨憨属性。"

"水滴"们沉默了，不知道该说什么。

本来很担心因艾作妖，但她们看了这么久，好像人家什么妖都没作，反而全程是她们哥哥站在一边看着，什么忙都帮不上。

她们家无所不能的哥哥怎么变成这样了呢？

"水滴"们悄悄地跑到其他直播间瞅了瞅，然后松了口气。

哥哥没有拖后腿，别的组比这边惨多了。

乐老师那组已经预支积分，因为预支的积分少，只换了几块压缩饼干。

裴念念那组预支的积分多一些，换到了两袋方便面。

其余两组嘉宾因为舍不得积分，正在惨兮兮地四处找野果。

"小鲜肉"谢晓只因为找到一个掉落在地上的野果就高兴得笑出了鹅叫声。

惨还是其他小组嘉宾惨。

一时之间，"水滴"们都不好意思继续骂因艾了，毕竟因为她，哥哥即将有肉吃。

顾清洛大概也意识到自己没能帮上忙，思索片刻，总算找到了一个自己能做的事——捡木柴。

两人一个捡木柴，一个从包里取了小刀，去湖边处理鸭子，气氛十分和谐。

半个小时后，顾清洛弄来整整两捆木柴，南鸢也拎着两只处理好的鸭子回来了。

"这么多木柴够吗？"顾清洛问。

南鸢扫了一眼："够了。"

话毕，她从地上拣了一根比较粗的湿木棍，开始削头。

等到木棍被削出一个尖，南鸢一只手提鸭，一只手执木棍，狠狠一棍子刺穿了鸭子。两只处理好的鸭子被穿在了木棍上。

弹幕——

"大佬是个狠人，瑟瑟发抖。"

"瑟瑟发抖 +10086。"

顾清洛用木棍支起两个木架，穿好的鸭子可以搭在架子上翻烤。

一切准备就绪，就差——

"要怎么生火？我的打火机被节目组没收了。"顾清洛问，一双明澈的眼盯着南鸢。

这时，跟拍的节目组导演冷漠无情地发话："野外没有打火机这玩意儿，节目组提倡嘉宾钻木取火或者用积分换，一百积分换一根火柴棒。”

网友：“钻木取火？节目组是认真的？”

“一百积分只能换一根火柴棒？我劝节目组做个人，一百积分都能换两袋方便面了！”

就在节目组的跟拍导演抖着腿看好戏，直播间观众也闹腾的时候，南鸢不慌不忙地从自己的背囊里掏出了两块白色石头。

节目组人员集体噤声。

南鸢看向跟拍导演，嘴角细微地挑了一下：“纯天然打火石。”

网友：“哈哈哈，不行了，我要笑死了！”

“我好像看到了节目组的人集体发蒙的场景。”

“别高兴得太早，就算是加工过的打火石，非专业人士用起来都不太顺利，更别说这种纯天然打火石了。”

然而来自鸢大佬的打脸只会迟到，不会缺席。

南鸢抓了一把干草，两颗天然打火石对准干草狠狠一擦。

打火石摩擦的地方迸射出一片火花，火花飞溅在干草上，瞬间点燃了干草。

直播间：“……”

节目组：“……”

南鸢将火生好后，对顾清洛道：“我去取锦囊，你负责烤鸭，等我回来，鸭子差不多就熟了。”

顿了顿，她似乎不放心，又叮嘱了一句：“二十分钟翻一次面，别烤煳了。”

直播间里的观众哈哈大笑，大佬这是有多不放心队友啊？！

被多次嫌弃的顾清洛抿了抿唇，低声道：“不会。”

南鸢进了前面的林子，只带了一把小刀。

跟拍摄像师、跟拍导演还有一名专业的野外生存大师紧随其后，其他节目组人员留在原地。

5号直播间镜头一分为二，一边是顾清洛烤鸭子的画面，一边是南鸢在林子里走动的画面。

南鸢刚开始还是慢慢地走，后来大概是确定了具体的方向，突然开始狂奔。

直播间镜头也剧烈抖动起来，观众的眼都快被抖瞎了。

几分钟之后，跟拍摄像师把人跟丢了，直播间一半的镜头黑了。

跟拍导演紧急联系总导演。

挂锦囊的地方都安有摄像头，总导演那边捕捉到南鸢的身影后，立马将直播间切换到相应的摄像机位。

镜头里一个红色的锦囊十分招摇地挂在树丫上。

而这时，跟丢的人也出现在了镜头里。

网友：“终于看到人了，因艾小姐姐跑得好快！”

“锦囊挂得真高，我猜节目组人员是想嘉宾看得着摸不着，结果他们不知道因艾会爬树，哈哈哈。”

然而大佬就是大佬，永远不走寻常路。

就在众人都以为因艾会爬树取锦囊的时候，镜头里的女人却举起了手中的小刀，直接朝树上的锦囊掷去。

小刀飞过，挂着锦囊的细线断开，锦囊掉落下来。

网友："小因飞刀横空出世？！"

"给大佬跪了。"

南鸢丝毫没有身为大佬的自觉，表情淡然地捡起锦囊和小刀。

看完锦囊里的字条后，大佬继续前往下一个目的地。

网友："因艾的方向感好好，林子这么大，她居然能这么快找到锦囊。"

"因艾为什么要演狗血言情剧？武打片、动作片它不香吗？"

南鸢接连找到了一个黄色锦囊和一个绿色锦囊。

绿色锦囊藏在繁茂的枝叶之中，不仔细看根本不容易发现。

南鸢手腕轻轻一动，那枚绿色锦囊连同整个枝杈，被飞掷而出的小刀一并切下。

英姿飒爽的女人长着一张精致明丽的脸，神色淡漠，目光清冷，偶尔眯起眼的模样自带一种优雅而高贵的慵懒感，身上那种波澜不惊的大气从容气息让人十分着迷。

"我不知道因艾以前有什么黑料，但从这一刻起，我爱上了这个女人。"

"有的东西是演不出来的，真有那么好的演技，因艾早拿奖了，现在的因艾让我好喜欢。"

南鸢顺利拿到三个锦囊，前往下一个地点的途中竟无意间在树洞里发现了一个锦囊。

那树洞离地面两米高，藏在里面的锦囊是和树干颜色相近的棕色。

南鸢后退几步，助跑后一脚踏在树干上，往上蹬了两三步后，快速掏出了树洞里的锦囊，然后转身跳了下去，一套动作行云流水，帅气非凡。

网友："小姐姐太帅了，啊啊啊！"

"粉了粉了！"

有人冒出来"科普"因艾的黑料，但很快就被满屏的"啊啊啊"淹没了。

第三章

因为你好看

四个锦囊到手，南鸢没有继续，开始往回走。

跟拍人员匆匆赶来，见她没事，齐齐松了口气。

虽然因艾表现非常亮眼，但节目组人员并不想弄出什么事。

“再给我十分钟时间。”南鸢道，在附近徘徊。

摄像师只好继续跟拍。

南鸢回到那棵藏绿色锦囊的大树附近，然后以大树为圆心，在方圆一百米的区域里找东西。

网友：“她在找锦囊？不像啊，难道是在找任务卡！”

“找到几个锦囊就飘了？要是任务卡这么容易就被她找到，其他搭档别玩了，直接认输得了。”

虽然因艾在这个节目里就像开挂了一样，但老粉们坚决认为，她不可能这么快找到任务卡。

毕竟前两季，就算嘉宾找到所有线索，也不一定能拼凑出任务卡的具体位置。

这人只拿到四条线索，就妄想找到任务卡，也太自负了。

“锦囊里的线索不好解，回去跟顾清洛一起讨论不好吗？”

“为了自己出风头呗，一点儿不顾及队友。”

“刚有一点儿好感，现在又没了。”

直播间里的冷嘲热讽言语并没有持续太久。

南鸢溜达一圈后，终于找到了她想找的东西。

女人漂亮的桃花眼微微上挑，一双笔直的大长腿两三步上前，目标明确地扒开了一片草丛。

一个藏在草丛中的摄像头就这么……暴露出来。

网友：“？！”

“这摄像头藏得如此深，莫非……”

南鸢找出摄像头的位置后，直接走到摄像头对面的石堆旁，用脚踢开石堆，目光一扫，便从里面抱起一块石头。

这石头看起来跟其他石头没什么不同，上面甚至盖着一层薄薄的苔藓。

南鸢抱起石头往地上一砸，坚硬无比的石头竟然瞬间成了两半，然后一张巴掌大小的折叠卡片从石头里面掉了出来。

节目组：“……”

五号任务卡是所有任务卡里藏得最深的，然而现在，看点最多的五号任务卡只两个小时不到，就被嘉宾找出来了。

心累，他们不想说话。

直播间的节目老粉们哑口无言，其他观众则默契地刷起了“666”。

“大佬666，我好像又听到了打脸的声音，特别好听。”

“大佬666，其他小组嘉宾还在辛苦地找锦囊，大佬已经直接找出了任务卡。”

“大佬666，节目组居然把任务卡藏在石头里？”

“大佬666，求公布线索，好奇是怎么发现任务卡的？！”

南鸢将任务卡收好后，大摇大摆地离开了。

摄像师给了地面一个特写。

被砸成两半的人工石头孤零零地躺在地上，无人问津，十分凄凉。

“这边不是来的路。”跟拍导演看到南鸢走的方向，小声提醒了一句。

南鸢回头，一张明艳得有些张扬的脸正对着镜头，嘴角微微一挑：“这条路更近，这次不赶时间，我慢慢走。”

刚才她为了找锦囊，路线绕了一些，回去自然不必走同一条路。

网友：“啊啊啊，是传说中的邪魅一笑！”

“大佬的笑容我太喜欢了！”

几个节目组人员跟着南鸢，果真只用了之前一半的时间就回去了。

跟拍导演实在好奇，问她：“你是怎么确定方向的？一般人就算方向感再好，也不能这么准确地找出每个锦囊的位置。”

南鸢不咸不淡地道：“我不是一般人。”

网友：“因大佬，我不是一般人，我是神。”

导演无话可说，只能朝她竖起大拇指。

南鸢朝前方望了望，懒洋洋地打了个哈欠：“我闻到烤鸭的香味了，看来顾老师的鸭子烤得不错。”

网友：“画重点，因为顾老师严格执行了二十分钟翻一次面的指令！”

此时的顾清洛正一边烤鸭一边望着林子，终于等到那一行人出现，目光微微亮了一下。

南鸢刚刚走到他面前，他便开口道了句：“鸭子烤得很好，没煳。”

网友：“啊啊啊，好可爱，是求表扬的崽崽啊，因艾快夸他！”

南鸢点了点头，如观众所愿，夸了句：“干得不错。”

顾清洛眨了下眼睛。

南鸢一直不知道顾清洛的背囊里装了什么，但很快就知道了。

顾清洛从背囊里掏出了一块桌布、一套精致的青花瓷餐具。

餐具从盘到碟到碗，再到刀叉勺筷，非常齐全。

摊开桌布，男人修长漂亮的手指将餐具一一摆好，碗摆在自己面前，碟子摆在南鸢面前，大号盘子放在正中。

“你要用筷子还是叉子？”他抬头问了句。

南鸢微微挑眉："嗯？给我用？"

"是新的，我没用过。"他解释道。

南鸢拒绝了他的好意："不用那么麻烦。"

话毕，她举起那穿着烤鸭的木棍，扯下一只烤鸭放在顾清洛摆出来的盘里，剩下那只直接递到自己嘴边。

南鸢一口咬下去，烤鸭后背上连皮带肉顿时去了一大块。

她实在是饿了，饿得能吃下一头大象。

凡人就这点不好，能量消耗得太快。

女人的吃相豪迈却不粗俗。

顾清洛盯着她看了几秒，沉默。

网友："顾清洛好像被大佬的吃相吓到了？"

"我也被吓到了！"

"是谁说因艾'绿茶'的？明明如此清丽脱俗！"

顾清洛看着自己盘里那一整只鸭，默默拿起小刀，开始削鸭肉。

南鸢一边啃烤鸭，一边看他手法生疏地削鸭子。

等她啃完一只鸭子，顾清洛才刚处理好鸭子，准备开吃。

南鸢盯着他盘里切好的烤鸭看了几眼。

网友："哥哥快吃，那女人在觊觎你盘里的鸭肉！"

"笑疯了，因大佬盯着那鸭子的眼睛好像在放光。"

"大佬也太能吃了吧？"

"神仙颜值顾清洛：我还没有一只烤鸭好看吗？"

顾清洛端起盘子，吃鸭子的动作十分优雅。

他似乎接收到对面那人的目光，抬了抬眼，语气带着些许不可思议："你……没吃饱？"

弹幕——

"我因为顾清洛的表情笑瘫了。"

"顾清洛高冷男神人设崩塌，哈哈哈。"

南鸢面无表情地看着他，有些怀念以前跟阿清相处的日子。

那个时候两人一起用饭，她眼睛只轻轻一瞥，阿清就把她目光所及之处的菜全部端到她面前。

然而面前这小子，她盯着看了半天，他丝毫没有邀请她一起享用的意思。

南鸢刚觉得这小子不懂事，顾清洛就有动作了。

他取了干净的叉子，将自己还没碰过的鸭肉拨到另一个干净的盘里，放到队友面前。

南鸢微微一怔，望着对方那双淡漠却有些明亮的眼睛，一时有些失神。

她别开眼，将盘子推了过去，淡淡地道："我吃饱了，你自己吃。"

说完，她从包里掏出个塑料袋，起身离开了。

跟拍摄像师连忙起身，却被她阻止："不用跟拍，你们休息，我去去就来。"

南鸢果真很快就回来了，回来时手上拎着一袋子野果。

南鸢将野果洗干净后摆盘，推到顾清洛面前："饭后水果，我尝过了，很甜。"

顾清洛看着她，长而散乱的眼睫毛微微颤了颤："给我的？"

南鸢"嗯"了一声。

刚才找锦囊的时候发现了一棵果树，她不喜欢吃这玩意儿。

顾清洛盯着她看了几秒，低声说了句"谢谢"，然后抓起一个果子开始啃。

果子又甜又脆，水分很多，一口咬下去，汁水把男人的嘴唇染得亮晶晶的。

南鸢不过是看在他还算懂事的分上，才摘了点儿野果投喂，但看他这般乖乖捧着果子啃的模样，竟也觉出一点儿投喂的趣味来，目光难得柔和了一分。

网友："惊！我竟从大佬身上看到了母爱之光？！"

"野外求生节目愣是被大佬变成了美食吃播节目。"

"水滴"们："……"

哥哥好像一点儿不排斥因艾，主动跟因艾说话，甚至接受了对方的投喂。

"水滴"们应该有些难过的。

但是——乖乖吃东西的哥哥真的好可爱。

如果不是因艾，她们可能一辈子都不知道哥哥还有这样的一面。

嗯，她们的心情真是格外复杂呢。

顾清洛吃饱喝足之后，这才想起正事，对南鸢道："你休息一会儿，剩下的锦囊我去找。"

网友："顾清洛还不知道队友是王者。"

"哥哥，你已经躺赢了！"

南鸢将找到的任务卡给他："下个目的地是薛家村。"

顾清洛愣愣地接过东西，盯着那张任务卡封面看了半天。

"不行了，我笑得肚子都痛了。"

"哥哥别看了，真的是任务卡！"

"顾清洛在线发蒙：我就烤了个鸭子的工夫，任务卡就找到了？"

任务卡外面有《冒险拍档》的 Logo（标志），货真价实。

顾清洛打开卡片，应导演的要求，读出了上面的字："恭喜冒险拍档历经千辛万苦，成功找到任务卡，获得两百积分。请前往二十公里之外的薛家村，寻找下一个任务卡。"

网友："历经千辛万苦？我笑到肚子都疼了，哈哈哈。"

"二十公里？节目组是个狠人，这得走整整一天吧？"

老粉们表示："淡定淡定，节目组正常操作，以往的两季嘉宾都要在丛林里录制两到三天。"

直播间的观众吐槽节目组的时候，南鸢却因为男人的声音，眼中掠过了一抹难言的怅惘之色。

顾清洛的声音很好听，少了几分清冷后，听起来越发像记忆中的小魔蛛了。

"你是怎么找到任务卡的？"顾清洛抬眼看她，眼里缀着两个小光点。

观众表示，他们也想知道。

南鸢回神，将锦囊里的四张字条递给他。

顾清洛虽然是第一次录制综艺，但还是很懂地把字条一字排开放在了地上。

摄像师立马上前，给了字条一个特写。

四张小字条上分别写着：方圆百里、淮南一梦、石破天惊、夹缝求生。

南鸢见他一副跃跃欲试的模样，便提示了一句："方圆百里和石破天惊分别藏在绿色锦囊和棕色锦囊当中，是两条关键线索。"

顾清洛点了点头，开始逐个分析："古时五家为邻，五邻为里，大约五百米，但这里的'里'肯定不是真正的里，范围不可能那么大，所以我猜这个方圆百里是指方圆一百米。不少人常把一里误以为是一米，这里恰是错误的用法，任务卡可能在绿色锦囊的方圆一百米之内？"

顾清洛说完这个，偏头看向南鸢。

等南鸢"嗯"了一声，顾清洛才继续指向另一张字条："淮南一梦是个成语，但淮字写错了，应该是槐南一梦，槐树的槐，所以任务卡的旁边很可能有一棵槐树。"

接着，他又指了指石破天惊："这个说明任务卡与石头有关。方圆百米、槐树、石头……"

男人白皙修长的手指落在最后一张字条上："夹缝求生是什么意思？难道是说任务卡在石头和槐树之间？"

他喃喃了半天，突然看向南鸢，道："我还是解不出来，你快告诉我。"

网友："怎么回事，我怎么听出了一点儿撒娇的意味？"

"哥哥好聪明，我看到这些成语的时候一脸发蒙。"

"因艾大佬更 666。"

"任务卡藏在石头夹缝里。"南鸢道，"开始我并不确定，直到一眼看到那块人造石头。"

节目组人员：扎心，那道具他们做了好久。

"原来是这样，你很厉害。"顾清洛直言不讳地夸赞。

"你也不错。"南鸢开始收拾背囊，"休息二十分钟，然后我们出发去薛家村。"

二十公里，平地走都要三四个小时，更别说这种不好走的丛林。

若是她一个人还好，可是后面跟着一堆节目组的拖油瓶，根本走不快。

所以天黑以前，她和顾清洛肯定走不出去，两人要在林子里过夜。

南鸢低头收拾东西的时候，顾清洛安静地坐在旁边，像一个误入丛林的矜贵王子。

男人沐浴在金色的阳光下，一头碎发镶了金边，精致立体的五官，连同脸上细小的绒毛，在这一瞬间都好似柔和了下来。

他偏头盯着南鸢，神情专注，也不知在想什么。

南鸢收拾好背囊，一抬头，正对上男人打量的目光。

顾清洛的嘴角微微抿了一下。

南鸢问："你想说什么？"

顾清洛犹豫了一会儿，道："你变了，跟以前很不一样。"

"人总会变的。"南鸢神色淡淡地道，"人都有走错路的时候，但俗话说得好，苦海无边，回头是岸。你说，做错事的因艾若回头，可能看到岸？"

直播间有片刻的沉默。

“听了这话突然想哭，是艾宝的老粉，但后来因为黑料离开了。从今天开始，我打算继续做回‘樱桃’了。”

“明知道是在‘演戏’，还是中招了怎么办？”

顾清洛沉默一会儿，道：“能。”

“那……以前的恩怨，一笔勾销？”南鸢微微挑眉。

她既然占用了因艾的身份，那么原主留下的一些问题她会尽量解决。

当然，如果解决不了她也无所谓。

顾清洛微微一愣，明白她说的是什么之后，不禁解释道：“那件事我并没有放在心上。”

南鸢懂他的意思。

那时候主动送上门勾引他的因艾在他眼里就是一个垃圾。

垃圾随处可见，对他来说自然无关紧要。

“那就让你的粉丝们不要再追着我骂了。”南鸢道。

顾清洛诧异地道：“她们还在骂你？”

南鸢也诧异：“你不知道？”

“水滴”们委屈得咬手指。

顾清洛沉默过后，主动解释道：“我从不关心演戏以外的事情，经纪人一般也不会用这些事来烦我。”

说着，他似是想到什么，一副恍然大悟的神情：“所以这就是你突然不喜欢我的原因？”

“水滴”们一脸发蒙。

等等，哥哥这句话是什么意思？

南鸢：“你看出……我喜欢你了？”

虽然这个“我”不是她本人，是原来的因艾。

因艾是真的喜欢顾清洛，所以才会厚颜无耻地去招惹他。

顾清洛“嗯”了一声：“我看得出来以前的你很喜欢我，可是我不喜欢你。”

他能精确地分析出各种情绪，并将它们演绎出来，但也只是演出来而已。

喜欢是什么？他说不出来，因为感受不到。就连他对一个人的厌恶也是淡淡的，更多的是漠不关心。

他知道自己不正常，所以努力让自己看起来正常。

顾清洛的一句话，直接让直播间里的“水滴”和“樱桃”蒙了。

“‘樱桃’来画重点，艾宝是因为真心喜欢顾清洛才大胆求爱，不是你们‘水滴’说的为了借顾清洛的名气上位。”

“水滴”们沉思。

如果只是一对普通的男女，女的因为喜欢男的就去招惹他，她们还会这么愤怒吗？

答案是不会，男未婚女未嫁，虽然女方举止开放，但是关旁人什么事呢？

不过是因为公众人物的每一个举措都会被放大数倍，然后她们用苛刻的要求来约束对方罢了。

“我现在不喜欢你了，你不用觉得拘束。”南鸢突然道。

这话她说得洒脱，神情也极为淡然。

顾清洛闻言先是一怔，良久才低头，从鼻腔里发出一声低低的“嗯”。

既然两个人都和好了，两家的粉丝们自然也不会再有什么异议。

“水滴”和“樱桃”决定让两位各自美丽，互不干扰。

“路人”和节目粉：“大型和好现场？”

演艺圈真真假假的事太多，路人根本不会去追溯什么黑料，因艾在这个节目里表现好，他们喜欢她在节目里的表现，就这么简单。

甚至因为因艾表现得太出彩，很多“路人”已经有向“真爱粉”转化的趋势。

意料之中，《冒险拍档》火了。

被上缴手机的嘉宾们并不知道，从刚刚组队开始，节目就热度不断，词条数不胜数——

“冒险拍档顾清洛因艾组队”。

“女飞人因艾”。

“爬树神人因艾”。

“因艾射箭水平被专业射击老师盛赞”。

“因氏飞刀横空出世”。

其他嘉宾也接连有了热度，只是词条相对靠后，不像因艾很快蹿到第一名。

由于一个星期之后，节目的精简版还要上星（电视上播出），为了防止视频内容泄露，直播没有设置回放功能。

然而还是有人用手机拍下了因艾的几个高光时刻，譬如爬树、一箭穿鸭心、飞刀割锦囊。

这些高光时刻被网友偷偷传到网上，然后迅速爆火。

原本不看《冒险拍档》的“路人”一看到因艾那厉害得仿佛是特效的技能，纷纷表示不信。

于是越来越多的人涌入了直播间。

与其他嘉宾不同，顾清洛和因艾这组的直播间从一开始观看人数就十分惊人，随着几条有关因艾的关键词爆出来，更是达到了一个恐怖的数字，并在持续上涨中。

两人休息完毕，开始前往下一个目的地。

“你怎么确定是往这个方向走？”顾清洛走在南鸢身侧，好奇地问。

南鸢看了他一眼。

网友：“我有种预感，大佬又要说什么金句了，嘻嘻嘻。”

观众的预感没错。

南鸢看顾清洛一眼后，淡淡地回复：“坐直升机的时候看到的。”

顾清洛：“……”

网友：“哈哈哈，我又笑疯了。”

“难怪那时候大佬一直盯着窗外，原来是在观察地形。”

“喀，洛洛行程太满，太累了，所以那个时候在闭目养神。”

顾清洛继续问：“那你又怎么知道那里就是薛家村呢？”

南鸢解释道：“我目测过距离，二十公里差不多。就算那村落不是薛家村，我们见到人，有了交通工具，去哪里都会方便很多。”

顾清洛听完，真心夸赞道：“你真聪明。”

“那我们为什么要沿着湖泊走？”顾清洛再次发问。

南鸢脚步一顿，反问：“顾清洛，你是好奇宝宝吗？”

顾清洛：“……”

网友：“哈哈哈，好奇宝宝在线委屈。”

南鸢吐槽一句之后还是解答了他的疑惑：“湖泊里鱼很多，应该是附近的村民撒了鱼苗，如果节目组没有作妖，我们很可能会碰到捕鱼的渔船，然后搭个顺风船。”

作妖的节目组：你可真是个小机灵鬼呢。

为了避免这种可能，他们已经提前跟附近的村民说好，这两天不要来这边捕鱼。

有节目组作妖，两人沿岸走了足足两个小时都没看到什么船只。

不过……南鸢发现了一片竹林。

节目组：突然有种不好的预感！

“既然是野外求生，我想这里的竹子应该是可以砍的。”南鸢看向跟拍导演。

导演支支吾吾地道：“按理说，是可以的，但——”

南鸢点了下头：“那就好。”

网友：“我仿佛看到了导演生无可恋的样子，滑稽。”

“顾老师，我们去砍些竹子做竹筏。”

顾清洛听她喊自己顾老师，虽然之前也喊过，但总觉得这一次的语气要比以前温柔许多。

于是他的语气也下意识地柔和了许多：“你休息，我去砍。”

南鸢没有拒绝，从背囊里掏出一个长盒，从盒中取出一把斧头：“用这个。”

网友：“大佬居然带了斧头，666。”

“我想看看大佬的背囊里还有什么好东西。”

顾清洛扛起斧头就走，明明还是一副冷冷的模样，观众愣是从那张高冷的脸上看出了几分跃跃欲试的兴奋，那离开的步伐也轻快得很。

“记得选老一些的竹子，淡黄色的那种。”南鸢趁他没走远，嘱咐了一句。

顾清洛挥了挥斧头，声调微扬地道：“知道了。”

“水滴”们：“哥哥在这个节目里真是少见地开心呢。”

顾清洛不光身材好，臂膀也很有力量，一斧头砍下去，小腿粗的竹子几乎瞬间倒地。

顾清洛一连砍了三十五根竹子，要不是南鸢说可以了，他还能继续砍下去。

顾清洛剔除多余的枝条，将竹子劈成合适的长度。然后南鸢开始用绳子扎竹筏。

女人的手指很灵活，没多久就扎了一个结实的木筏出来。

多余的竹子并未浪费，最粗的那根竹子被南鸢做成了两把船桨，其他的扎成了一张小竹凳。

顾清洛看着成型的竹筏，语气不复以前的清冷，带了一丝急切：“我们试试？”

竹筏下水，稳稳地漂在湖面上，南鸢取了一支箭，率先踏了上去。

顾清洛紧随其后，刚开始晃了两下，但很快就平稳了。

“因艾，我们成功了。”

顾清洛看向南鸢，抿起的嘴角微微往两边翘了翘，平静的心湖悄悄起了波澜。

他好像有点儿……开心。

他迫不及待地开始划桨，但掌握不好方法，竹筏一直在湖边打转转。

南鸢瞥他一眼，手中船桨往后划了几下，竹筏很快就到了湖中央。

网友：“顾清洛真的是高冷男神吗？我被他笑死了。”

“让大家见笑了，哥哥痴迷于演戏，其他地方难免……嗯。”

竹筏划到水中央之后，南鸢放下浆，朝顾清洛做了个噤声的手势。

顾清洛会意，连忙点点头，乖乖站在一边，一动不动。

网友：“突然想起节目组那么多人没有船坐，后面怎么拍？”

“节目组的人还不赶快想办法？！”

跟拍导演欲哭无泪地联系了总导演，紧急预支了两条船。

他们这组真是好惨一组。

听说其他跟拍小组就静静坐在一旁，一边看嘉宾上蹿下跳，一边吃香喝辣，可快活了。

南鸢盯着湖面看了一会儿，某一瞬间手臂一动，手中长箭快准狠地刺了下去。

长箭离开水面后，上面已经叉了一条大肥鱼。

等鱼不怎么动弹了，南鸢才将鱼取下来，用提前削好的细竹扦将鱼穿了上去。

不用她开口，顾清洛便主动接了鱼。

南鸢继续叉下一条。

没多久，竹扦上就穿了三条大肥鱼。

“因艾，够了，这么多我们吃不——”

最后一个“完”字还没说出口，顾清洛想起什么，及时闭嘴。

直播间里的观众一阵“哈哈哈”。

“顾清洛：不，我不能得罪大佬，我还要继续蹭吃蹭喝。”

“因艾：人家吃得不多，只是有一点点多而已。”

最后南鸢足足叉了八条鱼才上岸。

“顾老师除了鱼还想吃什么？”南鸢问顾清洛，顿了顿，提示道，“节目组有的。”

顾清洛下意识地舔了下嘴唇：“我想吃泡面，还想喝果汁。”

南鸢点了点头，拿着五条大肥鱼去找导演了。

“五条鱼换两袋方便面，再借我们一个酒精炉和锅子。”

只能吃泡面和各种肉罐头的节目组人员看着那格外诱人的五条大肥鱼，可耻地心动了。

顾清洛目光微微一亮，立马凑了过来，变身砍价小达人：“一条鱼能买好多包方便面，我们只换两袋而已，你们不要太抠门。还有，如果不是因为你们不能跟拍，我和因艾现在已经划着木筏走了，作为延误我们行程的罪魁祸首，你们难道不应该主动给出补偿……”

“水滴”们第一次见到他们寡言少语的高冷偶像像个小炮仗一样说个不停。

就为了这么一点儿吃的，哥哥真是……太可爱了。

一大拨“女友粉”悄悄地变成了“妈妈粉”，一口一个“哥哥”变成了一口一个“崽崽”。

最后顾清洛成功用自己的三寸不烂之舌和眼神杀从跟拍节目小组人员那里换到了四袋方便面、两瓶橙汁、两瓶矿泉水、一个酒精炉加配套锅子，还有一瓶五香粉和一瓶椒盐粉。

顾清洛看着到手的战利品，嘴角勾起一个非常明显的弧度，眼睛也亮晶晶的。

他不禁看向南鸢，漂亮的眼睛微微往上扬了扬："因艾，你是不是得感谢我？不然我们换不到这么多东西。"

南鸢还没发话，直播间的一群粉丝先吹起了各种"彩虹屁"。

"崽崽刚才舌战群儒，超棒的！"

"洛洛为了一口吃的据理力争的模样太帅了，气场瞬间两米八哦。"

"'路人'表示顾清洛把节目组的人怼到哑口无言的样子超帅。"

南鸢想起他刚才费尽口舌交换物资的模样，不咸不淡地夸了句："顾老师很厉害，以后外交工作就交给你了。"

顾清洛觉得这任务难度不大，立马应下："没问题。"

"顾老师，我们需要木柴。"南鸢委婉地派发了任务。

虽然两人换到了一套酒精炉锅，但那锅太小，只够煮面，想吃鱼还是得生火烤。

顾清洛应了一声，将换来的食物放在背囊旁边，挨个堆好，走到半路又怕节目组的人反悔一般，将吃的通通塞进了包里。

观众："哈哈哈。"

两人分工合作。

顾清洛去捡干木柴，南鸢则在附近晃悠，没一会儿就采了一些野蘑菇和野菜回来。

接着，南鸢搭好了木架，处理了鱼内脏，还把蘑菇和野菜都洗干净切成了段，再挑一条大肥鱼，从上面削下几片肥美无刺的肉丢入锅里。

估摸着顾清洛快回来了，南鸢便点燃酒精炉，开始烧水。

等顾清洛回来，水刚好烧开。

"顾老师，把你藏起来的面拿过来。"南鸢道。

顾清洛刚放下木柴，闻言看她一眼，又看她旁边的酒精炉一眼，出口便是理所当然的口气："你可以直接去我包里拿。"

南鸢扫了他一眼："我不喜欢别人动我的东西，我以为你也是。"

谁若是乱动她的私人物品，她会很生气，生气的后果通常只有两个：一个是对方跪下叫她姑奶奶，一个是直接成为她的口粮。

顾清洛很自然地回了句："我也不喜欢别人动我的东西，但你的话可以。"

网友："别人不可以，但你可以，啊啊啊。"

"姐妹们，'洛因缤纷'CP（配对）话题已开，欢迎姐妹们加入，嘻嘻。"

"'璎珞'CP 话题也已开，欢迎欢迎。"

"水滴"们："……"

"洛因缤纷"好歹是洛在前面，"璎珞"却是"因"在前面，这是什么鬼？

崽崽明明很厉害啊，一定得放在前头。

如果硬要她们取个名字的话，那就勉强"洛因缤纷"吧。

等等，她们为啥要纠结这个问题？

顾清洛掏出方便面递给南鸢，再递去一双筷子，完全没有自己煮面的意识。

几分钟之后，一锅加好调料香喷喷的鱼肉、蘑菇、野菜泡面做好了。

“来吃。”南鸢朝男人招了招手。

顾清洛大口吃着女人亲手做的面，吃得眼睛都弯了弯。

弹幕——

“是心满意足的崽崽啊！”

“果然是专门做给洛洛的，‘洛因缤纷’是真的！哦不，‘璎珞’CP是真的，啊啊啊！”

“水滴”们：“……”

顾清洛吃面的时候，南鸢用木柴生了火，开始烤鱼。

两人容貌极佳，顾清洛是出了名的神仙颜值，因艾也不差，尤其南鸢进入她的身体后，各项指数飙升，越发明艳动人。

这两人一个姿态优雅地吃着香喷喷的面，一个盘腿而坐，静静地烤着鱼，篝火将两人的脸映得红彤彤的。

此时恰逢夕阳西下，清澈的湖面上夕阳拖出一道长长的橙色倒影。

湖面被镀上了一层暖黄的光，在粼粼波光中轻轻浮动，漂亮极了。

直播间里好一会儿都没人说话，没人愿意打破这样的美好画面。

南鸢一边烤鱼，一边往上面撒五香粉和椒盐粉，翻烤的动作十分娴熟，不一会儿那鱼就开始冒油。

南鸢坐在火边，入镜的侧颜娴静美好，眉如远黛，少了白日的冷漠，看起来竟十分温婉，双眼沉静而通透，被火光染上了暖色。

扎竹筏、做竹凳、猎鸭抓鱼，南鸢已经很久没做过这些事了。

她天性凉薄，便是对自己的亲生父母也没有太深厚的感情。

她妈生性活泼喜欢玩闹，每天想一出是一出，于是她和她老爹经常跟着一起瞎折腾。

做竹筏、竹凳的手艺都是跟她老爹学的，捕鱼、射鸟、掏鸟蛋的事情她也都干过。

她会的东西还有很多，毕竟一百年该学的都学会了。

直到百年后，她还是那副面无表情的凉薄模样，她妈才哭兮兮地放她去追逐自己的幸福。

其实现在想想，她还挺怀念那段时光的。

她走神的工夫，鱼也差不多烤好了。

南鸢撸下一条放在顾清洛的盘里，剩下两条自己吃。

顾清洛一边吃一边盯着她，神情专注。篝火照着他的眼睛，在他眼里燃起了两簇火苗，仿佛是从他眼底生出来的一样。

他的视线太过灼热，以至南鸢抬起眼皮扫了他一眼，主动搭话：“一直盯着我干什么？”

顾清洛丝毫没有被抓包的尴尬，如实回了句：“因为你好看。”

网友：“啊啊啊，完了，我家哥哥好像被这个女人勾走了。”

由于五号直播间的嘉宾太悠闲，以至部分观众偷偷溜去了其他直播间。

乐老师不愧是搞笑担当，直播第一天就贡献了不少表情包，跟他同组的三线女艺人本来一副苦相，结果跟他待久了，也变得乐呵呵的，更别说直播间的观众了。

谢晓和退休皮划艇冠军一组，两个大男人的组合也很有看点。

谢晓骑着队友抓锦囊的画面，两人拿着木棒跳起来打锦囊的画面，笑翻了好多观众。

裴念念和某歌坛新秀一组，一开始裴念念因为礼让，得到了不少人的好感，可到了后面，“路人”的好感慢慢被她消磨光了。

这女人太娇气，走一会儿就累得不行，本事没有，屁事一大堆，还把队友对她的照顾当成理所当然。

若是没有隔壁因艾的对比还好，这么一对比，这女人简直一无是处。

娇气还是次要，关键这女人竟不跟队友商量，趁着队友出去找吃的，居然擅自做主提前预支积分换食物，一换就换最贵的泡面。那位歌坛新秀的温柔谦逊人设有好几次差点儿崩塌。

最后一组是演艺圈的一位老干部和一个十八线女明星，因为老干部为人严肃，有点儿大男子主义，队友不管提出什么意见都被他否定，由此引发了不少争议。

总之，每个直播间都有看点。

在看够了因大佬和顾清洛的岁月静好之后，再对比其他小组的凄惨模样，观众完全能够收获双倍快乐。

木柴烧完之后，南鸢找了块平地开始支帐篷。

她第一次弄，手法有些生疏。

“我来。”顾清洛从她手中接过帐篷，两三下就帮她撑好了，弄完之后，还冲她微微扬了下眉。

南鸢心想：又在求表扬？

“很厉害。”南鸢夸了句。

然后她发现这小子在转头的一瞬间，眼里闪过了一丝明显的得意。

南鸢：看来这小子的情感缺失症并没有她想象中那么严重。

第二天，两人是睡足了才起床的，慢悠悠地吃过早饭才出发。

顾清洛坐在小竹凳上，南鸢则站在竹筏前端，一个人不紧不慢地划着。

节目组的人挤在两艘木船上，一前一后跟在竹筏后面。

“因艾，你累的话喊我。”端端正正地坐在竹凳上的男人看着她的背影道。

南鸢回头看他，微微眯起的眼里有阳光洒落，慵懒的声调中好似含了一丝戏谑：“顾老师，你会吗？”

顾清洛张了张嘴，不太有底气地道：“一回生，二回熟，多练练就会了。”

“算了，你还是乖乖坐着别动。”南鸢转过头，继续划桨。

顾清洛望着女人划船的背影，微微失神。

第四章

因为哄你啊，大朋友

洒在湖面上的阳光被水波荡碎，反射出一个个小光点，让人看久了，有些刺眼。

竹筏沿着湖水一侧划动，搅乱了湖边树木的倒影，一圈圈的水波荡开，又慢慢归为平静。

也不知女人划了多久，水边树木的倒影逐渐变短。

女人的身子一半隐在阴影中，一半沐浴在阳光下。

光和影的分割线随着她一前一后的划桨动作来回移动，成了顾清洛眼中一条动人的线条。

顾清洛看着看着，平稳的心跳在某一刻突然发出“咚”的一声。

他蓦地挪开视线，低下头，若有所思。

划船划了大概半小时之后，湖泊前方出现了一个码头。

码头旁停靠着一排渔船，不远处有许多青砖红瓦的房屋。

两人就近找了一户人家，带小院的那种。

顾清洛看了南鸢一眼，自告奋勇地上前。

十分钟之后，顾清洛从小院里出来，推着一辆脚蹬三轮车，拎着两顶大草帽。

直播间观众：“……”

“因艾，屋里那位大姐告诉我，这里是渔村，薛家村离这里还有一段距离，走路得五十分钟。大姐是我的粉丝，主动借了我一辆三轮车和两顶草帽。”

顾清洛将三轮车推到路上，将手中的一顶大草帽直接扣在南鸢的脑袋上，另一顶自己戴上，长腿一跨，就这么骑上了车。

然后他掉转头冲南鸢道：“你上来，我骑车带你。”

南鸢瞅了瞅这小子明亮的眼，迟疑几秒钟后，登上了三轮车的车板。

“因艾，坐稳了！”

顾清洛一脚踏在脚踏板上，狠狠一蹬，车身顿时朝一边歪了过去。

直播间一群人“哈哈哈”地无情大笑。

车子在歪歪扭扭了几下之后，逐渐平稳。

南鸢全程面无表情。

顾清洛中途问了几个路人，在“吭哧吭哧”地骑了十多分钟小三轮之后，终于看到了一片红砖绿瓦的房屋。

跟拍导演举着大喇叭道：“恭喜冒险拍档成功抵达薛家村，薛家村共藏有五枚锦囊，分别在五户农家手里，嘉宾需要完成主人提出的要求才能得到锦囊，然后根据锦囊里的线索找到第二张任务卡。”

至于怎么找出这五户持有锦囊的农家，狡猾的节目组人员表示可以挨家挨户地问。

“我们找那些比邻居干净许多的农家。”南鸢道。

节目组要拍家里，村民肯定会特意将家里清扫一番。

顾清洛点头，接话道：“不止，我们还可以观察这些村民的反应，被节目组选中的五户农家，神情肯定跟其他村民不一样。”

节目组人员：“……”

网友：“强强联手！两个都好聪明。”

“大佬和大佬的男人，嘻嘻。”

两人很快就找出了可疑人家，在分别帮三户农家割猪草、盖鸡圈和补屋顶之后，得到了三枚锦囊。

三枚锦囊给出的线索分别是：曲径通幽处、高处不胜寒、千树万树梨花开。

“高处不胜寒，顾老师觉得，有没有可能是说一户姓高的人家？”

注意到导演的表情微微一变，南鸢眼睛一眯：“看导演这表情，我猜对了。”

“顾老师，我们走。这薛家村的村民基本都是薛姓，想必姓高的农家很好找。”

弹幕——

“哈哈哈，真的不给跟拍导演一个面部特写吗？好想看！”

“同想看节目组人员的生无可恋脸，哈哈哈！”

“洛洛威武，因因厉害！两个小聪明蛋。”

顾外交官再次上线，很快从村民口中打探出了村里姓高的农家。

薛家村姓高的农家只有两户。

一个在前面的村头，户主是个入赘女婿；后一个在村尾后面的山上，据说是一个姓高的外地人包了那整座山头，山上栽了果树。

打探到消息的顾清洛冲南鸢道：“任务卡应该就在那山上。因艾，你真聪明。”

大草帽的阴影遮住了男人的眼睛，但眼里的光彩一点儿不少，亮亮的，漂亮的媚眼微微弯起，看起来乖巧极了。

再加上男人今天清新无比的穿着，南鸢突然想起网友曾经提到的一个词——小奶狗。

两人一路往村尾的果林里走去，很快就发现了他们想找的东西。

顾清洛望着眼前的景象，突然就明白，为啥第三个线索是……千树万树梨花开了。

七八棵果树上都挂着同款任务卡，每棵树三四十个，远远望过去，一小片果树还真像是开出了什么奇奇怪怪的东西。

网友：“惊！节目组再现骚操作。”

“这么多长得一模一样的任务卡，要找到什么时候？”

多胞胎任务卡很多挂在枝杈末梢，就算因艾爬树，也不一定能够到，除非把整个枝杈都砍下来。而如果用飞刀，那她也要扔数百次才能把所有任务卡都割下来。

除非两人踩狗屎运，才割下几个就找到了真的任务卡。

南鸢面无表情地扫了导演一眼，换来了导演的“嘿嘿”一笑。

“因艾！”顾清洛突然叫她，“你看这些果树都不是很高，我有个办法。”

节目组人员心一紧，突然又有种不好的预感！

几分钟之后，南鸢骑在顾清洛的脖子上，手里拿着一把剪刀，“咔嚓咔嚓”地剪那些任务卡，一剪一个准。

没多久地上就躺满了任务卡。

“顾老师，再往左边一点儿。”南鸢拍了拍男人毛茸茸的脑袋。

顾清洛因为架着她，没法抬头，所以全程听南鸢指挥，她说向左，他就立马向左挪一步。

“顾老师，累吗？”

“不累，你很轻，像个小孩儿。”

郁郁葱葱的果林里，顾清洛高高架起脖子上的女人，身姿依旧挺拔笔直，神色也十分轻松，仿佛那架在他脖子上的女人真的就是个小孩儿。

直播间——

“昨天是大佬宠队友，今天是队友宠大佬，啊，这该死的搭档情！”

“求助，嘴角疯狂上扬，笑成了个二百五十斤的大傻子怎么办？”

“前面的，你需要做一个嘴角缝合手术。”

“说好的各自美丽呢？这两人越来越黏糊是怎么回事？”

“水滴”们：“因艾真无耻，骑脖子就好好骑，总拍哥哥的头是怎么回事？两腿还故意把哥哥的脖子夹那么紧，赤裸裸地勾引？”

“樱桃”们：“顾清洛先把死死抓住艾宝大腿的手挪开再说，绅士手不懂吗？用胳膊压着不行，非要上手抓？赤裸裸地占便宜，当我们眼瞎？”

“水蜜桃”们：“好甜，啊啊啊！”

南鸢的运气不太好。

两人一连摘了三棵树的任务卡，结果全是假的。

翻开这些假的任务卡，里面还有一句特别欠揍的话：不好意思，人家是假的任务卡啦，请再接再厉哦。

终于南鸢在第四棵果树上找到了唯一的那张真的任务卡。

“请冒险拍档读出任务卡上的字。”导演举着个大喇叭喊。

顾清洛声音平仄无波地朗读任务卡上的内容：“恭喜冒险拍档历经千辛万苦，成功找到第二张任务卡，再次获得两百积分。下一站C城，请冒险拍档自行解决路费问题。（注：不得非法集资，如通过合影收钱，也不得出卖色相搭乘顺风车。）”

网友：“哈哈哈，出卖色相几个字是认真的吗？”

两人在村民家中借住了一晚，第二天，顾清洛熟练地蹬起了三轮车。

南鸢坐在车板上，迎着早上还不算太烈的日头，听着前面那人唱着还算好听的曲调，懒洋洋地眯起了眼。

路经几棵棕榈树的时候，南鸢让顾清洛停了下来，摘了五把棕榈叶。

棕榈叶像一柄圆形的扇子，上面的叶片深裂成三十到五十根剑形细叶，叶子很大。

顾清洛还车的时候顺便向那位粉丝大姐问了路。

“因艾，我问了，顺着这湖泊一直往下走，能抵达一个小镇。”

南鸢“嗯”了一声，对他道：“顾老师，这次你划桨。”

“没问题。”顾清洛立马应下，眉眼间洋溢着淡淡的欢欣雀跃之色。

一开始竹筏还在水里打转转，但顾清洛尝试了七八遍后，逐渐掌握了诀窍，现在已经能划出一条直线了。

“顾老师很聪明。”南鸢夸了一句。

她知道小孩儿需要多鼓励，能夸就夸。她也花一段时间适应了人类与妖兽的不同，所以很清楚在这种只有人类的低级世界里，如顾清洛这般年纪的人，已经不是什么小孩儿了，是大人。

可眼前这人表现出来的方方面面哪里像大人了？分明就是小奶狗一只。

等竹筏越来越平稳之后，坐在竹凳上的女人摘下棕榈叶上的一根剑状细叶，开始编东西。

然后直播间的观众亲眼见证了奇迹的发生。

这细叶一分钟前真的还只是细叶，但在女人那双灵活的手中，经过撕、缠、拉、绕、刺、编扣、打结、穿插等一系列让人眼花缭乱的手法后，眨眼间竟编织出了一个活灵活现的绿蚱蜢！

然而蚱蜢只是开始，南鸢继续编下一个。

众人亲眼看着她那双巧手接连编出了蜻蜓、蝴蝶、青蛙、鱼、虾等，个个都活灵活现。

那十指不停地翻动，越来越快，快到几乎出现了残影。

直播间观众集体失语。

“如果不是在看直播，我一定会觉得这是因艾找了个民间编织大师当替身。”

“高手在演艺圈系列？”

顾清洛全程认真划竹筏，压根不知道后面的人趁着空闲时间编了一个昆虫小世界出来。

“因艾，我们到了。”

顾清洛说完扭头，然后看一眼就愣住了。

网友：“哈哈哈，顾呆呆惊不惊喜？意不意外？”

“就喜欢看洛洛被大佬惊呆的样子。”

南鸢捏着那留出的一截叶茎，将这些小玩意儿提了起来，一只手拿着剩下的三把棕榈叶。

然后她将其中一只丹顶鹤递给顾清洛：“拿去玩。”

顾清洛小心翼翼地接了过去，神情有些古怪地问：“为什么突然送我？”

“因为哄你啊，大朋友。”

顾清洛蓦地一愣，随即那弧形漂亮的嘴唇轻轻一抿，两边嘴角不受控制地微微……弯了弯。

直播间的观众——

“啊啊啊，太宠了吧！”

“‘洛因缤纷’是真的！”

在参加《冒险拍档》和因艾组队之前，顾清洛对外界的任何人、事、物都没有什么感觉。

别人的喜怒哀乐他分辨得出，却感觉不到。

他看不到自己此时此刻的表情是什么样的，所以也不能在第一时间分析出自己现在的心情。

不过他觉得应该是喜悦居多的，或许还掺杂点儿别的情绪？而他需要时间去剖析这些东西，但有一点他十分确定。

——是因艾让他产生了情绪波动。

他昨天上午甚至因为她心跳加速了。

一个人如果突然心跳加速，无非两种情况：生理性心跳加速，病理性心跳加速。

他不久前才检查过身体，很健康，所以不可能是病理性的，而如果是生理性的心跳加速，要么是活动量突然增加，要么是情绪突然激动。

他那个时候坐在竹筏上一动不动，并没有活动，所以是因为情绪突然激动才会心跳加速。

顾清洛无法想象，他这种症状竟会出现情绪突然激动的情况，这让他觉得十分……不可思议。

意识到这一点，他开始不自觉地观察这个女人，想要找出对方造成他这种异样情况的原因。

结果原因还没找到，他又发现了自己的其他变化。

他在因艾面前说话变多了，喜欢跟因艾交流，甚至不排斥与她有肢体上的接触。

不止这些，他似乎……还想要获得她的关注。

顾清洛看着手上的丹顶鹤，失神良久。

他在心里默默加了一条感悟：他会因为因艾哄自己而高兴。

“顾老师，走了。”

顾清洛回神，“哦”了一声，后知后觉地回了一句：“因艾，谢谢你送的丹顶鹤，我很喜欢。”

南鸢没有错过他刚才抿着嘴偷笑的样子，不禁在心里“啧”了一声。

哄小朋友的东西，他居然这么喜欢。

直播间的观众都以为因艾编这个是为了卖，结果两人直接去了美食街。

考虑到两人的名气，尤其是顾清洛，鸡贼的节目组人员提前给两人化了妆。

于是顾清洛变成了一个满脸胡楂的黑皮颓废男青年，因艾变成了一个黄皮文艺女青年。

两人戴着同款黑框眼镜——那种最丑、最老气的黑框眼镜。

直播间——

“哈哈哈，虽然我不想笑，但我真的忍不住，好丑啊，哈哈哈。”

“节目组今天做人了吗？答案：没有。”

南鸢目的明确，在美食街找到一家生意不太好的拉面店，跟老板娘谈了一笔生意。

“这店交给我们打理半天，如果我们半天的销售额超过了你的日销售额，那么多出来的那部分销售额你刨除掉本金，净利润分我们一半。”南鸢不紧不慢地道。

网友：“还能这样？”

“好一招空手套白狼！大佬厉害。”

“要是路人知道卖面的是洛洛和因艾，销售额肯定暴涨，然而……”

老板娘虽然生意做得不好，人却很精明，问：“那要是你半天的销售额还不如我自己半天的销售额呢，我岂不是亏本了？”

“不会亏。如果亏了，让他们赔你的损失。”南鸢指了指节目组的人。

节目组的人：“……”

老板娘痛快地答应了下来。

南鸢进入厨房之后，很快就了解到店面生意不好的问题。

师傅的面没什么问题，细面圆润均匀，宽面粗细均匀，煮出来的面火候刚好，很有劲道。

就是这面的汤汁做得一般，没什么特色。

南鸢找到问题之后，动作利落地围上了围裙。

拉面师傅一开始还有些不高兴，但在南鸢动刀之后，他的神情就变了，从目瞪口呆到难以置信，再到敬佩崇拜。

女人握刀剁肉，初时还有些生疏，结果那刀越来越快，刀功堪称一绝，一看就是个高手。

网友：“这刀工厉害啊，艾宝你还有什么不会的吗？”

“这刀工是真的绝，因艾祖上是大厨？”

“又是向大佬献上膝盖的一天！”

中午快到了，南鸢没有太多的时间，所以动作很快，没多久就做了一大盆热乎乎的肉酱汁出来。那肉酱的肉末均匀无比，裹着浓郁黏稠的汁水，看得人口水直流。

南鸢接连做出了五种汤料，便是那种最普通的西红柿鸡蛋汤汁，在她手中也变得格外诱人。

厨房里香气四溢，连拉面师傅都忍不住咽了下口水。

考虑到这只是个小镇，平均消费水平不高，所以南鸢将面定了大、中、小碗三档，小碗只要八块钱，中碗十二块，大碗十六块，其中红烧牛肉面考虑到原料贵一些，便在这基础上各加了两块钱。

然后南鸢向老板娘预支了一些本钱，买了几个大西瓜回来。

女人挥舞着菜刀，用一流的刀工，分分钟就将大西瓜切成了大小均匀的小块。

一个盘里只放七八小块西瓜，一个大西瓜就能装十几二十盘。只要每桌客人消费满八十八，就免费送一盘西瓜。

编织的小动物专门作为小朋友的赠品，如果有家长带了小朋友过来吃面，不管消费多少，小朋友都能任选一个编织小动物带走。

顾清洛听到这儿似乎有些不乐意，眉头微微皱了一下：“因艾，这些真的要白送给别人？我觉得这些手工艺品做得很精致，就算拿去卖，一个都能卖二三十块，我们只卖这个也能赚够路费。”

如果他身上有钱，他会全买下来。免费送别人的话，别人不一定珍惜。

南鸢看他一副不太愿意送小朋友的样子，眉梢微扬，问：“顾老师这么喜欢？”

顾清洛低低“嗯”了一声。

“那我全送你可好？”南鸾微微眯起眼睛，像是在笑。

顾清洛先是一愣，随即点头：“当然可以，我会好好收藏。”

网友：“没看出来这是大佬在开玩笑吗？顾清洛真的好呆！”

“高冷人设彻底崩了？”

“路人”觉得顾清洛这样子更接地气，挺讨人喜欢的。

别看小说、电视剧里高冷霸道总裁人设最受欢迎，真到了现实生活中，人们还是喜欢那种温柔谦逊、接地气的男人。

南鸾也没想到，顾清洛居然这么不客气。

小糖不是说他是天才吗？

天才难道分辨不出她的言外之意？

她觉得这小子越来越像个没长大的孩子了。

说起来，顾清洛在情感这方面的确是一片空白，说是婴儿也不为过。

而南鸾不会欺负小孩儿。

她向对面的“小孩儿”解释道：“这些小玩意儿两三天就会干枯，没什么收藏价值，你要是喜欢，以后我做个复杂的给你，不褪色、不干枯、可以收藏很久的那种，就当感谢你这两天对我的照顾。”

弹幕——

“大佬谦虚了，明明是你在照顾顾清洛。”

“只要后续不捆绑我家哥哥炒作，我们‘水滴’很感激因艾对哥哥的照顾。”

顾清洛听到南鸾的话，只犹豫了两三秒就点了点头，顺便提醒了一句：“那你别忘了。”

“水滴”们：“……”

哥哥还真是不客气呢。不过哥哥看起来一副很好哄的样子，要是以后一不小心被别的女人哄去了怎么办？“水滴们”发愁。

活动打出去之后，店里很快就有了顾客。再加上南鸾做的这几道汤汁香味非常大，从拉面店散了出去，飘得老远。

都说酒香不怕巷子深，饭菜也是如此。

这面闻着香，看着香，吃起来更香，吸引来的客人越来越多。

一开始准备袖手旁观的老板娘早就忙得不行了，又是炒菜又是端面又是结账，累得满身大汗。

后来看店里实在忙不过来，老板娘果断从小姐妹那里借了人：一个拉面师傅和一个洗碗妹。

厨房里，两个拉面师傅的手根本没歇过。

厨房外，新晋服务员顾清洛和老板娘忙里忙外地招呼着客人。

直到下午两点，拉面店的客人才渐渐少了起来，店里的几个人才得以喘息。

南鸾编织的小动物全部送光了，西瓜盘也送完了，足见生意之火爆。

“我们要走了，你把钱算一下。”南鸾对老板娘道。

脸上笑出花的老板娘“哎”了一声，动作麻溜地开始算账。

就算减去了店里的平均日营业额，剩下的钱除去这部分的成本后对半分，南鸢竟也分到了……两千两百块。

观众目瞪口呆。

“除去以前的日营业额后分到的利润还有两千多？大佬厉害，请大佬收下我的膝盖！”

“我刚刚算了算，就中午这两三个小时的时间，顾因组就卖出了一万左右的营业额。”

只是中午一顿，就有一万左右的营业额，而晚上才是餐饮业的高峰期，这一天下来不得整个两三万？

如此一来，一个月的营业额就能达到六十万到九十万！

或许不止，毕竟周末生意更好，营业额能翻个两三倍。

大城市里的那些老牌面馆也不过如此。

直播间那些一开始说因艾在异想天开的观众，已经听到了“啪啪啪”的打脸声。

疼，真疼。

为什么他们总是一次次质疑大佬呢？

老板娘看到了商机，缠着南鸢要配方，虽然在厨房看着大佬做，但南鸢动作太快，老板娘完全没记下来。

南鸢被她缠得烦了，直接二十万卖给了她：“虽然我给了你配方，但刀工和火候也很重要，我不保证你们做出来的味道跟我一模一样，不过你们若严格按这配方来，七八成味道应该是有的。”

直播间的观众：“……”

一眨眼二十万到手了。

直播间——

“就这样成为富婆了。”

“毕竟是大佬，我等只是凡人，唉……”

“柠檬树上柠檬果，柠檬树下你和我。”

“因艾，你的秘方卖得太便宜了。”离开拉面店后，顾清洛忍不住对南鸢道。

他刚才就想说的，但对方同意得太快了，他没来得及插嘴。

这年头手艺比什么都值钱，二十万太廉价了。

“不是什么秘方，”南鸢不以为意地道，“我手里称得上是秘方的吃食还没拿出来。”

大佬一出口，就知有没有，直播间里的观众全因大佬的一句话激动了起来。

这香飘十里的汤汁酱料还不算独家秘方？

听大佬这口气，她根本就没当回事。

想来也是，真要是什么不能公之于众的独家秘方，大佬也不会当着直播镜头做这些东西。

顾清洛显然也被大佬的话惊到了，顿了顿，极轻地眨了下眼，表情十分真诚地问：“我想尝尝你的独家秘方，你什么时候会做？”

直播间里的观众表示他们也想尝一尝。

现在已经没人敢说大佬装了，只有一排排的“啊啊啊”。

“啊啊啊，我也想看看大佬的真正绝杀技。”

“啊啊啊，大佬真的不去参加厨王争霸赛吗？”

“啊啊啊，大佬我想给你生猴子！”

南鸢看顾清洛一眼。

除了她父母，还是第一次有人让她下厨做饭给自己吃的。

这脸比她变成本体时的脸还要大。

南鸢知道艺人的言行举止会被放大，所以没有对这异想天开的小子冷嘲热讽，直接以沉默应答。

顾清洛却不识趣，追着她继续说：“你可以提一个要求，只要我能做到的，不管是什么都可以。代言、广告、剧本我都有资源。”

弹幕——

“哥哥也太单纯了吧，就为了吃一口所谓的独家秘方美食，许下这么大一个承诺？”

“要是因艾提出要跟哥哥合作怎么办？哥哥现在口碑这么好，可不能因为个别人坏了口碑啊。”

“水滴”们现在对因艾已经不那么讨厌了，但很怕这女人再出什么幺蛾子，比如以好朋友的名义贴着顾清洛炒作。

她们防她防得跟什么似的，结果倒好，现在哥哥居然自己送上门？！

所有人都觉得因艾会接受顾清洛的好意，毕竟人家只是想尝一尝味道，又不是真的觊觎这独家秘方。

怎么看都是因艾占了大便宜，傻子才不答应吧？！

结果大佬只是轻飘飘地扫了顾清洛一眼，没啥兴致地道：“我很忙，没空。”

网友：“哈哈哈，那些自以为是的‘水滴’快出来被打脸，以为我们艾宝稀罕？”

“艾宝威武，艾宝太帅了！”

顾清洛看着南鸢欲言又止，最后还是放弃了。

那眼神看得“水滴”们心都痛了。

是我们错了，快做给他吃，给他吃！你想干什么都行！

持有一张二十万银行卡和两千两百块现金的南鸢，在离开小镇前，问了导演一个问题：“这是我们自己挣的钱，我们是不是用它干什么都可以？”

跟拍导演：我觉得这可能是个坑，不想回答，但我不得不回答。

“规则上是如此，但……但……”

南鸢冲他微微一笑：“我知道了，我会好好利用这些钱的。”

节目组人员：又有种不好的预感……

南鸢买了两部手机，装上卡，红色的手机丢给顾清洛，黑色的自己用。

导演没想到因艾会有买手机这种让人窒息的操作。他很想没收手机，但思及不久之前自己说的话，只能睁只眼闭只眼。

南鸢无意为难他，主动承诺道：“导演放心，我和顾老师不会上网查看节目相关消息，也不会搜索闯关办法，只使用手机的其他功能，比如通话、叫车。”

顾清洛听到这儿，眼睛微微一亮，立马凑过来加了一句：“还有无聊的时候打打游戏。”

直播间——

“啊啊啊！看看崽崽这小眼神，好可爱。”

“想狠狠地揉一揉洛洛的脑袋。”

导演勉为其难地道：“行吧。”

南鸢下载了一个打车兼租车的软件，直接绑定了面店老板娘给的银行卡，非常奢侈地开通了最高等级的会员，叫了一辆豪华加长轿车。

导演怒：这能忍？

导演最后还是忍了，甚至已经有了种“因艾爱咋样咋样，他完全不管了”的沧桑感。

谁知道这女人居然得寸进尺，买手机、叫豪车不说，还堂而皇之地要走了他的手机号码，让他有事情手机联系？

他有三个字，不知当讲不当讲。

导演长叹一声。

豪华加长轿车开得很平稳，车里很安静。

南鸢偶尔看看车窗外的景色，偶尔看看车里的人。

顾清洛好像很累，睡着了。

车子进入 C 市的领域之后，南鸢用手机给导演发了短信，问这一站的通关章程。

突然接到短信的导演立马打了电话过来，结果刚响了一声就被南鸢无情地挂断了。

南鸢回复了一条信息。

——我这边有人睡着了，不方便接电话，你直接发短信告诉我。

南鸢的短信内容被摄像师放大拍了进去。

观众：“……”

“我这边有人睡着了？我的天，突然想歪了怎么办？”

“因大佬真的很宠队友啊。”

导演看到因艾理所当然的命令式口吻，瘫着脸想：到底我是导演，还是你是导演？

然而在颓丧地叹了几口气后，导演还是给出了一个地址。

这次的回信内容，摄像师没有给特写。

现在已经到了人口密集的城市，直播工作也开始有所保密。

豪华加长轿车驶入了 C 城某区的野生动物园。

等车停稳，南鸢偏头看向睡熟的男人：“顾老师，我们该下车了。”

顾清洛没反应，吓坏了直播间的一群人。

“不会是出什么事了吧？不要吓我啊！”

“如果哥哥哪里不舒服，请节目组马上中断录制，送我家哥哥去最近的医院！”

然而大家想多了，因为在南鸢叫第三遍的时候，那睡死过去的男人终于动了。

男人自然散乱却十分漂亮的眼睫毛轻轻颤了颤，迷迷糊糊地睁开眼，一双漂亮的媚眼含了水，十分勾人。

跟拍摄像师都没好意思给特写，只是不远不近地拍着。

“顾老师，还困吗？”

顾清洛半眯着眼，俨然一副没睡够的样子，往常清冷的嗓音多了一丝不曾有过的软糯，含含混混地道：“嗯，困，还想睡……”

男人半梦半醒时的呓语，跟记忆中的那人高度重合，南鸢目光闪烁了一下，说出口的话突然就变了：“那你继续睡，我去去就回来。”

顾清洛含混不清地“嗯”了一声，很快又睡了过去。

南鸢留下一个跟拍摄像师，带着另一个跟拍摄像师走了。

观众：“所以就因为搭档一个撒娇，说想继续睡，大佬就一个人去闯关了？”

“两个人都不知要找到什么时候，因艾一个人能行？”

“虽然大佬很厉害，但有时候有些事真不是一个人能干成的。”

事实证明大佬还是大佬，你觉得人家不行，人家就立马行一行给你看。

十分钟之后，南鸢如入无人之境般进入了蟒蛇园，然后在几条小腿粗的大蟒蛇中淡定游走，找到了一枚锦囊。

观众：……

顾清洛还在睡的时候，南鸢又去了下一个目的地——主题游乐园。

然后观众就看到大佬一个人面无表情地去了鬼屋，然后坐了过山车，又拿到了两枚锦囊。

南鸢上车的时候，考虑到车上还有个睡觉的大朋友，动作下意识地放轻。但摄像师跟着上车的时候，镜头不小心撞到了车门，搞出了不小的动静。

那睡得正香的男人被这动静吵醒，缓缓睁开了眼，迷茫的目光逐渐变得清明，起来的时候，头顶翘起了两根呆毛。

“吵醒你了？”南鸢问。

顾清洛摇了摇头：“我只是刚好睡醒了。我就睡了一觉，你就拿到锦囊了？”

“实在不忍心告诉洛洛，大佬拿到的不是一个，而是三个。”

南鸢将三条线索告诉了他。

“借问酒家何处有？东风夜放花千树？人间哪得几回闻？线索有限，我猜不出来。”顾清洛瞅向南鸢，那双刚刚睡醒的眼睛还蒙着一层雾气，看起来像只小鹿。

南鸢：“我也没猜出来。”

“因艾，锦囊怎么拿到的？”

南鸢给他讲了自己拿到这三条线索的经过。

虽然只是一两句简单带过，顾清洛却听得有了那么一丝丝紧张感，只是他的脸上表露得并不明显。

她又是进蟒蛇园取锦囊，又是进鬼屋、坐过山车的。这不应该是一个女孩子做的事情。

顾清洛一对好看的剑眉微微皱起：“因艾，这些应该让我来。”

南鸢解释道：“你睡得太死，没叫起来。”

顾清洛愣住，没想到竟还有这个原因。

他不太记得了。

他真的睡得很死，叫都叫不起来的那种？

可是怎么可能？他在外面一向睡眠很轻。

“你可以大声叫我，我听得到。”

南鸢嘴角微微挑了一下：“看你睡得香，没忍心叫。”

顾清洛乍然听到这话，不知为何突然不敢直视她。

他蓦地垂下头，心脏在这一刻“咚”地跳了一下。

第二次心跳加速了。

“崽崽这是害羞了吗？啊啊啊——姐妹们快截图啊啊……”

“最是那一低头的温柔，啊我死了！”

“剩下的那些关卡，明天我来，你休息。”顾清洛低声道。

南鸢“嗯”了一声：“都交给顾老师。”

“那现在我们去哪儿？”顾清洛问。

南鸢反问：“去吃饭，你想吃什么？”

顾清洛目不转睛地盯着她，眼睛突然眨了一下，试探着道：“我想吃那个……”

“水滴”们沉默，“樱桃”们冷笑。

可把你能的，我家艾宝只是问你想去哪里吃，她请客，不是让你狮子大开口。

十分钟之后，豪华加长轿车停在了 C 城最好的五星酒店门前。

“所以是去了饭店，洛洛的愿望落空了？”

“因艾可怜可怜我家崽崽吧，让他吃上一口！就一口！”

两人各回各的房间之后，今天的拍摄结束。

南鸢舒舒服服地洗了个热水澡，躺在软绵绵的床上喊虚小糖。

“小糖？这两天自己在做什么？”南鸢作为一个长者，需得时不时关心一下幼崽的状况。

“鸢鸢，我这几天找了点儿事情做，可忙了。我现在已经不是一天天没事可干的神兽了，我每天都在刻苦钻研我爹爹给我的《三千世界手札》！这里面囊括的世界多种多样，故事情节超级精彩，我做了好多笔记，把这些世界都分了类……”

虚小糖兴奋地说个不停，斗志昂扬，一副誓要把《三千世界手札》吃透的架势。

南鸢：有个兴趣爱好挺好的。

“鸢鸢我继续啦！”

“去吧……”

此时的顾清洛没有睡着，又失眠了。

他的视线落在枕头旁的红色手机上，微微发怔。

这手机是因艾买的，她手里的那部跟这部是同款，黑色的。

他的情绪突然就有了些波动。

顾清洛躺在床上，郁闷地盯着酒店的天花板。为什么才一年不见，因艾就变成了一个能引起他情绪波动的人呢？

他开始细数这几天自己在脑子里总结的情绪波动小笔记。

那天看她从那么高的地方跳下去，还有她手脚敏捷地攀上那么高的树，他第一次感觉到了那么明显的诧异的情绪。

再后来，他会因为她那高超的箭术而惊艳。

他会因为她对自己烤鸭子的技术不信任而有了在乎的情绪。

他会因为因艾专门给她摘野果，专门为他换泡面而开心。

一条条全部罗列下来，顾清洛一不小心就罗列了十几条。

这其中高兴的情绪波动越来越强烈，他甚至感觉到了自己嘴角上扬，在笑。

他想：这个叫因艾的女人真可怕，居然让他有了这么多情绪波动。

如果可以，他真的很想将因艾关进自己的小别墅里，每天对着她做更细致的研究。

只留了一盏壁灯的房间里，顾清洛一双睁着的眼被昏暗的光笼罩，看起来格外有神，亮得让人心惊。

第五章

膜拜好学生

豪华加长轿车已经提前候在酒店门外，车上的酒水饮料都换了新的。

南鸢刚刚在沙发上坐下，顾清洛便十分自觉地坐在了她身旁。

南鸢看了他一眼。

顾清洛好像没有察觉到。

两人静静地坐了大概五分钟之后，顾清洛掏出手机，点开了一个早上下载的小游戏。

“因艾，你要玩吗？”他问。

南鸢摇头，她这副身体不怎么玩游戏，作为一个老古董，就更不会玩了。

顾清洛“哦”了一声，然后就自己坐在一边玩。

今天的两人不约而同地换回了第一天的衣服，只是顾清洛的头发没经过造型师打理，那种自然耷拉下来的碎发让他看起来少年感十足。

倒是南鸢这一身黑色运动服，更符合大佬的气质。

精神焕发的顾清洛不停地点击手机屏幕。

南鸢懒洋洋地倚在沙发上，闭目养神。

可是，旁边不停歇地传来“叮叮叮”的键盘特效音，非常影响旁人休息。

南鸢睁开眼，转过头去看那小朋友：“顾老师？”

顾清洛低着头继续点击手机屏幕，抽空“嗯”了一声。

南鸢：算了，忍。

这小子难得有个什么能稍稍感兴趣的事情，她就不要剥夺小朋友的爱好了。

不过这一瞅，南鸢才发现，顾清洛玩的游戏不是她记忆中那些什么枪击、武打游戏，而是满屏的数字？

“顾老师在玩什么？”南鸢主动询问。

顾清洛不自觉地挪了一下屁股，稍微往她这边挪了挪，主动将手机递到她面前。

“是数独游戏，我大学无聊的时候自己设计，前面二十关跟普通的数独游戏一样，但是到二十关之后就不一样了。”

顾清洛说到这儿，冲她微微一笑，从当前关卡退出，进入第三十关。

一般的数独盘面是个九宫格，每一宫又分为九个小格，一共九九八十一个小格。

根据已知数字和解题条件，利用逻辑和推理将剩下的空格填入 1 至 9 的数字，使得 1 至 9 每个数字在每一行、每一列和每一宫中都只出现一次，简称九宫格。

可顾清洛给她看的这个，是五个叠加成一朵花的九宫格，难度更大。

顾清洛继续往后翻，一开始还只是花，后来竟然出现了各种各样复杂的形状。

到后面，九宫格甚至演变成了八十一宫格，上面密密麻麻的数字看得人眼花缭乱。

“局部是可以放大的，像这样。”

顾清洛当着她的面给她操作了一下，还一副不以为意的口气说道：“其实就是玩数字，没啥意思，掌握窍门之后也就那样。”

南鸢：……

“这游戏是你设计的？”南鸢问。

顾清洛“嗯”了一声：“就是一堆编码而已，不难做，一个套一个，套起来就行了。”

南鸢：为何她听出了一丝隐隐的嘚瑟语气？

“程序员在此，大佬你不要随便误解外行人好吗？我每天编程，头都快秃了！老婆都要找不到了！”

“差点儿忘了我家哥哥可是从高等学府帝大毕业的高才生啊。”

“前二十关很适合新手玩，因艾，你真的不玩吗？不会的话，我可以教你。”顾清洛再次邀请南鸢。

这一次，他特意强调了一句：“玩这个可以提神。”

南鸢觉得自己目前还没有发掘出这方面的天赋，直接拒绝：“我昨晚睡得很好，不需要提神。”

顾清洛想了想，立马改口：“其实我也不是用来提神的，是因为你不跟我聊天，我才玩游戏的。”

南鸢脱口而出道：“小朋友，你是觉得委屈吗？”

顾清洛听到这句“小朋友”，一下就想起了昨晚她逗弄自己的话。

几乎是一瞬间，他就感觉到脸颊上的温度发生了变化，有些发烫。

他“唰”的一下转过身，背对着摄像头，偷偷打开手机里的小镜子照了照脸，确定没有脸红才微微松了口气。

可是，他这么背对着摄像机，反而把两个后耳根暴露了出来。

“哥哥，你的耳朵好红，鲜红欲滴……”

“一句‘小朋友’而已，崽崽你为什么害羞？为什么？啊……”

“恭喜顾呆呆由大朋友降档到了小朋友，哈哈哈……”

“因艾是顾清洛的妈粉实锤！”

顾清洛把身子转了回来，一本正经又一脸淡定地道：“因艾，我是你的前辈，不要随便调侃前辈。”

要是他刚才红红的耳根没有暴露在镜头中，观众可能还会相信这句话。

南鸢颔首，也一脸淡定地道：“知道了，顾老师。”

顾清洛察觉到自己的语气不太好，抿了抿嘴，提出一个建议：“不如你叫我……洛哥吧，我比你大几岁。”

能称之为老师只能说明资历深，不一定年纪大，所以他觉得叫哥更合适。

南鸢扫他一眼，适时提醒道：“顾老师，车停了，我们该下车了。”

顾清洛：“……”

“大佬：天亮了，你该醒一醒了。”

“顾老师铩羽而归，心痛……”

“望顾老师再接再厉，您一定能等到大佬叫你洛哥的那一天！”

车子开进了一家小型体育馆。

当观众知道这个小关卡是干什么之后，纷纷笑出了鹅叫声。

场中有一个九宫格，上面摆放着数块足足一人高的大积木。嘉宾从起始点往里走，一次可以推着一块积木走一格。积木只能前进不能后退，嘉宾需要在规定时间内挪开积木，开出一条道路，从积木路障中走出去。

顾清洛往远处走，等到差不多了，突然一跃而起。

刚开始大家还不知道他这是在做什么，可是等他连续跳了三次之后，就明白了。

顾清洛居然在记这九宫格内每个积木的位置！

天哪，九九八十一个大格子，他跳了三下之后就全部记住了？

每行这么多块积木，一共九行，那岂不是他每跳一次要记住三行的积木摆放位置？

“我想知道顾清洛的脑子是怎么长的？”

“大佬厉害！学渣前来膜拜！”

顾清洛记下每个积木的位置后，立马申请通关。

工作人员一开始计时，他便毫不犹豫地把前面挡路的积木推到一边，就这样一路往前推，不到两分钟就出来了。

节目组人员一脸发蒙：脚还没有站热就闯完关了？

因为有这两个人的存在，他们节目组的人冥思苦想弄出来的这么多关卡，好像一下子就变成了幼儿园小朋友过家家的游戏。

我擦！

有颜值、有身材就算了，两个人还有脑子、有外挂（第三方辅助软件）。

一个两个不是来冒险闯关的，而是来秀的吧！

秀箭术秀厨艺，秀脑子秀智商！

顾清洛成功拿到了一枚绿色锦囊。

按照以往的经验，绿色锦囊里的线索往往是关键的。

果然，线索条写着的是：背船双鹭低掠水。

有船又有水，线索太明显了。

有船有水的地方，C 城就那么一个海湾，肯定是那里。

但这个海湾有两个港口，若是特指停在某个港口里的某一艘船只，那范围也太大了。

而且这两个港口之间距离太远，若是他们一不小心找错，再回头的话会浪费不少时间。

这时就需要结合另三条线索分析了。

——借问酒家何处有。

这个线索跟酒有关，有可能是说他们经过的地方有一家有名的酒肆。

不过也有另一种解法，借问酒家何处有是个问句，或许真正的线索是这句诗的下一句：牧童遥指杏花村。

所以，地点也有可能跟杏花或者牧童有关。

——东风夜放花千树。

这句诗里无非两个东西：烟花、开花的树。

不过，这两样东西也可能是迷惑人用的，真正有价值的信息是这个东风的“东”。

或许是指东西南北的东？

两个港口里的东港口？！

最后一个。

——人间哪得几回闻。

上一句是此曲只应天上有，很明显跟曲子或者声音有关，可能是某种能发出天籁的乐器，也可能是某个唱歌十分好听的人？

如果东港口的解法是对的，那么他们在去东港口的路上，或许就能找到后面两句诗的答案。

答案已经有了眉目，完全可以行动了，就算不小心解错，他们还有时间更改路线。

两人不禁对视一眼，齐声道：“东港口。”

“最终目的地就是东港口！我看到《冒险拍档》节目组了，那边有一块区域也被隔离了起来，闲杂人不能进去，但我们可以在外围蹲守！姐妹们约吗？”

由于最终任务卡的藏身地点已经确定，两人直奔目的地。

半个小时后，顾、因冒险拍档顺利抵达了C市著名的东港口。

港口果然停着很多艘游艇，可是两人一眼看到了那艘非常亮眼的白色游轮！

这艘游轮虽然比不上客运邮轮大，但也有足足四层。外观造型十分炫酷，奢华无比，可以说是整个港口里最靓的“崽”。

“因艾，会不会是那艘豪华游轮？”顾清洛问。

南鸢：不清楚。

但小朋友这么依赖信任她，她觉得自己得拿出点儿什么。

于是，南鸢“唰”的一下将目光射向导演，来了个突然袭击。

导演微微一怔之后，飞快调整面部表情，这一次说什么也雷打不动，连眼睛都不敢眨一下。

尽管就是这样，南鸢还是突然笑了一下，那笑依旧是大佬的邪魅一笑：“导演告诉我，那艘游轮的确有猫腻，顾老师，我们过去——”

南鸢一句话没说完，顾清洛突然叫她一声：“因艾！”

他指着那艘豪华游轮，有些兴奋地道：“你快看，那游轮上面藏着摄像头，就是那个！就是那艘游轮！”

“少年，请问你是有千里眼吗？”

“哈哈哈……哥哥的眼神也太好使了吧！”

节目组人员：“……”

他们万万没想到，会以这种方式彻底暴露。

为什么嘉宾会怀疑这么一艘如此奢华的私人游轮是节目组找来的呢？

这一路走来，两人还没见识够他们节目组的穷酸吗？

结果节目组的人刚刚冒出这个念头的时候，就听到顾清洛说：“我来之前，经纪人就跟我说过，节目组经费充足，这两天我还纳闷，节目组经费充足为什么还这么抠抠搜搜，原来是把经费都用在这艘游轮上了。”

“抠抠搜搜？崽崽这么诚实，小心被节目组暗杀哈哈哈……”

“因大佬快护好我方崽崽！”

“导演遭到了会心一击，心疼节目组一秒钟……”

导演：“……”

两人背着包，朝远处那艘奢华游轮奔去。

南鸢没多大兴奋感，但看那已经跑在了她前面的小朋友，浑身上下都好似写满了“兴奋”二字，她也被感染到了。

呵，小朋友就是小朋友，赢了个比赛就这么高兴。

不知道顾清洛来参加这个综艺是本人的意思，还是他的经纪人的意思，但这个决定是对的。

看看现在，这小朋友哪里还像个情感缺失症患者？他表现得比她这个正常人都要高兴。

迎着阳光前进的小朋友，头上的每一根头发丝都好似在跟着他奔跑，阳光在他的发丝上跳跃。

他忽地转身回头，冲南鸢伸手，笑得像个天真的孩子，脸的轮廓都被镶上了一层明晃晃的光边，有几分刺眼，但刺眼得像个小天使。

“因艾，快啊，我们马上就要到终点了！”

不等南鸢说什么，他擅自做主地一把拉住了南鸢的手腕，带着她一起向终点狂奔。

南鸢颇为无语，只能跟着他一起跑。

一对神仙颜值的男女手拉着手奔向终点的画面太过美好，以至直播间的一群观众，不管粉丝还是“路人”，全都酸成了柠檬。

“那句话又来了，柠檬树下你和我……”

“是哥哥主动拉了因艾的手，哥哥好像很喜欢因艾……”

“楼上，‘洛因缤纷’和‘璎珞’欢迎你！”

既然游轮已经暴露了，刚才那些藏掖的工作人员索性就不藏了，从各个角落钻了出来。

总导演和总部的所有工作人员已经在游轮上候着了。

顾清洛拉着南鸢一口气跑到游轮面前，然后气喘吁吁地望着眼前的游轮，心情愉悦。

远看那游轮便十分震撼了，摄像头给了特写之后，直播间的观众才发现这艘游轮到底有多奢华！

游轮一共四层，第一层是甲板，轻奢小包间、豪华休息区和餐厅，漂亮的小盆景点缀，处处可见精细装饰。

第二层是娱乐天堂，有健身房、桌球、保龄球等，居然还有影院！

第三层是套房，有豪华贵宾套房和顶级奢华 VIP 套房两种，里面的环境自然不用说，环境雅致，品位高贵，完全是普通人想象不出的奢华程度！

第四层是顶层平台全景，有个吧台，可以一边吹海风一边品美酒。

直播间的观众惊叹刷屏的时候，两位冒险拍档已经在豪华休息区的沙发上歇息了。

服务人员端了酒水饮料给两人，两人一边悠闲地喝饮料，一边接过了总导演亲手递来的终极任务卡。

顾清洛很自觉地开始念上面的词：“恭喜冒险拍档历经重重险阻，越过重重关卡，成功拿到了《冒险拍档》的终极任务卡，成为我们《冒险拍档》第三季的金牌拍档！现在，请两位冒险拍档尽情享受游轮上的极致生活，然后等待接下来的小伙伴吧！”

顾清洛说两句停一停，吸上两口饮料再继续，态度十分随意懒散。

总导演突然有些明白跟拍导演的心情了。

两人这么一副根本不是来冒险而是来度假的懒散样儿，咋看咋觉得欠扁。

两人是最先抵达终点的冒险拍档，有优先挑选住房的权利。

顶级奢华 VIP 套房有两间，分别在第三层的船头和船尾，是 270 度的环海景房。

南鸢选了船头的那间顶奢 VIP 套房，顾清洛却没有选择另一间。

他选了跟南鸢挨着的那间次一点儿的豪华贵宾套房。

虽然总导演再三强调，顶级奢华 VIP 套房是如何漂亮的 270 度环海景房，拥有多么齐全高档的家具配置，比豪华贵宾套房高了不止一个档次。

但顾清洛全当没听见，他的理由是船尾那间顶奢 VIP 套房离他的搭档太远了，不方便串门。

总导演再一次觉得心累。

这岂不是白白让第二个小组的嘉宾捡了便宜？

这么一来，通关先后的意义何在？

跟拍导演表示：呵呵，这才哪儿跟哪儿呢？您老全程跟拍试一试，绝对能气得心绞痛。

“顾老师，饿了吗？你想吃什么？”

顾清洛一听这话，瞬间变得精神起来：“因艾，你要亲手做吗？”

南鸢“嗯”了一声：“以后我会很忙，你也闲不下来，这个时候正好。”

顾清洛突然就没那么高兴了。

所以，以后他和因艾接触的机会就变少了吗？

“顾小朋友，你有没有什么特别想吃的东西？”

顾清洛抬眼瞅了瞅她，重新耷拉下眼皮子，有些蔫巴巴地回道：“只要是你的独家秘方就行。”

“只有我注意到崽崽对小朋友这个称呼已经默认了吗？”

“心疼顾清洛家的粉哈哈哈……”

“水滴”们：心情有些复杂。

南鸢借了一楼餐厅的厨房。

因为是不外传的独家秘方，跟拍摄影这次没有跟拍，厨房里也没有留下打下手的人。

南鸢一个人在厨房里忙活，而外面，直播间的观众、现场的节目组人员、游轮上的工作人员，还有被服务的顾清洛，全都耐心地等着，想要亲眼见识一下大佬的独家秘方美食。

没多久，一道道美味佳肴被南鸢端上了餐桌。

明明都是些家常菜，但那香味儿仿佛已经穿过了屏幕，香扑满屋！

那鱼肉虾仁上浇灌的汁水浓稠滑腻、晶莹剔透，那最普通的蟹黄炒饭，也粒粒分明，金灿灿的，看得人直流口水。

“可男可女，可盐可甜，上得了厅堂，下得了厨房，还有谁？还有谁？！”

“啊啊啊——艾宝，我要给你生猴子！你快看看我！”

“艾宝，我要给你当小奶狗！看看我！”

“前面混入了什么奇怪的生物？”

小奶狗们：微博上有人晒出了因大佬曾经删除的那条微博截图，因大佬说过想养一个顾清洛那样的小奶狗！我们的目标就是做大佬的小奶狗！嗷呜……

“水滴”们：想起来了，所以这就是因艾对洛洛这么好的原因？

因艾根本不是什么“妈粉”！

虽然因艾当着直播镜头说已经不喜欢崽崽了，但对崽崽的欣赏和觊觎，又岂是你说不喜欢就马上不喜欢的？

破案了破案了！因艾还痴迷崽崽，所以一路上才这么照顾他！

此时的南鸢还不知道，她已经被广大粉丝认证成了顾清洛的粉丝。

南鸢做了三荤两素的菜，外加一道蟹黄炒饭，两个人吃足矣。

像佛跳墙、荷包里脊、黄焖鱼翅、百鸟朝凤等顶级大菜她都会，做出来的味道或许比那最正宗的一脉大厨做的还要好吃。只是这些菜做起来花时间，她这样的懒人是不太想做的。

顾清洛的目光落在那满满一桌子菜上，直勾勾地盯着看了好久，等南鸢落座，他才开动。

顾清洛几乎是吃一口就夸一句。

“这个虾好嫩好滑，蘸着这个酱汁儿吃，真香。

“嗯，这个鱼也好好吃，肥嫩可口，因艾你是怎么做的？”

两人吃到一半，南鸢才好似突然想起什么，对节目组的人说：“厨房我用完了，你们随意。”

所以，他们不用全部戳在一边看我们吃。

一旁参与录制的全体节目组工作人员：“……”

“心疼节目组的人三秒钟……”

“我们只是看美食吃播，他们是闻着香味流口水，还近在眼前吃不着，越想越惨哈哈哈……”

顾清洛这一顿吃到撑，非常满足。

因艾真的很厉害，什么都会，如果以后天天都能吃到因艾做的饭就好了。

这个想法一冒头，便以一个强势霸道的姿态扎根。

顾清洛开始认真地思考这件事的可能性。

能天天做饭给他吃，还能经常跟他见面的，除了生活助理就是保姆。

这两个都不适合因艾，好像……还有一个非常不错的职业——妻子。

顾清洛的目光微微一闪，陷入沉思。

他以前不觉得一个人非要找个伴一起生活，把自己的私人空间和另外一个陌生的女人分享，让自己的私人领域染上陌生女人的气息，他光是想想就觉得窒息。

但如果这个人是因艾的话，他好像并不排斥。

如果因艾成为他的妻子的话……挺好的。

顾清洛这么一想，看因艾的目光顿时就有些不一样了，比以前更为专注，多了一丝更为细致的打量。

他第一次这么认真地打量她的长相。

她的眼尾略弯，形若桃花，睫毛很长，很好看。但吸引他的不是这双漂亮的眼睛，而是她眼睛里的东西。

那里面好似有一片非常深沉的大海，海面平静，连偶尔经过一叶小舟也只是轻飘飘地晃动着，掀不起多大的波澜。

那包容一切的浩瀚和从容，让他的心底深处渗透出了一丝丝前所未有的迷恋。

南鸢正低头查看自己的邮件箱，处理一些工作上的事情。

察觉到旁边那小朋友已经盯着她看了许久，南鸢不禁抬头，目光准确无误地对上顾清洛的眼。

这小子看她的目光像是在进行什么学术研究。

“因艾，我一个人无聊，你能不能陪我说会儿话？”

顾清洛看着她，明明没有故意做出什么表情，那双明净的眼却给人一种可怜巴巴的感觉，像一只被人抛弃的小奶狗。

南鸢瞥他一眼，继续忙自己的：“无聊的话你可以回你自己的房间睡一觉。”

“可是我睡不着。”顾清洛微微皱眉，“有些犯困，但又睡不着，这种感觉好难受，你有过吗？你肯定没有，所以不懂。”

南鸢是没有，毕竟她若是真的想睡，分分钟就能陷入深度睡眠，然后一睡睡个几十年。

“你可以玩你手机上的数独游戏，不是能提神吗？”南鸢道。

顾清洛：“……”

他觉得自己不小心给自己挖了个坑。

但是没关系，他有很多可以搪塞过去的理由。

“可是因艾，那是我早年研制的小游戏，刚研制出来的时候我就全部通关了，对我来说，已经不能提神了。”

南鸢瞥他一眼，在心里嗤笑一声。

不能提神你还在车上玩？

所以，小朋友是在故意炫耀给她看喽？

两人就这样莫名其妙地你一句我一句地有问有答起来。

事到如今，大部分“水滴”不得不承认，她们的哥哥好像真的喜欢上因艾了。

如果是崽崽选的，就算她们不喜欢，也只能认了。

“因艾，参加完《冒险拍档》你有什么安排吗？”顾清洛问。

南鸢直言不讳地道："拍戏。"

顾清洛想了想，斟酌着道："有机会的话，我们可以合作一部剧。"

他想，上次他可能太直接，所以吓到因艾了，这次说得含蓄一点儿。

"崽崽，不要拿事业开玩笑，乖……"

"不行啊洛洛，你俩的演技不在一个水平线上，不要色令智昏哈！"

顾清洛前两年就完成了转型，已经不拍那种小鲜肉配置的古偶和现偶了，剧本都是精挑细选有一定教育意义或能反应一定价值观的现代剧，以及能展现历史风貌的古装正剧。

比如今年即将播出的《宫云》便是关于朝廷纷争的大型历史正剧。

都已经走到这种程度了，顾清洛要是回头再跟因艾合作一部烂俗的青春偶像剧，那不是自贬身价吗？

"水滴"们真是操碎了心。

南鸢确定自己挺喜欢这小朋友之后，没有再拒绝他的好意，点头道："如果有合适的机会，我找你。"

顾清洛听到这话，神情轻松而满足。

"水滴"们：完了完了，爱情果然使人盲目。

两人有一搭没一搭地聊着，南鸢突然听到什么声音，不禁抬头望向远处。

"顾老师，你听到了吗？"她问。

顾清洛一脸茫然："听到什么？"

游轮已经行驶到了宽阔的海域之上，一眼望去，是蔚蓝壮阔的大海。

南鸢微抬下巴，指了指远处："有海鸥，一大片。"

顾清洛望向她所指的方向，果真看到了密密麻麻的小点儿。

恰在这时，游轮上的工作人员拿着一盘面包条过来，告诉两人，游轮经过的地方有座海鸥岛，经常有大片海鸥从水面上飞过，这个时候游客若是拿着面包条喂海鸥，海鸥就会飞过来吃。

果然，一分钟之后，顾清洛看到那群小点儿逐渐靠近，变成了一大群海鸥。

那工作人员笑眯眯地问两人要不要去喂海鸥。

南鸢还没说什么，顾清洛立马起身，兴冲冲地拿着两个面包条站到了游轮边沿处，一手拿一根，举得高高的。

从上空经过的海鸥果然有两只停了下来，一边扑腾着翅膀，一边去啄他手上举着的面包条。

"因艾，你快看！"顾清洛立马转头去看南鸢，第一次笑得露出了两排小白牙。

他身前的海上是一群低掠而过的海鸥，有些展翅，有些滑翔，还有些从水面啄了口什么又飞起，再加上手上那两只扑棱着翅膀的海鸥，像是置身一片鸟群之中，大男孩儿笑得一咧嘴角，神情有几分欢喜加得意。

南鸢心中一动，用手机将这一幕拍了下来。

海鸥只有那么一阵，顾清洛喂够了便又回到躺椅上，继续找南鸢说话。

“你刚才是不是偷拍我了？我看到了。”顾清洛微微翘着嘴角，朝她伸出手，“我要看看。”

南鸢也没打算自己藏着掖着，将照片找出来给他看，还大方点评了一句：“挺可爱的。”

顾清洛看着照片上的自己，有片刻的失神。

然后，慢慢地，他眼里盛了笑，连眉梢都挂了一点儿：“我笑起来还怪好看的。”

“噗，虽然崽崽说的是真的，但这么自恋真的好吗？”

“洛洛：啊，我这该死的无处安放的美貌！”

“前面几个戏精哈哈哈……”

“因艾，你发给我，我要。”

顾清洛说的是照片，然而这一声“我要”不知道养活了多少喜欢混剪的人。

提供了如此重要的音频素材的顾清洛还什么都不知道，主动拿出手机登录微博，关注了因艾，然后打开微信名片让对方扫自己。

南鸢跟他互相关注之后，将原图发了过去。

顾清洛这才心满意足地抱着手机躺在了躺椅上，躺着躺着，小朋友就不知道什么时候睡过去了。

南鸢看他一眼，确定他已经睡沉了，这才开始继续忙自己的事。

她主动联系了经纪人。

温衡几乎是马上就回了短信。

温衡：“因艾你火了知不知道？！你就这样继续维持住人设，等你回来我再跟你细说！”

南鸢让他把看上的那几个剧本发到邮箱，然后躺在躺椅上，一边吹着海风，一边悠闲地看起了剧本。

从白天看到了日落，等光线不足了，南鸢伸了个懒腰，才将手机收了起来。

她偏头看了看还在睡的顾清洛，走过去轻轻推了推他。

“嗯……”

顾清洛睁开迷茫的眼，看到眼前的女人后，冲她微微笑了一下，声音有些沙哑：“好久没有睡这么香了。”

“睡这么多，晚上还睡不睡了？”南鸢问。

顾清洛眯着眼睛爬起来，含混地回道：“如果是你在旁边的话，我睡得更香。”

南鸢忍了忍，还是没忍住，伸手揉了一把他的头：“没长大呢？还要人陪着才能睡着？”

不得不说，顾清洛在这一点上越来越像阿清了。

顾清洛被她揉得一愣，有些迟缓地伸手理了理自己的头发，低声道：“发型被你揉乱了。”

天色渐暗，一轮玉盘一样的月亮从海平面上升了起来。

顾清洛连忙喊因艾：“因艾你快看，好大一轮月亮！”

太阳刚刚落下不久，海面上的余晖还未完全散尽，月亮就接替着从海面上升了起来。

顾清洛道：“因艾，我们的运气很好，今天天气晴朗，又恰好是农历十六，这个时候的月亮最圆、最亮，加上东面临海，我们可以亲眼看到月亮从水平面之下升起来。”

南鸢瞥了他一眼，兴趣淡淡的。

潮起潮落日升日落还有月亮星星这些，她早就看腻了。

也就这种没见过什么大山大河的小朋友才会觉得好看。不过，南鸢还是耐心地陪着他站在甲板上赏月。

然后，两人看着那圆圆的皎洁玉盘从海面上慢慢升起，硕大的一轮，在粼粼的水面上倾洒出一片素洁如洗的银辉。

水波晃动，上面的银辉跟着闪烁起来，织成了一条长长的轻纱罗裙。

夜空慢慢变暗，衬得那轮月亮越发明亮，夜空很幽静。

两个人肩并肩站在船头，和圆月、海面、银辉一起入境的背影又让直播间的人酸成了柠檬。

这边岁月静好，其他直播间的观众却笑疯了。

除了嘉宾的真爱粉坚定地守着一个直播间不动摇，大部分观众喜欢几个直播间换着看。

“听说五号冒险拍档已经登上了豪华游轮，吃上了豪华大餐，此时正悠闲地吹着海风赏月，我是特意过来看看的……”

“这么一对比，其他小组也太惨了哈哈哈……”

其他小组嘉宾，有的睡着简陋的便宜旅店，有的借宿农户家中，闻着猪屎味儿和茅厕味儿入睡，还有一组刚刚出荒郊野岭，没来得及进村，就地扎营。

总之，一个比一个惨。

再看看顾清洛和因艾这边，两人住的是豪华游轮里的豪华贵宾套房和顶奢 VIP 套房，可以舒舒服服地泡个按摩浴，躺在那无比柔软的大床上，还能一边看电视一边喝着酒水饮料。

一觉起来，吃一顿丰盛的早餐后，两人要么悠闲地坐在书吧里看书，要么去影院看看一些经典影片，或者是两个人在躺椅上吹吹风聊聊天。

没有对比，就没有伤害。

因为节目组归还了手机，两人上网的次数也就多了。

顾清洛成功发现了他和因艾的话题，还发现因艾多了很多不矜持的男粉。

“因艾，这些男粉为什么说想做你的小奶狗，这是什么梗吗？”

“水滴”们：“……”

啊，崽崽你怎么可以不知道？

虽然顾清洛关注了因艾的微博，但那条疑似想领养小奶狗的微博早就被删了，顾清洛自然不知道。

南鸢顿了顿，神色淡然：“这个，你得问粉丝。”

她只是一时太想阿清，所以想养个声音像阿清的孩子，但粉丝们太爱脑补。

顾清洛自己查去了。

几分钟之后，他偷瞄南鸢一眼，神情有些古怪。

“因艾，原来你……”

“我没有这么想，都是网友们瞎说的。”南鸢面无表情地道。

顾清洛却不知信了没信，盯着南鸢看了许久，忽而某一刻，眉梢轻轻挑起，眼尾也有笑意漾开：“原来是这样……”

是哪样，他却不说。

只是在得到小奶狗的相关信息之后，他看南鸢的眼神就又有些不同了。

他毫不避讳镜头，也不遮掩眼里的喜欢，话也变得格外多了起来，总找南鸢说一些没营养的话题。

他甚至会时不时地舒展一下身体，特意展露自己那堪比模特的身姿。

偶尔被南鸢捕捉到的那小眼神，似乎还带着一点儿南鸢无法理解的……志得意满？

南鸢虽然不清楚小朋友的心理转变过程，但十分确信，这位小朋友脑补了什么不得了的东西。

现在的顾清洛更像小奶狗了，一只黏人的小奶狗。

比如现在，南鸢半卧在自己那顶奢VIP套房的沙发上看剧本，顾清洛不在自己的房间里待着，却跟过来，霸占了她沙发的另一端。

这顶奢VIP套房既然给她住，南鸢就暂且当成自己的地盘。

在自己的地盘上，她并不拘束，脱了鞋歪在沙发上，姿态慵懒又随意。

她是主人，才会如此。可顾清洛倒好，也脱了鞋歪在沙发上，一副完全不拿自己当外人的模样。

南鸢歪在这一头，小朋友歪在那一头。两人几乎是同款咸鱼瘫。

“哈哈哈……笑死了，崽崽原来还有这样的一面！”

“不，绝对是因大佬把洛洛带歪了！”

“这样的哥哥好可爱，我忍不住了，我要转妈粉一分钟！”

两人的身上都盖了毯子，不至于出现脚气熏天的情况。

忽而某一刻，顾清洛将那条蜷着的腿伸展开，以至于那只裹在毯子里的大脚丫子一不小心就戳到了……南鸢的脚底板。

南鸢突然被触碰，还是那么敏感的地方，眉头极快地皱了一下。

说实话，如果对方不是顾清洛，她真的有种剁掉那脚的冲动。

南鸢抬头看了过去。

顾清洛也正巧看了过来，一双眼明净透亮，相当无辜。

小朋友一脸歉意地道：“对不起啊因艾，我就是腿有些酸了，想伸伸腿，这沙发有点儿短。”

“崽崽内心：啊！我这双无处安放的大长腿，它真是该死的长！”

“所以崽崽为啥偏要跟因艾挤一张沙发呢？”

“两个都是大长腿，这豪华沙发再长也不够两人折腾啊！”

两人在沙发上一边咸鱼瘫，一边顺便等即将上船的第二组冒险拍档，不知不觉，就从白天等到了傍晚。

用过晚餐后，两人站在甲板上吹风。

“不是说第二组早上就到C市了吗？怎么整整一天了都没闯完？”顾清洛问南鸢，心里有些纳闷，但也有些高兴。

晚点儿来最好，这样他就能和因艾多待一会儿了。

南鸢思忖道："关卡都很简单，或许两人迷路了。"

"不！并不是这样！他们每一关都过得很艰难哈哈哈……"

"大佬的认知跟普通人就是不一样，滑稽。"

南鸢想了想，又补充了一点："体育馆那个积木迷宫挺复杂的，可能他们两个数学都不太好，在这一关上耽误了不少时间。"

说到这儿，南鸢顺便将小朋友夸了夸："顾老师闯关很快，很厉害。"

顾清洛眨了眨眼，"嗯"了一声："那不算什么，我厉害的也不光这个。"

南鸢"嗯"了一声："顾老师演戏也厉害，外交也厉害，还会做小程序，很多地方都很厉害。"

顾清洛被她夸得有些飘飘然。

他双臂交叠搭在栏杆上，听到这接连不断的夸赞后，脑袋突然枕了上去，把大半张脸都藏在了臂弯里。

然后，他一会儿看看远处的倒影，一会儿偷瞄女人两眼，藏起来的嘴角看不到弧度，但那双漂亮的眼睛明显变成了两弯小月牙。

小月牙里还藏着两个亮晶晶的光点。

第六章

我的确对你有企图

天彻底黑了下来。

游轮上的灯光亮起，华丽无比的水晶吊灯散发出炫目迷人的光，从玻璃窗透了出来，将本就奢华的游轮染上了一层明黄金贵的颜色。

水面上倒映出游轮上的辉光，辉光里有两个人影，像是在水中编织了另一个神秘的世界。

直播间观众："……"

明明是在讨论谢晓那组为啥还没到，怎么就转变成了偶像剧现场呢？

两人在甲板上待了一会儿，南鸢回到房间继续看剧本，顾清洛就盘腿坐在她旁边的沙发上玩游戏。

男人时不时看南鸢一眼，南鸢被他盯烦了才会瞄他一眼，然后，就换来了小奶狗一个甜兮兮的抿嘴笑。

两人很安静，气氛很和谐。

"水蜜桃"们：啊——甜死了甜死了！

"水滴"们：唉……

"樱桃"们：啧啧啧。

这正宫小奶狗也太黏她们艾宝了吧？好在艾宝一心为事业，连这种神仙颜值腰好腿长的小奶狗都不撩，非常让人放心。

观众中的"路人"：哟，我们真没有走错片场？这真不是什么恋爱综艺？

"再忍忍这两口子，第二组谢晓他们马上就到了！"

"'两口子'这三个字用得极好，文字简洁、内涵深刻、形象生动！"

"前面那个姐妹，你会说就多说点儿！"

被大佬不久前才念叨过的第二组在折腾了整整一天之后，终于奔向了胜利的终点。

有了谢晓这一组的对比，观众才深刻地意识到，之前顾因组的两位大佬到底有多厉害！

虽然谢晓组两人运气好，藏在蟒蛇园的锦囊离蟒蛇有很长一段距离，但两人一看那腿粗的大蟒蛇，还那么多条，吓得腿都软了，做了好久的心理建设才走进去。

进鬼屋的时候，被大佬威胁过的工作人员终于尽情地发光发热了一次。谢晓被吓得哇哇乱叫，几乎是一路狂奔出去，哪里还顾得上找什么锦囊。

两人进了四次鬼屋，才在一张血淋淋的鬼脸上找到了那枚红色锦囊。

坐过山车找字的时候，两人眼都睁不开，坐了八九趟过山车，坐到头晕恶心脚发软，才终于将那句线索拼出来。

最惨的还是之前观众怀疑的九宫格推积木迷宫游戏。谢晓和搭档在场地上找了张桌子，一个人负责推积木，一个站在桌子上统筹全局。

可就算如此，两人还是次次都找不到正确的出路。

幸好积木的位置每次固定不变，两人每一次记录下已经尝试过的正确步骤，这么来来回回十几遍才终于成功了。

光是这一个关卡，两人就花了一个多小时。

顾、因组是多少时间来着？

哦，好像是两分钟。

观众：没有对比就没有伤害。

不是我方太弱，而是大佬太厉害！

“因艾，第二组的嘉宾到了，我们要出去迎接一下吗？”

顾清洛在沙发上的姿势已经不知不觉中由盘腿坐变成了“咸鱼瘫”，然后又变成了现在的虫虫趴，脑袋对着南鸢这边，完全舒展开的双腿在另一头，姿态十分放松。

“你怎么知道？”南鸢抽空问了一句。

顾清洛将手机屏幕给她看，眉眼间的笑带着点儿小得意：“因为我在看直播。”

南鸢抬头看过来：“在直播间里看直播间的自己，感觉怎么样？”

顾清洛一愣，然后支支吾吾地道：“我在看别的直播间。”

南鸢：“你肯定也看了你自己。”

顾清洛迟疑地改口：“就看了一会儿弹幕。”

直播间里的观众：“……”

“啊啊啊，所以刚才我们说的话崽崽都看到了？”

“姐妹们‘彩虹屁’吹起来！让崽崽看到！”

“走吧，出去见见他们。”

“好吧。”顾清洛应了一声，挣扎着爬了起来。

然后，他刚动了一下就僵住了。

南鸢看他：“嗯？怎么了？”

“因艾，我腿麻了。”

南鸢瞥他一眼：“一个人睡觉的时候也长期不动，怎么不会腿麻？这是你姿势的问题。”

连“瘫”都不会“瘫”，活该他是个劳碌命。

顾清洛顺口就道：“那下次你传授我经验。”

南鸢：“……”

“因大佬在这方面上的确是前辈，每次看到因大佬的咸鱼瘫我就好想也“瘫”一“瘫”……”

“看因大佬哑口无言的样子太好笑了哈哈哈……”

顾清洛看她一眼，小声地道：“其实如果能对发麻的部位揉搓几下，能更好地缓解发麻的症状，可惜我现在动不了，够不着。”

“什么动不了？你上半身坐起来，不就够着了？！”

“妈妈，这里有个人耍流氓！”

"惊！顾清洛居然是个心机Boy（男孩）！"

南鸢面无表情，忽地问他："真的麻到起不来了？要不然……我抱你出去？"

说着，她伸出双臂，作势就要公主抱。

顾清洛双眼猛地瞪大，吓得一下弹了起来，动作十分灵活。

"腿还麻吗？"南鸢问。

顾清洛动作一僵，突然"哎"了一声："因艾，我的腿突然不麻了。"

直播间里的观众刷起了一排排的"哈哈哈"。

又过了三天，其余的冒险拍档陆续抵达终点。

剩下的三组并非全部通关成功，裴念念这组因为差距太大，两人主动放弃了任务，所有积分清零。

所有人到齐后，节目组任性了一回，给每个嘉宾备了礼服，还请了著名的小提琴团队演奏，准备搞一个盛大的告别晚宴。

这一天，五个直播间合并，直播间空前热闹。

嘉宾们一个接一个盛装出席，就连谐星乐老师的光头今晚也格外亮堂，非常像一个大灯泡。

在顾清洛出来的一瞬间，直播间的弹幕就跟疯了一样，全是"啊啊啊"号叫和舔屏的。

有了造型师的顾清洛今晚终于换了发型。

帅气逼人的大背头，完全露出了那张精致高级的脸，再加上一身剪裁高端的黑色西服，顾呆呆瞬间变成了成熟有魅力的顾男神。

而等到南鸢出来，直播间里又是一阵尖叫。

女人身穿一袭黑色紧身包臀露肩短裙，脚蹬十厘米的黑色水晶鞋，长发微卷后盘起，耳上坠着雨滴般的水晶耳线，前凸后翘水蛇腰，一双笔直大长腿在灯光之下白得发光，腰臀上的线条令人血脉偾张。

走动间，女人的水晶高跟鞋发出"噔噔噔"的声响，烈焰红唇，冷艳逼人，一瞬间气场大开，竟让人有种想要拜倒臣服的冲动。

游轮上有一瞬间的死寂，众人连呼吸都变轻了。

"我疯了，啊啊啊，我想跟顾清洛抢女人啊！"

"已拜倒在因大佬的石榴裙下，求宠幸！"

"水滴"们：突然有了危机感怎么破？

晚宴开始，十位嘉宾一边听着舒缓的小提琴奏乐，一边享受豪华晚宴，偶尔聊一些冒险中的趣事，或者一起调侃节目组，气氛热闹又和谐。

南鸢和顾清洛没有加入群聊，两人都不爱说话。

但经常有人会主动提到顾清洛，毕竟是著名男星，谁都愿意跟他搭话。

然后，就发生了众人觉得十分诡异的几幕。

有嘉宾夸顾清洛厉害，居然用那么短时间闯关成功时，顾清洛回答道："厉害的是因艾，我全程都听她的。"

又有嘉宾问顾清洛这次有什么感想，以后还会不会参加类似综艺，顾清洛回答：“这次冒险很有意思，是因为我被因艾照顾得很好，如果其他节目也有因艾，我会考虑的。”

到后来，所有嘉宾都在震惊过后，得出了一个事实：顾清洛好像对因艾有意思！

这几天到底发生了什么？居然能让两个仇敌变得这么暧昧？！

众人一脸发蒙，但都没敢多问。

《冒险拍档》在一群嘉宾的笑闹中完美落幕，十位嘉宾在游轮上住了最后一晚。

直播结束，不再有跟拍摄像师，不再有摄像头，顾清洛跟着南鸢去了她的房间，然后熟门熟路地霸占了南鸢的沙发，盘腿坐在上面玩游戏。

“不早了，你该回去了。”南鸢提醒道。

顾清洛却固执地坐着没动。

“顾清洛，你想干什么？”南鸢微微蹙眉。

顾清洛望着她，双眼闪着水光，看起来越发明亮，是南鸢喜欢的亮晶晶的样子。

“因艾，今晚我可以留下来吗？”他问。

南鸢在晚宴上喝了点儿酒，脸蛋微微泛红，听到顾清洛的话后，微眯起了那双漂亮的桃花眼，神情慵懒中透出几分危险：“嗯？你刚才说什么？”

顾清洛丝毫没有意识到危险，迎着女人的目光，轻轻眨了下眼：“因艾，这几天我又睡不好了，你看我的眼睛里，是不是多了很多红血丝？”

小朋友的神情苦恼极了：“睡眠质量严重下滑，熟睡阶段几乎没有，这样下去，我以后极有可能会得老年痴呆症。”

他直勾勾地盯着南鸢，澄澈的眼里无丝毫杂质，干净得像初生的婴儿：“因艾，作为好朋友，你难道要眼睁睁地看着我日日睡不好，以后得老年痴呆症的概率越来越大吗？”

南鸢：“……”

“你陪在我身边的话，我就能睡得很好。所以因艾，你可不可以收留我？”

顾清洛望着南鸢，漂亮的眸子里满含期待，有一丝可怜的意味在里面。

他并未说谎，那对瞳仁依旧漆黑明澈，但眼白处爬了许多红血丝。

南鸢看着小朋友这副弱小、可怜、无助的模样，突然觉得有些头疼。

他睡眠不好找医生才对，赖着她做什么？

顾清洛见她犹豫，目光闪了闪，速度飞快地脱了鞋袜，身体一躺，毛毯一盖，整个动作一气呵成。

“因艾，我睡沙发，不会打搅到你的。”

男人望着南鸢的表情很乖，行为却是完全相反的无赖样，大有一副我就是要赖在这儿不走的架势。

南鸢无语。

这人果然是个幼稚的小朋友。

“明天走早些，不要被别人发现。”南鸢丢下一句话。

顾清洛立马“嗯”了一声，声音软软地回了句：“因艾，你真好。”

南鸢听到这一句“你真好”，不禁失神。

这柔软的语调、这撒娇的依赖语气……让她一下就想到了阿清。

阿清时常会从身后环着她，亲吻她的后脖颈，在她耳边呢喃细语："阿姐，你真好，阿清真的好喜欢你。"

南鸢不是个感性的人，她很冷血。

但第一次有那么一个人，用自己的生命去爱护她，全身心地依赖她，恨不得把这世上所有的珍宝都捧到她面前，还愿意替她去死。

这样纯粹而浓烈的感情，很难令人不动容。

人死不能复生，更何况阿清已灰飞烟灭，她现在唯一有些遗憾的是，没能在那孩子死前满足他的心愿。

南鸢心中生出几分怅惘之情，对顾清洛便难得宽容了许多。

"睡吧，我就在旁边。"她拍了拍他的头。

顾清洛望着她，微微失神，然后冲她灿烂一笑："因艾，晚安。"

男人翻了个身，转身之际，眼里掠过一抹奸计得逞的光亮。

套房门斜对面的那间豪华套房开了个缝儿，一双充斥着妒火的眼已经窥伺了很久……

南鸢这一觉还没睡醒，就被电话铃声吵醒了。

发起夺命连环 call 的人是经纪人温衡，电话一接通，那头就传来了温衡气急败坏的训斥声："因艾，你是不是跟头还没栽够？好不容易要火起来了，你脑子进水了又去招惹顾清洛？！你是不是要气死我——"

南鸢皱起眉头："说正事，不然我挂了。"

女人冷淡的声音让温衡一噎。

"因艾，昨晚上你们真的一起过夜了？"

南鸢顿了顿，反问："被人拍到了？"

温衡叹道："铁证如山，连具体时间都标出来了。因艾你可真行，这次顾清洛还真让你到手了，但这事对你俩都没啥好处，你会不知道？还有你这段时间圈的男粉，他们知道这件事的话，恐怕不会再……"

消息刚出来的时候，公司的公关团队便急忙各方打点，毕竟因艾现在是棵摇钱树，公司肯定要维护她，谁知道钱是花了，热度根本下不去。这条下去了，另一条又立马上来了。

没办法，这次的新闻太火爆了，微博还瘫痪了好一阵子。

南鸢按了外放键，一边听他唠叨，一边查看相关词条。

"顾清洛因艾激情一夜"。

南鸢一脸疑惑。

热搜会爆的原因很简单，顾清洛本就是著名男星，因艾最近也正是大火的时候，两人绑在一起，标题还是什么"激情一夜"，很难不爆。

视频很高清，顾清洛什么时候跟她进房间，什么时候从房间出来，全都标得一清二楚。

进出的两次，镜头还给了顾清洛那张英俊无比的脸一个特写。

谁也无法睁眼说瞎话，这个就是顾清洛。

房间门从合上之后，镜头一直快进，几个小时，这两个人一直待在一起。

顾清洛是圈子里出了名的高冷男神，从未传出过任何绯闻，那些单方面捆绑炒绯闻的女星也没什么好下场。

在“水滴”们心中，顾清洛就是那不食人间烟火的谪仙。

但是这次，证据确凿。

任谁都觉得一场大战即将上演。

然而南鸢点开评论区，想象中的粉丝震怒、大型脱粉现场并未出现，画风变得十分……诡异。

“啊啊啊——崽崽你居然这么快就得手了，妈妈好欣慰！”

“我家崽崽一出马，再厉害、再强势的女人还不是要化为绕指柔？嘻嘻！”

“崽崽，这速度可以啊！”

“啊啊啊——看崽崽那神清气爽的样子，我已经脑补出了一万字小说！”

“前面的我想看看你的小说……”

后面的回复越来越歪……

南鸢：看来这些网友不仅脑洞大，而且还很“污”。

这大胆的作风倒是有些像魔域之人。

南鸢看了一会儿便退了出去，所以没有看到下面的另一条热评。

“震惊我全家，你们仔细观察崽崽的眼睛，他是不是往镜头这边瞟了一眼？啊啊啊！”

“我的天！好像真的瞟了一眼！所以崽崽知道有人偷拍？知道他还不去管？”

“心机崽实锤！”

南鸢打断了经纪人的唠叨：“你先去看看评论再来说吧。”然后十分平静地挂断了电话。

温衡一脸发蒙地点开热搜，查看热搜下面的评论。

几分钟之后，温衡疯了一样给南鸢打电话。

南鸢不接，他就改为发短信轰炸。

温衡：“天哪因艾，顾清洛发微博了！内容震惊全微博！”

温衡：“你真的没给顾清洛下蛊？也没有给两家粉丝下蛊？粉丝们居然没有吵架？！”

没有吵架就算了，顾清洛的粉丝们居然一溜地扼腕叹息，遗憾过后纷纷鼓励他，因艾的粉丝们则一溜地哈哈大笑，女粉们嘚瑟，男粉们欢呼。

温衡怀疑自己是不是老了，以至揣摩不清现在的年轻人的心思了。

南鸢看到温衡的短信，微微蹙眉。

顾清洛发微博了？

她重新登录微博，然而此时的微博页面一片空白。

微博……瘫痪了，足足好几分钟都没有恢复。

她有些好奇顾清洛发了什么东西。

恰在这时，有人按响了门铃。来的正是顾清洛。

今天的他穿了一件白衬衫，扣子扣到倒数第二颗，下摆整整齐齐地扎在长裤里，五官精致，模样清冷，就像个禁欲矜贵的王子。

南鸢开门见山地问："你微博发了什么？"

顾清洛目光微微闪烁了一下："你没看到？我就是澄清了一下昨晚的事情，顺便阐述了一下我现在对你的感觉。"

南鸢瞥他一眼，觉得这小子说的可能跟事实有一定的出入。

"因艾，我们先去吃早饭吧，吃完了我们一起去机场，我们的目的地是同一个地方，刚好做个伴。"

禁欲矜贵的清冷王子冲她微微一笑，顿时变成了干净的邻家大男孩。

"稍等。"南鸢重新登录微博。

瘫痪几分钟之后，微博总算恢复了。

不用南鸢特意去翻顾清洛的微博，热搜第一条就是"顾清洛澄清绯闻，真相竟是如此"。

南鸢点开之前，扫了顾清洛一眼。

顾清洛眼睛忽闪了一下，看起来依旧很乖很干净。

微博内容如下——

顾清洛："视频是真的，但昨晚什么都没有发生，因艾是个很优秀的女人，我很欣赏她，非常喜欢她，我会继续努力。//@娱乐吃瓜号：惊天大料！顾清洛和因艾共度春宵……"

"呜呜呜——居然什么都没发生，崽崽太惨了！"

"终于不是经纪人代发的广告博了，明显是崽崽自己发的微博，然而内容震惊我全村！"

"崽崽好可怜，崽崽你加油哦！"

南鸢看完几条热评，眼皮一挑，睇向顾清洛："小朋友，你怎么回事？"

顾清洛耳根微微泛红，辩解道："我是为了保护你，不过，我的确对你有企图。"

说着，他突然上前一步，直勾勾地盯着南鸢："因艾，我想跟你同居。"

南鸢怀疑自己听错了。

有个小朋友擅自做主把两人的关系搞得这么暧昧就算了，竟还当着她的面，胆大包天地提出想和她同居？

接收了原主记忆，并在这个世界待了一年的南鸢，很清楚同居是什么意思。

"我睡不着。"顾清洛补充了一句。

"你是想我当你的人形催眠剂？可是我为何要答应你呢？"南鸢问，目光有些淡漠。

虽然她对顾清洛感觉不错，但还没有好到要分享自己的私人领域的程度。

顾清洛立马给她分析起了同居的好处："因艾，我现在住的小区安全性很好，不会有记者骚扰你；我的演技很优秀，经验也很丰富，我可以经常指导你；我们闲暇时间可以一起看看剧本，讨论一下剧情，就像这几天一样。因艾，你不喜欢吗？我还可以……"

南鸢正听着，许久没冒泡的虚小糖突然上线："鸢鸢，答应他！"

突兀出现的声音差点儿没让南鸢把它揪出来丢出去。

"鸢鸢，顾清洛是金手指（一般用于小说和游戏，指能够给小说主角和游戏玩家带来强大帮助的外物，也即开挂），很粗的金手指啦！气运子应欢就是在一部剧里结识了顾清洛，两人成为朋友，顾清洛经常指点她的演技，应欢的演技得到了很大的提升。这个金手指我们也可以蹭一蹭的……"

虚小糖已经不是以前那个虚小糖了，这段时间潜心研究它爹留下的各种宝典手札，已经有了很多心得感悟。

气运子的金手指不能抢，但是可以共用嘛，嘿嘿。

南鸢听到这话却微微蹙了下眉，看向顾清洛，若有所思。

顾清洛被她看得心里“咯噔”一下，怀疑自己的小心思被察觉到了，唇瓣紧抿，轻轻地唤她：“因艾……”

“可以答应你。不过，是你搬去我的住处，而不是我搬去你的住处。还有，你得听我的。”

顾清洛听到“可以”两个字的时候，整个人先是一愣，然后抿着嘴偷偷笑了笑：“因艾，我都听你的。”

南鸢看向那嘴角噙笑的男人，怀疑他的嘴角做了个半永久弧度，因为那嘴角从刚才翘起来之后就没有下去过。

有情感缺失症的小朋友现在能感受到喜怒哀乐了，难免嘚瑟。

两人在豪华游轮上用了最后一顿早餐。

临走前，顾清洛回头望了一眼那游轮，似有不舍。

“喜欢？”南鸢问。

顾清洛自然喜欢，毕竟他和因艾在这艘游轮上有很多美好的回忆。

他们一起吹海风，一起看潮起潮落，看朝阳升起，夕阳落下，看阳光洒满水面，波光粼粼，看月亮从海平面上升起，月辉笼罩大海，看天上的云雾……

他们还一起瘫在沙发上讨论剧本，一起坐在影院里看电影。

也是在这艘游轮上，他吃到了因艾亲手做给他的饭菜。

这个地方对他来说太有意义了，他真的好想将这个地方据为己有。

南鸢看小朋友这副恋恋不舍的样子，微挑了下眉，对他道：“同居期间，你如果表现良好，我就把它买下来送你。”

至于他怎么样才算表现好，大概就是不要跟气运子有什么羁绊，也不要因为气运子忤逆她。

她难得有个看着顺眼的人，实在不希望对方跟气运子搅和在一起。

顾清洛听到南鸢这大言不惭的口气，突然看着她笑了，笑得满眼都是小星星，连眉梢都被那沉甸甸的笑给压弯了。

南鸢不解地问他：“你笑什么？”

顾清洛盯着她，脸上那笑是南鸢从未见过的，像是一种无奈又包容的笑。

“因艾，这一艘豪华游轮要好多亿才能买下，你买不起的。”

“小朋友，你以为我买不起？”

“因艾，这艘豪华游轮你真的买不起，据说租一天就得上百万，买下来少说得大几亿。”顾小朋友开始科普这种档次的游轮是什么价位，免得他未来的妻子闹出一些笑话。

他都买不起呢，因因怎么可能买得起？

虽然顾清洛现在是顶级男星了，身价跟着水涨船高，但刚进演艺圈的时候，薪酬低得要死，加上公司还要剥削一层，根本攒不下什么钱。

是从这两年开始，他才渐渐有了些积蓄，但想买下这艘游轮还是痴人说梦。

“因因，这几年我会多接一些戏，等我攒够钱了，我们再来买它。”顾清洛一脸自信地道，“到时候就我们两个开着游轮出去玩，我再带你去看海鸥。”

南鸢觉得这话十分天真无邪，淡淡地笑了。

既然决定了同居，南鸢便没有避讳与顾清洛同行，两人一起返程。

两人现在的名气都很大，一起抵达帝都机场的消息很快就上了热搜。

“顾清洛因艾相携返程，感情疑升温”。

路人拍的照片里，顾清洛推着行李箱，正转过头看因艾，那目光温柔极了，眼里漾着笑意，是粉丝们从未见过的模样。

他演过的所有电视剧里，也都没有这样的眼神。

“因因，我回去收拾一下东西，马上就搬过去。”顾清洛道，已经很自然地转换了称呼。

南鸢：倒不必如此着急。

经纪人苟旬知道自己的金疙瘩要去跟因艾同居之后，叨叨了一堆，说顾清洛肯定是被那什么因艾下蛊了。

然而，前一秒还在叨叨的苟旬，看到地址的一瞬间双眼大瞪，凑近那地址看了好久，然后激动地“啊”了一声。

顾清洛一心拍戏，根本不关注不相干的事情，但苟旬是个正常人，知道啊。

因艾住的这个地址，是前几年还没修建完就炒出天价的高档别墅区！

虽然别墅区离闹市有些远，但帝都寸土寸金，再偏的地方都死贵死贵的，更何况这还是打出各种噱头的豪华高档小区！

当时这别墅小区一出售，不到两天就被抢光了。

现在别墅小区的价格已经达到了一个非常可怕的数字，住在里面的人非富即贵！

“你这地址没弄错吧？”苟旬咽了咽口水，问道。

“是因因发我的，怎么会有错？”

十几分钟之后，顾清洛将两个大号行李箱一推：“我收拾好了，我们走吧。”

这一路上，苟旬都有些恍惚。

因艾为什么这么有钱？家里是开金矿的？

可她真这么有钱，一年前会被人骂成那样都没有还手之力？

车子开进了别墅区，顾清洛扒在车窗上往外看，自言自语地道：“因因住在这里吗？这里的房子看起来很贵，因因居然这么有钱……”

顾清洛下车后朝苟旬挥挥手，示意他可以离开了。

苟旬看他这傻乎乎的样子，突然觉得心肌梗死。

他可别被人卖了还帮着数钱。

南鸢没想到小朋友来得这么快。

“你的日用品我按着自己的又准备了一份，如果还有其他需求，你可以告诉我，我让人买。”

顾清洛听到这话，眼睛微微发亮：“那我可以去看看吗？”

“可以。”

顾清洛在小别墅里转了一圈，看到了很多跟因艾同款的日用品，比如牙刷、牙杯，比如毛巾、睡衣，还有喝水的杯子，就连他脚上穿着的这双拖鞋都跟因艾的是同款。

小朋友微微扯了扯嘴唇，立马将自己的两大箱行李打开，开始安置自己的私人物品。

最喜欢的几件衣服放进公共衣柜里，左边都是因艾的衣服，他的就挨着因艾的，放在右边。

几双喜欢的鞋也放在专门的鞋架上，也跟因艾的挨在一起。

他自己组装的小机器人放在了客厅里，跟客厅的玉石摆件放在一起。

南鸢窝在客厅沙发上看书，偶尔看一眼那忙碌的身影。

他趿拉着一双拖鞋走路，将自己带来的东西一件一件地摆在该放的位置，原本还算安静的小别墅被他弄出了不少声响。

这不大不小的声响就像是背景音乐一样，不但不让人厌烦，还让别墅里多了点儿生气。

收拾好东西的顾清洛往这边看了一眼，然后拖着汗津津的身体去了浴室，没多久便换了同款家居服出来。

他爬上沙发，跟南鸢一样找了个舒服的姿势“瘫”着，很乖，很安静。

顾清洛不出声的时候，南鸢甚至会忘记屋里多了个人。

“过几天我就要进剧组了，你若一个人在家，我就让保姆过来，保姆会做好一日三餐，你有什么想吃的可以提前跟保姆说，别墅的钥匙我已经给你备了一份。”南鸢将看完的书放到一边，对旁边的小朋友道。

没人回应。

南鸢偏头一看，顾清洛不知道什么时候闭上了眼，已经睡着了。

忽地，他头一歪，朝南鸢这边倒了过来。

南鸢一只手接住他的脑袋，一只手扶住了他的肩膀。

静静地看了他片刻后，南鸢将他的头轻轻放倒在沙发上，给他的头下垫了个枕头。

他既然喜欢这沙发，她便把沙发让给他。

半夜，南鸢睡得正沉，突然察觉到异样。

没有杀气，没有恶意，所以她不急，慢悠悠地睁开了眼。

一片阴影落在她的身上。

黑暗中，一双幽亮的眼正直直看着她，眼睛的主人拥有一个肥大的身躯，乍一看很是骇人。

南鸢淡定地坐了起来，一只手拥着被子，一只手掩着嘴懒洋洋地打了个哈欠。

“小朋友，大半夜的不睡觉跑出来吓人，嗯？”

眼睛适应了黑暗之后，床边那人的影子也变得清晰了一些。

不是什么怪物，是顾清洛站在床边，那肥硕的身影是因为他手里抱着一团被褥。

顾清洛收回目光，有些不知所措地垂下了头：“因因，我一个人睡不着，我可以在你这里打地铺吗？

“我睡觉很安静，没有鼾声，也不会翻身，不会吵到你，可不可以让我在这里打地铺？”

“那你以前怎么解决这个问题？”

换了别人，做出半夜闯她卧室这种事，南鸢早就将人踹出去了。

但眼前这人很乖，说话还带着那么一点儿小心翼翼，南鸢实在做不出将一个乖小孩踹出去的行为。

顾清洛听到她的话，情绪越发低迷，摇了摇头：“以前不解决，在外面一两个月睡不好，就一直强撑着，然后回家补一觉。”

南鸢纳闷：“为什么我在身边你就能睡着了？”

莫非她身上圣母之光太耀眼？母爱气息太浓烈？

顾清洛认真思索片刻后，道：“目前我还不能确定原因，大概是因为你身上有让我安心的气息，这种气息改善了我原本的身体机能，让我哪怕在陌生环境里也能够酣然入睡。”

南鸢盯着他看了一会儿，突然起身下床。

顾清洛抱着被褥看着她，身体没有移动，眼珠子却跟随着她的身影来回转动，看起来有些呆。

“因因，你去哪儿？”他问。

“走吧，需要陪睡的小朋友。”南鸢朝他勾了勾手。

几分钟之后，两人躺在沙发上，一人躺一边。

因为沙发空间有限，两人又都是大长腿，两条腿难免会有一些重叠空间。

顾清洛很自觉地将自己的两腿贴着沙发靠背，没有碰到南鸢。

眼前这人过分乖巧懂事，不禁让南鸢想起了不太一样的阿清。

那小崽子也很黏人，但黏人的同时又很磨人。

阿清若心里想做什么的话，那是一定要做成的，根本不会规规矩矩地询问她的意见，将“得寸进尺”四个字诠释得淋漓尽致。

不管她将那小崽子丢出去多少次，那小崽子都能死皮赖脸地再次缠上来。

“睡吧。”南鸢低声道，闭上了眼。

顾清洛“嗯”了一声，有些歉疚地道：“因因，委屈你了。其实你真的不用陪我睡沙发，我在你旁边打地铺就可以了。”

“睡地上不好。”南鸢淡淡地道。

“那我可以把沙发搬进你的卧室吗？你睡床，我睡沙发，只要不离你太远就行了。”

南鸢用脚轻轻踹了踹他的小腿肚：“快睡。”

顾清洛“哦”了一声，语气听起来竟有些遗憾。

有了南鸢在身边，顾清洛果然很快就睡着了。

他的呼吸均匀，很轻，一点儿鼾声都没有。

第二天，南鸢是被一股饭香味儿香醒的。

她知道顾清洛在某些方面很有天赋，却没想到这人第一次做饭就能做得如此成功。

小朋友严格按照美食软件上的步骤来做，除了刀工不尽如人意，其他地方竟十分完美。

“因因，第一次做，比不上你，但我会继续努力。”小朋友朝她咧嘴一笑，笑得有些呆，也有些甜。

南鸢揉了揉他那一头软软的毛发，夸道：“做得很好。”

好得让她觉得自己真的养了一只小奶狗。

“因因，以后我在的时候就不用叫阿姨过来了，一日三餐和家务我全包了。”

南鸢：还会帮她省钱。

“小洛洛，这样不累吗？”

顾清洛听到这一声小洛洛，眉眼微微一弯：“我们两个都不常在家，我也干不了几天的活儿，何况我晚上睡得很好，白天不需要补觉。”

从前他一个人的时候，每次从剧组回来，都会先蒙头睡个几天，白天晚上都在睡，睡到连饭都不想吃了。

“你喜欢的话，随你，但这些事并不需要你做。”南鸢道。

顾清洛顿了顿，解释道：“因因，我不喜欢自己的地盘出现陌生人的气味儿。”他已经很自觉地将南鸢的小别墅当成了自己的地盘。

南鸢心道：这一点倒是跟她不谋而合。

可惜普通人不会清洁术，还需要食五谷杂粮，她实在是懒得动手，便只好雇了个保姆。

那保姆手艺不错，话又不多，她找了好久才找到这么个满意的，正考虑着要不要把短工变成长工。

“那你不在家的话，我一个人怎么办？”南鸢问。

顾清洛看她几眼，勾唇笑了笑：“我会尽量在的，要是实在赶不回来，你就叫外卖好不好？等我回来，我做几顿大餐补偿你。”

南鸢突然嗤笑了一声：“刚学会爬就想跑了？大餐？你会吗？”

“我会学，我很聪明。”顾清洛很自信。

南鸢信了他的话。

顾清洛的确很聪明，这两天格外执着于赚钱，已经利用零碎时间做起了游戏小程序。听小朋友说，他以前研制的小游戏全卖了，卖了非常可观的价钱。

除此之外，他还破天荒地接了一部大制作电影。

经纪人苟旬都被他突如其来的事业心感动得哭了。

电影前期准备工作很多，顾清洛有足够的时间研究剧本。

“这部电影是冲着拿奖去的，剧本好，班底强，如果我能很好地完成里面的那段感情戏，我觉得我很可能会拿到一个大奖。”

南鸢：“……”

小朋友是不是太自信了？

“你要是真的拿到大奖了，到时候我送你一份礼物。”南鸢道。

顾清洛听到她的话，面上先是一喜，随即脑袋又耷拉下来，嘟嘟囔囔地道：“大制作电影，等上映的话估计要明年下半年了，甚至后年。”

南鸢看他：“那你想如何？”

顾清洛立马道：“今年我可能会拿到电视剧最佳演员奖，那个时候你也可以送我礼物。”

南鸢呵呵笑了一声：“小洛洛，很会打算盘啊。”

顾清洛嘴角不自觉地往上扬了扬：“你如果进步了，我也会送你礼物。”

“可以。”南鸢答应了他得寸进尺的要求。

“因因，你进组之后，我想去探班。”连问句都不是，直接变成了陈述句。

南鸢觉得这小子有些得意忘形了，不过她没有拒绝。

她也是刚知道，她接的这部仙侠剧，女主角是气运子。

既然顾清洛主动提出来了，那她也想看看，气运子是不是仍然能抱到顾清洛这只金手指。

“那你以什么身份去探班？”南鸢问。

顾清洛听到这话，清亮的眸子里光点闪动：“男朋友？”

南鸢：小朋友还真敢说。

顾清洛偷偷看她一眼又收回目光，抿了抿唇，改口道：“追求者？”

“来探班就行了，不用明说是什么关系。”

顾清洛的双眼瞬间黯淡下来：“因因，你是不是不喜欢我？”

高兴、低落、颓丧，这几天他脸上的情绪太过生动，南鸢有那么一瞬间以为他的病彻底好了。

“不喜欢你，还会让你搬进我的住宅？”

“那……若是别人问起，我可不可以实话实说？”

南鸢：“你如何实话实说？”

顾清洛：“我不说我是男朋友，也不说是追求者，就说我们住在一起，是室友。”

南鸢听完笑了。孤男寡女住在一起，这样的室友谁信呢？

不过南鸢心里也清楚，现在很多网友默认她和顾清洛是一对，尤其“水蜜桃”，照她们那戴着显微镜的本事，两人同居这事迟早被她们看出来。

南鸢凝神沉思起来。

她不想谈什么情爱，顾清洛刚好也不懂情爱，他黏着她，不过是因为她能够助他入睡，而他也能给她当老师，传授她一些演技上的经验，也给她的屋里添点儿人气。

两个人各取所需。

小糖说，原来的世界里，顾清洛打了一辈子光棍。

所以，若顾清洛就这样跟她当一辈子的室友，也没有任何损失。

“顾清洛，”南鸢突然叫他一声，“你若是愿意，我们可以做一辈子室友。”

顾清洛突然愣住。

他喃喃着南鸢口中的“一辈子”，失神了好久。

忽而某一瞬间，他的脸上绽放开一抹大大的笑，少见地灿烂。

“因艾，你说的是真的吗？你愿意一辈子跟我在一起？！”

他直接忽略了后面的“室友”二字。

南鸢点头：“等你的失眠症好了，或者你什么时候想离开了就离开，你若不想走，我们可以像现在这样一起生活。”

人类的一辈子在她看来并不长，几十年而已，有个懂事乖巧的小奶狗陪着，她并不排斥。

“我不走！因因，我永远不走。”顾清洛双眼亮晶晶的，果真像极了小奶狗。

第七章

因因要亲我

大型仙侠剧《仙道》官宣了，因艾饰演剧里的女三号，一个亦正亦邪的女罗刹。

拍摄采取的是分组拍摄模式，一个人的戏份全部拍完，然后再拍多人戏以及群戏。

南鸢做好造型出来，片场一瞬间有些死寂。

断情绝爱的女罗刹身着一身火红长袍，背负一柄厚重的罗刹刀，眉间一点朱砂痣，唇红若饮血，又艳又冷。

片场的场务们全都被惊艳到了。

因艾虽然长得好看，但以前拍的大多数是青春偶像剧，没想到她的古装扮相会这么美！

导演看她已经进入状态，立马开始拍摄。

头几天的戏份都是一些吃吃喝喝走走的个人戏份。

因艾原本就有些底子，顾清洛也给南鸢传授了不少经验，拍摄很顺利。

导演回放前面拍摄的镜头，脸上难掩笑意。

女罗刹的角色是他自己定下来的，他看了因艾在《冒险拍档》的表现，觉得这个人很适合女罗刹，再加上她最近的热度，所以连试镜都不用，直接定了因艾。

他本以为，因艾本色出演就可以了，谁能想到因艾居然带给他这么多的惊喜？

那张冷若冰霜的脸、那说话的腔调，还有那浑身的气质，都太有味道了！

“接下来是几场打戏，虽然有替身老师，但你需要跟武打老师学几个招式，到时候近景会用到。等你学好了觉得差不多了，我们再继续。”导演这几天对南鸢的表现很满意，说话也十分客气。

“我不用替身。”南鸢道。

导演一听这话，当即笑出了声，觉得这人有点儿飘了：“不用替身？那些专业武打老师才能做出来的招式你做得出来？”

“我能。”

几分钟之后，女罗刹跟对手的第一场打戏开始。

对手太弱，用不着刀，是以刀未出鞘，只负在后背上。

身着红衣长相妖艳的女人面若冰霜，打斗过程中红衣翻飞，在空中舞出漂亮的弧度，那身段、那动作、那表情，甚至每一根头发丝都仿佛在勾勒一幅美艳绝伦的画面。

女罗刹出手干净利落，最后那本该吊着威亚完成的腾空一跃，她竟没用，直接跃起！

她一脚横踹出去，再一个绝美侧翻身，之后稳稳落地。

所有动作一气呵成。

打斗结束，南鸢没有听到导演叫停，不禁掉头看去。

拍摄现场鸦雀无声，所有人都戳在原地，瞪大了眼看她。

导演嘴里叼着的那根烟，不知什么时候落到了地上。

这一套行云流水宛若什么隐世高手的武打动作，比专业武打老师还专业啊！

一旁的武打老师都惊呆了！

还有刚才她那纵身一跃。

几场打戏下来，导演一次比一次激动。

“因姐，你以前学过武术？你刚才真的好厉害啊！”南鸢休息的时候，新招的小助理立马冲过来，又是递水又是扇风的，一脸崇拜之色。

南鸢早就想好了说辞：“以前有舞蹈底子，休养这一年跟着专业的老师学了不少功夫。几位老师都说我根骨奇佳，有练武的天赋。”

继赤手空拳的打戏之后，南鸢又跟着武打老师学了刀法。

刀是假刀，太轻，南鸢不喜欢，招式也被武打老师编出了花儿，太过烦琐，但她是个很敬业的演员，武打老师教一遍，她便跟着舞一遍，分毫不差。

那力量、那美感，甚至比武打老师做得还好。

导演神情兴奋，让武打老师给她设计了更为复杂的招式，对着她大夸特夸。

几天后，南鸢终于见到了女主角应欢。

应欢的五官很立体，是网友们所谓的那种高级脸，长得不错，但还不至于让南鸢这个重度脸盲症记住。

事实上，南鸢觉得因艾这张脸也不够好看。

偶尔照镜子，看到镜子里的人，她会突然一怔，多看几眼才反应过来。

哦，这是她现在借用的皮囊。

或许只有好看到顾清洛那种地步的脸，才能让她记住，不至于闻声识人。

应欢的演技很有灵气，她也比一般人更能吃苦。

再加上那异于常人的气运，四年内就能走到演艺圈最高点，并不让南鸢意外。

南鸢悄然打量应欢的时候，应欢也在打量她。

南鸢确信因艾跟应欢没有什么交集，但不知为何，这女人看她的神情似乎带着那么几分隐晦的鄙夷。

一场激烈的打斗中，白衣少女抱着一身是血的二师姐失声痛哭，他们不幸遇到了高阶魔修，死伤惨重。

这样继续下去，势必全军覆没。

她悔恨自责，要不是她跟师姐师兄们走散，他们就不会因为寻她而遭遇魔修。

就在这时，林间响起了一阵不疾不徐的脚步声。

一名红袍女子路经此处，见那一地尸骸，也只是神情冷漠地扫了一眼。

为首的高阶魔修见到这女人神色一变，大为警惕。

眉间一粒朱砂痣，一身红袍，背负一柄大刀，这是饮血刀修女罗刹！

白衣少女见到这人宛若见到救星，当即叩首道：“求前辈救我门中弟子！求前辈出手剿灭邪道！”

“邪道……”红衣女罗刹脚步忽地一顿，喃喃了一句。

她缓缓转头看向那天真无邪的少女，艳丽的面容如覆冰霜，一双美目亦淡漠无波：“我亦是邪道，你们的死活干我何事？”

白衣少女突然愣住，良久失神。

“Cut（停）！”导演气急败坏地道，“应欢，你在发什么呆？说台词啊！”

饰演白衣少女的应欢瞬间回神，连忙道歉：“对不起导演，刚才状态不好，我再来一次。”

应欢是一个既有天赋又能吃苦的演员，跟她合作过的导演都很欣赏她，她能亲自上阵的戏都不用替身，吊威亚也很会找窍门，不过三四遍就能呈现出最完美的姿态。

前几天拍个人戏的时候，张导还频频夸赞她，可今天哪怕她自己亲身上阵演了几场很危险的戏份，张导也只是点点头，敷衍地夸了两句，完全不像之前那样盛赞她。

反倒是因艾，导演似乎格外看重。

如此变化，让应欢回想起了助理的话以及网上的黑料。

她曾怀疑因艾是不是使了什么手段，才得到了这个角色。

直到这场戏，她仿佛真的看到了剧中那个视人命如草芥的冷面女罗刹，才发现是她想多了。

这个角色被因艾演活了，因艾没有外人描述的那么差劲。

几场戏之后，应欢放下了自己的偏见，主动搭讪。

“抱歉，我之前对你先入为主，有些误解。”

南鸢“嗯”了一声，没有跟她聊天的兴致，继续玩手机上的小游戏，直到小朋友发来了短信。

顾清洛：“因因，这两天忙不忙？我想现在就去探班。”

南鸢想了想，回了句：“可以。”

等南鸢结束对话，虚小糖突然问：“鸢鸢，你是不是喜欢顾清洛呀？我觉得可以的，人生寂寞如雪，顾清洛长得这么好看，人又聪明，演技也棒，在这个世界绝对算得上顶级优质男，鸢鸢可以用来排解寂寞。”

南鸢：“……”

她觉得小糖这段时间可能看了什么乱七八糟的东西。

“鸢鸢，你要是看不上顾清洛，我再帮你物色其他的帅哥？”

南鸢：“小糖，你……退下吧。”

虚小糖：嘤。

南鸢答应了顾清洛来探班，以为他很快就会过来，谁知道没等来家里的小朋友，倒是那位气运子应欢的那位官配先来了。

陆震轩身为陆氏集团掌舵人，行事低调，是以很多人只知这是应欢的高富帅男友，不知他的真实身份。

化妆间挨着杂物间，杂物间里有一张小床，可以短暂地歇息。

南鸢刚眯了一会儿，便听到隔壁化妆间传来两人的谈话声，确切地说是吵闹声。

她听力不错，将对话听得一清二楚。

“震轩，我都说了不要随便来探班！”

“我堂堂陆氏总裁，这么拿不出手？欢欢，只要你想公开关系，我马上就找媒体。”

“不行，我不想以后别人提到我，想到的只是你陆震轩的女友，我想有我自己的事业。”

“好、好，听你的。这次我会都没开，专程过来看你，你怎么补偿我？

“我……等等……”暧昧的声响从隔壁传来。

路过此地的南鸢面无表情。

不知道是不是她成见太深，即便这两人是这个世界的男、女主角，也让她觉得格外猥琐。

离开前，南鸢恶作剧地踹了墙壁一脚。

“咚”的一声，隔壁出现片刻的死寂。

陆震轩探完地下情小女友的班便离开了，走前还包了剧组三天的伙食。

应欢私下里找了南鸢。

“因艾，你是不是看到了？”问这话时，应欢有些羞恼。

南鸢懒洋洋地打了个哈欠：“没看到。”

应欢刚松一口气，便听到对方慢悠悠地补充道：“但听到了。”

应欢一张脸陡然间爆红。

“他是陆氏集团的总裁，我见过。他在演艺圈投资了不少作品。”

应欢神色一变，立马解释道：“虽然陆总是我的男朋友，但我靠的是自己，我现在的所有成绩都跟他无关。”

南鸢微微挑眉：“哦？那要不要试一试？”

应欢不解地看着她：“什么意思？”

“没了这人的庇护，你还能不能像现在这样顺风顺水？”

既然她是气运之子，那么多走一点儿弯路也是不打紧的。

虚小糖：鸢鸢好坏啊。

陆震轩走后的第二天，家里的小朋友来探班了。

顾清洛将自己捂得严严实实，直到进入片场，才露出了庐山真面目。

丰神如玉的男人一出现，瞬间引起轰动。

是顾清洛啊！

片场里的小演员和场务等人纷纷化身迷弟、迷妹。

“顾老师，我是你的粉丝，能不能给我签个名？”

“顾老师、顾老师！”

神色冷淡的男人目光悠悠一转，落在其中一人身上：“我来看因艾。”

众人瞬间就“酸”了，网上的传言果然是真的！

顾清洛跟着场务去了拍摄现场，还未走近，便看到那抹红如火的身影在空中飞舞，招摇极了。

听到导演的一声“Cut”，顾清洛立马喊道：“因因！”

一声“因因”成功让所有人掉了一地鸡皮疙瘩。

导演一副被酸到的牙疼模样，朝南鸢摆了摆手：“去吧、去吧，我先拍其他人的戏份。”

南鸢看着那眼睛亮晶晶的小朋友，拉着他的手往人少的地方走去。

顾清洛上下打量她，微微蹙眉：“因因，你瘦了。”

南鸢“嗯”了声：“吃得不好睡得不好，运动量又大，瘦了很正常。”

顾清洛偷偷反握住了她的手，低声道：“我这些天也吃不好睡不好，因为你不在我身边。”

“不是每天给你发短信了？”南鸢问。

因为小朋友跟她撒娇，所以每天拍完戏她都会陪对方聊聊天。聊着聊着，小朋友就睡着了。

“睡着了，但是会醒，醒了之后就很难再入睡了。大半夜的，我不想打搅你。”

南鸢心道：要是他真的半夜给她发短信或者打电话，她估计直接将这小子拉黑。

“抬起头，我看看。”

顾清洛不明所以地看过去。

突然之间，那张明艳的脸凑近，在他的双眼中骤然放大，令他呼吸一窒。

南鸢用两指捏住了他的下巴，微微一抬，惊得顾清洛双眼一瞠：“因因，你……你……”是不是要亲我？

意识到这个可能之后，顾清洛的两个耳根红得快要滴血，那紧盯着南鸢的双眼一眨，长睫也跟着轻轻颤动。

顾清洛屏息凝神，目不转睛地看着眼前的女人。

他要闭上眼睛吗？

还是他主动凑过去，配合因因？

他要不要弯一弯腰呢，虽然因因纤细高挑，但要亲他的话还是得踮脚。

一瞬间，顾清洛的脑中闪过无数念头，伴随着那擂鼓般的心跳声，越发混乱。

南鸢捏着他的下巴，凑近看了看，不过几秒钟便松了手。

顾清洛：“……”

南鸢收回视线：“的确睡得不太好，红血丝又出来了。”

顾清洛眼睁睁看着那两根捏着他下巴的手指撤离，眼里闪过一抹难言的失落之色。

南鸢后面还有别的戏，没有跟顾清洛聊太久。

小朋友很乖，没有缠着她，而是坐在小助理给她准备的椅子上，盯着她发呆，那眼睛忽闪忽闪的，也不知在想什么。

南鸢看了顾清洛几眼，又扫了一眼刚刚下戏的应欢，神色镇定，继续拍自己的戏份。

“顾老师，你好，我是应欢，我特别喜欢你的戏。”应欢主动找上了顾清洛。

顾清洛正在欣赏他家因因的绝美身姿，不想前面这人突然挡住他的视线。

他心中不悦，皱起了眉。

“我不认识你。”

应欢不禁一愣。

她去年参演的那部剧大火了一把，强势跻身二线艺人行列，最近接的广告杂志也不少，顾老师对她竟一点儿印象都没有吗？

“你能走开一下吗？你挡着我的视线了。”

应欢一脸尴尬地转了个身。她本来想趁着这个机会跟顾老师讨教一些演技上的问题，但顾老师好像很不待见她。

恰在这时，南鸢今天的最后一场戏拍完。

顾清洛立马上前替女人擦了擦汗，然后拉着她直接绕过了应欢走远。

南鸢扫了一眼愣在原地的女人。

很好，没有她想象中相谈甚欢的场面。

高效率的分组拍摄方式，加上南鸢的武打戏十分完美，拍摄进度加快不少，即便是大型仙侠剧，南鸢也不到一个月就拍完了。

可惜，她这边刚拍完，家里的小朋友就进了剧组。

她和顾清洛都很忙，能像上次那样待在一起，是因为同时参加了一档综艺。

“好好拍戏，好好睡觉，等你回来，我给你做独家秘方美食。”南鸢道。

顾清洛一听这话，连声音都清亮了几分：“我一定好好睡觉！不过，因因你还是得每天晚上陪我聊天。”

南鸢挑了下眉：“可以，但要是你中途醒了呢？”

电话那头的人沉默了几秒钟之后，道：“因因可以给我唱首催眠曲，我把它录下来，如果中途醒了，我听一听，肯定很快就又睡着了。”

南鸢：得寸进尺的臭小子。

催眠曲？他还真把自己当巨婴了。

“因因，可不可以？”又是那软软的撒娇的腔调。

南鸢：“……”

最后，催眠曲没有，只有睡前的晚安语音。

事实证明，有些小朋友很贪心，一个小愿望满足了，就立马提出另一个小愿望。

“因因，有空来探班吧，前两个月在城市里取景，住宿条件特别好，你可以留宿，不用当天离开。”

南鸢拒绝，离得那么远，她懒得去。

顾清洛蔫巴巴地“哦”了一声：“那我去拍戏了。”

精品剪辑版的《冒险拍档》上新，毫无意外地再次爆火。

直播的时候，大家忙着追自家偶像，兼顾不了其他嘉宾，剪辑版却把所有嘉宾都放在了一起，并凸显出强烈的反差，加上各种应景的配音和后期字幕，欢乐多多，笑点不断，成了家家户户男女老少都喜欢看的综艺节目。

而节目中因艾的超帅表现，更是直接圈粉。

因艾强势挤入了一线小花行列。

很多综艺节目向因艾抛来了橄榄枝，经纪人温衡笑得嘴都合不拢了，挑了一档慢节奏的旅游综艺。

南鸢却拒绝了，一群人在一起吃吃喝喝，注定要闹矛盾，她不喜欢。

温衡眉心直抽抽："我帮你挑的这综艺，别人想去还去不了呢。何况这都是钱啊，你不挣钱这两个月吃啥喝啥？"

南鸢眼皮子懒洋洋地一挑："你看我现在像是缺钱的样子？"

正站在高档小别墅里的温衡："……"

南鸢跟他透了个底："这一年我挣了点儿钱，自己开了个公司，累积资产已达百亿，几个大投资要三五年之后才能见效，到时候应该有近千亿。"

虽然不知道因艾为什么住进了富人区，但温衡还是觉得她在吹嘘。

百亿？千亿？

有这个钱你还苦哈哈地演什么剧啊，直接当女老板不香吗？

南鸢紧接着就回答了他的问题："我需要粉丝，需要很多人的尊敬和喜爱，喜爱到以我为榜样。"

温衡还是觉得她在吹嘘。

南鸢看向他，忽地道："我的合约要到期了，我不会跟宜兴娱乐续约。"

温衡猛地一拍脑门："对、对，是要到期了，这次公司打算给你提成A签。换成A签，你也走？"

"我要自己当老板，个人工作室已经选好地方，员工也物色得差不多了，你要不要辞职来我这儿干？"

温衡犹豫。他是公司的老牌经纪人，公司给的待遇也不错，而且他手上还有别的新人要带。

"找到适合我的剧本和广告代言，薪酬你直接抽一半。"南鸢淡淡地道。

她倒不是舍不得温衡，只是觉得温衡能力尚可，而且与她相处得还可以。

温衡一听这话，眼珠子都快瞪出来了。

一半？！

原本在宜兴娱乐，艺人的薪酬公司直接抽走60%，剩下的40%，经纪人再抽5%到10%，可现在因艾自己开工作室，不用跟公司分成，直接原始薪酬分他一半？

他不答应就是傻子！

"我这就去回话，咱不续约了！我回头就去辞职！"

想到未聊完的正事，温衡的语气瞬间就变成了小弟的样子："因老板，那这闲着的两个月你准备做什么？"

南鸢微微一抬下巴，示意他看电视。

电视里面正在播放某一届的女子射箭比赛。

温衡在愣了足足一分钟之后，缓缓扭过有些僵硬的脖子："啥意思？"

南鸢不疾不徐地解释道："我需要更多粉丝，以我为榜样的粉丝，所以我打算去为国争光。"

温衡嘴巴大张，震惊得下巴都快掉了。

“因艾，你在做什么白日大梦？世界冠军是你说想当就能当的？！”

他看了因艾拉弓射鸭的视频，的确大为吃惊，但就凭这射鸭子的本事就说要拿世界冠军？她是不是太异想天开了？！

“国内最高水平、最大规模的射箭射击比赛就在下下周举办，我联系了上次夸赞我的那位专业射击老师，他举荐我进入了帝都代表队，我报了女子个人射箭比赛。如果成绩优异，就有机会参加下次的世界奥运会。”

温衡：“……”

老板真敢想，老板真厉害！

事实证明，南鸢不只是说说而已。

一周之后，南鸢低调地去了今年的全国射箭锦标赛举办地——B市，身边只有助理小周一人陪同。

助理小周听说了她的行程之后，一开始的震惊已经悉数转变成狂热的崇拜。

此次比赛，来自全国各地共35支代表队，近400名射箭运动员，有男女个人、男女团体、混合团体五个项目，为期六天，国家体育频道同步直播。

按理说，南鸢这么低调，应该没什么人注意到，但最近《冒险拍档》已经成了一档男女老少都爱看的国民综艺，其中爱看体育频道的男生一不留神就发现了她的身影！

然后这条消息迅速传播开来！

“说出来你们肯定不信，我男朋友正在看体育频道的全国射箭锦标赛同步直播，你猜他看到了谁？是因艾，因艾啊！”

“大新闻大新闻，因艾去参加全国射箭锦标赛了！”

“实时直播，女子反曲弓个人赛，因艾排位赛暂列第一！真的太厉害了！这女人箭无虚发，次次正中靶心！十环！”

“我就说这个运动员怎么漂亮得不像话，原来还是个明星？”

“樱桃”们“水滴”们还有“水蜜桃”们知道之后都激动坏了。

“樱桃”：啊啊啊——艾宝居然悄悄去参加射箭比赛了！太帅了！

“水滴”：以前不该怀疑崽崽的眼光！这个女人确实厉害。

“水蜜桃”：因因好帅！心疼洛洛三秒钟。

三家粉丝和很多“路人”粉得到这个消息后，纷纷涌入国家体育频道，当天的收视率就如那冲天而起的火箭，“咻”的一下直入云霄。

因艾又上热搜了。

这次热搜画风很是清丽脱俗。

“因艾参加全国射箭锦标赛”。

“因艾排位赛第一”。

这几天注定是粉丝们狂欢的日子。

因艾以排名赛第一的成绩进入淘汰赛，一路过关斩将，最终杀入决赛，最后一天成功拿到女子反曲弓个人赛冠军，并打破世界纪录。

国家台体育新闻频道正式报道了这次比赛，并盛赞了这匹突然杀出来的黑马。

据悉，因艾已经加入了国家射箭队。

决赛当天，热搜前十就有三条是关于因艾的。

“因艾夺冠”。

“因艾被国家台点名表扬”。

“因艾跟粉丝合影，宠粉实锤”。

点开第一条热搜，众人肃然起敬。

照片中的女人穿一身深色运动服，脖子上挂着刚得到的金牌，还没完全散开的各地运动员及射箭现场为背景，那张漂亮得有几分张扬的脸，在这一刻意外地优雅绚烂，端庄肃穆，那双盯着镜头的眼亦是十分平静，仿佛隔绝了所有的喧闹浮华。

点开第二条热搜，粉丝们与有荣焉。

因艾破世界纪录了！下一届奥运会，因艾绝对能拿回一枚金牌！

他们这是粉了一个什么神仙偶像啊！

点开最后一条热搜，所有追星女孩儿都羡慕哭了，尤其是没能赶去现场的“樱桃”们。

赶去的粉丝们簇拥着那个耀眼的女人，一个个笑得像太阳花，于是，那人嘴角也微微勾起一个弧度，看起来温柔美好又强大。

第八章

官宣，追到手了

南鸢送走大老远赶来的粉丝们，转头就去了隔壁的C市。

小朋友在C市拍戏，既然离得近，那她就顺便过去看一眼。

她大大方方地过去，没有故意遮遮掩掩。

“小顾，你快看谁来了？！”同组的男二号突然冲低头看剧本的男人喊了一声。

男人穿一身笔挺的黑色西服，嘴上叼着一根烟，眉毛比平时浓了一些，添了几分凛冽肃杀之感，唇色很淡，面色微黑，气质沉冷，单单是坐在那里，便散发出一种生人勿近的强大气场。

顾清洛有个习惯，从进剧组之后，就会一直处于入戏状态，直到杀青才会出戏。

他抬起头，看到那个数日未见的女人，微微皱紧的眉头骤然松开，几大步走上前，在南鸢错愕的目光中，将人一把抱入了怀里，霸道而强硬。

片场安静了几秒，然后众人眼观鼻，鼻观心，继续干自己的活儿。

男人一只手箍住女人的腰，一只手搂着她的脖颈，骨骼分明的五指按住她的后脑勺，以一种绝对掌控的姿势将女人禁锢在了怀中。

“我以为你不会来。既然来了，今天你就不要走了，留下来陪我。”他说话也是不容拒绝的命令口吻。

南鸢抬起手，面无表情地拍了拍他的后背：“顾清洛，你入戏太深了。”该醒醒了。

顾清洛松开她，定定地看着她半天，还是没有从那种状态下脱离。

他自然而然地拉起了她的手：“来，我给你介绍一下剧组里的人。”

南鸢跟着他一起见了剧组导演、灯光师、造型师、场务，还有一干演员。

全程，她都被这人以一种霸道强硬的姿态拉着。

南鸢：究竟是给她介绍人，还是给别人介绍她？就算他入戏太深，这个举动也非常有心机了。

“我来的时候没有故意隐瞒行程，粉丝很快就会发现我们的关系。”南鸢道。

顾清洛目光一闪，依旧霸道冷酷：“我们是什么关系？”

南鸢嘴角微微挑起：“你想是什么关系？”

顾清洛那双明澈干净的眼在这一瞬间变得幽深起来：“我让你做我的女人。跟着我或许没有未来，但我还是想自私地把你变成我的。”

“戏里的台词？”

顾清洛静静地看她，没有回答她的问题，只是再一次说道：“因艾，我想你做我的女人。”这一次，他指名道姓。

南鸢眯了眯眼，忽而道："如果是不用履行女朋友义务的那种，可以。"

顾清洛前一秒还故作深沉的眼睛"唰"的一下就亮了，看得南鸢忍俊不禁，她还以为这小朋友能够装很久。

顾清洛两眼紧紧盯着南鸢，拉着南鸢的手也骤然一紧："因因，我听到了，你不能反悔。"

"我不骗人，尤其是小朋友。"

顾清洛抿着的嘴忍不住上扬，霸道冷酷范儿瞬间碎成了渣。

"因因，我想让所有人知道！"

"顾清洛，不履行女友的义务，懂吗？你如果不介意，可以公布关系。"

虽然特意提醒了对方，但南鸢觉得顾清洛不会介意。她觉得，有感情缺失症的顾清洛应该跟她一样冷淡。

"我不介意，我只要你的一辈子。"顾清洛笑得眉眼都弯了起来，"但是因因，我想争取一个同床共枕的机会。"

南鸢思忖过后，点头："可以。"

顾清洛身上很干净，没有她讨厌的味道，也不会对她动手动脚。

只是盖被子纯聊天而已，她可以接受。

顾清洛听到这话，眼里的笑意满溢而出。

"因因，你看那边！"

南鸢下意识地歪头看了看。

下一秒，温润的唇瓣落在了她的脸颊上。

然后，"咔嚓"一声，顾清洛偷亲她的画面入了镜。

五分钟之后，顾清洛发了一条微博。

然后，微博"瘫痪"了。

两人的经纪人苟旬和温衡双双"心肌梗死"。

这两人干什么大事之前，就不能吱个声吗？！

微博重新运行之后，顾清洛和因艾的恋情已经挂在了热搜第一上，后面一个明晃晃的"爆"字。

"顾清洛因艾公开恋情"。

紧挨着因艾夺冠的那条热搜。

顾清洛："追到手了。"

微博后面跟着一张他偷亲因艾的合照，甜蜜度爆表。

几分钟之后，因艾转发了这条微博。

因艾："嗯。// 顾清洛：追到手了。"

网友们：啊啊啊？啊啊啊！！！

"恭喜崽崽！贺喜崽崽！"

"我粉的 CP 居然真的公布恋情了，好开心啊！"

"重点难道不是因艾今天刚刚比赛完吗？怎么跟顾清洛在一起？"

"崽崽在邻市拍戏哇，因艾刚刚拿到冠军就去找崽崽了，呜呜，神仙爱情……"

南鸢去参加比赛的事情顾清洛还不知道。

此时夺冠那条热搜就在他们的恋情热搜的下面，顾清洛立马点进去看。

看完之后，他先是惊讶，然后便觉得理所当然。

他很骄傲。

这样优秀的女人是他的。

顾清洛提前收工，把南鸢带回了自己的房间。

南鸢意味深长地看他一眼：“不是说很多房间？”

某位小朋友的意图，真是异常明显。

顾清洛突然从身后抱住了她的腰，低头亲了亲她的脖子。

这个动作让南鸢微微失神。

“你是不是忘了我的话？”

“没忘，我就是抱抱你，不会做什么？”

南鸢：呵，男人。

这天晚上，顾清洛如愿以偿地跟南鸢同床共枕了，一开始睡姿还很规矩，后来便大着胆子将对方抱在了怀里。

他似乎很喜欢从后面环抱女人的姿势。

这样的姿势总会让南鸢想起上个世界的阿清，从而对他格外纵容。不过，小朋友最过线的动作也只是如此了。

因为暂时没有什么通告，南鸢留了下来，白天看顾清洛拍戏，顺便学习一下他的演技，晚上当他的人形抱枕。

拿到射箭比赛冠军后，南鸢得到了很多意想不到的收获。

温衡发来消息，说他拿到了国内三大报刊之一的大封面，还接洽了几个大制作导演，成功拿到了试镜名额。

一直不支持她进演艺圈的因父竟也主动联系了她。

思想守旧的老父亲很激动，让她退出演艺圈，专心训练，争取替国家拿下一枚金牌。

南鸢自然没答应。她依旧会按时往家里打钱，这也是因艾以前做的，但因艾和家里的关系不太好，她也不打算修复关系。

顾清洛知道她和家人的关系后，晚上将她抱在怀里，低声安慰她：“因因别难过，你还有我。其实，我跟家里的关系也不好。”

“嗯？”

“我有个姐姐，对我很好。七年前，她出车祸去世了。”

并不需要安慰的南鸢认真听起了小朋友的故事。

“所有人都很伤心，所有人都在哭，只有我没有哭。我像一个旁观者一样，参加完她的葬礼，全程没有流一滴眼泪。我爸说我没有心，我妈说我是个怪物……”

顾清洛抱着南鸢的手突然间收紧。

可是，他不是怪物啊，只是个病人。

“不过因因，我现在已经好了，你答应跟我在一起的时候，我特别开心。我已经能感受到很多情绪了，在慢慢恢复。”

南鸢察觉到他的紧张，拍了拍腰间的爪子：“早就知道了。看出你生性凉薄，有情感缺失症不足为奇。要不是这样，你以为你现在能跟我躺在同一张床上？顾清洛，我也是个生性凉薄之人，所以我们能生活到一起去。咱俩，谁也别嫌弃谁。”

好一会儿顾清洛才理顺了她的意思，一时之间五味杂陈。

因艾不介意他有病，他应该感到高兴。

可他高兴不起来，因艾对他这么纵容，只是因为知道他不懂感情？

如果因艾知道他对她有别的企图，是不是就再也不会亲近他了？

“可是因因，病有治愈的那一天，我觉得我已经好了，我是真的喜欢你，真心想和你交往的。”

南鸢懒洋洋地打了个哈欠，不咸不淡地“哦”了一声：“我也是真心觉得跟你一起生活挺好的。”

有人做饭、洗衣、拖地，还能给屋里添点儿人气，能不好吗？

顾清洛颓然，眼里的光逐渐变得暗淡：“因因，你说我们一起住一辈子，那如果有一天你反悔了怎么办？”

“你要是一直跟现在一样，我不会反悔。”

“你这样说，我很没有安全感。”

“那你想如何？”

黑夜里，顾清洛的眸子微微一闪：“因因，不如我们……生个孩子吧？”

南鸢觉得自己可能听错了。

不如啥？小朋友是不是在做梦？

顾清洛丝毫不觉得自己在异想天开，觉得自己的意见非常好，这也是这段时间他努力思考的结果。

“因因，不用你履行什么义务，我挑一个你比较容易受孕的时间，你只给我一晚上的时间，我会努力只用一晚上就造出小人。等你生了孩子，不用你养，我来养。家里有了孩子，就会热闹很多，如果他遗传了我的病症，我已经有了丰富的经验，可以让他健康地长大，也不会把他当成怪物……”

顾清洛自己说着说着，还笑了一声，似乎已经勾勒出了两人的未来蓝图：“我看得出来，因因你很喜欢小孩子，你要是觉得一个不够，我们可以再多生几个。我知道你对男女之事没有什么兴趣，其实我也觉得没什么意思，所以每一次我都会分析出最合适的时间，也会做好充足的准备，保准一击即中，不用因因吃太多苦。”

南鸢嘴角抽搐，突然觉得手痒，脚也痒。

然而某人还没意识到危险，自顾自地继续分析道：“而且因因，这种情况也是能医治的，如果是生理症状，病位主要在心、肝、脾、肾，你不想吃药的话我给你做药膳调理。如果是心理症状，那就更好办了，我会想办法解除因因对这种事的抵触心理。我们可以花一点儿时间一起探讨这件事情。不过，要想知道你是哪种症状，我们得先试一次看看。你看哪天合适？你来挑日子……”

“顾、清、洛。”南鸢的脸黑如锅底。

如果这小子没有端出一副探讨学术问题的架势，语气也不是那么正儿八经，她一定打得他鼻青脸肿了。

顾清洛半支起身子，微微抬头看她的脸，眉头蹙了起来，似乎不明白自己只是好端端地提意见，为什么对方就生气了？

“因因，你觉得我的意见不好吗？如果我们有了孩子，你肯定不会丢下我。”

“如果不想我一脚把你踹下去，你就给我闭嘴。”南鸢冷冷地道。

她觉得自己现在的脾气太好了，这要是早个几百年前，顾清洛这些话都没机会说出口。

顾清洛“哦”了一声，有些遗憾和失落。

可是刚安静了一分钟他就又开口了：“因因，你不给我生孩子的话，那我们去领个证吧。有了结婚证，我就不怕你跑了。”

顾清洛将脑袋凑近她的后脖颈，轻轻蹭了蹭：“因因，我永远不会变，可是我怕你变。当我的妻子吧，不用你履行妻子的义务，我只想要个名分。”

南鸢冷漠无情地道：“只有室友，爱当不当。”

顾清洛数次出战，铩羽而归，只能寻机再战。

也不是什么收获也没有，好歹他是抱上了。

把这个女人搂入怀里时，他心里空洞的地方好像正在慢慢被填满，这种感觉让顾清洛十分痴迷。

南鸢没有逗留太久，温衡那边拿到了合适的剧本和代言，她告别了越来越缠人的顾小朋友。

但每天晚上，她还是会坚持给小朋友说一句“晚安”，免得小朋友又睡不着觉。

她的试镜很成功，那位大制作武侠片的名导演胡导当场便敲定了她。

温衡知道她拿下这个角色之后，激动不已。

这可是胡导的戏！胡导这些年捧出了不少顶级演员！

也不枉他为了一个试镜名额跑东跑西，还动用了那么多人脉。

好消息不光这一个，三大报刊之一的《Pause》，以南鸢为大封面的这一期，销量惊人。

不光“樱桃”，“水滴”和“水蜜桃”们也纷纷出手，《Pause》不限量的期刊销售成绩让别家甘拜下风。

因艾的强势崛起动了很多小花的蛋糕，威胁到了很多人的利益。

得知因艾跟宜兴娱乐解约自己开了工作室之后，背后的资本家开始蠢蠢欲动。

这种突然爆火又没什么背景的艺人，很容易被搞臭名声，何况因艾本来就有不少黑料。

敏感的大粉已经隐约感觉到了山雨欲来之势。

背后的人或许只是在等一个契机。

谁承想，这个契机这么快就来了！

有人拍到因艾出入某高档别墅区！

微博上很快就出现了“因艾疑被潜规则”的热搜。

南鸢知道这事的时候还挺纳闷，怎么就没人拍到顾清洛进别墅？

南鸢直接附上房产证照片，并发微博。

因艾：“房子我的。”

跳得正欢的“黑子”和被误导跟着一起奚落的“路人”：“……”

啥？这别墅是因艾的？！

这……这就尴尬了。

粉丝们叉腰大笑，腰杆瞬间直了。

然而他们不死心，纷纷质疑房产证的真实性。

他们坚信，因艾根本买不起这里的别墅，如果房产证是真的，那一定是背后的人扔给她的分手费。

他们嘴臭，挑拨“水滴”和“樱桃”的关系。

虽然因艾晒了房产证，但他们说得有道理。

因艾根本买不起这里的别墅，很可能就是背后人给的分手费。

就在这时，顾清洛突然上线。

顾清洛：“想吃什么？等我回去给你做。//@因艾：房子我的。”

这条微博信息量太大，“水滴”们突然蒙了。

什么意思？

两人同居了？！

哥哥和因艾一起住在这栋别墅里？！

“所以顾清洛知道因艾的过去，还不嫌弃，甘愿当接盘侠喽？哇，好感动的爱情哦。”

“哥哥怎么卑微成这样了？哭了！”

她们喜欢的是高高在上的顾清洛，哪怕谈恋爱也不该是这样卑微的姿态。

背后推波助澜的人没想到这次居然能把顾清洛拉下水，乐坏了。

南鸢扶额，小朋友来添什么乱？虽然知道哪怕粉丝跑光了，顾清洛都不会在意，但南鸢不想小朋友受欺负。

她迅速提交了新认证，并让人打点了一下。不到半小时，新认证就通过了审核。

眼尖的网友发现因艾的认证变了。

因艾，微博的新认证：演员，赤腾创投有限公司董事长，赤腾慈善基金会创始人。

“黑子”们：“……”

“吃瓜”的网友们：“……”

“樱桃”“水滴”和“水蜜桃”们：“……”

网友们心中一群感叹号飞奔而过，尘土飞扬。

然后众人纷纷去查证。

“花了一分钟了解了赤腾创投和赤腾慈善基金会，然后我只想说一句话：因艾厉害！”

“查完回来了，啊啊啊！因大佬请收下我的膝盖！”

“我来科普，赤腾创投是去年新兴起来的投资公司，短短一年，就蹿到了投资业第一！目前市场估价一百亿！赤腾慈善基金会也很厉害，短短一年时间，名下慈善公益项目花费超两亿，扶助了很多危难贫困人群，帮扶了很多贫困地区，还资助了不少社会福利机构，比如养老院、孤儿院……”

网友们傻眼了。

前一秒他们还在谈论一个女艺人是不是被潜规则的问题，后一秒这个疑似被潜规则的女人就成了某个厉害投资公司的董、事、长？以及某个慈善基金会的创、始、人？

他们的脸好疼，肿成了馒头。

“呜呜呜，因大佬，我们错了！”

“因大佬厉害，向大佬献上膝盖！”

“因大佬打脸虽迟但到，再次被《冒险拍档》直播时大佬“啪啪”打脸的恐惧感支配……”

“我要向大佬道歉！”

“对不起，我也要道歉！”

一时之间，网上都是给因艾道歉的发言。

“给因艾道歉”这一话题很快上了热搜，正好跟那条“因艾疑被潜规则”的热搜挨在一起。

很讽刺，但这就是现实。

谁也没想到事情居然出现了这样的反转，真可谓比戏剧还戏剧。

“黑子”们彻底噤声了，默默缩回了旮旯。

网友们道歉的道歉，删评论的删评论。

就连背后推波助澜的人也在吓了一跳之后，迅速收回利爪。

谁能想到，一不小心就碰上了一块硬石头呢？

可短短一年而已，因艾一个什么背景都没有的小人物怎么就摇身一变成了董事长？这也太匪夷所思了。

粉丝们大惊大喜之后，感觉到了后怕。

如果艾宝没有这么厉害的背景，那今天岂不是就要被按头接下这些污水了？

说什么保护艾宝，其实他们根本什么都做不了。

最后，因艾工作室直接贴出了一张律师函，告了几个诋毁情节最严重、转发次数最多的人。

粉丝们大呼痛快。

“鸢鸢，你感受到了没？！”虚小糖语气激动。

南鸢“嗯”了一声：“突然多了很多信仰之力。”

她本以为粉丝们喜欢一个艺人，最想看的是他们在演艺事业上的成就。

原来，其他方面的成就也可以。早知这样，她就多弄几个认证了。

除了她认证的赤腾创投有限公司董事长、赤腾慈善基金会创始人，她其实还是不少新兴品牌的合伙人。

嗯，国家运动员的身份也可以加上。

不过，等下次她拿到金牌，再认证也不迟。

“鸢鸢好厉害啊！照此下去，鸢鸢就能得到很多很多信仰之力了。”虚小糖兴冲冲地道。

南鸢却兴致缺缺。上个世界得到那么多功德值和信仰之力，也不见她在修行之上有什么突破。

她有时候都搞不明白，自己选择这条路究竟对不对。以前觉得人生无趣，唯有在修炼一事上能得到一些趣味儿，后来修为停滞，她便有些迷茫了。

她也曾游历人间，看尽世间百态，但大多时候只是旁观。像现在这样，身处其中，又有另一番感触。

“鸢鸢，你是不是不喜欢这个世界啊？”虚小糖小声问。

“没有。”

“这次挑选世界比较仓促，下次不会了，《三千世界手札》我已经翻看了五十多个世界，我会争取早日看完的，下次绝对给鸢鸢找个既美貌又有钱的身份，到时候就不用鸢鸢自己奋斗了。”

南鸢漫不经心地道：“清静一些便可，其他的我并不在意。”

想了想，她又补充道：“家世好，自然更好。当然，没有也行。”

以前觉得身份无所谓，能图个清静就行，后来她发现，还是得有点儿钱财才行，有了钱才能住得舒服。

不过她也可以自己挣，就像在这个世界一样。

虚小糖听完若有所思。

它想到了自己这段时间看的那些千奇百怪的世界和千奇百怪的物种。

绝色美人不是没有，但这样一来就要剔除掉很多世界。要不是鸢鸢元神强大，不用考虑身体磁场与元神排斥的问题，选择性可能更少。

如果她只图一个清静，那范围可就太、太、太大了。

虚小糖突然激动。

鸢鸢也太好养活了吧！

半夜三更的时候，南鸢睡得正沉。

别墅的大门被人小心翼翼地打开，有人轻手轻脚地进了卧室，再轻手轻脚地脱了外套爬上床。

“因因……”

南鸢早就闻到了熟悉的气息，含混不清地应了一声：“怎么回来了？”

“我想你了。”顾清洛将她搂入怀中，低声道，“我请了几天假。”

南鸢马上又要睡过去的时候，突然听到他凑近耳边，声音压抑地说了一句：“对不起。”

南鸢听出了他话中的异样，缓缓睁眼，睡意少了一些。

“怎么了？”

顾清洛从身后抱着她，闷闷地道：“我看到那些人骂你，心里很不好受。我想到了一年前……因因，对不起。”

一年前的顾清洛还是个怪物。

他连自己的姐姐死了都不掉一滴眼泪，又哪里会去管一个不相干的人？

苟旬提到过几句，说那个勾引他的因艾被所有人骂滚出演艺圈，挺惨的，那个时候，他好像只是淡淡地“哦”了一声，然后又继续拍自己的戏。

那个时候，“因艾”两个字对顾清洛来说，只是一个名字，一个不相干的符号。

可是今天，看到那么多人用那么多污言秽语诋毁因艾，他才真真切切地感觉到了愤怒和心疼。

一年前因艾是怎么熬过去的？她可曾因此而怨恨他？

南鸢听到他的话，有些诧异。

“顾清洛，你的病真的好了？”

他都知道心疼她了，还知道道歉了。

顾清洛有些幽怨地盯着她那截白皙的脖颈，凑上去轻轻咬了两口：“因因，我上次都说过了，我的病已经好了。”

其实并没有，只有事关因艾的时候，他才会出现明显的情绪波动。在其他人面前，他依旧跟从前一样冷漠。

但他还是很高兴。至少在因艾面前，他不是怪物了。

“你对不起我什么？”南鸢问。

“你出事的时候我没有站出来帮你。”

说到这儿，他突然动手将南鸢翻了个身，面朝自己。

没睡够的南鸢懒洋洋地让他翻身，对上了黑夜里的那双眼。

“你不必说对不起，责任不在你。”

毕竟小朋友患有情感缺失症，不同于常人。

南鸢揉了揉小朋友的一头毛：“我现在足够强大，没人能够伤害到我，所以你不用替我委屈和心疼。其实我这人不太在乎陌生人的想法，今天要不是那些人诋毁你，我也懒得去打他们的脸。”

也幸好这么做了，她才发现了一个可以更快获得信仰之力的办法。

顾清洛没想到她这么做只是为了维护自己，心中渗出一丝丝的甜蜜感。

忽而他心中一动，趁南鸢不注意，突然凑上去在她的嘴唇上亲了一口。

南鸢微微眯眼：“你小子，是不是想挨踢？”

顾清洛也不躲闪，只是看着她笑，黑夜里的那双眼仿佛在瞬间盛满了星辉，亮晶晶的：“你比我想象中的还要富有。因因，你养我吧，我给你当一辈子的小奶狗！”

南鸢：臭小子。

继南鸢强势打脸之后，顾清洛也开始打脸。

年底的电视剧大赏盛典上，顾清洛凭借自己在《宫云》里精湛的演技，拿到了这一届的电视剧最佳演员奖。

现场掌声雷鸣。

南鸢也应邀参加了盛典，本以为只是“陪跑”，结果拿到了年度魅力风云人物奖。

给她颁奖的人是顾清洛。

心机小奶狗当着全国观众的面拥抱自己的女友，嘴上说着恭喜的话，却抱着人好久都不松手。

全场嘉宾发出善意的哄笑声。

小情侣俩收获颇丰，真可谓郎才女貌，羡煞旁人。

南鸢的马甲曝光之后，原本还有些优越感的“水滴”们开始担心自家崽崽。

嘤嘤嘤，崽崽的女友太厉害，好怕两人分手，崽崽成为被抛弃的那一个。

粉丝们盼着两人修成正果，赶紧举办婚礼。

然而“水滴”们等啊等，等了一年又一年。

第一年，《仙道》播出，因艾演的女罗刹再次爆火，尤其是没有后期特效的花絮一出，就引得观众啊啊尖叫，狂热不已，女罗刹之魅力甚至盖过了女主应欢。

同年，因艾代言了某高奢香水和某高奢化妆品，成为品牌大使。

顾清洛默默地发了一条微博。

顾清洛：“因因亲手做的棕编小动物，很可爱。”

配图是一只张牙舞爪的棕编怪兽，那怪兽拥有蛇一样的身躯，背上有倒刺，一对巨大的肉翼张开，生有四爪，怪模怪样的。虽然不知道是啥怪兽，但跟可爱沾不上半点儿关系。

第二年，因艾参演的武侠大剧《阳关道》上映，因艾获得最佳女配角，成了名副其实的功夫女星。

同年，因艾参加奥运会，摘夺女子射箭冠军，以闪瞎众人的成绩破了世界纪录！

举国哗然。

因艾的认证又变了。

因艾，微博认证：演员，赤腾集团董事长，赤腾慈善基金会创始人，梦雅诗董事、洛因游戏董事……破世界纪录女子射箭世界冠军。

网友们齐齐献上膝盖，早知大佬厉害，却不知竟能厉害至此！

放眼整个演艺圈，谁能找出第二个这样的人？！

同年，顾清洛凭一部都市谍战剧《谍魂》，荣获最佳男主角。

顾清洛再发微博。

顾清洛：“拿到最佳男主角，因因为了奖励我，买下了我们的定情游轮。（害羞.JPG。）”

后面配图赫然就是当年他和因艾一起参加《冒险拍档》中的豪华游轮，据说价值数亿。

网友们：你害羞什么啊！秀恩爱可耻！炫富更可耻！

第三年，因艾与顾清洛合作一部大制作动作片，分别获最佳女主角和最佳男主角。

顾清洛再发微博，贴出了两人乘坐游轮出海玩耍的照片。

网友们：“……”

“水滴”们：嗒嗒，因大佬看看我们，啥时候给我家崽崽一个名分呀？忙得没时间举行婚礼的话，先领个证也是可以的哈。

“水蜜桃”们：因因你就快从了洛洛这个心机小奶狗吧！洛洛秀恩爱秀得都快疯了！

“樱桃”们：不慌不慌，艾宝随便浪，这世上的小奶狗、小狼狗那么多，咱不急。

第四年、第五年……

因艾成了公认的演艺圈女王，粉丝无数。

从前的质疑悉数转为敬仰和崇拜，粉丝们更是将之视为自己的偶像。

在偶像的刺激下，他们更努力地工作学习，一直追逐着偶像的脚步。

他们跟着偶像一起做公益，一起变得更优秀。

因艾的号召力越来越大，影响力也越来越大，还全都是积极正面的影响，成了当之无愧的“偶像”。

起初还有同行嫉妒因艾，试图打压或者蹭热度，因艾虽厉害，但到底只是个商界新贵，还没有站稳脚跟。

这世上有的是更厉害的人物，而圈子里不乏一些人跟这些人攀上关系。

可不管他们如何折腾，因艾都屹立不倒。

到最后，这个女人强大到任何人都不敢得罪。

当彼此之间的距离越拉越大，对方优秀到让人望尘莫及时，嫉妒淡去，敬畏和敬仰居多。

曾经嫉恨过因艾的同行开始以跟因艾有过交集为荣，还会同旁人吹嘘几句。

人性如此。

应欢也曾将自己跟因艾对比过。

明明一开始她才是主角，因艾给她当配角，她的风头却被因艾盖了过去。

自那之后，因艾走了一条完全不同于其他明星的道路。

她非高奢代言不接，也不拍任何偶像剧，便是正剧也是精挑细选，角色虽然高度重合，但每一个角色都刻画得深入人心。

应欢曾觉得，戏路窄、角色单一会限制一个演员的发展，一个成功的演员应该如她这般，演得了乞丐，也豁得出脸面扮丑，不管是村姑还是皇妃都能演得活灵活现。

可是因艾将一条窄小的戏路变成了阳关大道，拿奖无数不说，还收获了人们的崇拜，成了国家的活招牌。

眼看着两人的差距越来越大，应欢心有不甘。

她一直记着自己跟那女人的赌约。

为了证明自己，也好似为了争一口气一般，她从不接受任何人的馈赠。

她开始拉下脸面跟投资商周旋，出席各种场合。

不过她不会拿自己的清白冒险，但凡有酒局，去之前都会打探好，确保没有什么好色之徒。

可是陆震轩知道后，却不理解她，雷霆大怒。

两人争吵的次数越来越多。

应欢不明白，她只是想凭自己的努力在这个圈子里站稳脚跟，不想事事靠男友，哪里做错了？

到后来她才意识到，她和陆震轩虽是男女友关系，但其实两人的关系根本不对等。

因为应欢不愿意公开两人的恋情，陆震轩便赌气不公开，任由自己那些发小和朋友胡乱猜测。

那些人只当她是陆震轩的情人。

应欢有自己的傲骨，以前最是看不上那些凭潜规则上位的女艺人，也瞧不起那些玩票性质的“富二代”，这些人就因为家里有钱、有背景，能轻易得到别人得不到的角色，还不珍惜。

她没想到，有一天她会成为这种最让人瞧不起的人。

后来她想通了，想要大大方方地承认恋情，陆震轩却对她冷嘲热讽，说了很多难听的话。

事后那人又一脸愧疚地跟她道歉，说自己只是怒气之下口不择言。但应欢知道，两个人的心里都有了刺，已经回不到从前了。

应欢拖着疲惫的身子坐了起来，看着旁边熟睡的男人失神。

陆震轩吃醋了，只因昨天的戏份里，她跟年轻的演员拍了吻戏。

应欢感受得到，两人的关系在不知不觉中发生了微妙的变化。

或许是从她倔强地不肯接受他的帮助开始，也或许是从她瞒着他偷偷赴酒宴开始。

总之，变了。

以前这个男人喜欢她、欣赏她，也尊重她的职业，现在他却对她的职业嗤之以鼻。

她不想接受他的帮助，他就非要帮她。然后每次争吵过后，他就发脾气，之后又会给她很多好处。

应欢捂住了眼，眼眶渐渐地湿润。

她好像一不小心就变成了自己曾经最厌恶的那种人。

应欢慢慢被陆震轩磨平了一身傲骨和锐气，再也没有了刚入演艺圈时的意气风发。

可是每次看到那个光彩夺目的女人，她自惭形秽的同时，又好像找到了精神支柱，于是继续磨砺自己的演技，继续往上爬。

这个女人曾经堕落过，但她现在过得比任何人都风光，没有靠任何人，靠的是自己。

所以，自己也可以。

原来，因艾竟在不知不觉中成了她的偶像……

南鸢是等顾清洛死后才离开的，他到底是年轻的时候睡眠不好亏损了身子，未至七十岁就不行了。

两个人都保养得很好，近七十岁的顾清洛看起来才五十岁的样子，而她顶多四十出头。

南鸢第一次来现代世界，对很多东西感兴趣，几乎是活到老学到老。

可惜时间太短，很多东西未曾深入学习。

顾清洛给了她很多帮助，也教了她不少东西。

南鸢有些舍不得他。

临死前，小老头抓住了她的手，那双沉淀了很多东西的眼突然迸发出一束骇人的光：“我想知道，那人是谁？”

南鸢纳闷：“谁？”

帅气的小老头哑声道：“告诉我，阿清是谁？”

南鸢倏然一怔。

她不知道顾清洛是怎么知道“阿清”这个名字的，毕竟她从未跟别人提及过。

顾清洛声音平缓，神色也很平静：“有一次你喝醉了，喊了他的名字。”

南鸢沉默了。

她记性不太好。

事实上，她连阿清后来的样子都记不清了，只还记得他幼时满脸的肉瘤和那一双眼睛，如琉璃珠宝般剔透美丽，盛满了深沉而浓烈的感情。

她不记得那件事，顾清洛却记了一辈子。

那次她喝醉了，顾清洛也一直没有放弃要一个孩子。

那天晚上，身下的女人格外温顺，那是顾清洛从没见过的样子。

他根据学来的知识，既忐忑又紧张地一路点火，深深地拥吻她。

她不曾有丝毫抗拒，甚至抬手轻轻揉了揉他的发丝。

就在两人坦诚相见的时候，他听到对方说了几句古话，然后提醒他："阿清，记得按照我教的心法口诀运转灵力，如此，对你大有裨益。"

说这话时，女人的表情无奈又纵容。

顾清洛却在听到这句话，尤其是那一声"阿清"时，浑身一僵。

浑身热血如同被人兜头泼下一盆水，还是刺寒入骨的冰水。

片刻后，他将自己的衣服一件一件地穿了回去。

然后，他在阳台上发了一夜呆。

从那以后，他再也没有过用孩子绑住她的念头，兢兢业业地当了她一辈子的室友。

"那人是你心底的白月光吗？"顾清洛问，平静的眼波下暗藏着一只被困于牢笼中的野兽。

南鸢顿了顿，如实道："因艾心中的白月光是你。"

而她南鸢，没有什么白月光。

只因阿清是她第一次花费精力教养的孩子，所以格外不同。

"可你，不是因艾。"顾清洛拆穿了她的假象。

南鸢再次诧异。

阿清这个名字或许是她无意间说漏了嘴，但她不是因艾这件事，这人又是怎么知道的？

顾清洛仰起头，蓦地抓紧了她的手，紧到手都在发颤："你……你能不能告诉我，你是谁？"

顾清洛瞪大眼盯着她，死死地盯着，倔强地等着一个答案。

"因因，你告诉我，你到底是……"

顾清洛一句话还未说完，双眼便慢慢地灰败了下来，握着南鸢的手也骤然一松。

在男人眼中那最后一抹光亮消失之前，南鸢目光微微一闪，低声道："我叫南鸢，是一只上古凶兽。被你当成宝贝供起来的那个棕编怪兽，我的本体就长那样……"

南鸢对着他的尸体说了很多话，说到最后，竟有些不舍。

她跟顾清洛生活了几十年，对方把她的方方面面都照顾得很好。

他很聪明，在商业上很有天赋，给她的公司创造了巨大的商业价值。跟他相处，南鸢觉得很轻松自在。

都说她宠着顾清洛，可很多时候，是这个小朋友宠着她。

"鸢鸢，我们走吧？"虚小糖突然出声，拉回了南鸢游走的思绪。

南鸢"嗯"了一声："走吧。"

她趴在顾清洛的身上，下一秒，抽离出来的元神直接回到了空间里。

“鸢鸢，这个世界得到的信仰之力好丰厚啊！”虚小糖有些激动。

南鸢“嗯”了一声。

她很意外，气运子竟也奉她为偶像。应欢的这部分信仰之力浑厚无比，竟比数以万计的普通人积攒在一起的还要多。

这个世界，应欢和她的官配陆震轩在分分合合几年后，陆震轩最终放弃了应欢，跟富豪圈里门当户对的名媛结了婚。

虚小糖知道主线歪到外婆家之后，吓得要拉着南鸢赶紧跑路，生怕引起天道的注意，好在并未出现什么异样。

应欢这一辈子都未结婚，一心奋斗事业，最后成功站在了演艺圈巅峰，这一生也算是个传奇。

这让南鸢和虚小糖有了新的感悟。

或许官配是可拆的，只要不影响到气运子的事业线就行。

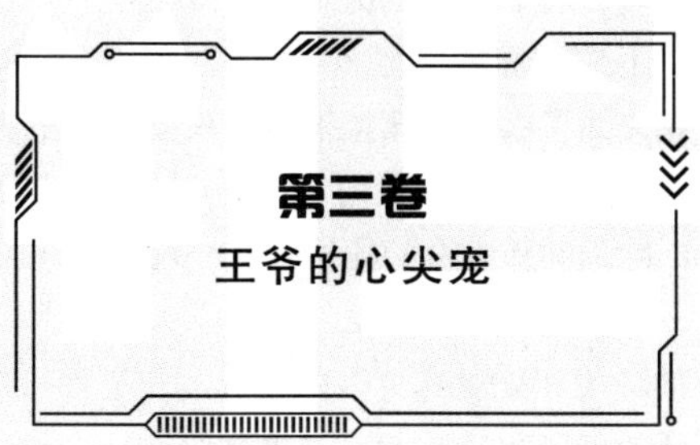

第三卷

王爷的心尖宠

第一章

你输了

虚小糖发功，一人一兽去往下一个世界。

南鸢再一睁眼的时候，双眼充斥着生理盐水，视线模糊不清。

一只粗糙的手狠狠掐住了她的脖子，令她呼吸不畅，几乎要窒息而死。

她眼中闪过杀意，抬起手想要掰开那禁锢的力量，却发现浑身绵软无力。

上个世界她一过去被人扔臭鸡蛋就算了，这个世界，竟被人掐着脖子捏着小命。

哪怕这身子原本并不是她的，也让她暴怒不已。

虚小糖突然尖叫一声："啊啊啊，又算错时间了！鸢鸢，不然我们重新来一次？"

南鸢神识交流的声音无比冰冷："这身体是不是马上要被人掐死了？"

虚小糖有些心虚地道："暂时不会死，但是……"

南鸢："死不了就行，不必重新来一次。"

虚小糖："那鸢鸢，我先溜了哦，毕竟接下来的画面少儿不宜。"

窒息到濒临死亡的感觉并不好受，就在南鸢怀疑虚小糖是不是诓了她，这副身体其实马上就要被人掐死的时候，脖颈间那索命的桎梏骤然一松。

南鸢本能地咳嗽不止，大口呼气。

南鸢还来不及对现在的环境和处境有更多的分析，一道如毒蛇般阴冷的目光落在她的脸上，头顶上方，有阴恻恻的低哑男声响起："本欲给你一个体面死法，你却用本王最厌恶的肮脏手段算计本王，既然如此，那本王今天就成全你！"

下一秒，南鸢听到了布帛撕裂的声音，然后……

她双眼陡然一睁，眼中杀意喷涌而出。

她想要杀了这人！

然而，穿到凡人之躯，所有的力量被禁锢，瞒过了天道的同时，她也成了一个普通人。

这副身子十分羸弱，一折就断。

怒极之下，毫无反抗之力的南鸢一瞬间抽身而出，元神直接回到了自己的本命空间。

虽然她和虚小糖建立了联系，但虚小糖屏蔽了五识，关闭了空间，她现在无法跟虚小糖交流，也无法闯入它的空间。

否则，她一定要狠狠蹂躏这不靠谱的小东西。

既是这种事情，它为何不早点儿说清楚？

南鸢冷眼环视一周：雕花木窗，古朴的家具，木桌上摆着红烛，床榻上铺了大红褥子。

喜庆的大红幔帐并未放下来，床榻上，着一身大红喜袍的男人叠在一个穿喜服的年轻女人身上。

两人为一对新婚夫妇，现在是洞房花烛夜。

男子自称本王，应是个王爷，方才那扼住她喉咙的手粗糙有厚茧，为常年持拿兵器所至，此人性格嗜杀狂暴。

屋中被人放了助兴迷香，暂定为新娘所为，所以激怒了王爷。但这人并非只吸入迷香那么简单。他力道如杀人，目眦欲裂，双眼充血，那张五官俊美的脸变得扭曲，看上去有几分狰狞，状态看上去有些不对劲。

南鸢跟顾清洛相处多年，不知不觉中竟带了点儿他的习惯，遇事先在心里分析，记小本本。

想到乖巧懂事的顾小朋友，再看看眼前的男人，南鸢觉得，真是一个在天一个在地。

但是，她没有太多的时间思考。元神离体，心跳停止供血，这女子的大脑将在五分钟之后开始出现不可逆的脑死亡，她若不及时回去，这具身体就会彻底报废。

可眼前这人算个什么东西？

即便是用着别人的皮囊，她也实在不愿意便宜了他。

但若挑三拣四弃了这身体，倒显得她好像怕了什么似的。

在最后的紧要关头，南鸢返回了这具身体，进去之前隔空往这人的嘴里送去两枚药丸：固元丹和大力丸。

没了气息的羸弱新娘“唰”的一下睁开了眼。

一个天旋地转，那结实精壮的健硕男人竟被掀到了下面。

有那么一瞬间，男人的表情是蒙的。

不久前差点儿被他亲手掐死、哭得一脸鼻涕眼泪的女人，竟如女王般驾驭着他，一副高高在上睥睨蝼蚁的姿态。

“听王爷刚才说想弄死我？我们不妨来看看，今晚是谁弄死谁？”女子声音娇柔动听，目光却冰冷至极。

萧洛寒还未从这突如其来的变故中回神，便听到这么一句不知死活的挑衅，气得差点儿又想掐死她。

“你找死——”

南鸢虽服用了大力丸，但这身体到底是一具过于羸弱的身躯，药效只发挥不到一成，气力与这男人相当。

失控的猛兽对上发怒的毒蛇，一时之间竟难分输赢。

屋外突然电闪雷鸣，一阵轰隆隆之后，刮起了狂风，下起了暴雨，遮掩了屋里厮杀的声音。

战鼓轰鸣，刀枪交错，加之狂风骤雨，所过之处溅起泥泞无数，厮杀声震天动地……

天色将明，激战初歇，双方鸣金收鼓。

“你输了……”男人喘息道。

不知何时，男人那充血欲裂的双眼变得正常，里面如狂风骤雨般的狂躁狠戾退去，平静而幽深，一对不同于常人的浅棕色眼瞳剔透漂亮，眼窝微深，鼻梁挺拔，下颌线干净利落，一张脸如刀刻斧凿，十分俊美。

南鸢觉得，自己所有的运气大概都用来遇见美男了吧。

眼前这男人，便生了一张俊美得能让她记住的脸。

男人牢牢压着这不知死活挑衅她的女人，对着她冷嗤一声："你倒是再动啊。"

南鸢抬起软绵绵的手，冷着脸，一巴掌盖在他的脸上，将他这张勉强入目的脸往一边推去："我们息战。"

"王妃不是说想弄死本王？怎么，就这？"萧洛寒讥笑道。

南鸢用仅剩的力气在他后背上狠狠一抓，在那布满九阴白骨爪的粗糙烂皮上又留下一个血爪印，功绩又添一笔。

萧洛寒"嗞"了一声，阴沉着脸看她："你倒是命硬。"

南鸢微微眯了眯眼："你也比我想的命硬，这样都死不了。"

双方剑拔弩张，片刻后齐齐泄力。

又困又累，又饥又渴，现在萧洛寒连掐死这女人的力气都没了。

"本王向来一言九鼎，说弄死你，就弄死你。"萧洛寒声音冷冽，眉宇间凝着一抹化不开的阴郁狠戾之气。

忽而，他咧了咧嘴，笑得像个索命阎罗："也罢，今日是个喜庆日子，明日再来取你的小命。"

说完，他将那被撕得破破烂烂的大红喜袍穿上，步伐稳健地推门而出。

南鸢看他那故作轻松的模样，再扫了一眼那看上去稳如松实则轻轻发颤的双腿，在心里"呵呵"一声。

跟她斗，他还太嫩了。

王府里没几个丫鬟，只有婆子、小厮跟护卫。

定北王的两个得力下属在门外守了一夜，无论屋里闹出什么动静，两人都一副冷漠表情。

然而，那动静从昨夜一直持续到天微亮都没有消停。夜三和夜六的神色渐渐凝重，不禁对视一眼，交换了一个眼神。

这位皇上钦赐的王妃，他们早在暗中查过，跟皇后有过接触，已然成为皇后用来监视王爷的棋子。

说是尚书府的四小姐，其实在府中并不受宠。老尚书本就是亲太子派，这次不过是将这位不受宠的庶女抛出来做了棋子。

若她在定北王府活下来了，那就是皇后和太子放在定北王府的一个细作；若活不下来，死在了定北王府，太子一派也能给定北王再记一笔。

这位穆四小姐虽说被尚书府抛出来当了棋子，听上去有些可怜和无辜，但既然这女人应了皇后的话，那就是皇后的人，想作为一个细作留在定北王府，那是决计不行的。

对付敌人，王爷向来不会手下留情。他们的这位王妃注定要死。

夜三和夜六都准备好一会儿进去抬尸体了，却不知事情怎么就演变成了这样？

两人正想着王爷什么时候完事的时候，紧闭的屋门终于开了。

定北王面色红润，眼下却有青黑痕迹，眼皮浮肿，脚步虚飘飘的。

然而最显然的却是那一身破破烂烂的喜袍，这绝不可能是王爷自己撕烂的。

不说那衣裳，只说王爷这模样，夜六觉得有些眼熟。

以前他盯梢的某个喜欢逛花楼的纨绔少爷就是如此，似乎是……纵欲过度？

萧洛寒冷眼扫来："本王腿疾犯了，去取轮椅来。"

夜三一听这话，应了一声飞快离开，回来时手上推了把轮椅，还非常体贴地拿来了披风和毯子。

萧洛寒系上披风，镇定地坐在轮椅上，用厚大的毯子盖住了双腿，面色沉沉地道："走。"

夜三推着轮椅，夜六下意识地看了眼关上的屋门，低声询问："王爷，里面的尸身何时处理？若等天明，恐生事端。"

萧洛寒冷峻的面容瞬间皲裂，嘴角细微地抽搐了两下，冷声道："本王的王妃还活得好好的，处理什么？遣两个婆子过来伺候王妃，她带来的那两个小丫鬟也还给她。"

夜三和夜六神色微变。竟然没死！王爷没杀王妃？

夜六还想说什么，夜三突然朝他摇了摇头。

暗夜三十六卫对主子唯命是从，虽然夜卫全部转到了明处，他和夜六也颇受重用，但规矩不能坏。王爷留王妃一命，想必自有他的用处？

萧洛寒推着轮椅回了自己的出云阁。

虽然又累又困，但眼下有一件更重要的事情需要解决，他招了招手，神情不见喜怒："夜六，叫褚生秋来。"

夜六一走，萧洛寒立马转向老实稳重的夜三，面不改色地吩咐道："给本王取一套干净的衣裳。"

夜三火速拿来一整套衣裳，从里到外一一摆好，并贴心地把屏风拉开。

王爷向来不喜人服侍，即便"腿疾"犯了，照样能自己完成这些，他只需在门外候着。

夜三刚这么想着，就听屏风后面传来"扑通"一声，极像是人肉摔在地上的声音。

夜三：咯，可能王爷这次的"腿疾"比以往都严重吧。

屏风里侧，萧洛寒的面色黑如锅底，他踉踉跄跄地爬了起来，黑着脸换上干净整洁的亵衣，再穿上玄色金边的锦袍，束好腰封，戴好发冠。

眨眼间他就又是那个风华无双的定北王了。

"主子，褚大夫到了。"屏风外，夜六回禀道。

"你们先退下。褚生秋，你进来。"

来人穿一袭简单的鸦青色长衫，身上挂着个医药箱，二十出头，生了一双丹凤眼，面皮白净，十分俊朗，进来时正打着哈欠。

"我说王爷，欠你人情的是我师父，不是我。您别动不动就把我当下人使唤成不？你也不看看现在什么时——"

话到一半，褚生秋的声音戛然而止。

他看一眼那端坐在床上的定北王，再看一眼那被撕成破布烂衣的大红喜袍，表情逐渐变得怪异。

萧洛寒嘴角抽动，咬牙切齿地道："不是本王自己撕的，本王没什么怪癖，是那女人撕的！她跟夜六查来的根本不一样！”

褚生秋的表情更加怪异了：“合着王爷娶回来一个怪力王妃？”

萧洛寒冷哼一声，下巴微抬，一副不屑的模样：“不过比寻常女子稍有些力气罢了。”

褚生秋“哦”了一声，若有所指地道：“王爷头一次，孟浪一些情有可原，但还是节制一些为好，否则，于身体有损。”

萧洛寒：“……”

想起离开前那女人神采奕奕的样子，定北王掷地有声地道：“本王好得很。”

褚生秋瞥他一眼，不咸不淡地“哦”了一声，继续道：“我闻到了一股极淡的迷香和血腥味儿，看来王爷是受了算计，还受了轻伤？不过我琢磨着，王爷还不至于为了这么点儿小伤找我。”

定北王眉间常年不散的阴郁之色在一瞬间浓郁了不少，声音也一沉：“本王提前犯病了。”

褚生秋闻言，先前的从容不再，神色骤然一变：“王爷昨夜犯病了？如何会？！”

他两大步上前，捏住这人的手腕开始把脉，又看了看他的眼睛，除了纵欲过度睡眠不足，没什么异样。

“我估算这次犯病最早也要在十天之后，为何会提前这么多？”褚生秋眉头皱得死紧。

“王爷当真发病了？若是发病，怎的府里一点儿动静都没有？王爷以往发病，哪次不得弄伤弄残几人？”

萧洛寒眼里闪过一抹异色，低声道：“后来又恢复正常了。”

褚生秋难以置信道：“我没给王爷扎针，王爷便恢复了？！是如何恢复的？”

平时最讨厌别人叽叽歪歪说话不干脆的定北王，此时却意外地沉默了。

“你快如实说来！”褚生秋催促。

定北王这病，他和师父研究多年都没能根治，只能想办法缓解。他十分好奇，这次定北王是怎么熬过去的？

萧洛寒面无表情地道：“病发的时候，本王差点儿把那女人掐死。但后来跟那女人打了一晚的架，打着打着病就好了。”

褚生秋：“王爷说的打架，莫非是——”

萧洛寒：“嗯。”

褚生秋：这种事，居然能缓解这病？

枉他从医多年，竟没想到这上头去！

“褚生秋，本王找你来，是想问你，这次犯病算不算过去了？近期会不会复发？”

褚生秋思忖片刻，回道：“过去是过去了，至于下次什么时候发病却不好说。为了王爷的病情，我问王爷几个私密问题，还望王爷如实回答。”

萧洛寒扫他一眼：“何时隐瞒过你？”

话刚出口，他就听到这厮问：“昨夜洞房花烛夜感觉如何？一共几次？”

萧洛寒听得眉心狠狠一抽，目光冰凉冰凉的，“咻咻”刺向他。

对方只当未见他的眼神，一本正经地道：“一切为了王爷的病情，还望王爷配合。”

萧洛寒臭着一张脸，含混不清地道：“感觉说不清，光顾着跟那女人较劲了，没细品。”

说完，他伸手比了个数字：“从昨夜巳时到……小半个时辰前方结束。”

褚生秋夸张地“哇”了一声：“草民跟随师父行走江湖多年，王爷当是草民见过的最天赋异禀的男子！”

“褚生秋，不想死，就给本王闭嘴！”萧洛寒面覆冰霜，握拳的手背上青筋毕露。

褚生秋并不怕他，他这一身医术千金难求，便是凶名昭著的定北王也得供着他。

“我死了，可就没人给王爷治病了，王爷可能会杀光全府的活人，最后来个自戕身亡。”

“你这张嘴真讨人嫌。”

“王爷谬赞，行走江湖的时候练出来的，毕竟有些患者不听话，这时就需要草民出动这三寸不烂之舌……”

褚生秋边说边打开医药箱，取出了一卷银针：“王爷这次病情来也匆匆去也匆匆，以防万一，草民还是给王爷施几针。”

萧洛寒再次沉默。

犹豫了一会儿，他方道：“本王背上有伤，恐怕不便施针。”

褚生秋：“……”

“王爷趴下我看看。”

萧洛寒迟疑地褪去衣衫，趴在了床上。

褚生秋看到那背上的伤痕，猛地倒吸一口凉气。

这王妃好生凶猛！

定北王不但没有杀掉这什么王妃，还……这出乎褚生秋的意料。

他虽只是个大夫，不掺和定北王在朝堂上的那些纷争，因受定北王看重，定北王很多时候并不避着他，所以他知道不少事情。

譬如这位定北王的生母是废后徐皇后，二十年前，徐家勾结北漠国，证据确凿，犯通敌叛国罪，徐家被株连九族。

徐皇后成为废后，被打入冷宫，定北王也跟着一起去了冷宫。

因受尽宫人折磨，定北王年幼时便养成了阴郁凉薄的性子。

后来废后病死在冷宫中，皇上又念着那点儿情分，将当时年仅七岁的定北王从冷宫中放了出来，记在了贤妃名下。

定北王十一岁的时候，自请从军。皇上本就不待见这儿子，由他去了。

岂料这一去，这个最不受待见的儿子竟如蛟龙入海，风起云涌，一路军功不断，在五年前平定北漠之乱后，众望所归，被封为定北王。

定北王原本在北边的虞城驻守，这几年战事少了，便被皇上召回京都。

按理说这定北王乃废后之子，嫡子变庶子，不受皇上待见，又传出身上有疾，已然没了夺储资格。但定北王如今手握兵权，当今太子和皇后生性多疑，不往定北王府放几个暗桩压根不放心。

定北王手上染血无数，满身戾气，是大萧国的战神，亦是杀神，满朝文武甚至泱泱百姓对他皆是畏多于敬。这样一个人，岂会任由对方宰割？

哪怕对方是皇后和太子的人，定北王也照杀不误，这两年所杀暗桩不计其数。

这样一个杀伐果决手段残忍的男人，会因为暗桩是一个羸弱女人就心慈手软？

"等伤好了我再给王爷的背部施针，不过，此番劳作王爷体力消耗过多，我在王爷腰间施几针，保准几个时辰之后王爷又变得生龙活虎。"

话都说到这份上了，也不见那人出口训斥，褚生秋颇为意外。

他侧耳一听，床上这人竟就这么趴着睡着了，还打起了低低的鼾声。

褚生秋"啧啧"两声，嘀咕一句"死要面子活受罪"，然后就收针走人了。

南鸢是被饿醒的，醒来之时，天色微亮，一时竟分不清是黎明还是傍晚。

她刚坐起身，门外便传来一个婆子的声音："王妃可要沐浴更衣？"

南鸢有些意外，那王爷居然给她留了人。

拜那人所赐，她睡了一觉，浑身越发酸痛了。

两个膀大腰粗的婆子抬了浴桶进来，兑了温热的洗澡水，浴桶边搭好浴巾。

然后，两个婆子开始清理现场。

一人面不改色地换了一套新床褥，一人开窗通风，换香炉，焚香，全程亦面无表情。

"王妃陪嫁的两个丫鬟已经在外面候着了，王妃如果需要人伺候沐浴，可唤她们进来。"其中一个婆子道。

"叫她们一刻钟之后再进来。"南鸢淡淡地道。

婆子隐晦地扫她一眼，应声退下。

等屋里只剩下她一人，南鸢立马呼唤蠢小糖。

"鸢鸢，你没事吧？我也不知道为什么事情发生了变故！原世界剧情明明不是这样的，嘤嘤嘤。"

南鸢微微挑眉："何意？你说的少儿不宜的画面莫非不是这个？"

"不是哇，我爹爹的手札上说，定北王的第一任王妃使用迷香，触了定北王的逆鳞，被定北王在言语上百般羞辱，定北王半路突犯疯病，胆小怯懦的王妃被发疯的定北王吓得去了半条命，第二天直接三尺白绫吊死了。"

南鸢："……"

那为何她一来那王爷就犯了疯病？还亲身上阵羞辱她？

对这样的变故，南鸢想归结为蝴蝶效应都觉得牵强。好歹在她做了什么之后，再发生蝴蝶效应，可她刚过来，啥都还没来得及做。

虚小糖还在空间里哭兮兮地咬小爪爪："鸢鸢，你信我！我明明算好了时间，是在洞房花烛夜之后过来，我也不知道哪里出错了。"

前两次，它是真的没有算好，以至于到世界里的时间出了差错。

可是这次，它很有信心的！不承想，还是出现了一点儿偏差。这让虚小糖的自信心受到了毁灭性的打击。

南鸢觉得自己的手又痒了，想剃了虚小糖的毛。

虚小糖没有意识到南鸢已经产生了要把它的一身毛剃光的危险想法，嘀咕道："虽然鸢鸢被占了便宜，但鸢鸢这么厉害，肯定不会像原主那样胆小怕事。一旦鸢鸢在王府里站稳了跟脚，鸢鸢不就能吃香喝辣了吗？定北王府最是清静，很符合鸢鸢的标准，定北王府还很富有，家具都是上好的，住着绝对舒服。”

南鸢反问：“你又如何知晓，我能在这王府里活下来？定北王此人心狠手辣，我又是凡人之躯，他若想杀我，你觉得我打得过他？”

虚小糖却一副理所当然的口吻：“气运子都能在这定北王府安安稳稳地活下来，鸢鸢这么厉害，肯定也能！”

南鸢一听这话，顿时眯起了眼：“嗯？气运子？”

“对呀，这个世界的气运子又是女的，是个二十二世纪的鬼手圣医，一穿越过来就在嫁王爷的路上，成了定北王的第七任王妃，定北王萧月寒就是这个世界气运子的官配，也就是男主角。”

南鸢眼皮子懒洋洋地一挑：“再说一遍，气运子是第几任？”

虚小糖：“第七任！第一个是你这具身体，见过定北王发疯的样子之后，第二日直接吊死了；第二个，失足掉进莲花池里淹死了；第三个，被定北王吓得一病不起，病死了；第四个就厉害了，发现了一点儿有料的秘密，想给情郎太子传信的时候，被定北王杀了，第五个……”

南鸢听得眉心抽搐。她现在已经接收了原主穆槿念的记忆，知道自己是定北王的第一任王妃。也就是说，如果她不小心死了，这定北王还会娶六个老婆。

她不用猜也知道，死这么多任老婆之后，定北王肯定会坐实命硬克妻的传闻，直到气运子女主出现。

果然，虚小糖继续道：“但气运子出现之后，一切都变了。虽然气运子女主一开始也不受王爷待见，在府中吃了不少苦头，又是被男主拿去挡刀，又是被男主拿去试药，还被男主抬进府的小妾羞辱奚落……”

南鸢面无表情地“哦”了一声。

这王爷果然狠毒，这做的桩桩件件都不像人做的事情。

虚小糖：“男主不是有疯病吗，气运子又是个鬼手圣医，就帮男主治病，谈合作条件啥的。在治病过程中，两人互生情愫，解开种种误会，然而气运子女主一生放浪不羁爱自由，在跟男主一夜风流之后就消失了。后来女主又认识了男二、男三、男四，一路绽放光芒，收割爱慕者无数。女主消失，男主震怒，同时深深地认清了自己对女主的感情，开始了千里追妻路。最后，两人经历大大小小的磨炼，终于走在了一起。女主助男主夺得皇位，并放弃自由，成为一国之后，而男主萧月寒也为女主遣散后宫，与女主一生一世一双人。”

“你刚才说男主叫什么？”南鸢突然问。

她好像听小糖说了两遍……萧月寒。

如果是一次，她可以理解为口误。

但显然，他说了不止一次。

虚小糖：“定北王萧月寒呀，就是昨晚欺负鸢鸢的那个臭男人，嘤嘤嘤……”

得到肯定答案，南鸢目光微动，若有所思：“为何在原主的记忆里，定北王叫萧洛寒？”

“啊？怎么可能，我爹爹的手札上本世界通篇男主名儿都是萧月寒。”

虚小糖赶紧又翻了一遍手札：“没错呢，男主是大萧国定北王萧月寒。”

南鸢沉吟片刻，淡淡地道：“那可能是他写错了。”

虚小糖没有纠结这种事情，说出自己的打算：“鸢鸢，我们可以待到气运子穿过来的时候再离开。”

南鸢的手又痒了：“前人栽树后人乘凉，你想我在气运子来之前，帮她把她的男人调教好，等她来了直接送给她？你觉得我是这种大善人吗？”

虚小糖打了个寒战，不敢说话了。

它不是这个意思。这不是因为定北王是未来皇帝吗？要真拆了气运子女主的官配，气运子不就当不成皇后了？

南鸢：“在我腻了他之前，他只能是我的。便是气运子来抢，也不行。”

虚小糖：这话莫名地熟悉，貌似它在某本小说上看到过？

一刻钟后，穆槿念带来的两个陪嫁丫鬟叩了叩门，喊了一声。

南鸢懒洋洋地打了个哈欠：“进来。”

进来的两个丫鬟，一个五官清秀，姿色中等，叫春蒲；一个杏眼琼鼻樱桃小嘴，生得十分标志，叫夏柳。

春蒲是一直跟着穆槿念的贴身丫鬟，主仆一条心，心疼是真心疼。倒是这夏柳，乃尚书夫人临时塞进来的陪嫁丫鬟，恐怕没几分真心。

“帮我添点儿热水，水有些凉了。”南鸢淡淡地道。

被两个丫鬟伺候着洗了个舒舒服服的澡，上了点儿膏药，再用了一顿温好的饭菜，南鸢彻底活了过来。

穆槿念长得不似她前两个世界那么艳丽，却也淡雅如兰，算个小美人。

“王爷此时在何处？”南鸢问一旁的张妈。

张妈垂着眼，回复道：“军中有事，王爷今日申时离开，还未回府。”

“他倒是生龙活虎。”南鸢意有所指。

张妈和李妈站如松，面如石，左耳朵进右耳朵出。

恰在这时，门外响起脚步声，一个高壮挺拔的男人大步流星地走了进来。

“听说王妃在找本王？”声音浑厚而低沉。

男人头戴玉冠，身穿玄色绲金边的束腰长袍，携一身冷风，眉宇之间凝着一抹常年不化的戾气，一双鹰眼炯炯有神，煞气外溢，触之心惊胆寒，令人不敢直视。

张妈和李妈原本只是垂着眼皮，此时却瞬间弯了脖子。

春蒲和夏柳则猛地低头，身体不由自主地发颤。

传闻定北王生性嗜杀，喜在城墙上挂人头灯笼威慑敌人，好吃人肉、喝人血，定北王的军帐中还有一把骷髅头制成的拐杖……

传闻或许是真的。

因为这人一身戾气，一脸凶相，骇人至极。

南鸢却只是淡淡地瞥他一眼，与他那双煞气外溢的鹰眼四目相对：“王爷的精神不错。”

萧洛寒从鼻腔中发出一道轻嗤声："本王每日的精神都不错，岂非你一介女流之辈可比？"

南鸢觉得这话十分欠扁。

因为实力上差距不小，南鸢忍下了教训萧洛寒的冲动。

"王爷切莫小瞧女流之辈，否则会吃亏的。"

萧洛寒见多了美人，眼前这人的相貌于眼高于顶的定北王而言，还是太平淡了，不过这双眼含着秋波，倒是能品出几分楚楚动人之态。

洞房花烛夜初见时，萧洛寒觉得这女人矫揉造作，胆小怯懦，明明他还没做什么，只是冷眼看过去，这人就被他吓得一把鼻涕一把泪，委实让人生厌。

为了试探这女人的底牌，他作势要拧断她的脖子，结果这女人都快咽气了也不求饶，显然什么底牌都没有。

本欲羞辱一番这不自量力前来当探子的女人，岂料他突然间犯了病。犯病初时，他的理智还未完全丧失，尚能抽身离开。可不知昨夜他是哪根筋搭错了，竟用她开了荤。

再后来，他分明感觉到身下的人在某一刻气息全无，但匪夷所思的事情发生了，没多久这人又重新有了气息。

萧洛寒虽熟读兵书，但也看过不少用来解闷解乏的杂书野记。

他不禁生出一个奇异大胆的念头，这女人莫不是昨夜被他发病的样子活活吓死，随后便宜了哪只狐妖精怪，被那妖精上了身？

如此解释便全都说得通了，为何他一开始心生厌恶，后来却跟鬼迷了心窍一般。

萧洛寒那双骇人的鹰目中掠过了一丝冰冷的杀意。

男人粗大的手掌在桌上轻轻叩了两下，思及昨夜之事，眼中杀意渐渐隐向暗处。

算了，就这样杀了，未免有些可惜，等什么时候这小东西有了危害，他再杀不迟。

心中计较一番后，萧洛寒撩开长袍，大刀阔斧地坐在南鸢对面，取了桌上的一杯茶一饮而尽，口中的干燥方得到缓解。

"明日一早，王妃随本王进宫谢恩。"萧洛寒道，眼里掠过一丝嘲讽之色。

这次定北王大婚，皇上和皇后赏赐不断，就算没有赏赐，他这个当儿子的也得带着新妇进宫见见长辈。

南鸢若有所思地看他一眼，"哦"了一声："我不懂那些规矩，去了怕给王爷丢脸，能否不去？"

萧洛寒没有纠正她的自称，不以为意地道："本王都不怕丢脸，你怕什么？"

说罢，他鹰目一转，目光落在女人身上，一副不容拒绝的命令口吻："过来。"

南鸢瞥他一眼，淡淡地道："身子不舒服，走不动路，王爷过来。"

旁边低头目不斜视的张妈和李妈倒吸一口凉气，王妃在王爷面前竟如此拿乔！

春蒲和夏柳更是吓得双腿发颤，差点儿软倒在地。

几人本以为王爷定会发怒，不想他只是不咸不淡地低嗤一声："娇气。"

下一刻，他竟真的起了身，两大步走到那女人面前，硬邦邦的铁臂一下抄起了女人细软的腰肢，将人半夹在腋下。

张妈和李妈见状，拉着两个腿软的丫鬟退了下去。

萧洛寒俯瞰着女人的一双眸子，见她眼波如水，却平静不起波澜，脸上不见半分畏惧之色，越发肯定她就是哪里来的小妖精。

“明日要进宫，今夜不可贪吃，至多三次。”

南鸢愣了下神才反应过来。

她思忖了半天也没想通，为何一觉之后，萧洛寒变成了这种态度。

“王爷不取我的性命了？”南鸢问。

“你若听话一些，不给本王惹事，可以留你一条小命。”萧洛寒姿态高高在上，语气如同施舍。

南鸢打量着男人这张俊美无比的脸，打算原谅他一回。

纤细手臂搭在他宽阔结实的肩上，南鸢懒洋洋地道：“昨夜王爷太过孟浪，我这身子又娇弱不堪，尚未恢复，王爷若不想胜之不武，便改日再战吧。”

这话听得萧洛寒通身舒畅：“若是昨夜王妃承认体力不支，本王又怎会那般折腾你？”

南鸢：嘁。

萧洛寒双目炯炯地盯着怀里的女人，压低声音问：“王妃可有小名？”

南鸢：“无。”

萧洛寒紧盯着她，意有所指地道：“那本王日后唤你妖儿可好？兴妖作怪的……妖。”

南鸢目光微动，怀疑他是不是脑补了什么东西。

果不其然，紧接着这人便半是嘱咐半是威胁地道：“妖儿既重新做了人，那便好好地做人，别逾了矩，坏了本王的规矩。否则，本王一把火烧了你。”

说着，那粗糙的大掌一把掐住了南鸢的下巴，目光亦沉沉下压：“本王不管你以前蛊惑过多少人，如今既做了本王的王妃，那就只能服侍本王一人。”

南鸢猜到这人脑补了什么奇奇怪怪的东西，却没想到他直接将自己脑补成了个妖精。

以前她看过那么多话本，还是头一次见到眼神这么敞亮的男主。她算不上妖精，却也差不多了。

微微一顿后，南鸢恰到好处地露出一点儿仓皇之色：“王爷何意，我怎的听不明白？”

她好歹是当过演员的人，细微的眼神处理不在话下。

定北王被她高超的演技骗了过去，手指将那光滑小巧的下巴一捏，指腹处的厚茧把玩式地来回刮了刮那里的弧线，鼻腔里发出一声轻哼：“还跟本王装模作样？大千世界无奇不有，别人觉得匪夷所思，本王却敢猜敢想，如此也能解释你那一身怪力，以及你身上种种违和之处。”

南鸢偷偷瞄了他一眼，长睫轻颤：“那……王爷不怕吗？”

萧洛寒突然放声大笑：“怕？本王十一岁从军，十来年杀敌无数，手上染满鲜血，我这条命连阎罗王都不敢要，我岂会怕你一个小妖精？！”

南鸢眼波微微一转，似笑非笑地道：“王爷难道不怕我吸干你体内的元气？”

萧洛寒冷笑，指腹在她红润的唇瓣上抹了抹：“若能吸干，你昨夜便吸干了，本王岂能活到今日？”

南鸢这才解释道："方才是在同王爷开玩笑，我从进入这副凡人之躯起，一身妖力尽数被封，已与常人无异，自然也不会吸食什么元气。王爷大可放心。"

萧洛寒看了她一眼，也不知对这话信了没有。

他的目光落在女人脖颈间青红的掐痕之上，无端地觉得有些刺眼。

那捏着下巴的手骤然一松，明明没用多大力，女人白皙光滑的下巴却立马留下了两道红印子。

萧洛寒浓眉微皱，嘀咕了一句："细皮嫩肉。"

"明早别起迟了。"撂下这话，他便又大步流星地离开了。

南鸢看着那背影一转眼就消失在视线中，凝神片刻，径自饮了一口凉茶。

等人走远了，两个婆子和丫鬟才又返回。

"小姐可是惹恼了王爷，不然王爷为何没有留宿？"春蒲担忧地问。

此刻她想起定北王那副凶神恶煞的模样，仍然心有余悸。

夏柳也惶恐不安地问一旁的婆子："这可如何是好？张妈、李妈，我家小姐是不是被王爷厌弃了？"

张妈和李妈的态度在定北王走后恭敬了不少。

张妈提点道："老奴倒是觉得，王妃很得王爷喜爱，还有，小姐的称呼用不得了，日后还是改唤王妃吧。"

两个丫鬟立马应是，那颗惶恐不安的心这才放了下来。

不过一刻钟，定北王身边的得力下属夜六便亲自送了膏药过来，一共两瓶。

"王妃，这一看便是上等药膏，可见王爷的用心。"春蒲高兴坏了，"王妃总算苦尽甘来了。"

南鸢神色淡然。

两瓶膏药，一瓶涂抹脖颈间和身上的瘀青，是因心虚，剩下一瓶……是为私心。

就这，他还想让她感恩戴德？做梦。

次日一早，南鸢被下人唤醒，绾了发髻，涂了口脂，换了一身水粉色曳地长裙。

萧洛寒不禁多看了她两眼，随即皱眉："你这头上连根像样的簪子都没有，是想进宫丢本王的脸不成？夜三，去本王的库里取一套头面。"

南鸢：不是说不怕自己丢脸吗？呵，男人。

"王爷，再耽搁下去，怕是要迟了。"南鸢提醒道。

萧洛寒一脸桀骜之色："本王都不怕，你怕什么？"

话毕，他端坐在一旁饮茶，姿态悠然。

夜三很快取来一套华丽的头面，南鸢由丫鬟重新绾发插簪，耳铛和珠花也一并换了新的。

小半个时辰后，定北王带着改头换面的定北王妃登上马车，驶往宫中。

路至一半，闭目养神的萧洛寒突然睁眼看身侧的女子："什么该说，什么不该说，妖儿可知？"

同样闭目养神的南鸢眼未睁开，只懒洋洋地应了句："约莫知道吧。"

萧洛寒长臂一伸，突然勾住她的腰，将她勾入了怀里，冷着脸不悦道："怎么跟本王说话的？”

南鸢这才睁眼看他，懒洋洋地歪了下脑袋：“嗯？”

萧洛寒在她纤细柔软的腰上掐了一把，一脸嫌弃：“看你这副软若无骨的懒散样儿，上辈子莫不是只蛇妖？”

南鸢微微眯眼，忽而一笑：“这都能猜到，王爷真是聪明。”

萧洛寒并未当真。

南鸢起身，将他推开一些，一腿微屈撑着胳膊肘，一腿伸展开来，漫不经心地道：“若有人问起，妾身就装作一问三不知，王爷觉得如何？”

萧洛寒蹙眉，纠正了她有些爷们的坐姿：“好生坐着，若去了宫中还这般没规没矩，小心挨板子。”

南鸢立马睨他一眼：“王爷不是说万事有王爷吗，敢情王爷是在诓我？”

萧洛寒悠哉地看她：“这话本王何时说过？本王只说不怕你丢脸，你若丢了脸挨了板子，与本王何干？”

南鸢：手痒，她想摁死这男人。

大殿内。

皇帝和皇后高坐上首，定北王和定北王妃坐在下首。

南鸢扫了两人一眼便垂下头。

这老皇帝一副亏损之相，双目混浊，却又透出一丝精明。虽然老态尽显，但从五官眉眼中还是能看出一点儿年轻时的俊朗。他若基因太差，也不会生出那么多英俊的儿子。

说起来，老皇帝年轻时也出过一些政绩，只是一个人坐高位久了，听多了阿谀奉承，享受到了权力的滋味，便越发不愿放权，也见不得旁人忤逆他。

这些年，老皇帝将手里那点儿权力攥得死紧，哪怕是太子也不敢表现出丝毫对皇位的急切之意，遑论其他蠢蠢欲动的皇子。

所以，南鸢穿过来的时机不错，至少表面上风平浪静。各家就算想做什么小动作，也只敢在私底下做。

老皇帝随便说了几句夫妻美满的话，又问了定北王一些军务上的事情，得到自己想要的答案，便起身离开了。

萧洛寒这个儿子肉眼可见地不受宠。

皇帝一走，皇后便端着一张慈祥和善的笑脸看向定北王。

“本宫选的这王妃，定北王可还满意？”

萧洛寒淡淡地道：“母后千挑万选，儿臣自然满意。”

“本宫瞧着，定北王也是满意的，只是还是委屈王爷了。国公府家的千金，还有那李太尉家的嫡长女，都是极好的，配你更合适，可惜王爷八字太硬，本宫也不敢冒这个险，只能挑了穆尚书家的四姑娘。穆家这位四姑娘虽是庶女，但八字跟你一样硬，幼时几次大病未死，是个有福气的人。”

说到这儿，皇后一脸满意地看向那低眉顺眼的女子。

南鸢：虚伪的女人。

对方把穆槿念贬得这么低，无异于在定北王脸上“啪啪”扇了几巴掌。若不是萧洛寒早就查出穆槿念跟皇后有来往，她这番话倒是叫人想不到定北王妃会是她的人。

萧洛寒目光渐冷，已然没了跟皇后虚与委蛇的耐心：“多谢母后精挑细选的王妃，儿臣喜欢得紧，母后如果没有其他事情要嘱咐，儿臣就带王妃去看望母妃了。”

“也罢，你们去吧。”皇后赏了一些首饰后，便放了人。

等人走后，皇后身边的嬷嬷不解地问：“娘娘为何不留王妃问话？”

“本宫真是小瞧这丫头了，瞧着唯唯诺诺，却得了定北王的宠幸，如此一来，本宫使用这枚棋子便要慎之又慎了。”

略微思忖之后，她发话道：“日后换个更稳妥的法子联络她，免得引起定北王的猜忌。”

老嬷嬷有些迟疑地道：“娘娘，听说皇上昨夜又宿在了梁贵妃那里。”

皇后脚步一顿，目光如同带了毒：“一群没本事的女人，本宫给她们机会都抓不住。下次选妃就照着梁贵妃那狐媚样子找，本宫不信，年轻的还比不上个老的……”

第二章

欠调教，不能顺着

萧洛寒一开始自顾自大步流星地走着，后来意识到某人短胳膊短腿儿，便勉为其难地放缓了步子。这一慢下来，浑身都不得劲儿。

“你是蜗牛吗？走那么慢？”

南鸢看向他那一双大长腿，淡淡地道：“王爷腿长，我腿短，两者不在一个档次，我又穿着曳地裙，王爷怎么好意思跟我比快慢？”

萧洛寒一噎，随即道：“本王即便跟你一样腿短，也走得比你快。”说完他还哼了一声，嫌弃兮兮地吐槽道，“小短腿儿。”

南鸢不与萧洛寒一般见识。

两人又去了贤妃的宫殿。

贤妃美人迟暮，身子一直不大好，总是一副病恹恹的样子。这位后妃虽不是定北王的生母，却尽心尽力地养了定北王几年，有养育之恩，萧洛寒对她十分尊敬。

“我瞧着是个好孩子，以后好好待你的王妃。”贤妃慈眉善目地打量南鸢许久。

萧洛寒回道：“儿臣省得。”

因为贤妃没说几句便面露疲态，两人并未逗留太久。

从贤妃的宫殿里出来后，萧洛寒的情绪不大好。

“本王带褚生秋来给母妃看过病，身子亏损，只有两三年可活了。”萧洛寒说这话时，身上无端多了几分肃杀之气。

南鸢只是淡淡地“哦”了一声。

他说给她听，是想求安慰、求抱抱吗？

可惜她不会安慰人，对人之生死看得也很淡，男人的算盘要落空了。

萧洛寒不满地盯着她看了一会儿，喃喃道：“本王跟你这个小妖说什么，你又不懂。”

南鸢：她是不懂，所以别来找她倒苦水，她听着烦。

宫中人多眼杂，等上了定北王府的马车，南鸢才说起正事：“明日我回门，王爷陪我一起去。”

萧洛寒一听这话，乐了：“本王凭什么去？本王军务繁忙，没工夫陪你回去唠家常。”

南鸢没有勉强他，点了下头：“那王爷记得让人替我备份回门礼，别太寒碜，免得丢了王爷的脸。”

萧洛寒脸上幸灾乐祸的笑渐渐隐去，他伸手将人捞到怀里，冷着脸道：“妖儿若是好生求求本王，本王便将军中事务先搁置到一边，陪妖儿回去一趟。”

他说着，生了厚茧的食指在那滑嫩的脸蛋上刮过，捏出一坨软肉：“你第一次去尚书府，人生地不熟的，若是一不小心露了馅，被人当成妖邪，可怎生是好……”

南鸢目光淡淡地看着他，突然也伸手捏住他的脸。

凶煞王爷先是一愣，随即怒目圆瞪，低斥出声：“放肆！”

南鸢面不改色：“跟王爷学的。王爷皮糙肉厚，委实不好捏。”

“……”

这小妖儿反了天了！

萧洛寒回到王府的时候臭着一张脸，府里的下人吓得不轻，头埋得更低了。

春蒲和夏柳惶恐，连忙问王妃发生了什么事。

南鸢淡然道：“没什么，男人嘛，每个月总有那么几天喜欢摆臭脸。”

春蒲、夏柳：“……”

她们听起来怎么那么像女人每个月的月事呢？

一个时辰之后，摆臭脸的王爷遣了夜三过来传信，邀请王妃一块用膳。

下人们大喜，南鸢却宠辱不惊，神色悠然：“夜三，替我回复你们王爷，就说我不想去。”

有人欠调教，她不能太顺着。

屋中几个下人一听这话，吓得脸都白了。

公然忤逆王爷？王妃这是在找死吗？！

夜三心中亦是大震。

然而，不管夜三内心如何震惊，表面都波澜不惊，领了这话便离开了。

不到一盏茶的工夫，萧洛寒吭哧吭哧地迈着沉重的步伐光顾了定北王妃的听雨阁。

男人眉间戾气缠绕，眼中煞气四溢，一张脸黑如锅底。

屋里的下人吓得两股战战，饶是见惯了定北王各种狠戾模样的张妈和李妈也觉得心惊胆战。

“本王觉得，夜三可能传错了话，王妃以为如何？”萧洛寒目光冰冷，声音冰寒，让人闻之如坠冰潭。

南鸢抬眼看着他：“没有错，是我的意思，王爷先前在马车上给我摆脸色，我怕这会儿过去惹恼你，所以不想过去碍眼。”

萧洛寒满腔怒火在听到这话后散了些许，一身戾气微敛：“你就因为这个违抗本王的命令？”

南鸢反问：“不然呢？”

萧洛寒怒气未消，居高临下地盯了她一会儿，说了句喜怒难辨的话：“本王若真的恼你，还会让你陪本王一起用膳？蠢不堪言。”

南鸢点了点头，不紧不慢地起身：“王爷不恼我的话，我就放心了。走吧，去用膳。”

萧洛寒：“……”

他总觉得哪里不对。

小桌上，两荤两素，外加一个汤。

对定北王这种身份的人来讲，这有些寒碜了。

是以，南鸢心生疑问：“王爷，咱们府里是不是很穷？”

萧洛寒嘴角抽搐：“本王不差钱！本王只是不喜欢铺张浪费，饭菜够吃就成。怎么，饭菜不合王妃的胃口？”

“我只是随口问问。”

这具身体的胃口小，南鸢又没有调整过，吃了一小碗饭便饱了。

萧洛寒却觉得她挑食，硬是又让人盛了一碗摆在她面前：“身上没几两肉，还不多吃一些？吃！”

“不想吃，我胃口小，只能吃这么点儿。”

萧洛寒听到这话，却不知想到什么，语气变得有些微妙：“你胃口小？”

“罢了，不吃就不吃。”萧洛寒抬了抬手，下人立马将小桌撤了。

顷刻间，屋中只剩他们两人。

萧洛寒突然伸手拽她。

南鸢脚下一个踉跄，摔进他怀里，砸上了那硬邦邦的胸膛。

男人的大掌粗鲁地捏着她细软的腰，上下游移，目光渐变幽深，声音也低沉下来。

“本王给妖儿的药，妖儿可敷了？”

意图十分明显。

“敷了，药是好药，可惜我这身子实在羸弱，尚未复原。”

南鸢假模假样地叹了一声，好生惆怅。

萧洛寒眼中掠过一抹遗憾之色，嘀咕了一句：“这么娇弱？”

略略思忖之后，他道：“本王唤褚生秋给妖儿看看。”

褚生秋得知自己被定北王叫来给王妃看诊的时候，有些激动，早就想见识一下这怪力王妃长什么样子了。

可真见了本人后，褚生秋却纳闷了。

“王妃气血两亏，宫寒有些严重，身子羸弱，日后得好生调理才是。”

所以，这么个弱女子，是怎么把王爷弄成那个样子的？

萧洛寒听到他的话，一对浓如墨的剑眉皱得死紧：“王妃的身子这么弱？”

想到什么，萧洛寒张口就问：“日后可能行房事？”

南鸢面无表情地看着他。这种时候他不关心她的身体，果真是个臭男人。

神医高徒清了清嗓子，回复道：“回王爷的话，无碍，就是王妃这身子不易受孕。”

萧洛寒点点头，表情肉眼可见地放松了。

不易受孕正好，他如今并不打算要孩子，也不想要一个小妖精给他生孩子。

褚生秋继续补充道：“不过王爷还是稍稍节制一些为好，毕竟王妃底子太差，王爷又如此勇猛，万一……咯……”

萧洛寒“嗯”了一声：“本王明白了。”

褚生秋开了个药方：“王妃按我这药方调理一年半载，身子便能大好了。不过王妃平日里还要多加走动才是。”

等褚生秋离开，萧洛寒捏了捏小妖精的脸，叹气：“妖儿也听到了，你这身子骨不行。这些日子，只能先委屈妖儿了。”

南鸢拍开他的手：“可不是嘛，真是太遗憾了。”

萧洛寒：突然胸闷。

“日后妖儿跟着本王一起晨练。”萧洛寒黑着脸发话道。

南鸢脸上的悠然闲适微微凝滞：“王爷几时晨练？”

萧洛寒浓眉一挑：“每日寅时四刻。”

南鸢惊了。四点钟起来晨练？他这是有多想不开？

“不去。”南鸢的语气十分坚定。

虽然她没有赖床的习惯，也确实打算锻炼身体，但寅时太早了，睡眠不足会影响凡胎肉身，她拒绝。

萧洛寒瞄到她如此抗拒的表情，神情得意而张狂，周身霸王之气大涨：“明日时辰一到，本王亲自来喊你晨练，王妃不去也得去！”

南鸢五指狠狠一捏。

有朝一日刀在手，杀尽天下霸王狗！

萧洛寒说到做到，第二日寅时三刻便踹开了听雨阁的门，直奔里卧床榻。

“小妖儿，时辰到了，跟本王去晨练！”

萧洛寒中气十足地喊了一声，撩开幔帐就去拉床上的人。

南鸢美梦被扰，烦不胜烦，不等他将自己拉起来，便一把揽住他的脖颈将他往下压，眯着眼凑上去亲了一口，含含混混地道：“别闹，自己玩去。”

萧洛寒瞳孔骤然一缩，浑身紧绷。

脑子在瞬间变得空白，那捞起女人腰肢的臂膀一松，再一滑，顿在了半空中。

他这一松手，南鸢便摔回了床上，发出“咚”的一声响。

这下子，瞌睡瞬间醒了大半，南鸢眯眼盯向床边的黑影，目光危险，声音虽带着一丝没睡醒的沙哑，却无端地透出几分寒意：“我说了不去，若再打搅我，我吞了你这臭小子！”

说完她翻了个身，闭上眼又睡了。

若是平时，萧洛寒马上就能发现娇弱王妃周身寒意骇人，丝毫不逊于发火时的状态，说出的话亦是胆大包天。

但现在，他脑子有些空，思绪有些飘。

前一刻还张牙舞爪的男人，慢悠悠地收回了自己定在半空中的爪子，还用指腹摸了摸自己的嘴角。等到回过神来，他瞪着眼看那女人，伸手推了她一把，质问道：“小妖儿，你方才对本王做了什么？”

床上的人没理他，已然睡了过去。

萧洛寒戳在床边看了她好久，神情越来越古怪：“你方才居然偷亲本王？！

“本王同意了吗？谁给你的胆儿？

“你这小妖精真以为本王不会严惩你？

“亲嘴儿？真不知羞，本王最讨厌嘴对嘴了，脏兮兮的，明明是用来吃东西的嘴……念你初犯，情节不算严重，没糊本王太多口水，本王这次先饶过你，下次你要是再敢如此，本王扒了你的皮……”

萧洛寒自说自话了许久，又神情莫名地盯着女人看了好几眼，下意识地抿了抿嘴，掉头走了。

他三步并两步，走得飞快。

出去时本想一脚踹上屋门，但踹到一半立马又挡了挡，轻手轻脚地把门合上了，嘴上嘀嘀咕咕了几句。

王府里设了小校场，校场边摆了一溜的兵器，种类齐全。

定北王换了一身墨灰色劲装，束腰挽袖，露出半截小臂，小臂是经过了常年风吹日晒的青铜色，肌肉紧实却不突兀，蓄着非常可怕的力量。

几十斤重的大刀和宽剑被他舞得猎猎生风，银光绽放。

男人一会儿舞刀弄剑，一会儿耍枪挥棒，没多久，脸和脖子上便起了一层细密的汗珠。

“夜三，王妃可起了？”萧洛寒将手中大刀往旁边一掷，大刀稳稳落入架上的刀鞘中。

刀鞘左右晃了晃，而后静止。

夜三面不改色地回复道：“回禀主子，春蒲、夏柳和李妈、张妈已经在门外候着了，但听雨阁内未见响动。”

萧洛寒蹙眉：“一刻钟后，若王妃还没起，就让下人去喊，起了立刻来校场。”

夜三领命离开，心里却在犯嘀咕。

王爷今日晨练的时间格外长，原来是在等王妃。

只是，王爷等就等，为何一定要边练边等，还弄得自己满身是汗擦都不擦一下？

思及此，夜三突然想起军营里一位有妻儿的老兵跟光棍小兵们讲骚话，说家里的婆娘就喜欢他满头大汗的样子，婆娘觉得那个时候的他特爷们。

当时，还是光棍的王爷似乎也听了一耳朵，但那时的王爷对此嗤之以鼻。

夜三：“……”

继王爷的“腿疾”后，他好像又发现了什么可怕的真相。

还好，只要他装得足够淡定，王爷就不会知道他已经洞悉了这么多。

萧洛寒各式兵器都舞了一遍之后，开始打拳。

男人一套军拳舞得出神入化，大汗淋漓的样子多了一分野性美。

然而，军中小兵都不一定能看到的定北王全套军拳，全部舞给了瞎子。

“夜三，王妃怎的还没起？这都什么时辰了？！”

夜三觉得，自己听到了王爷磨牙的声音。

“禀主子，属下这就去一探究竟。”

“不必了！”萧洛寒周身气压沉沉的，“本王亲自去看！”

这女人是猪吗，这么能睡？

昨天、前天就罢了，情况特殊，他能理解。

可今日她还这么懒，那便有些不像话了。

萧洛寒一身劲装都没换，大步往听雨阁走去，脚步快得都生了风。

夜三垂头跟在后面，要使上一点点轻功才跟得上。

萧洛寒到达听雨阁的时候，门外只有李妈一个人守门，屋内有说话的声音。

定北王顿时就不满了："本王不是说，起了就去校场？既然起了，王妃怎的没去？"

李妈："这……回王爷的话，王妃还要梳洗打扮。"

"打扮什么？本王是要她去校场练武，又不是去比美！"

萧洛寒怒气冲天，"砰"的一声推门而入。

里面的各种响动戛然而止。

两个丫鬟和张妈福了福身子退到一边，神色惶恐。

她们得到夜三的传信后，时辰一到便喊了王妃。

只是她们嗓门都震破天了，也不见屋里王妃应个声儿。

做下人的总不能直接冲进去，将主子的被子掀了吧？

南鸢刚刚穿好衣裙，还未梳妆。

见到萧洛寒，她只是淡淡地扫了一眼，饶是对方的脸色再黑，身上戾气再重，仍是一副不慌不忙的模样。

"王爷可用早膳了？"女人问。

萧洛寒："……"

这小妖怎么回事？

她没看到他黑着脸吗？没看到他此时此刻怒火滔天吗？

她居然还这么冷静地问他用没用早膳？

萧洛寒目光一冷，"唰"的一下扫向夜三。

夜三垂头，态度越发恭敬。

萧洛寒再"唰"的一下扫向屋中下人。

两个丫鬟身子颤抖若筛糠，一颗脑袋都快垂到了地上，张妈亦弯腰弓背，对他敬畏至极。

萧洛寒心下满意，不自觉地松了口气。

这说明他定北王的威严还在，并没有因为这两年的养精蓄锐有所减退。

萧洛寒正酝酿着如何释放怒火，一派闲适之姿的南鸢突然动身了。

女人取了自己用过的湿帕，沾了自己刚刚用过的洗脸水，拧干后走到萧洛寒面前，给他拭了拭额头上的汗。

"王爷可是刚晨练完？下人也太没眼色了，王爷满头大汗，也不知给王爷擦擦。"

没有眼色的夜三："……"

南鸢这一举动，就像是在萧洛寒那充斥着怒火、随时就要喷涌而出的身子上"咻咻咻"地扎了数针。

针过，留孔，怒气泄之。

萧洛寒垂眸看着她，鼻孔里喷出两股闷气。

等南鸢给他擦完汗，他才假模假样地捏住了她的手腕，一脸嫌弃地道："本王晨练过后自会沐浴，哪用得着你多此一举？"

话毕，他将那帕子扔进了盆里，溅起无数水花。

"王妃也不看看什么时辰了，你以前在娘家也这么懒惰？走，马上跟本王晨练去。"

说完，他拽起对方就走。

南鸢眼色微微一沉，手腕一翻，使巧劲挣开了男人的束缚。

要是本体的时候遇到这么烦的男人，她绝对一脚将其踹上天去！

可惜一朝虎落平阳被犬欺，这娇弱的凡人之躯实在拖她的后腿。

不过即便如此，她不想做的事情，也没人强迫得了。

南鸢取过梳妆台上的木梳往他身上一丢。

萧洛寒下意识地接住，一脸发蒙地问："王妃何意？"

南鸢伸手顺了一把乌黑亮泽的长发，淡淡地道："披头散发，如何晨练？王爷既心急，不如王爷给我梳头绾发？"

萧洛寒听到这话，顿时将木梳扔了回去，双手负背，嗤道："本王给你梳头绾发？你哪儿来的这么大脸面？"

南鸢颔首："就算我脸面够大，我估摸着王爷也做不来这等粗活儿。梳头绾发约莫要两刻钟，那就劳烦王爷在门口等着了。

"春蒲，还不过来给我梳头绾发？莫要让王爷久等。"

萧洛寒："……"

春蒲颤颤巍巍地上前，拿着木梳的手都在发抖。

就这样子，怕是连两刻钟她都梳不好。

"麻烦至极，如本王这般，随意绾两下就行了！"萧洛寒不耐烦地道。

他时间金贵，怎么可能在旁边等足足两刻钟？

这小妖莫不是在痴人说梦？

南鸢悠然道："我贵为王妃，时时刻刻都要注意仪容仪表，怎能马虎？若是定北王妃仪表不端的消息传了出去，臭的是定北王府的名声。"

萧洛寒："……"

定北王等是不可能等的，面色不悦地道："今日便算了，一会儿还要回门，来不及。本王先去沐浴。"

说完他便走了。

定北王怒气冲天而来，板着脸郁闷地离开，来去都风风火火的。

但不管开端和结果如何，中间却风平浪静。

下人们不禁重新估量起这位王妃在王爷心中的分量。

而当两个主子用完早膳，王爷陪着王妃一起回门的时候，下人们越发意识到这位王妃的不简单。

巳时刚至，从定北王府出来的一支队伍浩浩荡荡地去了穆尚书府。

路人看在眼里，不禁窃窃私语。

说什么定北王杀戮太重，克妻克子，这嫁过去的王妃不是活得好好的吗？

定北王似乎对她还颇为宠爱，竟亲自陪着王妃回门省亲。

看来，传言有误。

穆槿念的生母周姨娘两年前便撒手人寰了，对穆槿念来说，尚书府没什么值得留念的人。

南鸢回门就是走了个过场，逞了逞威风，让全府上下欺负过她的兄弟姐妹和那群看人下菜碟的下人瞧瞧她现在过得多滋润，也就够了。

萧洛寒全程给小王妃当背景墙，废话懒得多说一句，宛若一尊煞神戳在身后。

要不是怕这小妖精藏不住露了馅儿，他才不会来这儿听这些人废话。

回去的路上，萧洛寒一脸不屑地道："你爹一辈子不过如此了，儿子一个不如一个，也就只能靠卖女儿搞搞裙带关系。"

南鸢觉得他这话形容得十分贴切。

穆家以前也算书香世家，家风甚严，穆家子孙甚至有"年过不惑无子，方能纳妾"的家规。

穆老尚书也切切实实地遵循了这一家规，过了不惑之年才纳妾。但这人一纳妾就接连纳了好几个，全无半分书香世家该有的样子。

穆槿念下面还有数个庶弟、庶妹，尚书府光是穆老尚书这一房，便有七个女儿。

他要是靠嫁女儿攀关系，的确是一条出路。

南鸢想到什么，微微挑了下眉，道："他原本将穆槿念当一枚废棋丢出去，如今这枚棋子却不是废棋，你说我若在你的王府混得风生水起，成了你的人，他这个亲太子党可能睡得安生？太子怕是不会放心用他了。"

萧洛寒听到一句"成了你的人"，浑身舒畅，表情都松快了不少："你管那么多作甚？反正又不是你亲爹。"

南鸢抬眼："用了别人的身体，总得回报点儿什么。"

虽说这些肉身都是小糖它爹早早签过契约的，原主心甘情愿贡献自己的躯壳，但她现在是个三观极正的好人。

好人当然要为别人考虑。

萧洛寒"呵"了一声："你这小妖倒是有原则。"

南鸢撩起帘子看街道一侧的店铺，也不知看到了什么，突然回头问他一句："王爷，敢问府中掌管中馈的是谁？"

萧洛寒听到这话，目光微冷，沉声道："府里田地、铺子太多，你怕是管不过来。"

南鸢抬头看他一眼，觉得他想多了："王爷就算给我，我也不会打理。我问这话，不过是想支点儿银钱买东西罢了。"

按理说，男主外女主内，她成了定北王妃，这府里的中馈应当交给她打理。

不过，萧洛寒没这个意思，南鸢也懒得帮他管家。

萧洛寒嘴唇紧抿，嘴角微微下撇。

以为这小妖觊觎他的钱财的时候，他心中不悦，可她表现得一点儿都不感兴趣，他还是有些不悦。

这小妖可知他家底有多丰厚？

虽然定北王府表面上看着十分寒碜，但他挣下的私产颇丰。若是给这小妖看一眼自己的私库，她绝对不会像现在这般淡定！

哼，这天下就没有不爱财的人，尤其是女人。

“府里中馈暂由赵管家打理，老赵下面又有两个管事，妖儿有什么想买的，可找老管家，老管家若是不在府中，就去寻两个掌事。”萧洛寒道。

“我买什么都可以？”南鸢问。

萧洛寒财大气粗地道：“小妖儿想买什么尽管去买，这点儿银钱本王还是有的。”

南鸢嘴角微微扯了一下，那一掠而过的笑有些奇怪：“王爷别心疼就行。”

萧洛寒心道：这小妖儿果然不知他多富有，居然还怕花钱花多了被自己责骂。

女人无非买些头饰和布匹，再贵能贵到哪里去？

这个时候，萧洛寒还不知道自己这位王妃有多败家。

等他知道的时候，也……晚了。

把王妃送回府，并跟老管家打了声招呼之后，定北王就离开了。

虽然现今没有战事，他刚刚大婚，也有几日婚假，但他闲不下来。

定北王时常去城外大营操练那些小兵，并以此为乐，今日亦是如此。

皇上这两年已经对他手里的兵权动了心思，开始慢慢削弱他的权力。

萧洛寒看在眼里，未加阻拦。

五年前他虽平定了北漠之乱，但并未真正伤及北漠根基，北漠国指不定什么时候会卷土重来。

皇上只敢削弱他的兵权，不敢全部收回。

不是萧洛寒自吹，行军打仗这一块，放眼全大萧国，无人及得上他。

他亲自训练出的铁骑十八军，骁勇善战，亦非京都这些习惯了安逸的御林军可比。

他母家无人，不能借势，如今又娶了个没有背景的王妃，加之身患怪疾，凶名在外，皇上对他还算放心。

想到什么，萧洛寒面色冷冽。生在皇家，是他此生最厌恶的一件事。

忙碌完的萧洛寒刚下马，便一路疾行回王府。

定北王第一次感觉到了那么一丝丝牵挂的味道。

他倒不是多迷恋小妖精，就是想知道自己不在的时候，她在干什么。

刚回出云阁，萧洛寒便吹了一记口哨。

一个身穿深色劲装、面容普通到丢进人海里就找不出的男子，鬼魅般从窗户翻了进来，单膝下跪。

“王妃今日做了什么？”萧洛寒双手负背，长身而立。

潜伏在暗处的暗十八卫之暗十二回复道：“回禀主子，王妃午膳后小憩了一个时辰，未时三刻带着丫鬟春蒲、夏柳以及赵管家去了街上，先后在明珠阁、千簪碧玉阁、彩霞布庄、玲珑书阁等店铺买了夜明珠和宝石不计其数、簪子首饰不计其数、上好锦缎两匹、野记杂书两沓，随后王妃又去了糖铺、烤鸭铺……”

王妃今日记事高度概括一下，那就是：买买买、逛逛逛、吃吃吃。

萧洛寒听得面色漆黑。

他在军中顶着烈日操练小兵，风吹日晒，茶水都喝不上几口，这小妖倒好，拿着他的钱过得如此滋润！

暗十二退下之后，赵老管家立马前来汇报。

“王爷亲自发话，老奴不敢怠慢王妃，但王妃这花钱也太……太……”

赵老管家将这半日的账单递到了定北王面前，一脸肉痛之色。

虽然这些钱不是他的，他只是帮王爷管着，但他管账这么久，也管出感情了。

那么多漂亮圆润的白花花的银子如流水一般倒了出去，他如何不肉痛？！

王妃这才嫁进来几天，就哄得王爷这般纵容她？简直是个狐媚子！

萧洛寒拿着账单的手微微抖了抖，这小妖竟如此败家！

萧洛寒将账单一扔，寒着脸往听雨阁行去。

老管家见状，稍稍放心。

王爷依旧是英明神武的王爷，并未到色令智昏的地步，王妃怕是要遭殃了。

他这是实话实说，并非打小报告，王妃可莫要怪他。

萧洛寒到达听雨阁的时候，南鸢正卧在新铺了毛绒貂皮的软榻上看书。

数十颗五颜六色的宝石和晶莹剔透的夜明珠就那么在软榻上散落开来，待遇极其不受重视。

而卧在软榻上的女人披着一件杏黄色大袖衫，淡淡的面容都好似被衬得清丽不少，只是她面容淡漠，眼里水静无痕，无端让人生出几分疏离感。

乍然看到这么赏心悦目的画面，萧洛寒有些浮躁的心突然就平静了下来。

他赶过来是做什么的？哦，他好像是来训话的。

可他转念一想，本就是他放话在先，许她随意挥霍，是他自己低估了这小妖花钱的本事，似乎怪不得她。

萧洛寒摆了下手，屋里伺候的下人悄无声息地退了出去。

男人上前，抽走女人手里的书籍，看了眼封皮，颇为诧异：“《草药大全》？你看这个？”

说着他一撩长袍，一屁股坐在了南鸢放脚的这半截软榻上：“小妖儿想学医？”

南鸢微微蹙眉，有椅子不坐，他跟她挤成一堆做什么？

因为空间太挤，南鸢收起腿，分出点儿位置给他：“闲来无事，随便看看。等我有了点儿底子，你让褚生秋教我，说不定我日后也能成为神医。”

萧洛寒听到这话，先是一顿，随即哈哈大笑：“褚生秋四岁被他师父捡回家，学医十数载才有了现在的成就，你只凭闲暇时间看几本杂书，就妄想当神医了？小妖儿怎的如此天真可爱？”

男人的臂膀已经很不规矩地揽住了南鸢的腰，屁股也在不知不觉中往她这边挪了又挪，胸腹贴上了她的腰，成功地隔着衣服肉贴肉。

他这一笑，胸腔震动，笑声悉数灌入她耳中。

南鸢听得清晰无比，还有些耳朵发麻，真的吵人，烦。

“有志者，事竟成，你又怎知我做不到了？”

南鸢从虚小糖口中得知，气运子明年才会过来。

既然上个世界她能得到气运子的信仰之力，这个世界未尝不可。

很多话本子上面不是写了同样的桥段吗？男主人公或者女主人公跌落悬崖，为神医所救，后被神医收为徒弟，跟着神医学个三五载便传承了神医的衣钵？

既然气运子可以，没道理她不可以。学东西凭的是脑子，并非气运。

更何况神医高徒褚生秋就在府中，她不用白不用。

“我今日买了许多东西，王爷可是来问罪的？”南鸢问。

小妖这么识趣，萧洛寒反倒一愣，搂着她的小腰的手都有些虚了。

她如此挥霍无度，他是该好好训斥一番的，可……

萧洛寒来之前想好的一腔训责一不小心就更改了内容，腔调变柔了，声音也低了两个度：“本王私库里什么珠宝首饰没有，用得着你去外面铺子买？你看看你买的这夜明珠，又小又浊，这些个宝石亦品相低劣，有什么好的？还有这貂皮，里面全是杂毛。皇家围猎就在三个月后，你要是喜欢兽皮，本王猎来给你便是。梅花鹿、黑瞎子、貂、狼、狍子……你想要什么，本王都能给你猎来。”

南鸢看着身旁这自大狂妄到鼻孔都快朝天的定北王，不禁暗忖：她以往恣意狂放、蔑视群雄的时候，是不是也这副蠢样儿？

答案：不是。

得益于天生的高冷“面瘫”脸，她做不出这么多蠢兮兮的表情，就算是下巴微仰鼻孔朝天，那也是一朵孤高冷傲的高岭之花。

“王爷不说，我差点儿忘了每年的皇家围猎。我想要什么，自己会猎，王爷只需带我一起去猎场。”

南鸢毫不犹豫地拒绝了男人的施舍。

萧洛寒闻言，面色不悦，下颌处的线条都变得凌厉了几分。

这小妖娇弱不堪，怕是连弓都拉不开，还说什么自己猎的大话，她根本就是在故意忤逆他！

他何时对一个女人这般纵容了？不识好歹。

既然这小妖不需要他的怜惜，他现在就在这软榻上办了她！

萧洛寒心中一狠，伸手就要去扒小妖的衣裳。

却在这时，“不知好歹”的小妖开口了：“我也觉得今日买来的这些珠宝太过劣质，王爷便将私库的那些多赏我一些吧，我喜欢这些东西。”

她说着，一双美眸睨过来：“王爷可舍得？”

那眸子盈满秋水，却干净又平静，无波无澜，清心寡欲。

萧洛寒伸到一半的魔爪拐了个弯，假模假样地抠了下脸。方才一瞬间的暴戾好似错觉，聚在眉间的戾气也散开了。

先前她还不知好歹，这会儿却娇滴滴地向他讨赏？

这小妖，可真是……

“今日太迟了，明日本王让夜三去库里取，本王把最大最好的几颗夜明珠给你。”

“那我就先谢过王爷了。”

等萧洛寒背负双手走远，虚小糖立马上线，无比崇拜地道：“鸢鸢你太厉害了吧！原世界男主凶狠嗜杀，疑心病重，审讯犯人的时候对男女一视同仁，所以一开始以为气运子是细作的时候才会对她百般折辱，虐身又虐心！气运子一开始在他手下过得那叫一个悲惨，有一次手腕都被折断了。

“而鸢鸢你居然安然无恙地度过了整整三天！还让凶戾男主对你大开私库门！原世界里男主虽然家缠万贯，是个隐形富豪，但他幼时在冷宫吃了很多苦，有钱了也特别抠，就是个守财奴……”

虚小糖滔滔不绝地表达着自己对鸢大佬的崇拜之情。

南鸢并不意外：“他虽凶戾嗜杀，却不会无端发狠，我若还是那个穆槿念，怕也会落得跟气运子一样的下场，但我不是。如今的我只是个外来小妖，不属于任何一方势力，无辜得很，他自然对我放心。

“至于气运子，我若没猜错的话，她应有一身傲骨，毕竟是鬼手圣医，这种行业顶端人物，人人都得捧着敬着。她这样的人，萧洛寒一旦将其归为异党，更不会手下留情。”

虚小糖“哇”了一声，说道：“鸢鸢全中！”

南鸢：她只是看多了话本子，更确切地说，是听多了。

这一晚南鸢又睡了个好觉。

只是睡到正香时，她又感觉到了萧洛寒的气息。霸王之气，很轻易就能分辨出来。

没杀意，没恶意，她懒得睁眼。

萧洛寒这次没踹门，是轻手轻脚地走进来的。

“小妖儿，本王今天特意来迟了一些，你随本王去晨练。”声音不似昨日那般粗豪了。

“你陪本王去晨练，本王多给你几颗夜明珠。”萧洛寒推了南鸢一把。

“小妖儿，你可记得你昨日这个时候胆大包天地做了什么？”萧洛寒拿手指戳她的脸颊。

萧洛寒没有得到任何回应，目光凉飕飕地盯着南鸢看了许久，偷偷摸摸地来，又偷偷摸摸地走了。

南鸢翻了个身，继续睡。

第三章

夫君是你能叫的

一连数日，萧洛寒都会偷偷摸摸地溜进听雨阁，戳在床边阴恻恻地盯着南鸢看一会儿，推她几下，再戳几下她的脸蛋，然后才去校场晨练。

其实他若使用强硬手段，搬出操练士兵的那一套，有的是办法让这小妖睡不安生，然后不得不跟他去校场上操练。但萧洛寒觉得，那些用在糙汉子身上的法子不太适用于女人。尤其眼前这小妖，身子柔弱又娇嫩。

他可没忘记，自己只是稍稍用力，就在她的下巴上留了两道指印。而且女人麻烦，穿个衣服束个发都要花费比男人更多的时间。再加上暗十二回禀说，小妖每日都会去他的校场上打拳，打得还有模有样，他心里虽有些郁闷，却也放弃了带她晨练的想法。

至于后来萧洛寒为何还是要偷偷进入听雨阁，在小妖的床边又是念经，又是动手动脚，萧洛寒自个儿也不清楚。

大抵是看她睡得这么香，像猪一样，自己有些看不下去？

可每日偷看她就算了，他还喜欢跟小妖同挤一张软榻，喜欢挨着她看书，喜欢搂着她的小腰。

不对劲，他这些日子的行为很不对劲。

萧洛寒意识到自己行为诡异的时候，眉间的戾气越来越浓。

到底是为何？莫非如他这般心狠手辣的人也难过美人关？

还是这小妖精身上的妖术还有残余，她对自己使用了妖术，蛊惑了他？

萧洛寒眼中杀意时隐时现，双眼不知何时变得浓黑如墨，眼白之处的红血丝也飞快聚集，越来越多。

贴身护卫夜三很熟悉主子发病前的预兆，一见情况不对立马掉头找人。

等褚生秋急匆匆地赶来的时候，萧洛寒的双眼已经赤红充血，额上青筋毕露。

褚生秋连忙取出银针，不敢耽误片刻。若是定北王发病，到时候情况便完全不受控制了，即便夜三和夜六一起联手，也制服不了这疯子。

不想褚生秋这银针还没扎下去，萧洛寒那双充血的眼便恢复正常了。

前一刻好似要爆炸的男人，眼里的血丝淡去，目光重新恢复清明。

“本王方才又差点儿犯病了？”萧洛寒平静地问，神色不见喜怒，只是眉眼间戾气未散。

褚生秋收起银针，对这样的情况见怪不怪，但脸上还是出现了忧色。

以往数次犯病，王爷都会凭借自己强大的意志力硬生生撑过第一次，但刚才定北王一副随时要暴走的样子，仿佛马上就要炸开……

“此次的病来势汹汹，王爷差点儿没控制住。”褚生秋皱了皱眉，“这病，似乎又加重了。

发病的间隔也短了，这次竟连一个月都没有。”

想到什么，褚生秋有些来气：“我早就同王爷说过，你这病得修身养性，少动杀念。说吧，刚才又琢磨着杀谁呢？王爷发病之前所思何人何事？还请王爷坦诚相告。”

萧洛寒听到他的问话，神情阴郁，迟迟不肯开口。

“都这种时候了，王爷还要瞒着我？”

褚生秋狠狠拂袖，掉头就走，气哄哄地道：“好！我不治了！如此不配合的病人，我就是有通天的本事也治不好，你们王爷爱找谁找谁去！”

夜六一慌，连忙去拦人：“褚大夫留步！王爷只是刚刚犯病还没缓过神来。”

夜三也拦住褚生秋的去路，朝他抱拳：“还请褚大夫息怒，许是王爷一时没记起方才脑中想杀何人，毕竟我家主子想杀的人太多了。”

褚生秋：一天到晚想着杀杀杀，杀死自己得了！

“你坐下，我们细说。”萧洛寒看向褚生秋，朝他抬了抬手，做了个请的手势。

夜三和夜六离开，屋里只剩一个病人和一个大夫。

两人相顾无言，沉默良久。

过了好一会儿，萧洛寒才抿了抿嘴，主动开口：“常言道，英雄难过美人关。褚生秋，你觉得本王是那种会倒在美人关上的人吗？”

问这话时，萧洛寒面色沉沉，身上的肃杀之气在这一刻过分浓郁。

褚生秋顿时用一种不可思议的眼神看他：“你，堂堂定北王，成竹在胸，胸有沟壑，足智多谋，才高八斗，学富五车，运筹帷幄之中，决胜千里之外——”

褚生秋本来还能吹两百字，但对上定北王那双阴沉的眼，顿时一咳嗽，直入主题：“定北王定然不是那等会被美色所惑之人。”

这些年托定北王的福，褚生秋也跟着见过了各色美人，环肥燕瘦皆有，但不管多娇艳绝色的美人，定北王看这些美人的眼神都跟看那木桩子一样。所以，美人计难不倒这人。

萧洛寒沉默片刻，突然又问了句：“你觉得本王的王妃如何？”

不等褚生秋应话，他便自顾自地道：“长得不好看，时常给本王摆脸色，还数次忤逆本王，你说，本王留她何用？然而诡异的是，本王对她居然舍不得痛下狠手，哪怕将她丢进柴房饿上三天三夜也行，本王居然舍不得！”

萧洛寒一攥拳头，绷着脸道：“本王怀疑这女人给本王下了蛊，为了不继续受她的蛊惑，本王打算……杀了她。”

褚生秋全程目瞪口呆，下巴都快惊掉了。

这是几个意思？

定北王发现自己对皇后安插进来的这枚棋子动了心，以至心绪不稳，所以打算下狠手杀了王妃？

定北王这么个人见人怕的杀神，居然也会有铁树开花的一天？

天哪！这可是稀奇事啊，太稀奇了！

不过你说你动情就算了，却无耻地把原因归为什么下蛊？下个鬼的蛊。要是你被下蛊了，自己这个神医高徒能看不出来？

活该这老光棍没人疼没人爱，自己作的！

褚生秋一时也不知该同情脑子有坑的定北王，还是那让定北王动了情同时又动了杀念的定北王妃。

不过他跟随定北王多年，两人的关系更像是好友。

作为一个老朋友，他觉得自己应该为这个脑子有坑的好友考虑一二，免得他日后悔不当初。

“王爷，其实我正有一件很重要的事跟你说，是关于病情新进展的。”

褚生秋端出一副悬壶济世、品行高洁的医者架势，用上了说正事专用表情：“王爷上次发病是如何撑过去的，王爷应该还记得吧？我个人认为，阴阳调和可以缓解王爷的病症。”

“哐当”一声，萧洛寒手臂猛然一个抽搐，不小心扫到了旁边小桌上的茶杯。

茶杯摔到地上，四分五裂。

萧洛寒没有分一点儿眼神给那四分五裂的茶杯，脖子缓缓一转，冷酷而幽深的目光落在褚生秋的脸上：“方才最后一句本王没听清，你再说一遍。”

褚生秋清了清嗓子：“我说，阴阳调和兴许可以缓解王爷的病症，王爷不妨一试。阴阳调和为何意，应当不用我多说了。”

说完，他斜睨萧洛寒一眼，心里啧啧称奇。

他虽然没有什么绝世武功，但一身轻功不错，五识也很敏锐，对人的气息变化尤为敏感。

这老光棍听到他的话，气息先是一窒，随即变得急促不稳，在发现自己的异常之后，又假模假样地控制气息，却因为用力过猛，气息进出的间隔宛若沉睡，过于均匀绵长了。

虽然只是短短一会儿工夫，褚生秋却成功地从杀神王爷身上品出了震惊、激动、兴奋、跃跃欲试等情绪。哦，那周身的神经紧绷到差点儿爆裂的状态也肉眼可见地放松下来。

王爷的背依旧挺得笔直，肩膀却微微下沉了一些，依旧是面无表情，但脸上凌厉锋锐的线条缓和了不少。

嘁，这人明明就舍不得杀王妃，还装得这么冷酷无情。

他觉得，就算他没找出这么个理由，定北王也不会杀了王妃。

褚生秋老神自在地坐在自己的座位上，假装啥都不知道。

“褚生秋，你的意思是，只要本王发病的时候跟王妃……就能安然无恙地撑过去？”

萧洛寒问这话时，那双敏锐犀利又时常填满凶光的鹰眼悠悠一转，还轻轻眨了两下，冷酷不再，被一种莫名的情绪代替。

褚生秋颔首，附和道：“是的，没错，就是王爷理解的这样！只是此法行不行得通还不好说，需得王爷和王妃合力一试。不过还是不能拿王妃的性命开玩笑，以防万一，我会时刻守在外面，要是王爷控制不好力道，我会及时冲进去给你扎——”

“你敢！”萧洛寒怒目圆瞪。

“王爷放心，我会蒙着眼进去，保证什么不该看的都不会看到——”

“褚生秋，你给本王滚——”

萧洛寒吼声震天，却无多少怒意。

讨人厌的褚大夫离开后，患有疯病的萧洛寒在椅子上放空了足足一刻钟，才慢悠悠地站了起来。

萧洛寒双手负背，在屋里闲适地绕着圈，踱着步子。

他思来想去，斟酌了许久，觉得这小妖若是能缓解这困扰他多年的疯病，他稍稍被小妖蛊惑一下也没什么大不了的。

她不就是蛊惑他多陪她，多关心她，多给她银钱花吗？小妖又未蛊惑他杀人放火，也未曾干涉他其他的事情。

她若是听话，不用她蛊惑，他也会多加疼爱她的。

想通之后，萧洛寒整了整衣冠，掸了掸袖口处的褶皱，去书房里取了一本早就翻看过无数次的兵书，然后拿着兵书去了听雨阁。

“王妃，王爷来了！”春蒲从门外小跑进来，喘着气道。

南鸢正卧在软榻上看书。她白日会抽出一到两个时辰去校场上练拳、扎马步、做俯卧撑等，剩下的时间则全部用来看医书。

听到春蒲的话，她随口应了一句：“他不是经常来吗，你高兴什么？”

夏柳接话道：“可是王爷前日、昨日都没来，以往王爷可是每日都要来的，今日再不来，那就是整整三日没来了……”

两个丫鬟这么一说，南鸢才发现还真是如此。

事出反常必有妖。

这人莫不是在憋什么大招？

想到前些日这人夜夜潜入她的屋中，在她床边念念叨叨，活脱脱一副被负了的怨妇模样。

萧洛寒一进来，屋里的下人便识趣地退到了门外。

精壮结实的男人强悍霸道地占去了软榻三分之二的位置，一只手自然地搂上了南鸢的腰，另一只手把着那本页脚起了卷儿的兵书。

他一入座，那本来只容纳一人的软榻顿时被挤得满满当当。

“小妖儿怎的还在看这本书？本王记得前几日你看的也是这本。就你这样，何时才能成为神医？”

萧洛寒说着说着，逐渐靠近，热气喷在了南鸢的耳垂和脖颈处。

南鸢扫向这厚颜无耻地跟她抢软榻的男人，心中纳闷。

为何今日的男人给她一种……骚里骚气的感觉？

这大狼狗黏起人来，比小奶狗还要命，又骚又霸道，还喜欢吐狗舌头。

南鸢的目光自他手中的兵书上扫过，若有所指地道：“那王爷这本兵书又看了多久？”

萧洛寒轻咳一声：“本王这书上的奇门遁甲和排兵布阵写得精彩绝伦，读再多遍都值得，岂是你这些杂书可比的？”

南鸢瞥他一眼，想一巴掌把他仰起的头按下去：“我看的是人体穴位和人体经络详解，王爷是练武之人，应该很清楚奇经八脉是哪八脉。”

萧洛寒立马接话：“本王自然知道，任脉、督脉、冲脉、带脉、阴跷脉、阳跷脉、阴维脉、阳维脉。这任脉行于腹部正中线，总任一身之阴经，乃阴脉之海；这督脉，行于脊里，上行入脑，总督一身之阳经，乃阳脉之海……”

萧洛寒滔滔不绝地讲了一堆，向身边的女人展示自己是如何博学多才。

定北王文武双全，不光会领兵打仗，还会吟诗作赋，毕竟他幼时也是跟着其他皇子公主一起上过学堂的。

南鸢不咸不淡地“哦”了一声：“那王爷可知人体穴位总共多少个？多少单穴？多少双穴？经外奇穴有哪些？害穴又有哪些？这些穴位又各有什么用途？”

萧洛寒嘟囔道：“本王又不当大夫，知道这么细致作甚？”

南鸢掸了掸有些卷翘的书页，淡淡地道：“王爷不是说这样的杂书比不得你的兵书，不值得多翻看几遍吗？”

萧洛寒顿时一噎。

这真是一只斤斤计较的小妖。

“我不喜欢点蜡烛看书，天快黑了，我还想多看几页。王爷既是来看书的，便少说几句闲话吧。”

萧洛寒：“……”

他堂堂定北王，一字千金，还不是这小妖对他施了法，才让他变得啰唆起来！

如今这小妖倒装模作样起来了，还嫌弃他话多？

萧洛寒想呵责几句，但见她已经全神贯注地在看书，已然没了要搭理他的意思，那呵责训斥的话便又被他憋了回去。

萧洛寒心中郁郁，也把着书看了起来。

只是不知为何，这本让他无论看多少遍都拍手叫绝的兵书，此时此刻他竟有些看不进去。

他盯着书上的字，不知不觉中已神游虚空。

褚生秋说，第二次发病前的这几日最好跟王妃形影不离，如此才能及时找她治病。

他有些发愁，白日形影不离很容易，但这夜间……

卧榻之侧，岂容他人鼾睡？

他的地盘是不允许任何人跟他共享的，要他跟别人共用地盘也不可能。

若不得不去别人的地盘，他更喜欢把对方的地盘抢过来自己独占。

他警觉性极高，若枕边突然多了个人，怕自己一个不小心将对方当成侵入自己地盘的贼子，然后一掌震碎对方的五脏六腑。

萧洛寒不禁瞄向小妖，这具身体娇娇弱弱的，他若不小心动了手……

罢了，他多加克制便是。若他这次不配合，褚生秋又要发神医高徒的脾气了，闹得慌。

“小妖儿，本王今晚宿在你这儿。”萧洛寒突然道。

说这话时，男人维持着一副沉浸在兵书中无法自拔的模样，没有看她。

南鸢更绝，连眼皮子都没有抬一下，只漫不经心地应了一声：“好。”

萧洛寒心下不满，抬头看她，蹙眉沉声道：“本王说，今夜宿在你这儿，你真听清楚了？”

南鸢没理他。

萧洛寒一把抽走了南鸢手上的书，拉长脸道：“本王问你话，你就好生回答。小妖儿，你这些日子越发恃宠而骄了，信不信本王把你丢到柴房里饿上几日？”

书被夺，南鸢有些恼怒，眼中的嫌弃如有实质，都快喷到他的脸上了：“你怎的如此聒噪？我不是回答了？你还要我答应几次？”

萧洛寒震惊到有些发蒙。这小妖儿居然说他聒噪？还用这种嫌弃的眼神看他？

她反了天了！

萧洛寒怒斥：“你那是认真答话的样子？你看看本王下面那些人，哪个回答问题是你这样的？！”

若非还要用这小妖儿治病，他定要赏她几十大板，打得她皮开肉绽，再也不敢这么无法无天！

杀神定北王大发雷霆，一般人早就吓得五体投地，大呼饶命，然而眼前的小妖不仅丝毫不知悔改，还理直气壮地反驳道：“他们是下属，我是你定北王明媒正娶的定北王妃，是你的夫人。你见哪家夫人跟自家夫君说话，还要唯唯诺诺，小心谨慎的？”

萧洛寒听到“夫君”二字，整个人一愣，心里那点儿怒火和郁气突然就没了，心尖尖儿上爬出来一丝古怪的情绪。

萧洛寒盯着她看了很久，神色微妙。

夫君？夫君能是这小妖儿随口叫的吗？不知所谓，胆大包天，异想天开。

罢了，这小妖儿大概生在乡野之癖和深山老林之中，不懂什么人情世故。他堂堂定北王，何必跟这乡野小妖儿一般见识。

南鸢扫他一眼，朝他伸手：“书，还不还来？”

萧洛寒嘴角一咧，将书递过去，眼瞅着就要被她触碰到的时候，又“咻”的一下收了回去，当着她的面炫耀般抬臀，把书放下，再一屁股坐上去，来了个泰山压顶，行为十分恶劣。

南鸢：幼稚鬼。

等南鸢的注意力不得不落在自己身上之后，萧洛寒才怪里怪气地问：“小妖儿方才唤本王什么？”

“你这小胆儿可真肥，本王何时承认你这个假王妃了，嗯？你居然以定北王妃的身份自居？想得可真美。”

南鸢将他这副蠢兮兮的模样收入眼底，心里呵呵一笑。

萧洛寒那帅气的头再次凑近，他高高在上地睨着她，语气十分欠扁：“你要真想当这个定北王妃也可以。你若把本王伺候得舒服了，本王一高兴，指不定就承认你这个王妃了。”

南鸢看了他半晌，意味深长地道：“其实王爷可以直说，我身为王爷的王妃，自会满足王爷的欲念。不过今夜王爷不可贪吃，至多三次。”

萧洛寒：此话怪耳熟的。

似乎是他对小妖说过的话？

这小妖能耐了，居然把他的话原封不动地还给了他！

萧洛寒有些羞恼。

“可笑！你随便找府里一个下人问问，本王可是那等贪花好色之人？本王多年来清心寡欲，洁身自好，连通房丫鬟都没有一个。放眼全京都有几个男人能做到我这样？小妖儿你每日梳妆打扮的时候都不照镜子吗？你长得这般丑，本王对你能起什么欲念？本王什么美人没见过……”

萧洛寒念念叨叨一堆，将自己这位淡雅若兰的小王妃贬低成一个奇丑无比的丑八怪。

南鸢全程听完，不羞不恼，面不改色地反问了一句：“那王爷今夜宿在这儿，只是为了跟我盖被子纯聊天？”

萧洛寒表面稳如泰山，亦反问：“不然你以为？”

南鸢眉宇间流露出几分惋惜之色：“我以为王爷是想与我酣畅一场，我都准备好了。原来是我想多了。”

萧洛寒：等等！她准备好了是何意？

短暂的绮念之后，萧洛寒突然觉得胸闷气短。

本王稀罕？

这天晚上，定北王果然规规矩矩的，还故意跟南鸢隔开半人宽的距离，一整晚都没有越雷池一步，特别硬气。

第二日。

南鸢看向迟迟没有离开的人，纳罕道：“今日并非休沐日，王爷不去军中？”

萧洛寒“嗯”了一声：“今日身体有恙，不去了。”

南鸢点点头，不说话了。

萧洛寒顿时沉了脸：“本王说自己身体有恙，王妃难道不应该问本王哪里不舒服？”

南鸢顿了顿，解释道：“我看出来了，所以没问。”

萧洛寒狐疑。他根本没病，这小妖儿能看出什么？

南鸢饮了口茶，不疾不徐地道：“王爷近日烦躁易怒，口干眼涩，面红目赤，此乃阳气亢盛，肝火过旺之症。肝开窍于目，主藏血，主疏泄，在体合筋，其华在爪，肝在志为怒、在液为泪，与胆相为表里……龙胆草、柴胡、生地黄、泽泻、木通、当归、甘草……和黄连熬制成汤药，服下即可清热泻火。”

萧洛寒听到那句“阳气亢盛、肝火过旺”，一张严肃冷厉的脸差点儿没绷住而垮掉。这小妖儿又在奚落他！

但他转念一想，小妖儿故意提到这八个字，莫不是在……变相邀请他？

他差点儿忘了，女子大多脸薄，小妖儿虽是异类，如今却也是个女子，这种事她羞于启齿也是正常。

萧洛寒目光时明时暗，思忖一番之后，心里顿时舒坦了不少。

口是心非的小妖儿，非不承认，拐着弯地引诱他。

萧洛寒看向南鸢的眼神顿时就夹杂了一丝“本王早已看破真相”的小嘚瑟。

“小妖儿真聪明，这才一个月不到，就能给人瞧病了。”萧洛寒没有吝啬自己的夸赞。

南鸢没去深究那富含深意的目光，按照自己的规划该干啥干啥。

吃过早膳，看了会儿书，她才换了劲装，穿了皮靴，头发全部绾起，不戴朱钗，不施粉黛，如往常一般去了校场。

萧洛寒早就从暗十二那里知道了小妖的日常，这次正好瞧瞧小妖儿是不是真如暗十二所说的那般，打拳打得有模有样。

南鸢先扎马步，再做俯卧撑、平板支撑等常规动作，以此锻炼自己的腹肌、颈肌和臂力、臀力。

光是这些基础动作便用去大半个时辰。

萧洛寒发现，这些动作虽奇奇怪怪，但的确有用，于是他什么都没说，安静地立在一边看她。

做完一整套动作之后，南鸢又打了一套拳法。

萧洛寒目光微微一动，来了兴致："小妖儿，你这拳法倒是有趣，你往我身上使几招试试。本王卸了力与你过招，也不用内力，绝对不占你便宜。"

南鸢捏了捏自己的指节，捏得"咯嘣"脆响，淡淡地应了一声："好啊。"

两刻钟之后，萧洛寒盯着南鸢的目光越发炙热。

他又一招没接住！

虚中有实，实中有虚，这小妖儿出拳的轨迹竟难以判断。

要不是他反应快躲开了，小妖儿方才这一拳头可就砸到了他肚脐上七寸的死穴鸠尾穴！击中鸠尾穴，若力道够狠，这力道足以冲击到肝胆及心脏，令人血滞而亡！

当然，小妖儿这一拳的力道并不重，就算她真打中了，也取不了他的命。

切磋一番过后，萧洛寒一把揽住她的腰肢，大喜："小妖儿从哪儿学来的招式？竟如此诡谲多变！"

南鸢瞥了一眼他的爪子，淡淡地道："集百家之长，再根据自身喜好改进的。"

萧洛寒哈哈大笑："小妖儿所谓的喜好，莫非是专攻人死穴的阴损法子？你可知你方才那一招差点儿要了本王的命？"

"王爷不是没事？"南鸢目光隐晦地掠过他腰椎上的肾俞穴。

书上说击中此处会冲击肾脏，伤气机，易……截瘫。不过，她也只是想想。

萧洛寒虽然有些狠，但罪不至此。

若他像原世界里对待气运子女主那样对她，又是拿她挡刀，又是拿她试药，她绝对让他后悔做人。

他虐身虐心已是事实，对女主也造成了巨大的伤害，后来一句误会，自己有苦衷，然后摆出一副痛不欲生的嘴脸，就一笔勾销了？南鸢不懂，实在不懂。

在她这儿，可没有什么虐恋情深，如果萧洛寒真虐了她的身，她绝对虐回去，并让萧洛寒带着自己的后悔和真心滚开。

她刚来就被萧洛寒掐脖子，这一点暂且不算在他身上，毕竟那个时候她还没有完全跟这具身体融合，但日后若再出现类似情况，那就……呵呵。

一连三日，萧洛寒都没有去军中，像个跟屁虫一样跟在小王妃身后，夜间也要跟她挤一张床。

看书时，萧洛寒搂人的动作都越发熟练了，一只手搂小妖儿，一只手拿书。

南鸢思忖片刻，忽地问他："王爷可是……快发病了？"

他快发病了不去褚生秋那里待着，跑她这里干什么？

南鸢神色蓦地一变，眼睛危险地眯了起来。

这人莫非是想——

“褚生秋想出了一个治病的新法子，本王觉得……可以一试。”

萧洛寒捏着南鸢的腰肢，难得柔情蜜意地道：“妖儿放心，本王定不会伤害到你，本王会努力保持清醒，对你温柔一些。”

南鸢：给我圆润地……滚。

萧洛寒是不会滚的，被南鸢戳穿之后，直接坦诚地说出这件事。

南鸢看向他，过分淡漠的表情让萧洛寒没来由地心中发虚。

从来都是别人躲着他的目光，可这次，他居然生出一丝想要躲避这目光的念头。

但他没有躲避，而是直视着对方的眼，许诺道：“小妖儿，你若真是本王的良药，本王会对你好的。以后你想要什么，本王都给你。”

南鸢这副身体甜软动听的嗓音常常会叫人忽视她眼里的冷漠，可这次她的声音也仿佛染上了冷漠的质感，带上了一丝凉意。

“第一次我身上有残余的妖力，但这次没有。王爷就不怕自己控制不住，要了我的命？”南鸢问，目光平静而冷漠，面上的表情也很淡。

这个女人仿佛天生带着抚慰人心的力量，这一次那力量却被一层薄薄的冰霜覆盖，让人在镇定下来的同时感觉到一股冷意，像是冬末初春的风吹过脸庞，不刺寒，却凉飕飕的。

萧洛寒微微一怔，似乎压根没想过这个可能。

他沉默片刻后，万分肯定地道：“不会，你信我，本王不会。”

南鸢静静地看了他片刻，颔首道：“好，信你一次。”

要是这人真的伤害到了她，并且情节严重的话，她会考虑让他瘫痪后半生。

萧洛寒觉得小妖儿又恃宠而骄了。

听听，这是她跟一家之主说话的口气？而他居然不怎么生气？

他果真是受了这小妖儿的蛊惑，所以才这般纵容她。

罢了罢了，她只是口无遮拦，不知尊卑，并未做什么真正伤害他的事情。

萧洛寒伸手勾起南鸢的下巴：“小妖儿，本王一直不解，为何你丝毫不惧本王？”

萧洛寒没有察觉到，所谓的抵抗和防备卸去之后，自己连说话都温柔了不少。

南鸢打量他：“两只鼻孔一张嘴，与常人无异，有何可惧？”

萧洛寒怔了怔之后，突然朝南鸢咧嘴一笑，笑得有些瘆人：“小妖儿，本王比你想象中可怕多了。外面想杀本王的人不计其数，本王手上沾的人命也不计其数。恐怕只有本王死了那些人才能放心。你说，他们在心虚什么，所以才这么想我死？我母后的死是不是跟他们脱不了干系？还有徐家，什么卖国求荣，我不信，一个字都不信！父皇居然株连九族，他好狠的心！本王要杀了他们，杀了这些恶臭的人！所有欺负过我的人，通通杀掉！杀了这群——”

南鸢突然伸手覆在他的手背上，淡淡地道了句：“萧洛寒，你发病了。”

萧洛寒双眼不知何时变得赤红充血。

发泄恶念的嘶哑声音被打断，冲破牢笼的野兽慢慢转身，含着戾气和煞气的目光落在南鸢身上。

“本王察觉到了。小妖儿，趁本王现在理智尚存，我们赶紧去做正事。”

南鸢看了看他发红的眼和青筋凸起的额头。都这样了，他还不忘耍流氓。

“稍等，我去点香。”

上次那香，南鸢觉得不错。

萧洛寒红着眼盯着她：“点香作甚？”

南鸢实话实说：“不点香，我无法动情。”

萧洛寒虽然发病了，但也知道这句话是对他的侮辱！这该死的小妖精！

他的表情瞬间变得狰狞，一把抄起她的腰就往床上走：“本王长得俊美无俦，玉树临风，看本王这张脸你还动不了情？”

事成之后，萧洛寒眼不充血了，青筋不露了，虽然大汗淋漓，却是一副双眼幽亮神清气爽的模样。

“来人，本王和王妃要沐浴！”萧洛寒中气十足，声音洪亮。

末了，他还特意补充了一句：“换大些的浴桶。”

守在门外一直吊着颗心的褚生秋、夜三和夜六：……

夜六“唰”的一下看向褚生秋，一脸兴奋地道：“成了！褚大夫这法子真的有用！苍天啊，以后王爷发病终于不用见血才收手了，我和夜三也不用提心吊胆，总担心有一天被王爷打成残废。”

定北王对定北王妃越发不一样了，府里但凡长了眼的人都看得出来。

那顶好的珠宝首饰，一件件地往王妃的听雨阁送，其中许多乃御赐之物，还有不少极稀罕的供品。

拳头大小的夜明珠被王妃随意扔在床褥上，五颜六色的珠宝玉石被镶嵌在软榻、桌子和椅子上，连王妃用的碗都是会发光的玉碗。

很快就有定北王痴迷定北王妃，对其宠溺纵容无度的消息传开了。

消息自然不是好消息，还引起了上头的注意。

而这事也正如了萧洛寒的意。

他的名声越臭，那些人就越不拿他当回事。

萧洛寒这夜没在听雨阁留宿。

夏柳很快打探到消息，说王爷在书房忙活，估计会忙到很晚，到时候在书房歇息。

南鸢猜测萧洛寒在筹谋什么，很可能跟这次的秋猎有关。他既然不想自己知道，南鸢也便不问。

“鸢鸢，我们什么时候干正事呢？”虚小糖突然问。

“正事？”

“就是做好事积攒功德和信仰之力。”

南鸢沉默片刻后，道：“等我将医术练到家了，就去江湖上悬壶济世。”

虚小糖“哇”了一声：“太棒了！但是鸢鸢，你不是不想离开定北王府吗？你说他是你的男人，你不会把他还给气运子。”

南鸢微微蹙眉。“还”这个字，她不喜欢。

虽说萧洛寒是这个世界气运子女主的官配，但凡事讲究一个先来后到，她又没死，萧洛寒现在是她的，谈何“还”字？

不过南鸢想起第一个世界天道的操作，总觉得天道会摆她一道。

到时候，她可能会被迫给气运子挪位。

“我很好奇，萧洛寒若是遇到气运子女主，会怎么做？”

虚小糖惊喜地道：“鸢鸢你能想开太好了！咱还是乖乖给气运子腾地方吧。三条腿的蛤蟆不好找，两条腿的男人满街跑，咱不缺男人！有我在，我给鸢鸢挑很多很多美男！”

南鸢：小糖又看了什么奇奇怪怪的东西？

秋猎转眼及至，皇家秋猎大队出发的时候，浩浩荡荡，阵仗大得很。

可是，这次秋猎结束得很快。

秋猎当天果然出事了。

皇上携皇后和几位妃嫔在观猎台上观猎之时，暗中突然射出一支冷箭，直冲皇上而去。

那时皇上左边站着皇后，右边站着盛宠的梁贵妃。本能之下，皇上竟一把扯过皇后挡在了身前。皇上因此躲过一劫，皇后却中了箭，正在抢救中。

群臣和一些因年纪尚小没参与狩猎的皇子、公主都在观猎台上，全都目睹了皇上那自私至极的举动。

颜面尽失、狼狈不已的老皇帝雷霆大怒，当即封锁现场，下令彻查此事。

射中皇后的是一支袖箭，袖箭轻短，可暗藏于袖中的特制箭匣中，但射程在十丈之内，离皇上十丈之内的都是亲卫、大臣和皇子、公主、嫔妃等人。

等到那射入皇后胸口的袖箭被太医拔出来，太医竟发现，那细小的袖箭上面刻着一个东宫的“东”字。

冷箭一案追查数日，最终查到了一名太子党羽身上。

这名党羽又在暗中接触过很多人，有五皇子的党羽，六皇子的党羽，还有数位保持中立的大臣，案件变得扑朔迷离……

最后，皇上诛了此人的九族，此案不了了之。只是自此之后，皇上把手中的大权攥得更紧了，并接连寻由头处置了几个大臣，这里面有的是太子党羽，有的是五皇子和六皇子党羽。

一时之间，朝堂上风声鹤唳，草木皆兵。

第四章

王妃不见了

定北王府。

萧洛寒正盯着那写字的女子，目光深沉。

不似她卧在软榻上时放松慵懒，坐在桌前写字时，女子脊背挺直，姿势端庄又优雅，低垂的眉眼如一幅静谧的画，越看越有韵味儿。

萧洛寒看得有些移不开眼。他总以为一切尽在自己的掌控之中，因为幼时经历和这些年的磨砺，他很懂人心。

他曾以为，他也是懂小妖儿的。现在他却越来越看不懂她了。

她好像丝毫不关心朝堂上的风起云涌，又仿佛早已看破了一切，但不在乎。

她下定决心做什么就会竭尽全力去做，譬如学医，自己买来的杂书看完了，就从褚生秋那里借，遇到不懂的地方还会向他讨教。

一来二去，这两人相处的时日竟比跟他还要多。

萧洛寒心中吃味，只能警告褚生秋注意分寸。

岂料一段时间的接触之后，褚生秋就被他的小妖儿迷住了，时不时在他耳边夸一句王妃天赋极佳，假以时日必成大器。

萧洛寒嗤了一声，他的小妖儿不用别人夸，他知道小妖儿多厉害。

萧洛寒直勾勾地盯着南鸢看了许久，那目光就像一只野性未退的大狼狗盯着一根香喷喷的肉骨头。

南鸢正在默写《百草集》，虽然某人的视线十分灼热，她也只当看不见。

萧洛寒被冷落良久，终于忍不住了，放下矜持重重咳了一声：“小妖儿，不如本王帮你一块抄书？”

南鸢这才抬头看他：“王爷近日很闲？”

萧洛寒伸手捏她的脸：“小妖儿，你好没良心，本王这可是在帮你。”

“那就多谢王爷了。”南鸢立马将笔转交给他，自己则去软榻上歪着了。

萧洛寒摇摇头，坐在她刚刚坐过的位置，执笔蘸了墨，认命地帮她抄起书来。

女人身上淡淡的香气似乎还未散去，男人吸了吸鼻子，嘴角微勾一下，凌厉的眉眼都好似柔和了下来。

萧洛寒写了几页，突然翻了翻前面的，一脸嫌弃的表情：“小妖儿这一手丑字跟谁学的？张牙舞爪，跟你这性子可一点儿不像。”

南鸢的语气难得温和：“我会好几种字体，这种是写给自己看的。”

微微一顿后，她叮嘱道：“王爷仔细抄，抄错了可是会出人命的。”

萧洛寒听到这话，动了动嘴唇，想训斥些什么，但到底没舍得。

这小妖娇气得很，要是自己不小心惹毛了她，最后还是得自己去哄，所以他又何必去惹她？哄着、供着便是。

萧洛寒也没想到，自己有一日会变成这副德行。

“皇后的人可再找过你？”萧洛寒想起正事，不禁问她。

“她找没找过我，你会不知道？”南鸢反问。

萧洛寒顿时低笑一声：“本王从暗卫口中得知跟小妖儿亲口告诉本王，还是有些区别的。”

南鸢点了点头：“那我亲口告诉王爷，没有。陷害太子最可疑的人是五皇子和六皇子，皇后忙着复仇，哪有心思再管别人？”

萧洛寒听到这话，心情十分愉悦，手中的毫笔仿佛飞舞了起来。

“那毒妇中了一箭之后，身体大不如前，兴许会走在母妃前头。”

他口中的母妃自然是养母贤妃。贤妃身子之所以亏损这么严重，没几个年头可活，就是因为年轻时小产两次。而贤妃的两次小产，跟皇后脱不了干系。

若当日对准皇上的那支冷箭是别人放的，皇上或许会觉得愧对于皇后，毕竟他情急之下拿她挡箭。

可偏偏这箭出自东宫。

有了这么一出，皇上的愧疚感没了，还会给自己找“冥冥之中天注定”的借口，觉得皇后挡箭是在替自己的儿子抵消罪孽。

本就不受待见的皇后从那之后更不受皇上待见，连带着太子也越来越不被喜欢。

而嫌疑很大的五皇子和六皇子也让皇上心里有了刺，两人的生母淑妃和梁贵妃不复以往的盛宠，老皇帝更愿意宠幸后宫的新人。

如今，手握重权的老皇帝看哪个皇子都觉得他们在觊觎自己的皇位，脾气变得越来越古怪，渐渐开始重用那些身体患疾、肯定跟皇位无缘的皇子。

定北王恰好满足这样的条件，老皇帝看他的目光都和善了不少。

暗流涌动中，冬去春来。

南鸢已经从褚生秋这里学到了很多东西。当然，因为传承的问题，褚生秋没有把最精妙的医术和药方传给她。

加上有定北王这个助力在，无论南鸢想要什么病症的病人，定北王都能让人给她找来，所以她也不缺乏实践经验。

夜三找来了新的病人，南鸢把完脉，对褚生秋道：“是盲肠发炎。桂枝尖三钱，泡苍术五钱，闽泽泻四钱，泡白术六钱，结朱苓四钱，石菖蒲五钱……清水煎服，连服两日。”

褚生秋一脸赞赏：“不错。”

想起什么，他兴冲冲地道：“我已经给师父去信了，若师父答应，王妃可以拜入我师父门下，日后我们便能以师兄妹相称！”

“我也期盼能跟褚大夫成为同门。”南鸢应道。

能拜到褚老神医的门下，能学到的东西更多，南鸢自然不会拒绝。

听小糖说，原世界里，褚生秋遇上气运子女主甘拜下风，后来气运子女主更是直接跟褚老神医成为忘年交，彼此讨论医术，双方皆倾囊相授。

南鸢学医时日尚短，有限的时间内，自然跟气运子女主没法比，她也没打算跟对方比。

“褚大夫，王爷回来了。”夜六突然提醒一声。

褚生秋一听这话，立马溜了，免得那个醋坛子又对他横眉竖眼。

“小妖儿！”萧洛寒一进门就抱着自己的王妃亲。

今夜的他格外热情，南鸢的体能早已至巅峰，完全招架得住。

南鸢的心情还算不错，因为萧洛寒伺候她伺候得越来越好了，对她也十分纵容，几乎有求必应。

只是，第二日清早，当萧洛寒端着一碗药，十分体贴地吹凉了喂她时，南鸢的好心情全都见了鬼。

“什么药？”她看向坐在床边神清气爽的萧洛寒。

萧洛寒毫不避讳地回道：“避子汤。本王尝了一口，不是很苦，小妖儿一口喝了它，本王已经给你准备了蜜饯。”

南鸢面无表情地盯着他。

萧洛寒被她盯得有些不舒服，莫名地有些心虚，解释道：“以前不喝，是因为你身子没调养好，不易受孕，但如今小妖儿身体无恙……以防万一，小妖儿还是喝了这药为好。”

微微一顿，他目光闪了闪，淡淡地道：“本王暂且不打算要孩子。”

说到后面，萧洛寒心底的那种心虚烦躁感越发浓重了。

一开始根本就没打算让小妖儿给他生孩子，后来他改变了想法，觉得小妖儿给他生一个孩子也不错。

只是如今政局不稳，谁也不知道后面会发生什么，他想等朝堂稳定之后再说。

他也算是为了小妖儿好，她却用这种眼神看自己，仿佛他做了多可恶的事情一样。

萧洛寒原本还算柔和的表情顿时就变得紧绷起来，一脸不悦：“小妖儿不肯喝？你就这么想给本王生孩子？”

南鸢轻轻地将药碗推开，睨他一眼：“王爷有心了，不过这东西我确实用不着，因为我本就终身不孕。”

“哐当”一声，萧洛寒手一松，手里的汤碗突然摔到了地上，四分五裂。

汤碗碎了，避子汤流了一地，还溅到了萧洛寒那玄色绣暗纹的华贵袍子上。

但萧洛寒似乎毫无察觉。

他愣在原地，脑子里嗡嗡作响，眼神失焦，表情茫然。

良久之后，他才好似反应过来眼前的女人说了什么，张了张嘴巴，咽了咽喉咙，万分艰涩地问了一句：“小妖儿可是在跟本王置气？”

南鸢回道：“我心胸宽广，鲜少与人置气。”

她若真的动怒，那便是要开杀戒的时候。

这王爷虽然烦，但也只是做一些让她手痒想揍人的事情，她还不至于开杀戒。

不过这一次，她的确比以往任何一次都想揍他。

古代君王专制世界，医学还不完善，医疗也不发达，低廉一点儿的避子汤那就是水银，多为青楼女子服用。便是富人家用的避子汤，也是用藏红花和麝香制成。

这些东西含毒，她只服用一两次的话，毒素轻微不碍事，可若长期服用，那必然有损身体。

萧洛寒说这避子汤药方是褚生秋给的配方，跟其他避子汤不一样，没有副作用。

这简直是大言不惭，便是如上个世界那样医疗发达的所谓现代化世界，研制出的避孕药也有不小的副作用。

南鸢闻到这避子汤的味儿，便猜到大致成分了。三棱、红花、莪术……全都是活血祛瘀的凉性药。

通过凉性草药，让子宫保持一种凉性状态，以此达到避孕目的。就算宫寒加重，内分泌失调，凭褚生秋的本事，以后她也有机会再调理回来。

但是……呵。

南鸢抬起眼皮子看了他一眼："王爷去换身衣裳吧，脏了。"

萧洛寒盯着她看了很久，突然一把攥住了她的手腕，五指逐渐收紧。

在得知她这一身皮肉过于娇嫩之后，他便很少这么粗鲁了，一不留神就在那手腕上留下了几个指印。

男人的眉头皱得死紧，声音又沉又哑："小妖儿，你真的不能有孩子？本王不信！你肯定是骗本王的！"

女人淡淡地反问："我为何骗你？我不会用凡人之躯为任何人诞下后代。"

萧洛寒死死盯着她，仿佛要透过这双淡漠的眼看进她的心底。与女子对视的那双眼竟比他发病时还要猩红恐怖。

他看不到这女人的心底，便只能哑声问她："小妖儿，你莫非……瞒着我服用了终身不孕的断子汤？"

南鸢沉默。差不多吧，她一早就服用了小糖给的断子绝孙丸。

听小糖说，它空间里有很多它爹留下的宝贝，除了各种手札，还有各种秘药。

一颗断子绝孙丸下肚，她终身不孕不育，无副作用，还能强身健体，男女皆能服用。

不管是中低级世界的动物、普通人、武林高手，还是高级世界的妖、魔、仙或未来异能者，通通可以服用此药，且药效不打折扣。

女人良久的沉默似乎证实了萧洛寒的猜测。

他难以置信地瞪着眼前这个让他掏心掏肺的女人，心中一口郁气悉数转化成了怒火，沸腾着，翻滚着。

"小妖儿，你当真服用了断子汤？"

男人问出口的声音发颤，有那么几个字因为抖得厉害，残破不全。

小妖儿竟偷偷服用这种虎狼之药？她就这么不想给自己生孩子？！

亏他还想着等以后政局稳定了，就拉着小妖儿造人。

哪怕她是妖，他也不介意。

萧洛寒抓着南鸢的手紧到颤抖，然后在某一刻骤然松开。

他往后踉跄了一步，脸上的柔情在一瞬间消失得干干净净，戾气和煞气在他的眼中肆虐。

他努力抑制着自己的怒火，才没有当场掐死这个女人。

她怎么敢问都不问他就做出这样的决定？！她真以为他堂堂定北王非她不可吗？！

萧洛寒因为情绪起伏剧烈，急促地粗喘了几下，阴恻恻地盯着女人，几乎是从牙缝里挤出几个字："希望你日后不要后悔。"

说完，他狠狠地拂袖离去，长靴自碎碗上踩过，因为脚步沉重，碎片扎破了长靴。

被汤汁打湿的靴底在屋中落下两排残缺的湿脚印，脚印里洇开一抹血色，一直延伸到门外。

他受了伤，却丝毫未觉，大步走远，将屋门重重关上，发出了震耳的声响。

南鸢站在原地愣了愣神。

不想要孩子的可是他，现在她如了他的意，他又闹什么脾气？

莫非他又反悔了，想要孩子了？

不过，他的意见并不重要，她是不会给任何人生孩子的。

定北王怒气冲冲地从听雨阁离开的事情，很快传遍了王府上下。

所有人都知道，定北王跟定北王妃发生了争执。

一连数日，定北王都没有再踏足定北王妃的听雨阁。

春蒲和夏柳担忧无比，李妈和张妈也摸不透王爷的意思。

这日，夏柳急匆匆地跑进来，气得直跺脚："王妃，不好了！王爷他……他要纳新人了！"

"什么？"春蒲急忙问，"夏柳，你这消息从何而来，可是真的？"

"我从夜六那里打探来的，千真万确！据说王爷昨日被下属诓去逛醉香楼喝酒，看上了里面一个卖艺不卖身的清倌，那不要脸的频频送秋波，王爷当场就花重金把人给赎了，昨夜还宿在了那人的屋中……"

南鸢等她们叽叽喳喳地说完了，才镇定地问了句："王爷打算什么时候将人抬进门？"

这话刚问完，不等几人回话，外面守门的李妈就快步走了进来，低声提醒道："王妃，王爷来了。"

门外脚步声靠近，萧洛寒如一尊杀神一样临近。

几日不见，这个男人似乎又回到了两人初见时的样子，周身煞气环绕，面色沉沉，眉间的一抹戾气不化，一副凶神恶煞的模样。

男人高大挺拔的身子立在门口，不再靠近一步，仿佛这里已成一个让他无比厌恶的地方，连多往里走一步都不愿。

"本王要往府中纳一房小妾。"他神色冷漠地盯着那歪在软榻上的女子。

几日未见，她还是跟以前一样面色红润，可见这几日睡得极好，丝毫没有因为他的冷落受到影响。

萧洛寒垂下的手，猛地紧握成拳。

"明日本王便抬璃茉进门，王妃准备准备。"萧洛寒声音极冷，如裹冰霜。

南鸢凝视他片刻，声音比平时冷淡一些："王爷当真要抬新人进府？"

萧洛寒目光微闪，冷笑道："本王只是来通知王妃这件事，不是来询问王妃意见的。"

南鸢顿了顿，颔首道："那王爷请便，我也只是通知王爷一声，但凡你宠幸了除我之外的任何一个女人，日后就别来我这听雨阁了。"

她要什么男人没有，岂会要一个被其他女人沾染过的男人？

萧洛寒听到这话，眼里却闪过一抹扭曲的快意："迟了，本王已经宠幸了璃茉。"

南鸢听到这话，不禁正色了几分，认真询问了一句："王爷当真宠幸了那女人？"

"岂会有假？本王在醉香楼留宿一夜，全京都的人都知道了，也就王妃日日埋头苦读，连本王去了哪里都不知道！"萧洛寒冷嘲热讽，说话的声音都拔高了几分。

南鸢眉头微蹙了一下又松开，不咸不淡地"哦"了一声："行，我知道了。"

萧洛寒：就没了？

萧洛寒一张脸沉了又沉，黑了又黑，双眼紧紧盯着她，不放过她脸上的任何一丝表情。

"王妃没有其他要说的了？"他问。

南鸢想了想，补充道："等她进府，我会好生安置她，绝不因为她身份低下而轻贱于她。不过，也请王爷日后都别再碰我了。"语气一如既往地平淡，说出的话却不容置疑。

萧洛寒凝视她片刻，没能从她脸上看到任何多余的情绪，紧抿的唇下撇，握紧的拳头青筋毕露。

他突然冷笑出声："本王正有此意！既然王妃不想给本王生孩子，本王又何必再碰你？！日后这听雨阁，本王不会再踏足一步！"

说完，他怒气冲冲地大步离去。

等人走远，南鸢突然问小糖："璃茉是谁？"

虚小糖也不知在忙什么，过了一会儿才冒泡："鸢鸢怎么知道璃茉的？原世界剧情中，璃茉也是定北王抬进府的小妾，但不是什么正经小妾，这女人的真正身份是暗十八卫中的唯一一个女暗卫——暗八。

"暗八在一次秘密任务中受到重伤，就转到醉香楼当了清倌，改名璃茉，为男主收集各路消息。后来有个五十多岁的富商看上了璃茉，死活要花重金将她买回府当小妾。定北王为了保下她，就抢先一步将她抬进府了，不过并未宠幸……"

南鸢：搞了半天，定北王抬回门的小妾是自己的下属？

萧洛寒这种人，的确不会吃窝边草。但他做戏给别人看就算了，跑到她面前耍什么威风？他还跟她说宠幸了别的女人，莫非是报复她不给他生孩子，故意气她？

蠢兮兮的，就他这智商，也难怪在原世界里跟女主相爱相杀，虐身虐心，兜兜转转才走在一起。

萧洛寒可能不知道，方才有那么一瞬间，南鸢想断了他的命根。哪怕只是一闪而过的念头，也十分可怕了，毕竟南鸢若是真正想做什么事的话，无人可挡。

"小糖，这位璃茉姑娘明日就会被萧洛寒抬进府。"南鸢道。

正在说个不停的虚小糖大惊："啥？明日？这不该啊！气运子女主都还没来呢！"

"鸢鸢，我看我们还是赶紧走吧！还有两个月气运子女主就要过来了，咱们赶紧给她挪地方。"

南鸢倚在窗边，双手环胸，望着窗外已经陆续绽放的百花，淡淡地道：“好啊。”

她的确打算离开，就算没有萧洛寒蠢兮兮地故意激怒她的做法，她也准备走了。

因为这段时间，她太过于放纵自己。

所以，她是时候抛下萧洛寒，去外面“浪”一“浪”了。

晚上，南鸢一个人照例睡得很好。

听雨阁四周隐藏的气息多了好几道。萧洛寒嘴上说得好，说什么再也不踏足她的听雨阁，却暗暗找了五六个暗卫来盯她。

暗夜三十六卫中，夜十八卫早已转到明处，这些人都是随定北王征战，做了将军和护卫。而暗十八卫仍在暗处。

这些暗卫武功高强，已有不少被派出去执行任务，要么行商敛财，要么盯梢敌人，抑或杀人取命。

而这些任务，很有可能一执行就是数载。还能随便活动的暗十八卫不过十个。

如今，萧洛寒却派出五六个暗卫，只为盯梢一个女人。

南鸢觉得好笑。

他在她面前翻了脸，逞了威风，却又在转瞬间加派人手盯梢，生怕她逃跑一般。

翌日，一顶粉色小轿从定北王的侧门被抬了进来。

清晖园的扶风阁，是距离出云阁最近的小院阁楼。如今这地方被赐给了新进门的璃茉姑娘。

据说当晚，定北王歇在了扶风阁里。

夏柳打探完消息回来，神情欲言又止。

南鸢看她憋得慌，便道：“你说。”

“王妃，奴婢见了那位从醉香楼来的狐狸精，果真长得极美，便是奴婢看了都有些心动。”

南鸢淡淡地“哦”了一声：“看来这女人要盛宠好些时日了。”

“王妃怎的一点儿不着急？”夏柳跺脚，一副气极的模样。

“急有何用？我就算失宠了，也少不了你们的一口饭吃。”

夜深人静之时，下人们口中正在宠幸小妾的定北王，此时却站在定北王妃的床边。

他垂眸打量着那安睡的女子，目光浮浮沉沉，明明灭灭，高大的身影仿佛渐渐融入了那飘飘荡荡又影影绰绰的幔帐中。

突然，他脱了鞋袜爬上床，动作熟练地将女人捞入自己怀里，手臂越收越紧，紧得有些发狠。

“但凡你表现出丝毫的不乐意或者不开心，本王都不会让璃茉进门。本王可以想别的办法安置她，哪怕那样麻烦了许多，也容易引起有心人的怀疑。可你没有……小妖儿，这么多日不见本王，你真的就一点儿不想本王吗？你不想我，我却想你了。很想……”

男人将头埋入了女子的颈间，眼里起了雾：“小妖儿，你就不能对我好一些吗？”

天亮了，听雨阁里没有夜风的凉意，也没有露水的湿意。

南鸢睁眼后，拥着被子坐了一会儿，似乎在醒神。

梳洗之后，南鸢坐在桌前继续抄书，姿态颇为闲适。

如今，手里的医书已经全部看完并抄完，从萧洛寒那里得来的珠宝也装了袋。

于是这日，南鸢突然对夏柳道："我这里有几个问题要请教褚大夫，你去请他过来。"

王妃经常向褚大夫请教一些问题，夏柳丝毫不疑，应了话就走了。

夏柳走后，南鸢将一小袋珠宝赏给了春蒲："这些不是御赐贡品，你可以拿去典当或是转让。"

春蒲吓了一跳："王妃使不得！这……这可是王妃用来铺软榻的珠宝，奴婢怎么敢拿？"

"这些都是次品，我已经看腻了，你尽心尽力伺候我多年，值得这些。"

南鸢又说了几句，春蒲才诚惶诚恐地接下袋子，跪在地上叩首："奴婢愿一辈子服侍王妃！"

南鸢摆摆手，趁这么点儿空当写了封书信，大大方方地放在了桌上。

春蒲不识字，没有多问。

片刻后，褚生秋背着医药箱进门。

南鸢见他欲言又止，便抢先开口，问了几个关于疑难杂症的问题。

褚生秋替她解惑之后，轻咳了一声："王妃，有些话我想跟你说，是关于王爷的。"

南鸢瞥了他一眼。

"我知道王妃可能还在气头上，不想听，但你就当给我几分薄面。"

不等南鸢拒绝，他便道："师父给王爷治病的那几年，我是跟着他老人家的，后来等我能独当一面了，师父便丢下我跑了。如此算下来，我跟着王爷也有八九个年头了。

"王爷这人面冷心冷，天不怕地不怕，骨子里又倔又狠，不光对别人狠，对自己更狠。他打打杀杀到现在，才总算过上了点儿安生日子，可这安生也只是表面安生，这定北王府外危机四伏，一个不小心就可能身首异处。处在他这个位置，若不能威慑别人，早就被别人生吞活剥了，所以他的强势和狠戾已经成了一种深入骨髓的习惯，很难更改。"

南鸢倒了一杯茶给他："一口气说这么多话，不累？"

褚生秋哭笑不得地接过茶饮了一口："王妃是直性子，我也不拐弯抹角了，王爷最近过得不太好。人憔悴了很多，也越发寡言少语了。他这性格，指望他主动向谁低头，难于上青天。所以，王妃去哄哄他吧。你信我，他其实很好哄。他对你真的——"

南鸢不等他说完，便点了他身上的肩井穴。

褚生秋身上一麻，突然动弹不得。

他瞪大眼看向南鸢，神情极为震惊："王妃，你想干什么？！"

"他过得不好，我难道很好？他已经严重影响到了我的睡眠和心境，令我十分困扰。"

南鸢神情冷漠地说完，一掌劈向他的脖颈。

褚生秋晕倒在地。

南鸢闭了闭眼，须臾之后，从空间里取了化形水服下，化成了褚生秋的模样。

"轰隆隆——"

定北王府上空，突然电闪雷鸣。

南鸢望着窗外，忽地冷笑一声："区区化形水而已，也值得你天道警示？"

南鸢扒下褚生秋身上的衣物换上，大摇大摆地走出了听雨阁。

这化形水即便在高级世界也是难得一求的神药，人服下之后，只要脑中想着见过的人，身体便能自动调节成那人的模样，从骨到形再到身上气息，无一不同，远胜于易容术。

南鸢借用褚生秋的身份，就这么畅通无阻地出了牢固如铁桶一样的定北王府。

之后她乔装打扮一番，买马车、雇车夫，一路高调地出了京都城。

这个世界出城门无须路引，加之这几年无战事，守门护卫管理宽松，南鸢随便编个身份登记，再使点儿银子，就能顺利出入城关。

"公子去往何处？"被雇佣的车夫是个十五六岁的少年，叫常忍冬。

少年一笑，露出两颗小虎牙，模样清秀，看着十分讨喜。

"去千重山幻影谷。"南鸢没有丝毫犹豫。褚生秋，他的师父对她很感兴趣，既然如此，她这就去找神医深造一下。

"千重山幻影谷？公子，幻影谷我没听过，但千重山我知道。不过千重山很大，横穿了七八个城镇，公子可否告知小人这幻影谷临近哪个城镇？以免走了弯路。"

"我也不知，你随便走吧。"马车内传出南鸢漫不经心的声音。

常忍冬有些忐忑地问："公子真让我随便走？若是走错了怎么办？公子会扣我的工钱吗？"

"不扣你的工钱。"

"得嘞！"

常忍冬得了准话，顿时就放心了，咧开嘴露出的两颗小虎牙在夕阳余晖下泛着光。

人烟稀少的官道上，少年驾着一辆马车走远。

夕阳余晖中，车轱辘在道路上留下了两排深深浅浅的车痕……

此时的定北王一片混乱。

定北王妃不见了！

桌上留了一封信，是王妃写给王爷的。

显而易见，王妃不是被掳，而是自己离开的。

几人大惊失色。

不等张妈找到王爷禀报此事，暗中盯梢的几个暗卫便先一步去请罪了。

萧洛寒携一身煞气冲至听雨阁，破门而入，鹰目飞速环视一周，目光森然阴寒。

小妖儿果真……不在了。

他发怔片刻，突然大步冲上前，疯了一般将床上的被褥扯开，所有的柜子、箱子一切能藏匿人的东西通通被打开踢翻，嘴上不停地喃喃道："人呢？人呢……

"那么多人盯着，她怎么可能跑得了？怎么可能……"

定北王如一只横冲直撞的野兽，怒吼咆哮，亮出了所有的利爪，随时都能将人撕裂！

春蒲、夏柳趴在地上，瑟瑟发抖。

所有人都想不通王妃是怎么离开王府的。

眼看定北王已经处于爆发的边缘，春蒲大着胆子道："启禀王爷，王妃给王爷留了书信，就……就在桌……桌上。"因为过于惧怕，她的声音剧烈颤抖，磕磕巴巴。

咆哮撕扯踢打的野兽动作一顿，萧洛寒缓缓转头看来，双眼布满了红血丝，目眦欲裂。

野兽已经亮出了利爪。

夏柳惊呼一声："不好！王爷要发病了！"

夏柳爬起来就往外跑，大喊："来人！救命！夜侍卫救命——"

发病的萧洛寒直冲过去，五指狠狠掐住了她纤细的脖子，双目猩红，面容扭曲，声音嘶哑："王妃在哪儿？本王的王妃去哪儿了！小妖儿去哪儿了——"

"咯——奴婢不……不知——咯——"夏柳双眼翻白，喉咙已经发不出完整的音节。

夜三和夜六赶到，夜六立马上前救人。

若非两人来得及时，夏柳很有可能已经被发病的定北王活活掐死。

褚生秋仗着自己轻功好反应快，又有夜三和夜六吸引火力，成功落下第一针！

第一针落，萧洛寒动作变缓，然后褚生秋又迅速落下数针。

萧洛寒逐渐清醒，只是双眼还有些猩红，表情还有些残存的狰狞扭曲。

"松开本王。"他哑声道。

夜三和夜六瞅向褚生秋，见他点头，才松了手。

满头大汗的萧洛寒起身走至桌边，视线触及桌上的信封时，心中山崩海裂般的怒气在一瞬间消失，还有些扭曲的面容也归于平静。

他目光落在那信封上，盯着"萧洛寒亲启"几个龙飞凤舞的字体看了许久。

他伸手去拿那信封时，指尖微微发颤，手在半空中定了定后，才迅速拿起那信封塞进了怀里。

萧洛寒眼里肆虐的戾气沉淀了下来："王妃是怎么不见的？"

两刻钟之后，萧洛寒依旧是那副面无表情的样子，只是双眼似乎失了焦距，像是陷入了什么思绪当中。

褚生秋、夜三和夜六几人知道前因后果之后，担忧之外全是震惊。

王妃就这样抛下王爷跑了？不愧是王爷看上的女人，够狠！够狂妄！够胆大包天！

三人更好奇的是，王妃的乔装技术到底高超到了什么程度，竟能瞒过全府上下这么多人，就连暗中盯梢的暗卫也全被她骗了过去。

"王爷，如果马上派人去追，或许还来得及。"褚生秋道。

夜三和夜六齐齐点头。只要王爷一声令下，他们拼死也会把王妃找回来。

萧洛寒却没有提追人的事，身上的锐气收了起来，多了一丝颓然的气息："你们都退下吧，本王想一个人静一静。"

等所有人离开后，萧洛寒掏出了怀里的信封。

他几乎是屏住呼吸取出了里面的信。

入眼三个字令他瞳孔震裂。

狗王爷？

狗王爷：我去悬壶济世修身养性了，勿寻，可念。

萧洛寒捏着信纸的手指猛然收紧，在信纸上捏出了深深的褶皱。

“可念？你抛下本王，还指望本王念着你？本王没有这么贱！”

萧洛寒将手里的信纸撕成碎片扔出去，呵呵冷笑道：“区区一个女人而已，你以为本王会因为你的离开伤心难过，一蹶不振？你当本王是什么人？下面有那么多人等着本王发号施令，本王的雄图大业还未实现，本王的抱负还未施展，这定北王府之外危机四伏，步步惊心，容不得本王出任何差池，本王早就心坚如石，刀枪不入，你以为你能影响到本王什么？走吧，走了好，也省得本王下手，本王早该杀了你……”

可是嘴上说着不在意，说着早该杀了对方，男人的双眼却越来越红，他仰起头，没有让眼里的湿意淌成泪滑落。

第五章

本王很想你

天色暗了下来，夜幕降临。屋内红烛泣泪，光晕笼罩，四周静悄悄的。

萧洛寒不知维持着一个姿势僵坐了多久。

终于，他动了一下，往前走了几步，垂眸盯着那散落一地的碎纸片。

迟疑了一会儿，他蹲下身，将地上的碎纸片拢了拢，全部捡起放回了桌上。

“来人。”男人突然出口的嗓音沙哑干涩，像是有什么东西在粗糙的砂纸上擦过，摩得人耳朵生疼，心口也发堵。

夜三推门而入：“王爷有何吩咐？”

“给本王取一碗糨糊来。”

夜三应是，一去一回，很快就拿来了东西。他目光不着痕迹地自桌上扫过，眼里闪过一抹极度震惊之色，不过瞬息便又恢复正常。

“退下吧。”

夜三福了福身，面不改色地出了门，并小心翼翼地将门合上。

等视线被彻底阻隔之后，他方细品那惊鸿一瞥中看到的东西。

他若没看错的话，那堆成一大撮的碎纸片，应当是……王妃留给王爷的信。

信居然被人撕成碎片了！

为何人所撕？屋中只王爷一人，自然是王爷撕的。

然后重点来了，撕碎的信纸又被王爷捡起来了，现在王爷还要了糨糊。

王爷这是打算重新粘起来？

我的天啊，有朝一日王爷竟会干出这种蠢事！

撕得那么碎，得有数十近百张碎纸片了吧，王爷得粘到啥时候？

夜三长叹一声。他好像一不小心又发现了王爷的一个秘密。

紧接着，他又想到了一句老话：死要面子活受罪。

这种事其实完全可以让下人去干，但王爷这么要面子的人，夜三就只能当没看见，并给他掬一把同情泪了。

听雨阁。

烛光下，萧洛寒垂头，粗糙的手指正一点点拼凑着被他撕得粉碎的信纸。

小妖儿懒，就写了两句话，拼一拼倒也不难。

他想通了，这是罪证，得留着。若日后他逮到小妖儿了，还有很大的用处。

萧洛寒拼了半天才拼好，可惜还缺了两张碎纸片。

他起身准备去找，结果起得太急，袖子一不小心从纸片上拂过。刚刚拼好还没来得及粘的碎纸片全被……打散了。

大半纸片被袖子拂到了地上，飘飘洒洒，如同雪花一般落下。

其中一张小纸片被拍得飞起，打着旋儿落下，眼看着就要飘到旁边的烛火上。

萧洛寒神色骤变，立马伸手去抓。烛火烫伤了他的指尖，他仿佛未曾察觉到一样。

纸片没有被烧，萧洛寒松了口气。

可转眼看到那周围散落一地的碎纸片，他的双眼几乎震裂。

烛光下，他的双眼血丝密布，看起来有些瘆人，也有些可怜。

萧洛寒擦了擦额上的汗，蹲在地上，一边挪着脚步，一边去拢纸片，拢不到的就一片片地捡。

这次，他脱了笨重的袍子，只着亵衣，耐着性子重新拼了起来。拼好之后，立马用糨糊糊好，然后才小心翼翼地起身，去找剩下的碎纸片。

萧洛寒端起烛台在屋里走了几圈，终于在软榻下面找到了缺失的两张纸片。

这两片拼起来，正好是“狗王爷”三个字。

萧洛寒盯着这三个字看了半天，神情莫名。

“狗王爷……

“小妖儿，原来你在心里就是这样骂本王的。”

明明是骂人的话，他竟不觉得生气。想到小妖儿那般波澜不惊的面容下，却有着不与外貌相符的丰富念头，他反而觉得好笑。

除了狗王爷，她还会在心里骂什么？面上她一句话不多说，又冷又傲，心里却藏着这么多不为人知的小心思……

小妖儿还有这么可爱的一面。

萧洛寒抿着嘴，将最后两张纸片糊了上去。

他看着终于粘好的信纸，将上面的内容重新看了几遍，突然低低笑出声来。

之前怒气冲天，没细品这其中的内容，此时他却看得连连失笑。

悬壶济世？小妖儿才从医不到一年，就想着悬壶济世了？

勿寻，可念？霸道的小妖精，不准他去找她，却又让他想着她、念着她，哪有她这样蛮不讲理的？

他若念着她的话，她可会念着自己？

萧洛寒笑着笑着，脸上的笑容就淡了下来。

他的指尖从开头的“狗王爷”三个字上轻轻拂过，自嘲一笑，低喃道：“萧洛寒，瞧你这点儿出息……”

定北王妃走后的第二天，定北王就把璃茉姑娘遣送出府了。

可谁知，府里刚被定北王清理干净，转眼间皇上又赐婚了。

御史大夫府中的二房嫡长女被赐给定北王当侧妃，圣旨已下，不容抗旨。

萧洛寒急匆匆地去了一趟宫中，回来时身上煞气四溢。

皇上非但不收回圣旨，还端着一副为他好的嘴脸。

萧洛寒冷笑，这就是万人之上的掌权者。

他一句话就能决定别人的生死，就能逼着任何人去做自己不想做的事情！

萧洛寒以前就知道权力有多重要，所以这些年才步步谋划，已经有足够的底气对抗朝中任何一方势力。但以前自保多于权力的诱惑。

唯有今日，他深刻地意识到，自己若想不被任何人左右，就必须坐在那个位置上！

半个月后，御史大夫府中，二房嫡长女不幸落水，女子再睁眼时，眼中闪过一道光芒。

又半个月之后，一顶花轿载着御史大夫中的二房嫡女从定北王府的侧门进入。

定北王纳了御史大夫府中二房的嫡女为侧妃。

"公子，前面又是一个小村落，还是逗留两日？"常忍冬问。

马车内，南鸢打着哈欠"嗯"了一声。

这马车颠簸，睡都睡不好。

"公子可真是心善，这一路上经过的村落，公子竟都无偿给村民治病。"常忍冬一脸崇敬之色。

他见公子穿得这么体面，出手又这么阔绰，猜测肯定是大户人家的少爷。

谁知道这大户人家的少爷竟懂得医术，还时常不要钱地给那些穷困人家看病，心肠太好了。

不过想到公子的正事，常忍冬嘀咕道："公子，照您这样走走停停，恐怕半年都到不了千重山。您看，这都两个多月了，咱们才穿过了三座城池。"

这一路上村落不少，公子在每个村落逗留两日，那加起来逗留的时间比赶路的时间都长！

南鸢直接丢给他一锭白花花的银子："给你加银钱。若你不想干了，我中途会寻其他车夫。"

常忍冬立马将银子推了回去，撇了撇嘴，有些不高兴地道："我是那种乘人之危的人吗？这一路上公子救济了那么多百姓，银钱都使出去好多了。"

南鸢挑了挑眉："乖孩子，回头给你买糖葫芦吃。"

常忍冬的脸登时一红："公子，我又不是小孩子了，你怎么拿糖葫芦哄我？"

马车驶入一个村落，刚至村头，两人便看到一群人在撵一个皮肤黝黑的村姑。

"你这个没良心的小姑娘，我四叔看你可怜才收留你几日，你竟说出开膛破肚救人这种胡话！"

"走走走！再胡言乱语，就算你是女子，我也照打不误！"

那村姑眉头紧蹙："我知道我说的话对你们而言有些匪夷所思，但四叔公的病情再拖下去，就算是华佗再世也救不了他。"

正想错开这群人继续往前的南鸢立马对常忍冬道："忍冬，停车。"

她撩起帘子看向那被一把推搡到地上的女子，一脸诧异。

气运子女主？

这个世上，除了鬼医圣手气运子，还有谁敢说出开膛破肚来救人这种话？在百姓眼里，开膛破肚那就是杀人，说出这话的人那就是在妖言惑众。

不过这事怪不得当地百姓，有些超出思维局限的东西，普通人很难接受。

“忍冬，过去看看。”

狭小偏僻的村头泥巴路上，一辆朴素却宽敞的马车停了下来。

不多时，赶车的小厮跳下，撩起了车帘子。随后，一个年轻男子下了车。

此人着一身朴素的苍青色长袍，腰间系着一根鸦青色布带，脚蹬一双玄色长靴，五官精致绝伦，只是神色颇为冷淡。

南鸢逃离定北王府的时候用了褚生秋的形貌，但易容几次后犯了懒，便用化形水又换了张脸。

一开始本打算化成阿清，可惜阿清的相貌她已经记不清，所以她化成了顾清洛的模样。

比起褚生秋，顾清洛的这张脸自然更为精致俊美。表情冷淡的“顾清洛”，突然出现在这么一群相貌普通的百姓之中，被衬托得越发清新俊逸，高洁傲岸。

男子踱步上前，将地上的女子扶了起来，然后朝众人抱拳：“鄙人姓顾，是一名乡野游医，敢问此处发生了何事？”

村民们目露警惕之色。

常忍冬有些不悦，立马出头道：“我家公子品性高洁，一路上救了不少患病的村民，还不收诊金。你们村中有谁患病，尽可以找我家公子看诊，公子会在此处逗留两日。”

村民们一听这话，态度顿时就不一样了，于是一人一嘴说了起来。

某汉子道：“这姑娘叫锦瑟，是我四叔从镇上回来的时候遇到的，说是投靠亲人的路上丢了盘缠，没地方可去，四叔见她可怜，就带回村子里收留了一段时日。

“前几日，四叔腹痛难忍，吃了几日药还不见好，这位锦瑟姑娘突然说我四叔是得了什么急性阑尾炎，必须马上动手术。我问她动手术是什么意思，她居然说拿刀子破开我四叔的肚子，从里面割掉一截肠子！”

某婶子也愤愤然道：“这剖开肚子还能活命？还割掉一截肠子？她一个女子居然说出这么血腥残忍的话！”

某年轻小伙子：“四叔公好心好意收留她，她竟想要四叔公的命！这女人就是个白眼狼，是个魔鬼！”

一群人气愤不已地控诉着这个说要开膛破肚的女人。

南鸢听着几人你一言我一语，不禁打量旁边这位蹙眉不语的小黑妞。

她的脸上应该是涂了一层药膏，令肌肤看起来黑了不少。

锦瑟注意到南鸢的打量，神色微凝片刻，解释道：“四叔公的急性阑尾炎已经拖了多日，现在出现了高热并发症，十之八九已经阑尾炎化脓穿孔，变成了化脓性阑尾炎。再拖下去恐怕会因腹膜炎或者感染性休克等原因死亡。”

锦瑟一双黑亮的眼正视着南鸢，语气诚恳，眼含期盼。

“你这毒女又在胡言乱语！还不赶紧滚出我们村儿！”村民们又被激怒。

南鸢淡淡地瞥了黑妞一眼，点点头，下一刻却附和着村民道：“的确是胡言乱语，这人的肚子哪能随便切开？”

村民们一听这话，对这位游医顿时信任了不少。就是就是，哪有开膛破肚救人的？这明明是杀人！

锦瑟抬头看南鸢一眼，眼里闪过一抹失望之色。

她见此人生得俊逸非凡，举止优雅有涵养，还以为是个眼界开阔之人，却不想，仍是如此。锦瑟重新低头，目光淡漠。

刚刚训斥了黑妞的南鸢转而对众人道："我医术尚可，你们若是信得过我，便带我去看看那位四叔公，或许我能治好他。哦，不要诊金。"

这种好事，村民怎么可能不答应，反正死马当活马医。

"此次出门过于匆忙，没有带给我侍奉针灸的童子，这位锦瑟姑娘可否暂时给我打个下手？"

旁边一个婶子立马变脸："她？！不行，她想要四叔的命，她就是个——"

南鸢微微一笑，让人如沐春风。

那婶子突然说不出话来了，脸颊发红。

这小伙子长得也太俊了，像画里的人儿似的。他这么俊美儒雅，反倒叫她说不出一句粗鄙话。

村民将这位俊俏的郎君带去了四叔公的屋中。

躺在床上的四叔公已经六十多岁了，被疼痛折磨得连连呻吟，看起来极为痛苦。

南鸢从忍冬手上接过药箱，取出一卷银针，几针下去之后，床上的老人顿时停止了呻吟，神情也缓和了不少。

旁边的锦瑟微微蹙眉，摇了摇头，这几针下去只能暂时缓解疼痛，治标不治本。

四叔公的阑尾炎已经化脓穿孔，发热也只是并发症，任由他这样继续下去，四叔公迟早会死。

四叔公必须得做手术，这是唯一可以活命的机会。

村民们看这公子露出的这么一手，顿时信了他的医术，脸上都露出了笑容。

"顾大夫，我四叔公病情如何？可能治好？"一个年轻汉子问。

南鸢道："有些严重，但并非没有办法。接下来我要施展我独门针灸之术，约莫需要一两个时辰，这期间任何人不得打搅。忍冬，你去门口守着，谁都不许偷窥。"

等屋里只剩下南鸢和锦瑟了，南鸢开门见山地问："锦瑟姑娘，你开膛破肚的话，有几成把握？"

锦瑟双目倏然一睁："你……你信我？"

"开膛破肚的刀具和缝合的针线可有？"南鸢继续问。

诧异过后，锦瑟镇定下来，回道："并非开膛破肚，而是在腹部切一个小口。我需要用到的东西都藏在我这包袱里，可惜我缺一样东西。公子可有麻药？"

"麻药没有，但我可以帮你点他身上的麻穴，可保他上半身两个时辰内毫无知觉。"

锦瑟闻言，放下心来，道了句："多谢顾公子。"

她打开自己的随身包袱，解了那件裹起来的衣服，衣服里藏着一套手术刀以及猪膀胱制成的一副半透明手套。

南鸢：啧，不愧是气运子女主，这才来多久，就搞到了这么一套有模有样的手术设备。

锦瑟走近四叔公，还没来得及解释什么，就见四叔公惊恐地瞪大眼看着她，“啊啊”地叫出声。

南鸢伸手，干脆利落地点了他身上的哑穴，连同麻穴一起点了。

锦瑟蹙眉看向他，有些迟疑地道：“顾公子，我从不强人所难，尤其是救人，若病人本身抗拒，我不会强行手术。”

“这个简单。”南鸢掏出一锭圆滚滚的银子，在老人家眼前晃过，对这位四叔公道，“老人家，不瞒你说，你已病入膏肓，无药可医，活不过三日。”

床上的老人瞬间瞪大了眼。

南鸢悠然继续：“锦瑟姑娘所说的开膛破肚取阑尾之法乃最后的办法，你若愿意让她开膛破肚，你的病会被治好，这锭银子也给你。若是答应，你便眨两下眼。”

锦瑟微微瞪大眼看着南鸢，有些惊异，而后心中发笑。

四叔公心中天人交战，最后含泪眨了两下眼。

病患同意医治后，锦瑟立马开始动手术。

她用烈酒擦洗了病患的腹部，手术刀也蘸了酒并用火烧烤一遍，然后手起刀落，在老人的右下腹壁切出一个几厘米的小切口，准确无误地寻找阑尾，结扎根部，切断，缝合等。

一系列动作流畅无比，整个手术过程加起来竟用了不到两刻钟。

南鸢静静立在一侧看她，时不时帮她递一下东西。

不愧是鬼医圣手，动作熟练，仿佛已经做过千百遍。

锦瑟手术完毕，擦了擦额上的汗，转头看向南鸢，冲她展颜一笑：“手术很成功。”

南鸢：黑黢黢的一块小煤炭，笑起来可真丑。

意识到什么，锦瑟脸上笑意敛起，正色道：“多谢你信我，敢问公子如何称呼？”

南鸢淡淡地道：“我姓顾，名清洛。你医术很厉害。”

“可是没人信我。”锦瑟叹息。

她在自己的世界，是享誉全球的鬼手圣医，救过国家首脑的命，给身家千亿的富翁做过脑瘤手术，救下的每个人都很有分量。而她不想救之人，就算对方花费数百亿都不一定请得动她。

可她如今不过是想救一个有恩于他的老人，其他人不信任她也就算了，这位老人竟也不信任她。

想到顾公子用银两诱惑四叔公答应做手术的举措，锦瑟又是一阵好笑。

手术结束之后，南鸢装模作样地坐在床边，手里捏着银针，对锦瑟道了句：“去开门吧，叫他们看看我的高超医术。”

锦瑟抿嘴笑了笑，丝毫不介意他将自己的成果偷了去。

哦不是，这怎么能是偷呢？这是当着她本人的面光明正大地拿。

于是，村民们进屋后，看到的就是胸膛和脑袋上插着许多银针的四叔公。

那丰神俊朗的游医顾公子当着他们的面，动作优雅地一一收了针，对他们道：“老人家好生休养一段时日，便没什么大碍了。”

村民们一听这话，对他感激不已，连连道谢。

“这两日，我就在村头，家中如有患恶疾者，可来村头寻我，我不收诊金。”南鸢道。

她觉得自己用洛洛这张脸说出这么无私奉献的一句话时，应该很像一尊浑身散发着金光的活菩萨。

果然，村民们听到这话后大喜，就连气运子女主也露出了诧异的神色。

到了村头，常忍冬问村民借了一套桌椅，动作熟练地摆好纸墨笔砚，然后将前些日子做的旗幡插到旁边。

只见那黄色旗幡上写着“救死扶伤，妙手回春”八个大字，字迹看似端端正正，但起承转合之间还是能看出一点儿潦草随性。

这位顾公子已经端坐在了村民提供的破旧长凳上。

锦瑟经此一事后本打算就此离开柳溪村，但见他这副架势，突然就想多留一会儿。

“顾公子若不嫌弃，我愿意继续给公子打个下手。”锦瑟道。

南鸢微微抬眉：“那就有劳锦瑟姑娘替我写药方了。”

南鸢刚说完，脑子里突然传来一道惊恐的尖叫声：“鸢鸢，锦瑟这名字是气运子女主逃出定北王府之后在外面行走江湖时候用的名字！这……这……这个莫非是气运子女主？！我就打了个盹儿的工夫，气运子女主怎么就跟鸢鸢你勾搭在一起了？”

“嗯，这就是。”南鸢淡定地回了一句。

虚小糖又是一阵哇哇乱叫：“啊啊啊！为什么气运子不在定北王府？鸢鸢走了之后，不是给气运子女主挪位了吗？为什么气运子女主已经在行走江湖了？鸢鸢，我好慌啊。”

南鸢：屃小糖。

“不慌，我们没插手，不管发生什么都不关我们的事情。”南鸢神色淡定。

她其实也有些意外，萧洛寒竟没有娶气运子女主。

原世界的主线发生变化了？

四叔公没花一个铜子儿就治好病的事情很快在柳溪村传开，村民们纷纷赶来。

就算有人不看病，也在一旁看起了热闹。

来的这些村民大部分只是一些小痛小病，有些却是身怀多年的旧疾，还有一些纯粹是来看美男子的，尤其是年轻的村姑，没病也硬说自己有病，脸蛋红扑扑的。

南鸢一一把脉诊断，能用针灸治好的，便给病患扎针，不能的，便口述药方，锦瑟执笔书写。

两人分工合作，配合默契。

这时，一位热情大胆的婶子突然上前询问：“顾大夫可娶了妻？若是没有，你看我家杏花如何？”

南鸢微微一顿，道：“我娶亲了，内子生得十分好看，这世上再没有比他好看的人了。”

天道给气运子女主选中的男人，不说别的，光说这皮囊，就是极好的。这个世界的确再找不出一个比萧洛寒更俊俏的男子。

所以萧洛寒才会时常吐槽她长得丑，他那般好看的皮囊，的确有资本吐槽她这具身体丑。

那婶子一听顾大夫有了家室，只能遗憾地离开。

“顾公子为何不带着夫人一起？”锦瑟好奇地问。

南鸢顿了顿，淡淡道：“他身患恶疾，不宜出远门。”

“阿嚏！”坐在听雨阁里的萧洛寒突然打了一个响亮的喷嚏。

他揉了揉有些发酸的鼻子，从一个精致带锁的宝盒中取出了那张不知道看过多少遍的糊糊信。

看着那开头的“狗王爷”三个字，萧洛寒鼻子酸完，眼睛酸。

“小妖儿，此时此刻你在做什么？本王在想你。”

萧洛寒不知道他的小妖儿身处何地，又化作了何人的模样，但知道小妖儿又骗了他。小妖儿明明是有妖力的，能随意化形！

哼，他经过特殊训练的暗卫怎么可能识不破普通的易容术？那必定不是易容术。

既然小妖儿能随意化成别人的模样，若有意躲着他，他就算派出所有暗卫，也找不到她。他能做的，似乎就只能是她主动归来。

萧洛寒觉得自己现在极像一个等着老爷宠幸的深闺怨妇。

但他能怎么办？

谁叫他喜欢上这么个没心没肺的小东西，这小东西还能来去自如，他根本管不住她！

萧洛寒郁闷地捶了两下床，意识到自己手上还捏着那封信，赶忙又卸了力，轻轻抚平信纸，对着信纸上的字喃喃自语：“本王娶回来的那侧妃已经被本王故意发疯时的样子吓傻了。本王没碰她，等时机到了，本王就给她一纸和离书，让她回家去。本王这辈子就只碰你一个……”

萧洛寒照例发完牢骚后，将小妖儿写给他的信叠好放回了宝盒中，上好锁，谁都不给看。

萧洛寒哪里知道，他的小妖儿已经变成了男人，还四处散发魅力。要不是自称已婚，拒绝了许多想要给她做牛做马的姑娘，这一路下来她早就左拥右抱了。

锦瑟听说顾公子的夫人患有恶疾之时，心下诧异：“便是顾公子也治不好令夫人的病？”

南鸢“嗯”了一声：“我是出来寻药的。”

这说法倒与萧洛寒在老皇帝面前的说辞不谋而合。

只是两人皆知，这话是在扯淡。

锦瑟却生出一丝艳羡之色，她以为在这封建时代，很难找出一个专一痴情的男子，却不想才来这里不久，便遇到了一个。

“顾公子，我医术不错，你若信得过我，我可以随你回去看看夫人的病情。”锦瑟道。

南鸢微微扬眉，随即若有所思起来。

哪有这么容易？原世界里气运子女主也是历经千辛万苦才找到了最关键的两味药。

“我已经有了一些眉目，若我此次再治不好内子，可否再劳烦锦瑟姑娘跟我走一趟？”

锦瑟颔首，浅笑道：“没问题。”

游医顾大夫在柳溪村待了两日，治愈了不少病患。

其中一位妇人需要长期服用一服药才能治愈旧疾，可惜那药中有一味比较昂贵的名药。

妇人家中支付不起，南鸢便借了一锭银子给她，但打了两份欠条，对方一张，自己留一张。

南鸢将自己的那欠条随手扔给了常忍冬。

常忍冬从马车上取下一个匣子，将欠条规规整整地放入了匣子中，嘴上嘀咕了句：“公子又乱花钱帮人。”

锦瑟看过去，发现那匣子里同样的欠条竟然已经积攒了厚厚一沓。

她心中惊异，等到没人的时候才问：“顾公子借出的银两这么多，这些穷苦的百姓什么时候才能还得清？”

南鸢淡淡地道：“我原本也没想着要他们还。”

锦瑟微微一愣，问：“顾公子是怕他们不能心安理得地收下银两，所以才让他们打了欠条？”

南鸢：并不是。她只是想让这欠条时时刻刻提醒这些百姓，让他们记着自己给的恩惠，除了自动划给她的那丁点儿功德值外，可以主动贡献出一点儿信仰之力。

锦瑟沉默半晌，突然叹道：“我已经许久没见到过如顾公子这般境界的医者了。”

这位顾公子看似冷漠，实则拥有一颗广济天下的医者仁心。

“我欲一路向南，去往千重山，锦瑟姑娘可顺路？若不顺路，我们便就此分道扬镳吧。”

南鸢只是客套地问了句，不料气运子女主突然冲她一笑：“我不知去往何处，顾公子可介意我跟你一起悬壶济世？”

南鸢：可以说介意吗？

最后，南鸢还是带上了锦瑟。

气运子女主大概对南鸢很有好感，竟主动说起了自己的事。

“所以锦瑟姑娘是逃婚出来的？”南鸢问。

锦瑟却摇头：“我使计让填房所出的嫡妹替我嫁过去了。”

南鸢一顿，哦，萧洛寒终究还是取了个侧室。

托气运子女主的福，南鸢原本平平淡淡的旅途变得异常……丰富。

譬如之前行路那么久，也没遇到山贼，可这次遇到了，一不小心就解锁了主线剧情，南鸢轻松制服山贼，然后认识了包罗寨三当家林裕，一个患有咳症的俊俏山贼。

但原剧情中，锦瑟治好三当家的咳症之后，应该在山寨中住上十天半月的，并令林裕对她生出情愫。

可现在锦瑟小黑妞成了南鸢的小跟屁虫，南鸢走，她也便跟着走了。

又譬如，几人好端端地在赶路，突然又偶遇了走货的某某富家公子，货物淋了雨，差点儿被毁，锦瑟想出了妙招，保住了那些货物，公子感激不尽，邀请几人去家中小坐。

南鸢不去，锦瑟也就不去。

气运子女主没能在富商公子的府中小住，自然也没有令那富商公子生出更多的情愫。

再如，路上偶遇一名受重伤的布衣男子，那男子长相出色，一看就不是个寻常人，锦瑟帮对方包扎完，南鸢丢下一锭银子，两人便又离开了。

在第N次偶遇麻烦之后，南鸢面无表情地道：“锦瑟姑娘，是时候分道扬镳了。”

“公子可是在撵我走？”锦瑟问，神色有几分失落。

这一路，她跟着顾公子救死扶伤，觉得很充实，也过得很开心。

“公子可否再收留我一段时日？我不会给公子添麻烦，公子这一路上想做的事情，锦瑟也会倾尽全力相助，公子不想做的事情，锦瑟也不会做。”

南鸢：说好的傲气傲骨呢？为什么这小黑妞这么黏人？

“孤男寡女一起，终归不妥。”

锦瑟闻言，计上心来：“公子不嫌弃的话，锦瑟愿意与公子结为异性兄妹！如此一来，等日后嫂子知道了也不会介怀我跟了公子一路的事情。”

常忍冬喂完马过来找公子，正好听到这话，当即一瞪眼，惊道：“你……你怎么好意思跟公子结为兄妹？”

要不是跟公子待久了，受到公子那举手投足都极富涵养的熏陶，常忍冬就差一句话直接怼锦瑟脸上了：你这么丑的女人怎么好意思给公子当义妹？！

锦瑟也算个淡然之人，但这一路上愣是被常忍冬给刺激得会怼人了。

“我再丑，也比你好看，你给我等着！”

不远处就有一条小溪，锦瑟从包袱里掏出一包药粉后，去了溪边。没多久，再回来的黑妞锦瑟已经变成了肌肤白皙、粉粉嫩嫩的一个绝色小美人儿。

常忍冬看痴了：“你……是锦瑟？”

露出庐山真面目的美人儿冲眼前比她更出色的男子道：“公子，如何？我医术好，长得也不赖，给你当义妹不差吧？”

南鸢沉默片刻，颔首道：“可以，日后你……少惹事便好。”

“都听公子的，公子我们这便结拜吧？”

气运子转眼就成了鸢鸢的小弟，虚小糖有点儿发虚，这真的没事吧？

收下气运子这个义妹之后，很奇异的是，一路上顺畅了不少。

这对姿容出色的男女一路悬壶济世，不知不觉就在江湖上打出了名气，被世人称为双绝医仙。

萧洛寒手下有专门收集各种情报的暗卫，他知道这个名号的时候，已经距离小妖儿离家出走足足四个月了。

四个月前，凭空出现，还一路悬壶济世，这不跟小妖儿留信上说的一模一样？

是小妖儿，这个男子肯定就是小妖儿！

原本坐着的萧洛寒“唰”的一下站了起来，呼吸都变得急促了。

“暗四，给本王继续留意这双绝医仙！一旦有什么动静，立马回禀给本王！”

“属下遵命！”

等暗卫离开后，萧洛寒双手负背，深深吸了一口气，眼里掠过一抹精光，嘴角也高高勾起，得意地哼了一声：“小妖儿，你以为变成男人，本王就不知道是你了？”

可那喜悦飞扬的语调转瞬又变得低沉下来，一身戾气掺杂着说不出的落寞和萧瑟，他呢喃了一句：“小妖儿，快回来吧。

“不会生孩子也没关系，以后本王不要子嗣了，本王只要你，只要你回来就好……”

南鸢这一趟原本是要去千重山寻那褚老神医的，只是那褚老神医近几年行踪诡秘，她就算去了那无影山，也不一定能见到老神医的人。

是以她这一路并不急，而是慢悠悠地走，一路上救救人，攒点儿功德值。

马车正在小镇的道路上走着，前面突然传来喧哗声，有人群挡住了去路。

“忍冬，去看看怎么回事。”

车内的锦瑟想撩开窗帘瞅一瞅，但一想到自己和义兄的脸都太过招摇，便忍住没动。

不一会儿常忍冬小跑回来：“公子，前面路上有个妇人晕倒了。”

锦瑟蹙眉道：“既然有人晕倒，为什么路人不将人扶到路边，却看起了热闹？”

常忍冬立马道：“那晕倒的妇人脸上生了脓包，看起来有些可怕。”

锦瑟看向南鸢，询问道：“兄长，我们要不要去看看那妇人？”

虽然两人主要在贫穷落后的村落看病，但这病患都找上门了，哪有置之不理的道理？

南鸢想到她的惹祸体质，说实话还真有些不想管，这是镇子，附近应该有大夫，不是非他们不可。

不过，有时候病人的病情的确耽搁不得。

“那便去看看吧。”

两人下马，刚刚露脸，便惊艳了附近的人群。

围观的人群自动让开了一条小路。

倒地不起的妇人看起来二十六七岁，旁边跟着个八九岁的童子，那小男孩吓哭了，一直喊娘亲。

南鸢还未走近，便发现了那妇人脸上的几个已经溃烂的脓包。

就在这时，虚小糖突然惊恐地大叫：“鸢鸢，这人的症状好像是主线里提到的瘟疫啊！可这瘟疫明明发生在两个月之后啊，怎么提前了这么多？”

南鸢听到“瘟疫”二字，眉头瞬间皱起。

瘟疫，这可是个麻烦东西。

锦瑟正要走近观察那妇人的病情，刚往前一步，便被南鸢扯住了手腕：“不要贸然上前，我怀疑这是疫症。”

“疫症”二字一出，锦瑟还没反应过来，围观的百姓立马变了脸色，猛然间倒退数步。

“什么？疫症？瘟疫？天哪！”

“我刚才跟这妇人离得很近，我会不会被她染上病了？”

“这两年风调雨顺，好端端的怎么可能出现瘟疫？”

“肯定是这人胡说八道！咱们县城里怎么可能出现瘟疫？”

附近的郎中带着一个学徒匆匆赶来。

“是济世堂的赵大夫！”有人道破来人的身份。

那四十来岁的郎中上前查看一番，立马往南鸢这边看了一眼，呵斥道：“什么疫症，简直是胡说八道！这就是普通的疖病！”

锦瑟第一眼看过去的时候，也觉得这是疖病，只不过是已经化脓溃烂，所以看起来严重。

可她再细看，就发现了区别。疖子也称毛囊性脓包疮，刚开始只是红色硬结，后来便形成了脓疡，溃烂后有脓液。数目成片，反复发作的话就是疖病。

这妇人脸上的脓包溃烂流脓，脓里带血，已经不是简单的毛囊性脓包疮了。

那郎中却十分自信地道："我给这妇人开一些外敷的药膏，涂抹半个月便能恢复正常。"

郎中的话让远远围观的百姓都松了一口气，然后这些百姓转头就开始斥责散播谣言的男子。

晕倒的妇人被郎中带到了自己的济世堂，围观的人都散了，各回各家。

锦瑟一脸担忧："兄长，若这妇人真的是疫症，那这人群中恐怕不少人已经被染了病，难道就这么放他们离开？"

南鸢神色淡淡地道："我们拦不住的。有时候只有死了人，别人才会信你的话。"

锦瑟眉头紧蹙："可那时就来不及了啊，会死很多人。"

"这也是没办法的事情。"南鸢的语气和表情都波澜不惊。

锦瑟却觉得他心里肯定不好受，这种明知会发生什么却无力阻止的感觉糟糕透顶。

"去找个客栈住下吧……"

是夜，济世堂负责照看那妇人的学徒突然惊恐地大叫："死……死了！赵师父，人死了——"

赵郎中口口声声只是得了疖病的妇人，当晚便咽了气。

同日，妇人那八九岁的儿子的脖颈和脸上也开始出现同样的脓包。

郎中吓得软倒在地，这才意识到了事情的严重性。

他必须马上通知县长，必须立马隔离患了疫症的病患！

然而，这时已经迟了。

不过几日，城里就陆续有人长脓包，并伴随着头晕、发热和恶心等症状。

从长出到脓包溃烂，只四五天时间，而一旦脓包溃烂，便活不过两日。

也就是说，一个人一旦开始长脓包，只能活六七日。一时之间，县城内人心惶惶，县令下令封城的时候已经晚了，许多人逃了出去。

此次疫症不受控制地越传越广，疫情也越来越严重。

第六章

本王关你一辈子

县城里，所有的大夫齐聚在益善堂，以顾公子和锦瑟姑娘为尊。

如今谁都知道疫症是这两人最先诊断出来的，加之有人认出了两人双绝医仙的身份，十分信服两人的医术。

南鸢和锦瑟给大夫和县衙侍卫们每人发了药汤泡过的面巾，嘱咐众人一定要时刻系上，且平日里要勤洗手，注意通风等。

以双绝医仙为首，大夫们不分昼夜地研究着药方。

然而，即便有气运子在，控制疫症的药方也迟迟没有研制出来。

县城里，每日都会有百姓殒命。这些人成群地死，也被成群地火化，到后来连骨灰都分不清谁是谁的。

染病的人越来越多，绝望的哭声和死亡的气息笼罩着这片区域的上空，那氛围令人窒息。

锦瑟已经熬了几天几夜，神色疲惫，眼圈又深又黑。

南鸢以前对气运子先入为主，颇有偏见，但一段时间相处下来，知道锦瑟很好。

锦瑟有一颗医者的仁慈之心，而她从一开始就是为了自己的功德值和信仰之力。

她无情、冷漠、凉薄，似乎一直都是这样，从未改变过。

萧洛寒从暗卫口中得知小妖儿就在疫情最严重的长昌县之后，神情大震。

片刻后，他垂下的手突然收紧，神色坚定。

萧洛寒连夜进了一趟宫之后，便匆匆离开了皇城。

长夜中，一匹高头大马正在官道上疾驰。

马背上的人着一身黑色劲装，身体伏低，几乎与座下的马融为一体。马蹄踏过，快得只能看到一道黑色残影。

翌日早朝，大萧帝公布了定北王任平疫使臣的消息，另派两名太医和数名侍卫跟从，随后，又做了第二个决定——封城。

封死长昌县和周围两个县城以及下面隶属的所有村镇，所有人只许进不许出！

群臣哗然。皇上这是要放弃足足三个县城的百姓啊！

定北王这一趟，极有可能有去无回。

萧洛寒骑着自己的爱马疾风，十公里才给疾风喂一次水，三十公里喂一次料，一百公里才歇息一次。如此，只两日工夫他便抵达了距离京都千里之外的长昌县。

掏出定北王的令牌，萧洛寒一路畅通无阻地见到了当地县令。

县令大人诚惶诚恐地亲自带路，惊得冷汗都冒出来了。

他知道此次疫情控制不住之后就让人三百里加急上报了知府，知府再上报朝廷。

到皇上得知疫情再下达指令，县令琢磨着最快也得七八日，没想到朝廷的人这么快就来了，还是定北王亲自前来！

“王爷，疫区十分危险，王爷当真要去疫区查看？”县令再三确定。

萧洛寒冷冷地瞥他一眼：“本王此次前来便是为了平息疫情，不亲眼看看，如何决策？”

县令听到这话，连连应是，额上的汗又叠了一层。

沉默片刻后，那生人勿近的定北王竟主动道了句：“本王听闻民间的双绝医仙也在疫区，你直接带本王去见这二人。”

县令是个人精，一看定北王这表情，就知他十分欣赏这双绝医仙，于是挑着说了很多双绝医仙的事迹：“这双绝医仙不仅长得貌美似神仙，心肠更好，这两人一路悬壶济世，不要百姓的诊金不说，遇到那家境贫寒的人还会自掏腰包给对方治病……”

萧洛寒听着听着，就有些走神了。

小妖儿差钱吗？她不差！

他送给小妖儿那么多宝石、夜明珠，小妖儿除了送春蒲一袋，剩下的那些，一颗都没有留下，全带走了。

哼，小财迷。

那珠子随随便便拿一颗去典当，便能换数不清的银子。萧洛寒有时候都要怀疑，小妖儿是不是一早就打算离府，所以才哄着他送了那么多方便携带的珠宝。想到这个可能，萧洛寒心里一堵，立马不想了，怕再往深处想，这一口气就要提不上来了，因为憋得慌。

越是靠近那死亡笼罩的疫区，定北王身上的戾气越是可怕。

曾经热闹的巷道上空无一人，四周弥漫着腐臭的味道。

县令也没了拍马屁的心思，神色肃然地开始给定北王说起了瘟疫的情况：“长昌县人口五万，这还不到半个月便已经死了近五千人……”

南鸢不知萧洛寒已经到了长昌县，此刻正听锦瑟和常忍冬斗嘴。

“忍冬，要不是我刚好进来，你是不是就要当着兄长的面脱衣服了？”

“我后背有些痒，怀疑自己染了病，是以让公子帮我看看，怎么不行了？倒是你，我都要脱衣裳了，你居然不回避，羞不羞啊你？！”

“我说忍冬弟弟，你的思想能不能不要这么污秽？只是上半身，我怎么就不能看了？”

常忍冬羞恼地瞪大眼，立马去扯南鸢的袖子，气哄哄地道：“公子，你快给我评评理，你看她一个姑娘家说的这是什么话？也太不害臊了！”

锦瑟立马扯住南鸢另一边的袖子：“兄长，忍冬总是这么一惊一乍，难为你忍了他这一路，叫我说，还是换一个车夫吧。”

“你！公子最喜欢我了，才不会换了我！”

“我是公子的义妹，他更喜欢我！”

南鸢被两人扯着袖子互怼，耳边叽叽喳喳的全是两人的声音。

她瘫着脸，正准备将这两个斗战小鸡崽推到一边。

却在这时，门外突然响起急促的脚步声。

那脚步声的步调和轻重让南鸢觉得十分熟悉，她不由得一怔。

就这么一怔的工夫，屋门突然被推开，一个高大英俊的男人立在屋门口。

男人两鬓有被风吹乱的碎发，面上似盖了一层风沙，嘴唇干裂，双眼干涩发红，携一身风尘而来。

他的目光准确无误地落在南鸢的脸上。

南鸢此时被锦瑟和常忍冬一左一右扯着臂膀，而她抬起臂膀正准备将人推开，这动作落入萧洛寒眼里，活像是她在……左拥右抱一般。

萧洛寒的眼睛一下就红了。

原本萧洛寒的双眼是干涩中带点儿血色的红，可在这一瞬间，那双眼“唰”的一下就变得通红通红的，一对眼白都快被熬了两天两夜的红血丝撑爆了，目眦欲裂，又恨又妒！

自打知道小妖儿在长昌县，他提心吊胆，生怕她一不小心也染上瘟疫，然后在他看不到的地方就那么没了。

他如此担心她，向来周全的他甚至连多余的安排都没有，便连夜出了京都。

他日夜兼程地往这边赶，一路风吹日晒，若不是怕累死自己的爱马，甚至可以不吃不喝不睡，就为了能早一点儿见到她，以确保她安全。

可小妖儿在做什么？她在此处左、右、拥、抱！

她顶着一张不知谁的俊俏小白脸儿，左手一个，右手一个，男女通吃，好不快活！

她置他这个正牌夫君于何地？！

再看小妖儿这面色，白里透红，哪里有半分他所担忧的吃不好睡不好的憔悴模样？！

萧洛寒胸腔剧烈起伏，两大步上前，用尽最后的理智才没有将那一男一女给直接踹死，而是只将人狠狠推开。

萧洛寒一把抓住了南鸢的手腕，眼里戾气狂涌，声音嘶哑若魔鬼：“我这一路上连水都没有多喝几口，马不停蹄地来寻你，你却……你——”

锦瑟和常忍冬正要冲过来救人，却见那长得人模狗样的疯子突然“哇”的一声，张嘴吐出一口鲜血，随后一头栽倒下去。

人家栽倒都是往后栽倒，这人倒好，直挺挺地往公子怀里栽。

令人震惊的是，公子不但没有推开他，还伸手接住了他。

常忍冬愤愤，锦瑟咬唇。

然而下一刻，两人双眼倏然瞪大。

公子将人扶住之后，竟将那硬邦邦的一看就很重的疯男人一把打横抱了起来，直接抱到了自己的床上。

公子抱姿娴熟，打横抱着这么一个大男人时步伐稳健，腿都不带打战的，显然不止一次做这种事。

这画面说不出地诡异。

锦瑟和常忍冬的表情瞬间就变得古怪起来。

莫非这浑身戾气的疯男人是公子的旧识？那他为何用这种几欲杀人的目光瞪着公子？两人之间莫非有什么恩怨情仇？

当两人从小吏口中得知这个疯男人是定北王的时候，两人的思绪受到了一阵暴风雨的摧残。

什么？这个气急攻心的疯男人居然是大名鼎鼎的定北王？！

锦瑟尤其震惊，这就是她本来要嫁过去当侧妃的那个定北王？

定北王不仅有正妃还有了侧妃，兄长却是一介布衣，这两人又是怎么扯上关系的？

锦瑟和常忍冬一瞬间脑补太多，此时的南鸢看萧洛寒的眼神绝对不是什么情深不寿，而是意外居多。

南鸢看着那脸色有些苍白的男人，突然问虚小糖："原世界里，萧洛寒也来长昌县了？"

虚小糖立马应道："是的呢鸢鸢，那个时候皇上对定北王还十分防备，就给他派了这个要命的任务，没想到他苦寻许久的女主恰好也在这里。两人重逢，旧情复燃，加上定北王不幸染上瘟疫，女主衣不解带地日夜照料，又及时研制出配方，救了他的命，两人感情升温，越发——"

"我知道了。"南鸢面无表情地打断了虚小糖的话。

虚小糖：人家还没说完呢。

不用虚小糖说完后面的事，南鸢自己便能猜到，所以废话就不用听了。

萧洛寒不远千里来相会，这次会的不是气运子女主，而是她这个定北王妃。

他是因为担心她，所以才急匆匆地赶来了？

南鸢在床边坐下，盯着昏过去的萧洛寒看，瞅了一会儿后，问虚小糖要了一颗护心丸塞他嘴里。

萧洛寒本就累了两日，又没怎么进食，加上急火攻心吐了血，昏倒之后便直接睡死了过去。

南鸢见他嘴唇干裂，取来茶水给他润了润唇。

想了想，她还是喊来了常忍冬："忍冬，我有事离开一会儿，你帮我照看他。"

常忍冬偷偷瞄他几眼，欲言又止。

"有事？"南鸢问。

常忍冬立马摇了摇头，什么都不说，只是脸颊微微泛红："公子去忙吧，我会好好照顾王爷的。"

南鸢微微一顿："嗯？你和锦瑟都知道了？"

"大家都知道了，当今圣上任命定北王为平疫使臣，还派了两名太医和数名随从过来，但王爷忧心疫情，便马不停蹄地先行一步，其他人还在路上。"

说到这儿，常忍冬微妙的目光在南鸢和定北王身上来回扫视。

这可是每天死数百人的疫区，王爷那是得有多忧心忧民，才能连大队伍都不等便一个人日夜兼程地赶来了？

谁信哪？

南鸢听到常忍冬这话，却面色如常。

她看到萧洛寒的第一眼就猜得八九不离十了，现在被人点破，也不觉得尴尬。

南鸢看了眼萧洛寒，嘱咐道："他太累了，所以睡过去了，你动静小一些，每隔一刻钟给他润润唇，我约莫半个时辰后回来。”

叮嘱完常忍冬，南鸢去找锦瑟了。

南鸢悠闲地逛去了厨房，自己动手熬了点儿暖胃的药粥。

这次萧洛寒不惧瘟疫风尘仆仆地赶来看她的举动，颇为暖心，倒是让她暂时忘掉了他以前犯的蠢。

南鸢盛了两碗粥回屋，叫常忍冬退下了。

南鸢坐在床边看萧洛寒，见他睡得香，等了一会儿才轻拍他的脸，声音难得柔和了几分：“萧洛寒，醒醒，吃点儿东西再睡。”

睡梦中的萧洛寒不禁皱眉。

好吵。

有一个男人在说话。

虽然是男人的声音，但那平淡无波的调调仿佛有些熟悉，跟小妖儿一模一样。

想到这儿，沉睡中的萧洛寒心里一个激灵，“唰”的一下睁开了眼。

一双血丝未退的眼径直对上一双清透明澈的眼。

眼前是一个俊美无俦的男人，那张脸可真俊啊，肌肤又白，绝对是京都名媛们最喜欢的那种顶级小白脸。

萧洛寒心里一堵，一把抓住对方的手腕，恶狠狠地道：“你就是顶着这张脸勾搭了那么多男男女女？小妖儿，你快给本王变回来！”

南鸢盯着他看了片刻，突然说了一句让萧洛寒如遭五雷轰顶的话：“没个一年半载，是变不回来的。”

萧洛寒傻眼了。

软乎乎的媳妇变成了个野男人，没个一年半载变不回来了？这岂不是让他当一年半载的和尚？

她怎么能这么过分？！

“本王不信，你肯定是骗本王的！”萧洛寒面色铁青，双目犀利地望着眼前这人，试图从这人脸上找出半点儿玩笑的痕迹。

可惜，他失败了。

他跟小妖儿朝夕相处那么久，对她的表情最清楚不过，哪怕她换了张小白脸的面孔。她这副毫无波澜的样子不是在说笑，她也甚少同人说笑。

她说的是真的。

萧洛寒心里委屈啊。

他原本想着，如果小妖儿生他的气，不同他欢好就算了，亲亲抱抱总可以吧？

可她变成这副鬼样子，这是让他连亲亲抱抱都不行了！

才消退一些的血丝又涌了上来，眼白充血带着点儿涩意，胸口仿佛塞了一团棉花，窒息得不行，他都透不过气来了。

“就不能早一些变回来吗？”萧洛寒问，爬满红血丝的眼好像蒙了一层水雾，看起来可怜巴巴的。

南鸢想，他现在大概还有些不清醒，所以才在她面前露出这副可怜模样。

他清醒时只会骄傲地仰起他那下巴，鼻孔朝天，或是张牙舞爪怒气冲冲地找人搏斗，哪里会在别人面前做小伏低。

他可是狂妄自负又有些幼稚的王爷。

南鸢忽地伸出手摸了摸他的头："看你表现，你表现得好了，我便早一些变回来。"

萧洛寒听到这话，双眼"唰"的一下变亮了，有些高兴又有些恼怒："本王就知道，你是故意吓唬本王的！你肯定能随时变回来！"

南鸢开始睁眼说瞎话："不算骗你，强行变回来的过程十分痛苦，一不小心便会丢了小命，你若是想我冒着性命危险——"

"不变了！"萧洛寒突然打断她的话，语气急促地道，"那就不变了，小妖儿，咱先不变了。本王看到你安然无恙便放心了，其他的日后再说。"

小妖儿离开的这段时间，他已经深刻地意识到小妖儿对他来说有多重要。

一年半载而已，反正他都等了这四个多月了，还怕再等一年半载？

等就等吧，但他怎么就越想越心酸呢？

他跨越千山万水而来，难道仅仅是为了来看她一眼，确保她是不是安然无恙？

想象中的小别胜新婚没了，香软香软的媳妇没了，亲吻拥抱更没了……

萧洛寒深吸一口气，掩下心中的万千酸涩。

罢了，如今说什么都没有用，小妖儿就是老天爷派来折磨他的。

"我熬了药粥，你喝点儿再睡。"

萧洛寒闻言，神情一扫疲惫，变得神采奕奕："小妖儿，你亲自给本王熬的？"

南鸢"嗯"了一声："想你这一路上也没怎么吃饭，便熬了点儿养胃的药粥。"

她转身，将桌上的粥端了过来。

见他不接，她眉头微挑："怎么，想我喂你？"

萧洛寒本来想顺口应一声"好"，但对上小妖儿这副颀长英挺只略逊色于他的身姿，这一声"好"便怎么都说不出口了。

他认命地将粥接了过去，大口吃了起来。

先前光顾着生气，他没怎么顾及身体，这会儿粥香味儿扑鼻，腹中的饥饿感后知后觉地袭了上来。

等他吃完一碗，南鸢又递了另一碗过来。

两碗粥都见了底，她才让人躺了回去："继续睡吧。"

可这会儿的萧洛寒满腹委屈和憋闷，即便困乏至极，又哪里是说睡就能睡着的？

想起他进门时看到的那一幕，他不禁气哄哄地问："小妖儿……你就不跟本王解释解释？"

瞅着这张俊美的面孔，他连"小妖儿"这三个字都有些说不出口了。眼前这人除了眼神和说话的口气，哪里有他家小妖儿的半分影子？

南鸢瞧他这副气恼的样子，只伸出一根指头抵在他的胸膛上，就将人给按了回去："数月未见，王爷还是老样子。”

萧洛寒不想躺着，躺着就要被这混账小妖儿居高临下地俯视。

但他听到她说这句话，不知怎么的，身上积聚起来准备反抗的力气瞬间就卸了下去。

他有些自暴自弃地躺着，表情颇为幽怨地瞅着她，道：“本王是没变，本王喜欢一个人就能喜欢一辈子，不像有的人，没心没肺，明明嫁了人，却抛下丈夫离家出走。离家出走就算了，还在外面四处拈花惹草、勾勾搭搭，什么清秀车夫、包罗寨三当家，什么江北富商、风流才子，最后还搞出个什么貌美似花的义妹，某人左拥右抱的，真是好不快活……”

南鸢听到这话，眼睛微微眯了眯，眯起的眼里含了一丝浅笑。

啧，他还真跟她委屈上了。

但他有啥好委屈的？

南鸢直接一句话就让萧洛寒闭了嘴：“听锦瑟说，王爷纳了她的嫡妹为侧妃。”

他既然将她查得一清二楚，锦瑟的身份自然也知晓。

还在控诉某人是花心大萝卜的萧洛寒一瞬间如同被人点了哑穴，喉咙一卡，说不出话了。

既然隐姓埋名，那便彻底隐姓埋名，当着别人媳妇的面乱嚼舌根算怎么回事？不知道内情瞎叽歪，那个叫锦瑟的女人跟长舌妇有何分别？

萧洛寒本就因为锦瑟黏着小妖儿的举动对她有意见，现在听到这话，便越发不待见这女人了。

“你听本王解释，本王那是逼不得已的！”萧洛寒吃过了这方面的苦，绝对不想吃第二次。

他连忙将这件事的来龙去脉解释给小妖儿听。

“本王见过了你这样的，哪里还瞧得上那些庸脂俗粉？”萧洛寒为了哄媳妇，也算是抛下脸不要了，将以前他亲口盖章定论说丑兮兮的那张清汤寡水脸夸得天花乱坠。

“那女人胆小如鼠，长得又丑，比不上你的一根头发丝。本王不过发了一次病，她就被本王吓得疯疯癫癫了。如此也好，省得本王再找其他借口休她。就在前几日，她已经卷铺盖走人。自她入府，本王连多看她一眼也未曾，更别说碰她了。”

说起这个，萧洛寒瞥了南鸢一眼，语气还怪骄傲的。

他堂堂定北王，可不是什么女人都碰的。宁愿当和尚，他也不屑碰那些庸脂俗粉。

南鸢听完他的解释，心情的确十分舒畅，便夸了一句：“做得挺好。”

萧洛寒嘴角微微上扬，在意识到什么之后，又立马拉下了脸。

明明是小妖儿对不起他，他居然心虚地给她解释这么多，还因为对方夸了一句就心情飞扬起来？

南鸢见他这副蔫巴巴的样子，活像一只没了攻击力的乖顺大狼狗，倒是比以前可爱多了。

于是，她也主动解释起来：“既然你派人查我，便该知我视忍冬为弟弟，锦瑟也是我义妹。他们跟我久了，比较黏我，没有别的念头。你进门的时候，两人正拉着我吵架，让我评理，你不必因此拈酸吃醋。”

萧洛寒喉间一哽，想他堂堂定北王，竟被小妖儿定论成了一个乱吃飞醋的无理取闹之人！

偏偏他还反驳不了，毕竟他都被气得吐血了。

“本王知道了。”萧洛寒烦闷地应了一句。

想起什么，他十分在意地瞅着小妖儿那张英俊绝伦的脸：“既然你是为了出门方便，为何要变成个俊俏公子？变丑一些难道不是更方便你行走江湖？”

这张脸的确好看，像画出来的一样，仙气飘飘的，而他长得再俊，也只是个糙老爷们。

萧洛寒突然觉得胸闷气短。

然而南鸢一句话就顺了他的毛：“不变得好看些，如何让你早日找到我？”

萧洛寒先是一怔，随即嘴角便慢慢勾了起来。

但他立马又绷起了脸，冲着她嗤了一声：“你当本王是小姑娘，这种哄人的话本王也信？就算你变得再丑，本王有心找你，也是能找到的，你不知道本王的势力有多大。”

说完他就翻了个身，背对着南鸢下逐客令：“本王困了。”

南鸢盯着他的后脑勺瞅了一会儿，放下幔帐离开了。

等她走远，假寐的萧洛寒才放肆地勾起嘴角，嘀咕一句：“就知道你舍不得本王……”

萧洛寒这一觉醒来，只觉得头昏眼胀，有气无力。

他迷迷糊糊地睁开眼，盯着南鸢那张化形的男人脸看了好一会儿，才似乎辨别出了这是何人。

这是……他的王妃。

“本王这是怎么了？”他问，开口的声音有些干哑。

“你感染了风寒，发热严重，我给你熬了药。”南鸢将药碗端到他面前。

萧洛寒微微瞪眼，一副不可思议的表情：“本王身强体壮，居然也感染风寒了？”

南鸢无语：“再身强体壮，也是食五谷杂粮的凡人，何况你这两日并未好好休息。”

萧洛寒愣怔片刻，接过她手里的药碗一口饮下，忽地盯着她问了句：“有些苦，可有蜜饯？”

南鸢：“没有。”

萧洛寒嘟囔了一句：“以往你喝药，本王都准备了许多蜜饯。”

南鸢瘫着脸看他：“这种时候，谁还有心情准备这个，你当你此时是在定北王府？”

萧洛寒低声哼哼：“本王来的路上淋了雨，你不知道多大一场雷阵雨，本王身上全湿了，就因为担心你，本王都不敢多歇息，湿答答地继续赶路。本王会变成这副样子，都是你造成的……”

萧洛寒嘟嘟囔囔地说了好多。

南鸢：这是在跟她撒娇吗？萧洛寒似乎变成了一个喜欢撒娇的小作精。

“所以我亲手熬了粥、煎了药。”南鸢道，一副“你还想如何”的表情。

萧洛寒吞吞吐吐地挤出一句话：“你若真觉得愧疚，便早些变回来。”

南鸢一眼看穿了他心里的小九九，冷漠无情地回了句：“变不回去。”

萧洛寒听到这话，可委屈了。

他堂堂定北王，好不容易见到媳妇，却吃不上肉，好心酸。

“你就是仗着本王舍不得伤害你，才可劲儿报复本王。”萧洛寒嗫嚅道，神色忧伤，表情脆弱，哪里还有半点儿高高在上的定北王的猖狂样儿？

南鸢看着他这副幽幽怨怨的小媳妇模样，很肯定，等他病好完全清醒之后定会后悔此时此刻又撒娇又抱怨，跟个怨妇一样的行为。

“我若是永远也变不回去，你当如何？”南鸢突然问了句。

她十分好奇，萧洛寒会怎么回答这个问题。

萧洛寒看着她现在这副男人身躯，目光突然变得阴恻恻的：“你就算永远变不回来，也别想去外面拈花惹草，本王把你关在王府里一辈子！”

南鸢微微眯起眼：“你觉得你关得了我一辈子？”

萧洛寒听到这话，恶狠狠的模样瞬间就蔫了，声音放软了下来：“关不了。所以，你别走可好？本王的小库里又有了许多上等珠宝，等你回去，那些都是你的。”

南鸢看他这副温柔的样子，顿时没了跟他较劲的心思，摸了摸他的额头：“你烧得很厉害，如果你清醒之后还能把今晚的话重复一遍，我不仅跟你回王府，还帮你治好你的疯病。”

萧洛寒听到这话，身上的锐气一点儿都没了，鼻音有些重地问：“你说的，当真？”

“我鲜少骗人。”

萧洛寒撇撇嘴，嘀咕道：“你明明骗过本王，还不止一次。”

但“作精”定北王总算是消停下来了。

得知这人要跟自己同床共枕之后，他连忙往里挪了挪。

南鸢和衣而卧，与萧洛寒隔开了一段距离。

“离本王这么远做什么？本王如今又不能把你怎么样。”萧洛寒没好气地瞅着她。

南鸢睇他，眼里含着一丝嫌弃：“你当真不知为何？你两三日未曾沐浴，身上一股汗臭味儿，若非床铺紧缺，我也不会跟你同挤一张床。”

萧洛寒听到这话，神色一变，羞恼至极：“那你还不给本王准备浴桶和热水？本王这就要沐浴更衣！”

“王爷病着呢，明日再说。”

“本王已经好了，本王现在就要沐浴更衣，你快去准备热水！”

南鸢一巴掌将他弹起来的上半身给摁了下去：“事儿多，你能不能消停些？”

“是你说本王臭……”萧洛寒又气又委屈。

“尚可忍受。”

萧洛寒气闷地翻身，背对着她。

说他身上臭的是她，不让他沐浴更衣的也是她，到底是谁事儿多？

可没过多久，他就又翻了个身，正对着她。

南鸢已经闭上了眼，但还没有入睡。

萧洛寒盯着她这张精致的小白脸看了半晌，道：“即便你是现在这副模样，本王也能将你办了。”

南鸢眼睛睁未睁，淡淡地道：“我还可以变成个老翁、老太太，届时你也下得了嘴？”

萧洛寒气愤地咬牙：“你果然是为了不让本王得逞才变成了男人，你真是好有心计！”

眼瞅着他又要开始闹，南鸢拍了拍他的狗头："别闹了，狗王爷，快睡。"

"狗王爷"三个字一出，萧洛寒先是一愣，随即"噌"的一下撑起半边身子看她，双眼大瞪，表情像是愤怒又像是兴奋，那各种情绪杂糅在一起的面孔变得有那么几分扭曲。

"你……你刚才叫本王什么？"他的声调拔高了一些。

南鸢要被他烦死了。

要不是看在他千里迢迢赶来看她的分上，她对他可不会这么有耐心。

"狗王爷？你心里这么想就算了，你胆敢当着本王的面喊出来，你真以为本王不会将你——"

南鸢睁眼，趁其不备，点了他身上的睡穴。

世界终于清静了。

发病的萧洛寒是残暴魔鬼，发烧的萧洛寒是话痨作精，不知道他喝醉之后又是什么样的……南鸢睡着前冒出了这么一个念头。

第二日，南鸢醒来的时候，旁边的人已经不见了。

南鸢微微挑眉。

看来他是完全清醒了，还害臊了。

县令早已给定北王准备了专门的歇脚处，但定北王嫌那地儿离得远，让人在这疫区又腾了一间房出来，离南鸢的屋子很近。

但这人如南鸢所料，病完全好了之后果真像是忘了昨晚上说过的话、做过的事，看到南鸢时，只表情淡淡地喊了声顾公子，便又继续忙活自己的事情了。

南鸢注意到他一大早起来便沐浴更衣过了，玉冠束得整整齐齐，衣裳也换了新的，看起来丰神俊朗，极有气势。

一身戾气的定北王往旁边一坐，那些个研究瘟疫配方的郎中头埋得死死的，屁都不敢放一个。

此人所过之处，鸦雀无声。

县令事无巨细地汇报着这段时日的疫情状况，早已冷汗涔涔。

定北王时不时"嗯"一声，周身气压骇人。

定北王萧洛寒如此坐镇了五日后，夜三、夜六和褚生秋也赶到了，不仅这三人到了，还带来了铁骑十八军中的六支。

而皇上派下的太医和护卫队，却在十天之后才赶到，与此同时，也带来了封城的旨意。

萧洛寒知道之后只是轻嗤一声。这派来的两个太医却不是医术最好的两个，护卫队也不是最精良的一支。

皇上压根就没想着治瘟疫，这是打算直接放弃三个县城的百姓。

上面派来的护卫队不顶事，萧洛寒便将自己的这六支铁骑军分成三股，分别去驻守三个县城。

他一手带出来的铁骑十八军各个骁勇善战，能以一敌百，不容小觑。

但萧洛寒还是面色凝重，不敢松懈。

每个人都觉得自己没有染病，每个人都想从这座被封锁的牢笼里逃出去，觉得只有逃出去了才能避免被感染瘟疫的下场。

不让他们离开，武力镇压，一次两次有用，时间一长，死亡的阴影越来越大，然后就会发生暴乱。

萧洛寒的担忧果真应验了。

第七章

小妖儿，别离开本王了

太医和郎中们近半个月都没能研究出治愈瘟疫的药方，而死亡人口还在继续增加之后，百姓开始聚众闹事，纷纷嚷着要出城。

萧洛寒让护卫绑了为首闹事的几个，以暴制暴，这才平息了暴乱。

而这天，其他两个县城也相继传来了坏消息。

萧洛寒回去的一路上，面色阴沉得能滴出水来。

“到底何时才能找出配方？！朝廷养你们何用？！”

定北王震怒，狠狠一拍桌子，这一掌下去，旁边的桌子瞬间被劈成了两半。

此次被派来的王太医和赵太医双腿一软，吓得跪趴在地上。

王太医忙道：“王爷息怒！这疫症千变万化，要对症才能下药，是以下官一时半会儿还找不出能解疫症的药方。”

赵太医也道：“王爷再宽限些时日，下官几个定竭尽所能地找出药方！”

两人趴在地上的身子颤抖不止。

这定北王怎么比皇上还可怕？！

别说两个太医了，其他郎中也齐刷刷地跪在了地上。

定北王发了一通火气之后带走了南鸢。

“如果本王放你走，你可愿意走？”萧洛寒神情凝重地道。

“你觉得呢？”南鸢坐在他对面，不紧不慢地倒了两杯茶水，将一杯递给他。

平息疫情，救治百姓，这么多功德值摆在眼前，她不可能走。

萧洛寒双目灼灼地盯着她：“本王知道你不愿意走，但是，连褚生秋对这次疫症都没有万全把握，本王不想你留在这儿。明日本王便派人送你离开！”

南鸢摇了摇头：“我不能破例。”

想起什么，她又慢悠悠地补充了一句：“你离开，我便离开。”

萧洛寒离开的时候，便是这疫情平息的时候。南鸢这话却让萧洛寒猛地愣住，眼里一瞬间翻滚起汹涌浪潮。

“你……”他虽然只是静静地看着南鸢什么都没说，但眼里的激荡情绪却让人难以忽视。

这些日子因着自己怒急攻心和染风寒的时候说了不少有损颜面的胡话，萧洛寒一时之间不知如何面对自己变成男人的王妃，加之这些日的确有很多事情要忙，他都没能同眼前这人坐下来好好地聊一聊。

如今，小妖儿只一句话便让他心中所有的芥蒂和别扭都烟消云散了。

她这话，可是在含蓄地说要与自己同生共死？

萧洛寒被这句话狠狠地拨动了心弦。

这世上，恐怕再没有比同生共死更动听的情话了。

他猛地将眼前的人拥入了怀里，狠狠地收紧了胳膊。

“不管你变成什么模样，本王都认定你了！这辈子，你都只能是本王的。”

他的欲望好似被眼前这人影响得淡了。他现在不求别的，只要眼前这人能够陪在他身边，不管以什么方式，他都接受。

只要，是她就好。

在接连的坏消息之后，褚生秋终于带来了一个好消息。

褚老神医得知瘟疫之事后，已经连日赶来，不日就能赶到，有褚老神医在，此次找出治疗瘟疫的配方定会事半功倍。

只是谁也没想到，褚老神医还没来，定北王却先倒下了。

定北王在又一次平息暴动之后，一回来便恶心头晕。

在意识到什么之后，定北王及时将自己隔绝在了屋中，除了送饭的下人，不许任何人靠近。

只一天，他的身上便生出了脓包，脖子和脸上的两个脓包尤其明显。

萧洛寒一个人坐在屋子里，面色沉沉。

他来之前就做了最坏的打算，可心里到底存了一分侥幸，他可是堂堂定北王，杀敌无数、数次从鬼门关逃脱的定北王，这一身煞气连阎王都嫌恶，不愿收他。

可他如今竟要死在这么个小地方吗？他宁愿身披战甲死在战场上，也不愿自己是因为染上疫症而丧命！

“吱呀”一声，门突然开了。

萧洛寒以为是送饭的下人，将脸偏了偏，看都未看那人一眼，只沉声道了句：“放下东西便速速离开。”

那人却仿佛没有听见一样，脚步声离他越来越近。

“没听到本王的——”萧洛寒转头呵斥那人，只是一句话还没说完便卡壳了。

他先是愣了愣，然后迅速扭转头，暴怒道：“谁让你进来的？给本王出去！本王特意叮嘱夜三和夜六看着你，不许你进来，他们怎么办事的？！”

南鸢脸上系了一方用药汤泡过的面巾，遮住了口鼻，只露出了半张脸，双眼淡漠无波：“来看看你染病时的丑态。”

萧洛寒：“……”

萧洛寒心中羞恼，但更多的是激荡和感动。

可是，他很清楚染病的人最终会变成什么模样，那些人身上长满了脓包，奇丑无比，脓包溃烂之后，还会散发出一种腐朽腥臭的味道。

他不想让小妖儿也看到这样子的自己。

于是他冷酷无情地道：“本王这副鬼样子你已经看到了，可以离开了。”

南鸢瞥他一眼："定北王身份尊贵，县令不敢怠慢，打算找下人过来侍疾。只是你这脾气旁人难以忍受，是以我揽下了这活儿。"

萧洛寒听到这话，双眼陡然瞠大，难以置信地死死盯着她。

某一刻，他的心脏突然"咚咚咚"地狂跳，如擂战鼓，呼吸都变得错乱起来。

小妖儿竟要给他侍疾？她知不知道自己在说什么？

南鸢说完这话，一步步靠近他。

萧洛寒吓了一大跳，连连后退，呵斥道："别靠近本王！你走！去告诉那县令，本王不需要任何人侍疾！"

此时的萧洛寒吼得大声，实则脑子里已经是乱哄哄一片。

他一直以为是自己喜欢小妖儿更甚，这个没良心的人根本没有多在意他。

可现在，他染了病，小妖儿却主动来侍疾！

小妖儿好像也是极喜欢自己的。

萧洛寒的心里沁出一丝丝的甜水，可那甜水很快就被苦涩淹没了。

他目睹那些染了病的百姓是如何痛苦地死去的，而他也会像这些人一样，最终变成一具恶臭的腐尸。

这个过程，不超过半个月，他只能再活半个月。

为何不让他早一些发现小妖儿的心意？

若是早一些，他一定对她更好，不叫她受一丁点儿委屈，哪怕是跟皇上作对，他也不惧！

"你走吧。你的心意，本王心领了。"萧洛寒一边躲闪，一边继续撵人，将暗含悔意的眼也遮挡了起来。

他若自私一些，该应下的，让她在剩下的时日里都陪着他。

可他舍不得。

南鸢不但没离开，还在他对面的椅子上坐了下来："你过来。"

萧洛寒朝她低喝："都说了让你走！"

小妖儿怎么就这么不听话呢？！

他想亲自将人拎出去，又怕碰到她的时候把病过给她，于是便朝门外怒吼一声："夜三！夜六！把顾大夫给本王拖出去！"

然而，他叫了几声，门口并无人应话。

"别叫了，夜三和夜六也感染了疫症。"南鸢淡淡地道。

萧洛寒一愣，脸色难看。

南鸢一把扯下了脸上系着的面巾，将脸露了出来。

萧洛寒大惊失色："你干什么？系上，快系上！"

"萧洛寒，你过来，我看看你的脸。"

"快过来。"南鸢朝他勾勾手，"别让我再说一遍。"

萧洛寒心中又急又怒，又甜又憋闷。她这什么口气，吆喝猫猫狗狗的口气吗？

最后一番折腾下来，萧洛寒还是乖乖坐在了南鸢旁边："若本王身上的病不小心过到你身上，到时候你可不要跟本王哭鼻子！"

南鸢直接捏住他的下巴抬起，左右偏了偏，目光落在他的脸和脖颈间的脓包上。

这姿势本该让萧洛寒觉得屈辱，可他对上那双平静无波的眸子，心里那些纷杂错乱理不清的情绪，浮躁、担忧、懊悔、纠结和不甘，仿佛在一瞬间如潮水般退去。

他的心也跟这人的眸子一样，平静了下来。

“你这脓包长得比一般人慢，说不准王爷能熬个二十天。”

南鸢淡淡的话语含着一丝揶揄的味道。

萧洛寒一脸幽怨地瞅着她：“都这个时候了，你还要来奚落本王。”

可说完这话，他偏开头，嘴角却偷偷勾了起来。

从这天开始，南鸢几乎是寸步不离地照看着定北王，连益善堂也不去了。

褚老神医已经赶到，正在跟自己的徒弟褚生秋、锦瑟以及两位太医一起研究治瘟疫的药方，但需要多久，并不好说。

毕竟神医再神，也是凡人，不是神仙。

萧洛寒的病情一天比一天严重。

他身上的脓包越来越多，几乎遍布全身，脓包也渐渐开始溃烂，散发出了一种刺鼻的腥臭味儿。

疫症到后期严重的时候，患者行动迟缓，只能躺在床榻上等死。

萧洛寒清醒的次数越来越少。

南鸢喂他喝完今日的药汤，站在离床头两步远的地方看着他。

“第十三天了……”萧洛寒小幅度地张嘴嗫嚅了一句。

他一动嘴，脸上烂掉的脓包里便有脓水流了出来。

“本王是不是……快死了？”萧洛寒头不敢动，只转着那双有些混浊的眼珠子，直勾勾地盯着站在床边的人。

他现在这副样子活像一具已经腐烂的尸体，那双盯着南鸢的眼睛，也格外令人发怵。

“小妖儿，你……你过来一些。”萧洛寒微微抬了抬手。

南鸢拒绝：“有什么事你直说，我听着。”

萧洛寒抬起的手又放了回去，表情忧郁，神情哀伤：“本王就知道，你嫌弃本王的模样，本王现在是不是很丑，所以你连走近一些都不愿意了？”

南鸢见他又露出这副脆弱的小媳妇样儿，迟疑片刻，解释道：“是有些丑，但不是因为你丑才站得远了些，而是因为你身上的味道臭气熏天，让我难以忍受。”

萧洛寒：心口发疼，想吐血。

南鸢：“臭就是臭，你身上臭气熏天，还不许我说一句实话？”

萧洛寒气得没有脾气了。罢了罢了，小妖儿都不怕死地伺候了他这么多日，他还有什么不满足的？

“本王感觉得到，这身子撑不了多久了，死之前，能多看看你也好。”萧洛寒盯着她道，眼里有些留恋和不甘之色。

南鸢走近一些，忍着那恶臭味儿，在他床边坐下，忽地问他：“王爷可后悔来这里找我？”

人不靠近的时候，王爷委屈，可真当南鸢靠近了，他反而有些别扭地往床里挪了挪，想离她远一些。

南鸢按住他："别乱动，一动身上的脓水便会流到床上，又得给你换床褥。"

她的语气没什么起伏，但萧洛寒愣是听出了满满的嫌弃，他眼睛突然发红，哑声道："本王这都是为了谁？还不是怕熏着你？你这小妖，怎么就这么难伺候呢？本王……本王怎么就喜欢上你这么个薄情的女人……"

南鸢嘴角微微勾起一个弧度："几岁了，有五岁吗？还跟我撒娇？"

萧洛寒一惊："胡言乱语什么，本王何时对你撒娇了？"

"方才不就是？那言外之意，不就是想让我疼疼你？"

萧洛寒没好气地瞪她一眼："别顶着男人的壳子说这种话，怪瘆人的。"

南鸢闻言，微微眯起眼："不是说，不管我变成什么样子，你都认定我了？怎么，王爷说过就忘？"

萧洛寒没好气地道："你自己品品你刚才说的话，那是能对一个男人说的吗？"

南鸢面色如常地道："为何不能？"

萧洛寒气得扭头。他这一扭头，脸上的脓水便一小股一小股地往外涌，臭气熏天。

南鸢让虚小糖屏蔽了她的嗅觉，免得她嫌弃的样子又不小心伤到萧洛寒的自尊心。

一个大男人哪来这么多自尊心，真是娇气。

又过去两天，萧洛寒的脓包溃烂得更多，身上多了一种枯朽的腐烂之气，气息也越来越弱。

南鸢坐在一旁守着。

出现这种征兆，那他就是活不久了。

锦瑟和褚老神医还没有配出药方？

看着原本活蹦乱跳的萧洛寒现在死气沉沉地躺在床上，南鸢眉头微微皱起。

"小糖，我至多再等半日，若锦瑟还找不出治瘟疫的方子，我就要出手了。"

再拖下去，就算人救活了，五脏六腑也已经伤及根本。

"鸢鸢，你再等等，应该快了！"

萧洛寒缓缓睁开了眼，目光转向她。

每次一醒来，他就会立刻寻找南鸢的身影。

他既想这人离开自己，又想她陪着自己，心里矛盾至极。

萧洛寒那双死气沉沉的眼看起来有些灰暗，但在看着南鸢后，却在一瞬间变得灼热了几分，眼里也仿佛积聚了一小团光点儿。

"小妖儿，那天晚上的话，其实本王都记得一清二楚，现在我想再说一遍给你听。"

南鸢看着他，目光难得温柔："嗯，你说。"

萧洛寒扯开嘴角笑了笑，虽然脸都烂掉了，笑容看起来丑陋不堪，但眼前这人的镇定从容给他一种自己笑起来很英俊的错觉。

"本王这辈子除了冷宫，待得最多的地方就是战场。戎马半生，战功赫赫，表面看着风光，但其实……本王心里的苦闷孤寂无人能懂。小妖儿，你是第一个让本王觉得不那么苦的人。本王真的很喜欢你。

"哪怕你不能给本王生孩子也没关系，日后我们可以去宗室里抱一个寄养在你名下。你不喜欢本王碰别的女人，本王就不碰。这辈子，本王只想要你一个女人。整个定北王府就只有你一个王妃。

"知道你喜欢珠宝，本王已经让人去寻宝矿了，暗十不久前传来消息，说找到了一座宝矿。这一整座宝矿里的宝石都给你好不好？本王库存里的金银珠宝也都给你……"

萧洛寒说着说着，眼皮子渐渐变重，声音也小了下来："不管你变成什么模样，本王都认定你了。本王想把你关在王府里一辈子，宠你一辈子，这辈子你都是本王的。小妖儿，不要再离开本王了……"

萧洛寒说着说着，又睡了过去。

南鸢静静地看着他，平静的眸子似乎轻轻闪烁了一下。

忽而下一刻，识海里传来虚小糖的痛哭声，哭得特别凄惨。

"哇哇哇——好感动呜呜呜，他好喜欢鸢鸢啊，哇呜——

"呜呜……鸢鸢你跟他在一起吧，呜呜呜……"

空间里的虚小糖哭得一把鼻涕一把眼泪。

南鸢顿觉头疼。真是个感性的小崽子，之前它还跟她一起骂人来着。

南鸢在屋里点了香，祛了祛屋里那刺鼻的腥臭味儿，然后又耐心地等了半日。

"兄长，药方配出来了！大家有救了！"锦瑟突然闯了进来。

褚生秋紧随其后，神情亦是从未有过的激动："我和锦瑟已经让其他人服用过了，只三日，疫症就得到明显减轻，多服用几日，完全可以根治！"

连续服用三天后，萧洛寒脸上溃烂的脓包果然慢慢结痂，如此又过了七天，萧洛寒除了那满身的丑陋痂痕，身体已经恢复，人精神得很。

萧洛寒拉着南鸢的手不松，对着她笑得特别嘚瑟，目光也很亮。

"本王就知道，有你照顾本王，本王一定能从鬼门关里回来。本王也舍不得丢下你一个，没本王看着，你肯定又要出去勾三搭四，给本王戴绿帽子……"

生龙活虎的萧洛寒叽叽歪歪地说个不停。

南鸢由着他叽歪。毕竟他缠绵病榻那么久，把人给憋坏了。

眼瞅着萧洛寒越来越嘚瑟，南鸢听到一句"这天下哪里还有比本王更出色的男子"，便忍不住提醒他："王爷要不要照一下镜子？"

萧洛寒这才像是突然想起什么，一下噤声了。

他伸手摸了摸自己的脸，不光摸到了大大小小的痂痕，还摸到了满脸……胡子。

南鸢非常体贴地递给他一面铜镜。

萧洛寒内心是拒绝的，但还是接过铜镜照了照。

这一照，萧洛寒便从铜镜里看到了一个满脸布满疤痕、下巴和侧脸全是胡楂的丑八怪。

因为感染瘟疫之后，脸上会长脓包，脓包一不小心就会溃烂，这一个月，南鸢根本没给他刮过胡子。

萧洛寒只看了一眼就倒吸一口凉气，然后迅速将镜子扣在床上。

“还觉得自己是天下第一吗？”南鸢眼一斜，问他。

萧洛寒目光幽幽地瞅着她：“你怎的就这么喜欢奚落本王？本王若是毁容了，受委屈的还不是你？”

南鸢淡淡地道：“我对脸没太大要求，你就算真变丑了，我也不嫌弃你。”

“哼，你就哄本王吧，本王要是真变成丑八怪了，你肯定不会多看一眼……”萧洛寒嘀咕一句，嘴角却有笑意慢慢荡漾开。

他丑成这副鬼样子，小妖儿都不嫌弃他，看来小妖儿是真的爱他入骨了。

身子骨大好之后，定北王立马召来县令和自己的心腹，询问他染病期间外面发生的事情。

听闻他染病之后一次暴乱都没再发生，萧洛寒颇为惊讶。

“这全靠了锦瑟姑娘……”县令谈起锦瑟，十分敬佩。

听完事情的来龙去脉后，萧洛寒不禁对那个叫锦瑟的女人刮目相看。

原来他染病的时候，这女人竟写了一篇十分出彩的文章，然后让几个嗓门大的小吏背了下来，一路安抚惶恐不安的百姓。

萧洛寒看完这篇文章，撇了下嘴。

其实文采一般。文章里提到了他，借助他定北王的威名，动之以情，晓之以理，最后再激情澎湃地画了个大饼。

瘟疫终将过去，病魔无法战胜杀神定北王？萧洛寒觉得这女人还挺有意思的，明明讨厌他，却在这文章里把他夸出了花儿。

对，他一眼就看出来了，这女人讨厌他，而这十之八九跟小妖儿那祸水有关系。

小妖儿化形成什么人不好，非要变成一个俊美无俦的小白脸？锦瑟这个所谓的义妹肯定对他的小妖儿有意思！

有也没用，小妖儿是他的媳妇，其他人通通一边凉快去！

了解情况之后，萧洛寒挥退县令。他还不至于小气到跟一个女人斤斤计较。

锦瑟帮他稳定了民心，又跟褚老神医一起找出了治疫症的药方，功劳的确很大。

萧洛寒立马让人赏赐了下去，所有人按功行赏，绝对赏罚分明。

“王爷，有密信！”一个满脸同款痂痕的男人禀告道。

萧洛寒瞅了眼跟他一样丑的夜三，心中稍稍平衡，接过了信函。

等看完密信，萧洛寒神色陡然一变。

“千防万防，本王身边还是出了叛徒。”说这话时，男人面覆寒霜，声音冷厉，似浸了冬日里的冰水。

原来，竟是那北漠国卷土重来了！

北漠国时机抓得这么好，不光是知道了定北王远在长昌县，更是得到了定北王染上疫症活不久的消息。

因为北漠国攻打边境韩城的时候，恰是他染病被隔离后的几天。

如今一个月过去，北漠国竟接连攻下了大萧国边关的两座城池！

“本王看他真是老糊涂了！”萧洛寒怒喝一声，说的这个他自然就是大萧帝。

北漠国这次来势汹汹，可都这个时候了，他都还不愿意放出兵权，还是用了自己的人。

可大萧帝一手提上去的那几个全都是绣花枕头，中看不中用的东西！

这么重要的军情，他甚至都没有传信到长昌县知会自己一声。

萧洛寒立马修书一封，让人连夜送进京都，并通知下去，所有士兵整顿，三日后便返程。

“边关有战事，本王不得不离开了。”萧洛寒对眼前的人道，眼里有几分愧疚，更有几分紧张。

他这一去，不知道何时才能归来。

没人看着这小妖儿，她估计又要四处浪荡了，萧洛寒怎么想怎么不放心。

可是，这是他的使命，他不得不去。

南鸢已经听虚小糖说了剧情，还知道这一次他九死一生。

在跟北漠的某一场战争中，他被心腹之人背叛，误入敌方圈套，折了很多人才将他救了回来。

那一次，他几乎去了半条命。

是乔装打扮后当了军医的气运子女主救了他，然后两人一起想办法找出了叛徒。

“小妖儿，本王……本王会尽快回来的，你能不能答应本王几件事？”萧洛寒看着她，神情有些忐忑。

南鸢顿了顿，问：“你想我答应你什么？”

“此次北漠蓄谋已久，来势汹汹，本王这一去不知何时才能归来。你……可愿留在定北王府等我？”

南鸢反问：“若我不想答应呢？”

萧洛寒苦笑一声：“你不答应，本王也不能将你如何，本王一直就对你无可奈何。”

“萧洛寒，我不想去定北王府。”南鸢淡淡地道。

她的功德值还远远不够，还打算多攒一些。

萧洛寒已经料到了这个答案，并不十分难过，只神色还是有些黯然。

“本王给你派两个暗卫吧，不然本王不放心。”

南鸢摇头：“不必了，我不希望别人监视我。”

萧洛寒张了张嘴，想到她化形的本事，放弃了劝说。

他早就知道了，小妖儿这人比他这定北王还要金贵，向来是说一不二。她说不喜欢，那就是不喜欢，他硬要逼迫她，只能把她推得更远。

“你……”萧洛寒说到一半，忽地扯起嘴角笑了笑，“算了，没什么，那本王不在的这段时日，你好好照顾自己。还有，别拈花惹草了，本王会吃醋。”

以前，他必然不会将吃醋这种话挂在嘴边，那多没面子啊。

南鸢见不得他这副患得患失的模样，突然对虚小糖道：“小糖，化形水。”

空间里的虚小糖“啊”了一声：“化形水吗？好的。”

下一刻，南鸢嘴里便含了一口化形水。

然后，那身姿颀长面容俊美的男子转瞬间就变回了穆槿念的模样。

“王爷。”她突然叫了一声，声音也变回了原来那只属于女子的甜软嗓音。

萧洛寒陡然间瞪大了双眼：“你……你怎么——嗯！”

南鸢忽地几大步上前，伸手一把将他的脖子勾了下来，堵上了他的嘴。

有那么一瞬间，萧洛寒浑身僵硬如石，唯有脑中炸开了一朵朵绚丽至极的烟花，伴随着“咻咻咻”冲入夜空的声音，直接升天了。

在反应过来发生了什么之后，他猛吸一口气，几乎是立马转守为攻，狠狠地回吻了过去。

萧洛寒吻得凶狠极了，激动又兴奋，只片刻便已呼吸急促，溃不成军。

久违的感觉刺激得他浑身血液沸腾，有那么一瞬间，他差点儿窒息而死。

这真是只勾人的小妖精！怎么能这么勾人？！

两人呼吸缠绕，几乎黏成了一团儿。

良久之后，他们才分开。

“小妖儿，你是不是强行变回来的？身体可受到什么影响？”萧洛寒呼吸不稳，声音也在不知不觉中变得沙哑性感。

小妖儿曾说没个一年半载变不回来，若是强行变回来，过程十分痛苦，很可能危及性命，他一直记着这个。

南鸢听到这话的时候愣了一下，突然觉得萧洛寒没那么差。

她没什么心思调教他，所以他自己把自己调教好了？

南鸢奖励般在他的嘴角落下一吻，同他半真半假地解释了起来：“我之前受了重伤，需要功德来恢复妖力，这次平疫也有我的一份功劳，所以我得到了不少功德，妖力恢复了不少。”

萧洛寒心中一动，一瞬间犹如醍醐灌顶。

他突然明白了心里那一丝被他刻意忽略的违和感是什么。

他就说小妖儿并不像那种助人为乐的大善人，怎么好端端地就跑出去悬壶济世了呢？

原来如此。

“还差多少才能完全恢复，本王帮你可好？”萧洛寒看着南鸢的目光一会儿灼灼似火，一会儿又温柔如水，目光深情而迷人，就是这张脸有些丑兮兮的。

南鸢想了想，颔首道：“我也正有此意，等你日后登上皇位，便以后位许我。”

萧洛寒反应过来她说了什么，连忙捂住了她这要命的小嘴，动作不重，就是轻轻掩住了。

男人无奈地低斥了一句：“祸从口出，慎言。”

然而，那脸上无丝毫怪罪她的意思，相反，那双向来犀利凶狠的鹰眼里竟闪烁着细碎而动人的光点。

“小妖儿，本王还以为你不喜欢，你竟喜欢这些吗？”

他指的是皇宫里那奢华无度却又没有自由的生活，以及那至高无上的权力。

南鸢挪开他捂嘴的手，道：“身处高位，可以做更多造福百姓的事情，也能得到更多功德，我需要这东西。”

南鸢的目的赤裸裸地摆在面前，直白得让萧洛寒欢喜。

她有所求好啊！如此他才能绑住这个滑不溜秋的小妖精，叫她再也不能离开自己。

他不禁搂紧了怀里娇软的人儿：“小妖儿，就算是为了你，本王也一定要坐上那个位置。待本王君临天下，便许你一世繁华。本王给你打造一个太平盛世，让所有的百姓都敬你、爱你，造福万民的功德也通通归你。”

南鸢心里怪舒坦的。萧洛寒这几句话戳到她的心尖尖上了。

是夜，萧洛寒撑开了南鸢的十指，将自己的十指嵌了进去，与她十指交缠，深深地与之融为一体。

他活了二十多年，从未有一刻像现在这般满足，心里满满当当的，所有的缺角都仿佛被身边这女人给填满了。

最后，两人相拥而眠，这一觉都睡得很香很沉。

第八章

萧洛寒，你是不是哭了

等第二日醒来，萧洛寒又变得神采奕奕。

怀里是香软的小媳妇，他舍不得松开，但马上要整军出发，很多事情需要他安排。

不过，萧洛寒现在已经化身贴心丈夫，离开之前给小妖儿安排好了伺候的丫鬟。

南鸢懒洋洋地打了个哈欠，换回了女子的装束。

当了几个月的男人，重新做回女人，南鸢切换自然，没有半分不习惯。

毕竟她这人不说粗鲁豪迈，但的确没啥女人味，走路时不迈小碎步，不扭腰，不会脚步生莲婀娜多姿，也不会翘兰花指、娇嗔含羞，当起男人来不但没有丝毫违和感，还成了精致风雅的如玉公子。

如今从男人再变回女人，她自然也顺当得很。

锦瑟正纳闷兄长的屋中为何多了一个女人，便见那女子抬头朝她看来。

这女子淡雅如兰，目光清澈无波，那气质竟有些眼熟。

锦瑟还没来得及深究什么，便被这女人张口的一句话劈得头晕眼黑。

“锦瑟，你过来，兄长有话跟你说。”

锦瑟一瞬间呆如木鸡，躯壳里的灵魂都被吓跑了。

兄长？是她幻听了吗？

兄长是高大挺拔的男人，是清风霁月的如玉公子，跟眼前的女人可没有丝毫关系！

见她愣住，那女人起身，拿着刚写好的那张纸，踱到她面前，将纸张给她。

锦瑟愣愣地接过宣纸，听她又道了一句：“锦瑟，我是兄长。”

南鸢写的是这次疫症的药方，锦瑟跟了她数月，对她的字迹已经十分熟悉。

锦瑟傻眼了，许久都没有回神，这的确是兄长的字迹。

可是，兄长怎么一夜之间就变成女人了？

“过来坐，我慢慢解释给你听。”

在南鸢面不改色地鬼扯一番之后，锦瑟信了她的鬼话。

“这世上竟还有可以拉长骨头的武功？还能移动面部穴位来调整容貌？这也太不可思议了！”

“用之伤人，寻常不用。这次变回来，便不会再变回去了。锦瑟，兄长还是兄长，只是变了形貌而已，你可介意？”

锦瑟犹豫挣扎片刻后，忽地朝她扑了过去，把人扑了个结结实实，欢喜地喊了一声：“兄长！”

不用顾忌什么男女有别，她终于来了一个自己梦寐以求的大熊抱。

“兄长，没想到你居然是个女人，你还是定北王妃，你骗得我好苦啊！

锦瑟抱着软绵绵的“兄长”，化身嘤嘤怪：“嘤嘤嘤，到头来，还是便宜了定北王那个臭男人！

“兄长，以后我要改口叫你姐姐了吗？”

“你喜欢叫兄长可以继续叫，一个称呼而已。”

“兄长，你真是个奇女子，我喜欢你。”

锦瑟本就是个现代人，跟兄长相处久了，知道她并非扭捏之人，加上现在得知她是女子，心里的喜欢之情便更不想遮掩了。

光抱抱就罢了，她还开始动手动脚，捏捏这儿，捏捏那儿，口吐虎狼之词：“兄长，你果真变成女人了，好软啊。”

要不是她长了一张美人脸，那可真是说一句猥琐都不为过。

南鸢挪开她不规矩的爪子：“别动手动脚。”

虚小糖突然开口：“鸢鸢，我怎么觉得女主崩人设了呀？手札上对她的形容明明是淡定从容坚韧孤傲的，可现在好像个幼稚的小女生哦，比我还幼稚，羞羞羞。”

南鸢并不觉得意外：“如果能当公主，谁又愿意当女强人，无人宠着护着，就只能自己为自己撑起一片天。”

锦瑟这丫头虽然是爱招惹麻烦的体质，但一路上替她招揽了不少功德值，心也向着她，南鸢挺喜欢她。

一进门的萧洛寒看到他媳妇被一个女人搂搂抱抱，脸“唰”的一下就黑成了锅底。

“松开。”萧洛寒阴恻恻地盯着锦瑟的手，“青天白日的搂搂抱抱成何体统？”

锦瑟不但不松手，还将软绵绵的王妃抱得更紧了，冲他笑得得意：“我跟兄长同为女子，搂搂抱抱怎么了？我不光搂搂抱抱，我还亲呢！”

说着她就冲南鸢脸上“吧唧”亲了一口。

萧洛寒的脸色变得精彩极了，他恨不得将这个像狗皮膏药一样的女人扔出去。

南鸢：两个幼稚鬼，难怪在原世界凑在一起之后虐心又虐身。

定北王跟南鸢黏糊了三天之后，整顿军队离开了长昌县。

大萧国和北漠国这一仗一打就是四个多月。

定北王率领十八铁骑军，接连夺回两座城池。北漠国则退守堰州城。

堰州城乃边关六大城里最富庶的一座城，而定北王所在的虞城虽是六大城里最重要的一座城，却贫瘠许多。

而粮饷是战争必不可少的东西。

“粮饷还没有运到？”萧洛寒捏紧拳头，手背上青筋毕露，“去其他城池借，势必给本王凑够三万石粮草！”

“是！”副将领命离去，心情沉重。

谁都知道，这粮草怕是借不到了，能借的早就借了。

“王爷，王爷！粮草到了——”一人惊喜地大喊，一路飞奔而来。

将士们欢呼不已，粮草总算到了！

可是很快，众人的欢喜便悉数转为了怒火。

这一袋袋看着鼓囊囊的粮草，里面装着的竟都是掺杂了砂石的糙米！

这根本就不能吃！一连数袋皆是如此！

“可恶！我要去杀了这群贪官污吏！”几个副将气得目眦欲裂。

萧洛寒亦是一腔怒火，但为今之计是赶紧找人将能吃的米筛出来，先顶个几天。

萧洛寒写了一封密函，让夜六快马加鞭地赶往京都，亲自交给大萧帝。

大萧帝如今对他信任有加，两人已经通密函数次。

老皇帝虽然贪权了一些，但并不算昏庸，绝不会姑息这件事。

然而萧洛寒还是嗅到了一丝风雨欲来的气息。他望向远处京都的方向，皱起的眉头久久没有松开。

要入冬了，这一场战役必须速战速决。

在迟迟没有等到夜六的回信后，萧洛寒目光微沉，做了一个冒险的决定。

堰州城地势险峻，易守难攻，当初北漠之所以能攻下此城，不过是因为那太守贪生怕死，被北漠国集结的几十万骑兵给吓到，不战而举白旗，白白将堰州城送给了敌国。

他若率领军队正面强攻，就算勉强攻下，也会死伤惨重，得不偿失。

萧洛寒剑走偏锋，打算率领一支精兵从堰州城西南侧那道干涸的峡谷中穿过去，然后里应外合，双面夹击。

这道峡谷名为青峰谷，知道的人少之又少，当年他让人勘测地形的时候才发现了这青峰谷。办法虽然危险，却不失为一个奇招。

可惜，原本万无一失的计划，谁承想心腹竟成了叛徒！

萧洛寒和他带去的两百名精兵被敌军困在了青峰谷中。

峭壁上滚落下来的巨石砸死了很多人，萧洛寒为了救一名副将，被砸断了两根肋骨，腿也瘸了。

重伤的男人靠在石壁边，捂着胸口低咳，咳出了一口血。

“王爷，来路和去路都被巨石堵住了！”一身狼狈的副将回禀道。

大老爷们湿了眼眶：“方才要不是王爷替末将挡了一下，末将已经被那巨石砸成肉泥了。可王爷身份尊贵，末将宁愿一死。”

萧洛寒摆了摆手：“你是我的副将，本王不会眼睁睁地看着你死。刘副将，去清点人数。”

刘副将抹了一把眼，低声应道：“是！”

两百名从十八铁骑军里挑选出来的精锐中的精锐，各个强悍勇猛，杀敌时可以一敌两百。

然峭壁之下躲无可躲，再加上军队此次轻装简行，即便是这么厉害的精兵，在这种地形之下只能被动挨打。

十多个死亡，三十多个受重伤，剩下的全是轻伤，可谓伤亡惨重。

萧洛寒听到刘副将的汇报，目光阴沉，声音森寒冷冽：“本王一手栽培出来的十八铁骑军副将中竟也出了叛徒。本王定要揪出此人，将其碎尸万段！”

刘副将也觉心寒。他统领十八铁骑军的第三支，平时与这些人以兄弟相称，谁能想到叛徒会是这些兄弟中的一个？

来路和去路都被堵死，等其他人发现异样赶来救援，敌军又会将他们引入新的圈套。

可就算知道有圈套，他们也一定会赶来救人。因为王爷在这里，他们的主心骨绝不能倒下！

就算损失惨重，他们也一定要将王爷救出去。

受伤的士兵们全都靠在石壁边，低低的呻吟声在谷底回荡，一阵冷风刮过，似乎将周围的血腥味儿冲淡了一些。

萧洛寒靠在一边，望着头顶那细细的一线夜空，长长吐出一口气。

天快亮了。

他想小妖儿了，小妖儿还等着自己凯旋，他亲自去接她。

他承诺要坐上那万人之上的宝座，然后许她后位。还有很多很多事情，他想跟小妖儿一起做。

“咯咯……”萧洛寒随便一抹，抹掉了嘴角溢出的一丝鲜血。

就这么死了，他不甘心。他要活着，想跟小妖儿白头偕老……

萧洛寒想着想着，意识渐渐变得模糊。

恍惚中，他似乎听到了打斗的声音，像是从头顶的峭壁上传来，回荡在谷底。

但那声音并不激烈，他不禁怀疑是自己听错了。

继那声音之后，他仿佛又听到了巨石碎开的声音。

“王爷！有人来救我们了！王爷快看——”刘副将突然拔高声音道。

各种嘈杂声紧跟着响起，众人似乎在欢呼。

萧洛寒却觉得不太真实。

有人踩着石屑走来，停在了他面前。

萧洛寒睁开沉重的眼皮，因为意识不清，天还未亮，只看到了一团模糊的影子。

那影子就站在离他一步远，正微微俯身盯着他。

“萧洛寒，你怎么把自己搞成了这副鬼样子？”来人音色甜软，音质却有些冷，语气还含着一丝赤裸裸的嫌弃。

萧洛寒心想，什么鬼样子，是说他灰头土脸，还是指他重伤得都站不起来了？

忽地，他激灵了一下。

这声音、这语气……小妖儿！

他是不是在做梦？小妖儿怎么可能出现在这里？！

下一刻，那团模糊的影子突然伸手，一把提起他甩到了自己背上，瘦小娇软的身躯背着他这个糙老爷们，竟连腰都没有弯一下，只是背微微倾斜了一些。

萧洛寒越发觉得自己是在做梦了。

既然是在梦里，他便不要什么颜面了，乖乖任由小妖儿背着他，还心安理得地趴在了她的小身板上，抱住了她纤细白皙的脖子。

“小妖儿，本王一定是太想你了，所以才会梦到你。能在梦里再见你一面，本王很高兴。

小妖儿，本王可能要食言了，本王对不住你……”

“萧洛寒，你是不是哭了？”身下的娇软小媳妇突然问他。

萧洛寒没哭，就是红了眼。

他觉得挺对不起他家小妖儿的。他说得信誓旦旦，却连能不能活着回去见她都不知道。

以后，她一个人可怎么活？

但是刚冒出这个想法，萧洛寒就又心酸地想到了一个事实。

他可能想多了，小妖儿就算没了他照样活得好好的。

“小妖儿，本王如果死了，你会不会为本王流一滴眼泪？”他突然问。

“不会。”女人斩钉截铁地回道。

萧洛寒瞬间就委屈了。

“哪怕是在梦中，你都不愿意说两句好听的哄哄本王。小妖儿，你怎么就这么心狠？”

“本王若是死了，你是不是马上就要改嫁了？”

南鸢：“你的问题有点儿多。”

“本王跟你说，这世上除了本王，没有哪个男人能配得上你，尤其是那些长得好看的小白脸，全是些中看不中用的绣花枕头，比如你变的那个顾公子，你信本王，他肯定比不上本王……”

南鸢脚步微微顿了一下：“别人是不是绣花枕头我不知，王爷若不介意，我倒是可以去尝试一下，也好对比对比。”

萧洛寒一听这话，勃然大怒道：“你敢！你祸害本王一个就够了，还想祸害谁？你……你……就算本王死了，也不准你改嫁！小妖儿，你给本王守活寡吧。”

反正是梦里，萧洛寒就把那些自私自利的心里话全讲了：“你有了本王这样的好男人，别人还入得了你的眼？委屈自己还不如一个都不要。小妖儿，你说是不是这个理儿？”

南鸢嗤了一声：“萧洛寒，你可真是个狗王爷。”

萧洛寒越发有理了：“本王只是舍不得你被那些歪瓜裂枣糟蹋，本王也是为了你好。”

南鸢懒得跟一个神志不清的病号废话。

在梦里见到了自己的心尖宠，萧洛寒哪里舍得晕过去？他努力撑着眼皮看她，忍不住在她白皙的脖颈上落下一吻。

南鸢脖子微微一僵，声音柔和了几分：“别乱动了，你块头太大，乱动的话不好背。”

萧洛寒嘀咕了一句：“说得跟真的一样，本王不是在做梦吗……”

很快，萧洛寒就发现不对劲。周围的嘈杂声似乎没有了，他扭转脖子看向身后，眯起眼睛看了好一会儿才看清。

他的士兵们全都是一副惊掉下巴的傻样儿。

这些人的反应还能归结为是他梦里自动补全的细节，可前面的峡谷小道上很快又来了一群他完全没见过的士兵。

援兵？如果他是做梦，梦到的援兵肯定是他的下属，怎么会是一群生面孔？

萧洛寒模糊的意识在一瞬间清醒。

他伸长脖子望去，竟从这些人里看到了一张颇为清俊的脸。

那男人和他身后一群士兵正盯着他和小妖儿，亦是一副目瞪口呆的模样。

恰在此时，小妖儿对那小白脸道："林裕，其他人就麻烦你们了。"

"穆姑娘放心，我们这就去救人。"

说完这话，这群人就去抬那些受伤的精兵了，只是余光还时不时偷瞄这边。

林裕？电火石光之间，萧洛寒突然想起这人是谁了！

他虽没见过，却从暗卫打探的消息里知道了这个名字，这是那包罗寨的三当家！

萧洛寒在意识到什么之后，身子猛地一僵，伸手捏住自己的脸狠狠掐了一把，有痛觉，再探了探小妖儿的胸口，软的，热乎的。

人是真的。

南鸢差点儿没把他扔下去，摸哪儿呢？！

"小妖儿？"萧洛寒有些艰难地喊了一句。

"嗯。"南鸢淡淡地应了一声。

"本王没在做梦？"萧洛寒咽了一下口水。

"你觉得呢？"

"竟是真的！"萧洛寒大惊失色，挣扎着要从她身上下来。

他挣扎得厉害，南鸢自然没法再背，不得不将他放了下来。

只是萧洛寒刚一瘸一拐地走了两步，便被南鸢一掌拍晕。

萧洛寒再醒来的时候，已经回到了军营帐篷里，身上的伤也被包扎过了，缠了绷带。

帐篷里空无一人。

他记得，他好像……正走神，一人端着汤药走了进来，一股浓郁的苦味儿瞬间充斥了整个帐篷。

萧洛寒看到来人，惊喜交加："小妖儿，果真是你！你怎么来了？你也太胡闹了，这种地方岂是你能来的——"

南鸢打断他道："醒了？"

"小妖儿，你……你怎么在此处？"

两刻钟之后，了解前因后果的萧洛寒感动得稀里哗啦。

小妖儿主动来找他了，来了最危险的战场找他。她不光一个人来了，还带来了军队和粮草！

这军队自然就是南鸢被锦瑟黏上之后遇到的那包罗寨山匪。

这群山匪在帮朝廷剿灭了另一个臭名昭著的山贼团伙黑云寨后，因立功而被编入正规军，只是林裕精挑细选的那位太守虽然不嫌弃他们的出身，别人却看不起他们。

他们在军队里还是受到了排挤，日子并不比当山匪的时候好过多少。

南鸢用萧洛寒临走前给他的令牌见了那位太守，问他要走了这一支兵。

之后，她带着锦瑟找到以前遇到的那位富商公子，从他那里借到了五万石粮食。

随即来这儿的半路上，他们又偶遇了曾经救过的布衣男子。

原来那男子竟是玄武族的少族长，玄武族的族人力大无比，勇猛至极，能以手碎石。

虽然这个族的人数不多，但这位少族长为报救命之恩，还是集合了近百个兄弟前来相助。

玄武族人擅长攀爬，悄无声息地爬上峡谷两侧的峭壁，暗杀了埋伏在那里的北漠军。

南鸢觉得，这种开了挂的人生确实爽。

她不该吐槽锦瑟是麻烦精，要不是锦瑟，她上哪儿偶遇这么多“金手指”？

萧洛寒一把将她搂入怀里，哑声道：“小妖儿，谢谢。遇到你，本王何其有幸！”

“不必谢我，这些人都是看在锦瑟的面子上才来的，日后你见了她不要再给她脸色看了。”

萧洛寒抱着她，闷声道：“我想谢的不是这个，我想谢的是，你冒险来救我。小妖儿，本王这辈子是离不开你了。”

这时候的萧洛寒还沉浸在狂喜和感动之中，可很快就喜悦不起来了。

因为他发现，不止小妖儿带来的那些人，他的士兵们也全用一种微妙的眼神偷瞄他。

胆子大的副将甚至对他咧嘴笑，笑得意味深长。

南鸢“哦”了一声，解释道：“是这样的，今早我抱你回来的时候，恰巧遇到了前来救援的士兵。”

“你……你说什么？你抱我？”萧洛寒呆若木鸡。

他一直以为顶多是自己被小妖儿背回来的画面让人看到了，结果……

她跟他说……抱？

他，堂堂定北王，被一个女人打横抱起，然后被自己的士兵撞了个正着？

萧洛寒活了二十多年，第一次羞愤得想找个地缝钻进去。

南鸢瞥他一眼：“害羞什么？我都不嫌弃你的士兵背地里叫我怪力王妃了。

萧洛寒怎么可能不害羞？

他的一世英名全因为小妖儿这一抱，毁了！

他是铁面无私说一不二的杀神定北王！军中何人不惧他？

可现在，他还怎么震慑手下的兵？

偏偏小妖儿还一副如此无辜的表情，叫他有气没处撒。当然，他也舍不得对她撒。

萧洛寒背过身子，独自生闷气。

“瞧你这副受气包的样子……”南鸢将他的头掰过来，凑上去亲了一口，然后就端着空碗离开了。

萧洛寒摸了摸自己被强吻的嘴唇，越发觉得自己像个受气的小媳妇，一时又气又恼。

可他再气再恼，都压不过心底的欢喜之情。

只一天，定北王妃在军中就打响了名号。

王妃虽然长相娇弱，但力大威猛，能单手碎石，还能抱起王爷这样的大男人。

牛，王妃实在是牛啊！

不过，因为王妃人美心善，将士们倒不像惧怕定北王那样怕她，见了人还会笑嘻嘻地打招呼。

南鸢端着空碗回去的一路上，已经碰到几十个小兵对她行礼。

危难之际，军队有了南鸢和锦瑟送来的这些粮草，将士和战马终于饱餐一顿。

接下来的事情便如原剧情一样顺利，或者说，更为顺利。

叛徒很快被揪出，竟是铁骑十八军第七军的将领。

此人本是孤儿，两年前才发现了自己北漠国人的身份。他自知对不起定北王，辜负了定北王的信任，当众自刎。

没了叛徒，定北王萧洛寒再使奇招，终于在半个月内攻下了堰州城，北漠军一路溃逃。

在这期间，锦瑟还是当了军医。

南鸢用自己定北王妃的身份为她大开方便之门，力排众议让她做各种手术。

军中之人在亲眼见识了几场开膛破肚的手术后，这才知道锦瑟姑娘医术了得，并尊其为鬼医圣手。

而定北王妃，则成了将士们心中如同定北王一般的存在。

这位定北王妃勇猛异常，能跟定北王一起上阵杀敌，且与他们的王爷平分秋色。也只有如王爷这般的杀神，才镇得住这样的巾帼英雄！

一不小心成为巾帼英雄并收获无数信仰之力的南鸢表示，她其实只是手痒了。

不过积攒功德不易，她在战场上并未下杀招。

敌军只是立场不同，又受上层领导驱使，算不上大奸大恶之人。

定北王大败北漠，生擒俘虏数以万计。

北漠国派来使者谈判，甘愿做大萧的附属国，每年进贡，百年内不再进犯大萧国。

边关战事倒是了结了，但京都还有一场硬仗要打。

夜六的回信姗姗来迟——

京都果然……变天了。

后宫盛宠的梁贵妃竟胆大包天地给皇上下了慢性毒药，并趁皇上意识不清之际，蛊惑皇上写下罢黜太子立六皇子为储君的圣旨。

梁贵妃的奸计被皇后和太子识破，梁贵妃被赐下三尺白绫，六皇子则被贬为庶民。

如今皇上一病不起，由太子监国。

太子趁此机会清洗朝堂，朝政已被他把控。

至于夜六迟迟没能及时回信的原因，说来坎坷。

他刚回京都就被人盯上了。

不光他，许多拥有二重身份的暗卫暴露了身份，安插在宫中的许多眼线也被太子挖了出来。

显而易见，有人叛变了。

在定北王遭心腹背叛的同时，京都也有人背叛了他。

夜六没能完成任务，只能滞留在京都查叛徒。

这一查竟叫他查到了夏柳身上，这夏柳是太子的人，还成功策反了璃茉！

璃茉那个疯女人，竟将她知道的暗卫和眼线都告诉了太子！

好在璃茉早早就从暗八的位置退了下来，王爷又是个谨慎之人，许多暗卫只跟王爷一人接头，所以璃茉知道的信息并不多，那些暴露身份的暗卫察觉到异样后及时隐匿起来，这才躲过一劫。

只是那些安插在宫中的眼线便躲无可躲了，这些人的下场可想而知！

因为璃茉的叛变，此次损失惨重。

“璃茉被太子藏了起来，夜六没能找到，但他掳走了夏柳，并把人杀了。”萧洛寒冷嗤了一声，“本王倒是小瞧你这丫鬟了。”

他这么慎重的人，既然能查到原本的穆槿念跟皇后有过接触，自然也能查到夏柳这丫鬟的来路有问题。

虽然他查到的身份很干净，但越是干净得找不出一点儿破绽，才越可疑。

他让人盯了许久，发现夏柳没什么动作之后，才一直留着人没动。谁料这丫鬟嘴皮子这么厉害，竟能让璃茉倒戈。

萧洛寒想到什么，不禁看向身边的女子：“你啊，就是太粗心，才会被身边的下人蒙蔽。”

南鸢淡淡地看他一眼：“我对她没什么感情，不必用这种安慰的口气哄我。王爷既然知道夏柳不对劲，为何不早早处置？聪明反被聪明误，活该折损这么多人。”

萧洛寒被噎得说不出话了。

“此事是本王思虑不周，本想着留着她的一条小命，好慢慢揪出背后之人，不想她能耐这么大，把本王的暗卫也蛊惑了。”

说到这儿，萧洛寒有些愤怒：“璃茉跟随本王多年，本王待她不薄，她竟敢背叛本王！”

南鸢实在看不来他这副蠢兮兮的样子。事到如今，他竟还不知璃茉为何背叛他。

“你干的不是人事，还不许别人背叛你了？”

萧洛寒气极：“本王怎么她了？纳她为妾本就是权宜之策，本王又没碰她，之后送她出府，连身份都找好了，她自己要回醉香楼，本王能拦着她？”

“你能。”南鸢瞥了他一眼。

萧洛寒憋闷不已：“她自己想不开，本王为何要拦着？她自己选的路，有何道理怨恨本王？你们女人真是——”

说到一半，他立马改了口：“其他女人都是无理取闹的麻烦精，除了小妖儿。”

南鸢没跟他继续掰扯，只有些意外地道了句：“我还以为夜六对夏柳有意，没想到夜六下手这么干脆。”

萧洛寒无不骄傲地道：“本王看中的人，岂是那等会被女色所惑之辈？小妖儿也太小瞧本王了。”

南鸢微微眯了眯眼，像是在笑，还意味深长地“哦”了一声：“不为女色所惑。”

萧洛寒：“……”

“小妖儿，此次回京都，危险重重，你可害怕？”萧洛寒想起正事，不禁正色道。

数次同生共死之后，他已经不再把身边这个女人当成一个需要呵护的弱女子。只是，他仍然舍不得让她跟着自己一起冒险。

“没什么可怕的。”南鸢淡淡地道，毕竟她是手握气运子和男主的人。

后来，那一场惊心动魄的终极对峙果然很顺利。

萧洛寒动用了宫中埋藏很深的眼线，悄无声息地换走了皇宫里的一批禁卫军，并送锦瑟入宫，易容成皇后的人，给意识不清的皇上服用了解药。

他只身一人入了宫。

之后的场面由虚小糖精心解说："定北王拿出了太子与北漠勾结的证据，还有克扣粮饷、卖官鬻爵、草菅人命等数条大罪。"

"太子被激怒，欲杀定北王，却在这时，禁卫军倒戈相向，而一病不起的皇上隆重登场！噔噔噔，太子的脸色瞬间惨白，说了一声'不！这不可能'，然后仰天惨笑……"

虚小糖还在激情解说，南鸢却听得兴致缺缺。

她已经猜到了。

太子被废，贬为庶民，终生囚禁，皇后则被赐下一杯毒酒。

皇后临死前跟皇上坦白了当年陷害徐后和徐家忠良的真相，趁大萧帝大悲大恸之际，突然发疯一般上前，狠狠咬掉了他的一只耳朵，留下了恶毒的诅咒。

大萧帝夜夜被梦魇缠身，没多久就撒手去了，临死前将皇位传给了定北王萧洛寒。

萧洛寒登基为帝，而南鸢如愿以偿地做了皇后。

"小妖儿，你说，为何女人发疯起来如此可怕？皇后如此，璃茉亦是如此。"萧洛寒搂着南鸢的腰身亲吻她的耳垂，有些郁闷地问。

南鸢倒是淡定："爱而不得，所以黑化了，变态了。"

"小妖儿好像很懂？"

南鸢突然冲他歪了歪头，用一种令人毛骨悚然的目光看着他，看得萧洛寒呼吸一窒，不禁咽了咽口水。

向来淡然无波的小妖儿露出一抹邪肆至极的笑，目光幽深如两个黑漆漆的深渊，然后问："是不是这种？"

眼前的萧洛寒目不转睛地盯着她，失神了。

南鸢以为她被自己模仿的变态给吓到了，却不想他一脸兴奋地开口："小妖儿，朕喜欢你方才的表情，那种恨不得将朕吞进肚子里的样子！朕甚为喜欢！你再用那种目光继续看朕！"

萧洛寒一把将她揽入怀里，欢喜地亲她的眉眼，哑声道："小妖儿，若朕有朝一日真能看到你为朕发疯发狂的模样，朕只会高兴。"

南鸢：有病，当治之。

有件事南鸢觉得很奇怪，她本打算用丹药治萧洛寒的疯病，不承想，他这疯病不治而愈了。

这人偶尔还是会出现癫狂之态，但意识很清晰，不会再发疯伤人，只会堂而皇之地以此为借口，拉着南鸢大战一场。

春蒲摇身一变，成了皇后身边最受宠的大丫鬟。

经历过夏柳背叛一事，春蒲变得越发沉稳，已经有了大丫鬟的气势，宫中资历尚浅的宫女太监见了她都要唤一声春蒲姑姑。

常忍冬回乡了，用南鸢给的银子开了一个马庄，做一些买卖马匹的生意。

据说这小子学了一身驯马的本事，每年都会去深山野林里找野马亲自驯服。

他的马庄出过许多名马，王公贵族都喜欢去他的庄上挑马，但常忍冬每年都会将最好的一匹宝马留给当今皇后，这让萧洛寒吃了许多年的醋。

直到后来常忍冬成亲了有了娃，萧洛寒才没有再拈酸吃醋。

南鸢不解，问萧洛寒："你明知我视忍冬为弟弟，为何还吃这种飞醋？"

萧洛寒的回答让南鸢十分无语："你看他的眼神比看朕的还要温柔。还有锦瑟，朕觉得她在你心里的地位都比朕高！"

南鸢有耐心的时候就哄哄他，没耐心的时候便不管。萧洛寒径自生一会儿闷气就不生了，自我调教能力一级棒。

其实南鸢只是喜欢乖巧懂事的孩子，忍冬和锦瑟在她眼里是孩子，萧洛寒不是。

连孩子的醋也要吃，她就不该把萧洛寒当成个大人，他原来这么幼稚。

几年过去，锦瑟最终跟褚生秋走在了一起。

小两口原本喜欢闲云野鹤的生活，但受南鸢影响甚深，最后留在京都，开了一家医馆。

两人的小日子过得十分滋润，就是那位褚老神医总缠着锦瑟讨论医术，妥妥一个大灯泡。

于是，南鸢出手帮了个小忙。她召褚老神医入宫，拜其为师。

南鸢这人要么不学，要么就学到极致，如愿以偿地榨干了老神医毕生所学。

当今皇后不仅广设医馆和药庄，还普及了女子学堂，准许女子考文武科举，才华横溢者可入朝堂做女官，身怀武艺者亦可入女子军。

南鸢成了千古名后，信仰者不计其数，功德值也非常可观。

而萧洛寒也实现了自己的承诺。

他这一辈子就只有皇后一个女人，哪怕文武百官数次劝谏他充盈后宫，哪怕他的小妖儿数年未曾诞下皇子。他励精图治，令大萧国风调雨顺国泰民安，打造出了一个太平盛世。

……

南鸢得知萧洛寒的死讯的时候，是半夜。

下人哭着说，皇上驾崩了。

她在床上呆坐了许久，有些走神。

萧洛寒未过不惑之年，还很年轻，好端端的怎么就死了？

南鸢突然问虚小糖一句："你不是说他能活到七十多岁？"

在医疗条件落后的古代世界，能活到七十多已算高寿，何况这人还是日夜操劳的帝王。

虚小糖被吓哭了："鸢鸢，我也不知道怎么回事，呜呜。"

南鸢有些恍惚，她赶过去的时候，太医们齐刷刷地跪在地上，而萧洛寒躺在床上，面色苍白。

南鸢坐过去，伸手摸了摸他的脸，没有温度，已经凉透了。

大内总管跪在地上，哭哭啼啼地解释道："老奴在外殿侍奉茶水，察觉御书房内许久没有翻阅奏折的声音，老奴就唤了皇上几声，可皇上一直没有应声，等老奴发现不对劲儿闯进去之后，便看见皇上倒在案几上，一动不动……"

发现的时候人已经没气了，太医说，是因为皇上太过劳累。

过劳猝死。

南鸢看向那跪了一地的人，淡淡地道："你们先下去吧，本宫同皇上说说话。"

等殿内就只剩自己一人了，南鸢这才皱眉看向那人，低声斥责道："同你说了许多次，注意身体，不要熬夜批阅奏折，你总把我的话当成耳旁风。萧洛寒，你怎么就这么不听话……"

前几日这人还一脸得意地跟她炫耀，说："小妖儿，你看朕把这大萧国治理得如何？这天下百姓哪个不夸赞朕是千古帝君？小妖儿也是千古名后！"

"小妖儿，朕造福了天下百姓，令百姓安居乐业，如此大的功德也有你一份，这些功德可够你恢复身体了？"

南鸢当时说了什么，她记不得了。

看着床上那具已经变得僵硬和冰冷的身体，南鸢沉默片刻，将人搂入了自己怀里。

对着那张没有丝毫血色的脸，她轻轻道了一句："傻子……"

她知道，在他猝死的那段极短的时间内，他一定有很多很多的话想对她说。

或许，他口中一直喃喃着她的名字，瞪大眼望着宫外的方向，想要再见她最后一面。

可南鸢不懂，她这人没趣极了，萧洛寒到底喜欢她什么？

南鸢用指尖蹭过男人苍白却不失俊美的脸，在心里问他：萧洛寒，跟我在一起，到底是快乐多一些，还是疲惫多一些？

空间里的虚小糖突然"哇"的一声哭了。

因为鸢鸢不是气运子，没能给男主带去气运，所以连男主都从长寿帝王变成短命鬼了，太惨了呜呜呜……

皇上驾崩，新帝即位，皇后成了太后。

新帝是先皇和太后从皇族宗室里挑选的储君，自幼受先帝教诲，堪当大任。

南鸢帮他坐稳帝位之后才离开了这个世界。

抽出元神的一瞬间，南鸢的身上有金光闪过，又迅速隐去。

那是这一世的功德之光。

"鸢鸢，准备好了吗？我们走了哦。"

南鸢淡淡地"嗯"了一声："走吧。"

虚小糖浑身软毛一竖，两爪一摊，施法破碎虚空。

再睁眼时，南鸢正站在一个现代化世界的洗手间里。

她抬头看去，镜子里照出了一张少女的脸。

少女化了夸张的烟熏妆，发型是染了几缕酒红色的"杀马特"样，右耳打着个劣质的黑色耳钉，穿着带铆钉的马甲和皮裙，踩着小高跟儿鞋。

虚小糖突然惊恐地大叫："啊啊啊——鸢鸢，我们好像进错了！"

南鸢："……"